다시.
읽는.
한국.
시인.

유종호 지음

다시
읽는
한국
시인

임화

오장환

이용악

백석

문학동네

책머리에

이 책은 20세기 전반에 비범한 시적 성취를 보여준 임화(林和), 오장환(吳章煥), 이용악(李庸岳), 백석(白石) 네 시인들의 시세계 전반을 검토하고 대표작들을 가급적 꼼꼼히 읽어보려는 시도이다. 이들은 해방 전에 시인으로서 일가를 이루었고 이후에도 꾸준히 작품을 보여주었으나 정치적인 이유로 우리 쪽에선 오랫동안 금지의 대상으로 남아 있었다. 임화, 오장환은 6·25 전에, 이용악은 전쟁중에 각각 월북하였고 광복 후에 귀국한 백석은 내내 고향인 북쪽에 머물러 있었다. 금기로 말미암아 이들은 일부에선 과대평가되고 일부에선 평가절하된다는 혐의도 없지 않아 있다. 이들이 남긴 시편은 결코 풍요하다 할 수 없는 20세기 우리 문학사의 소중한 유산의 일부이다. 그러한 관점에서 정치적 행보나 개인사와 연관된 선입견을 배제하고 작품 위주로 이들의 시적 성취를 검토하고 음미하려 하였다. 이때 줄곧 유념한 것은 시 읽기가 있어야 할 방식과 시 해독력의 훈련이라는 문제였다.

이례적으로 매상고가 높은 시집이 더러 화제가 되기는 하지만 우리 사이에서 서정시 독자는 많아 보이지 않는다. 많지 않은 독자들 사이에서도 텍스트를 반듯하게 꼼꼼히 읽고 음미하는 기풍은 쉽게 찾아지지 않는다. 텍스트를 꼼꼼히 읽기 위해서 텍스트 밖의 참조사항에 대한 검토는 필수적이다. 그러나 그것이 텍스트 자체의 세밀한 검토를 웃돌거나 대체한다면 주객이 전도되는 것이라 생각한다. 대체로 시에 대한 담론이 텍스트에서 주변의 부대상황으로 향하는 원심적 성향을 강하게 띠고 있지 않나 생각한다. 예컨대 전기적 사항이나 삽화의 거론이 텍스트 해석을 대체하고 있는 듯한 경향이 많이 눈에 뜨인다. 정공적인 평전(評傳)을 표방한 경우는 예외이지만 시 읽기에 도움이 되지 않는 관행이라 하겠는데 일본 쪽 영향이라 생각한다. 널리 알려져 있듯이 작자 개인사의 굴절 없는 고백이랄 수 있는 사소설(私小說)이 한동안 일본 근대소설의 중요한 흐름을 형성하였다. 또 일본의 전통적 단시는 암시성의 효과에 의존하므로 이해를 위해서 발생학 및 배경 설명이 필요한 경우가 있다. 이러한 특수 사정과 독자들의 가십 취향에 영합하려는 태도가 어우러져, 전기적 삽화나 부대상황 서술이 텍스트 정독이나 비평을 대체하는 중간비평이 그쪽 문예비평의 주류를 형성했고 그 폐해적 영향력이 바다를 건너오지 않았나 생각된다.

한편 텍스트를 소상히 검토하려는 구심적 성향의 논의가 과도한 읽어넣기나 그 나름의 체계 지향으로 말미암아 타당성과 설득력이 결여된 자의적 독백으로 흐르는 경향도 없지 않다. 애연가였던 프로이트가 토로한 "때로 시가는 오직 시가일 뿐"이라는 말을 되뇌이게 될 때가 허다하다. 텍스트 자체와 그 사회적 시사적(詩史的) 맥락에 좀더 충직하게 접근해볼 수는 없을까? 그런 생각으로 네 시인들을 다시 읽어본 것이고 텍스트 인용이 많은 것도 그 때문이다.

이 책을 쓰면서 몇몇 이차문서를 참조하였으나 전기적 참조 이외에는 별반 재미가 없었다. 임화에 관한 수다한 이차문서가 임화 작품에 보이는 정지용 시행의 야유적 인용에 대해 무자각적으로 함구하고 있었다. 평론가 임화에 가려진 탓도 있겠지만 임화 시에 대한 조명은 의외로 많지 않다. 오장환에 관한 이차문서도 『성벽』 『헌사』 『병든 서울』에 치중하고 정작 최상의 수확인 『나 사는 곳』에 대해선 대체로 함구하고 있었다. 해방 전에 간행된 두 시집이 많은 비평적 반응을 얻었으므로 당시의 세평에 과도하게 의존하였기 때문이다. 또 『나 사는 곳』에 수록된 작품이 모두 해방 전에 씌어진 작품이라는 시인의 말에 회의감을 표명한 것도 보지 못하였다. 정치가의 말을 믿어선 안 되지만 시인의 말은 믿어도 좋다는 이중적인 기준은 타당성을 지니지 못한다. 이용악의 절창인 「오랑캐꽃」에 나오는 "고려 장군님 무지 무지 쳐들어와 / 오랑캐는 가랑잎처럼 굴러갔단다"는 대목은 너무도 자명한 여진족 패주의 간접 서술이다. 그것을 우리 겨레의 부평전봉(浮萍轉蓬)으로 읽는 경우가 많았다. 시편에서 일관되게 구두점을 쓰지 않던 백석이 명편 「남신의주 유동 박시봉방」에서 처음으로 구두점을 사용하기 시작했다는 사실과 그 의미에 착안한 이차문서도 찾아볼 수 없었다. 사소해 보이지만 말 한마디에 목숨이 달려 있는 시세계에서 결코 사소한 사안이 아니다. 이들은 모두 텍스트의 기초적 사실들이다.

텍스트에 대한 구심적 경의 없이 자의적이고 무관한 추상어로 시세계를 개관하고 대체하면서 안전하게 무책임한 고공비행(高空飛行)을 일삼는 것이 많은 이차문서의 관행이다. 있지도 않은 일의 허위자백을 강요하기 위해서 텍스트의 몸통에 가하는 잔학 행위라는 느낌을 주는 논문 투의 글이 수두룩하다. 한 시편에 대한 올바른 해석은 한 가지뿐이라는 소박한 의미단원론(單元論)을 나는 믿지 않는다. 한 작품은 저마다 중층적인 의미의 층위를 갖게 마련이다. 그러나 이 사실이 해석들 사이의 적정성의 차이를 부정하거나 증거 없는 자의적 해석을 용인하는 것은 아니다. 고명한 이론가의 비유를 빌리면 창조적 비판적 읽기의 경우에도 무리한 폭주(暴走)를 방지하는 가드레일은 필요한 것이다.

임화, 오장환, 이용악, 백석의 네 시인을 대상으로 삼은 것은 우리 사이에서 얼마쯤 홀대되고 있는 주요 시인들에 대한 관심을 불러일으키기 위해서이다. 어느 한 곳으로의 관심 집중 현상이 우리 사회에서는 흔히 발견된다. 사회문화적 건망증, 몰주체적 대중 영합, 주견 없는 유행 추수 현상의 일환으로 여러 분야에서 극복되어야 할 취약점이라 생각한다. 문학이 하는 일의 하나는 세계와 인간의 음지에 적극적으로 관심을 갖는 일이다. 거론한 시인들은 해방 이후 북에서 체제 찬가나 성원가를 보여주었다는 공통점을 가지고 있다. 이들의 친체제 시편은 대체로 그 이전의 시편에 비하여 시적 긴장이나 성취도가 떨어져 있다. 친체제 시편이 대부분 주문생산품인 계기시라는 까닭도 있지만 사회적 이상과 낙관적 전망을 노래하는 것 자체가 규격화되고 진부해질 가능성을 안고 있기 때문일 것이다.

더 크게 말하면 『상상의 공동체』의 저자가 지적하는 대로 "마르크스주의를 포함하여 거의 모든 진화론적 진보주의 사고양식의 커다란 취약점이, 인간 고통의 압도적 중하(重荷)에 대한 물음을 접하고 짜증나는 침묵으로밖에 응답할 길이 없다"는 사정과 연관될 것이다. 그 자체가 검토에 값하는 사안이어서 짤막한 언급으로 끝내려 하지만 네 시인의 친체제 시편이 같은 계열의 작품들 가운데서 뛰어난 것임은 상기해둘 필요가 있을 것이다. 시인 배열 순서에 평가의 함의는 있지 않다. 임화, 오장환, 이용악은 시인으로서의 활동 순서를 따라 적은 것이고 얼마쯤 별격(別格)이라 할 백석은 바로 그 때문에 뒷자리를 잡아두었을 뿐이다. 꼴찌에게 보내는 갈채 있기를 바라는 심정도 없지 않아 있다.

백석, 오장환, 이용악이 작품활동을 시작할 무렵 시인 정지용은 "언어미술이 존속하는 이상 그 민족은 열렬하리라"고 적었다. 언어예술이라 하지 않고 언어미술이라 한 것은 그 나름의 낯설게 하기요 또 기억할 만한 이미지 포착의 명수였던 정지용에게 어울리는 발상이다. 민족과 민족어에 대한 이 짧막하고 감동적인 신앙고백은 민족과 민족어가 시련에 처해 있는 오늘 더욱 절실한 울림을 갖는다. 겨레가 멸망해갈 것 같은 일제 말기의 어둠 속에서 민족어로 우아한 슬픔의 언어미술을 조탁한 시인들의 무상(無償)한 노력이 있었기 때문에 오늘의 우리 문학도 가능하고 겨레가 "열렬"하기를 계속하는 것이다. 우리는 이 사실을 간과하거나 망각해서는 안 된다.

가령 체계적 계획적으로 자연을 훼손하거나 상습적 직업적으로 거짓말을 하는 사람들의 수효가 줄어들면 그만큼 사회는 좋아지고 편해질 것이다. 시와 문학을 즐기고 이해하는 것은 당사자들의 세계 향수에 관련되는 것이다. 그렇지만 시나 문학을 제대로 이해하는 사람들이 많아지면 그만큼 사회도 좋아질 것이다. 시와 혹세무민의 수사학을 판별할 수 있는 능력은 시민적 자질에 속한다고 생각한다. 그러한 의미에서 20세기 한국시의 정전에 포함되어야 할 옛 시인들이 널리 수용되고 음미되기를 희망한다.

연재를 해보자는 계간 『문학동네』 편집동인의 뜻을 전해준 황종연 교수의 전언을 접하기 전에는 이러한 책을 쓸 생각은 하지도 않았다. 제의가 그대로 영감이었다. 교실에서 학생들과 함께 20세기 한국시를 읽은 최근의 경험이 없었던들 이 책 쓰기는 역시 생각하지도 못했을 것이다. 언어예술에 눈뜨기 시작한 소년 시절, 이제는 전생의 기억처럼 아득하기만 한 그 무렵에 행복 체험의 설레는 예감을 안겨주었던 불우한 시인들에게 빚을 갚은 듯한 심정이다. 계기를 마련해준 문학동네의 젊은 동료들, 신촌 꽃동네 연세대학교 당국, 그리고 문과대학 국어국문학과 전·현직 동료들에게 이 자리를 빌려 심심한 사의를 표한다.

2002년 5월 외솔관에서

柳宗鎬

다시. 읽는. 한국. 시인.

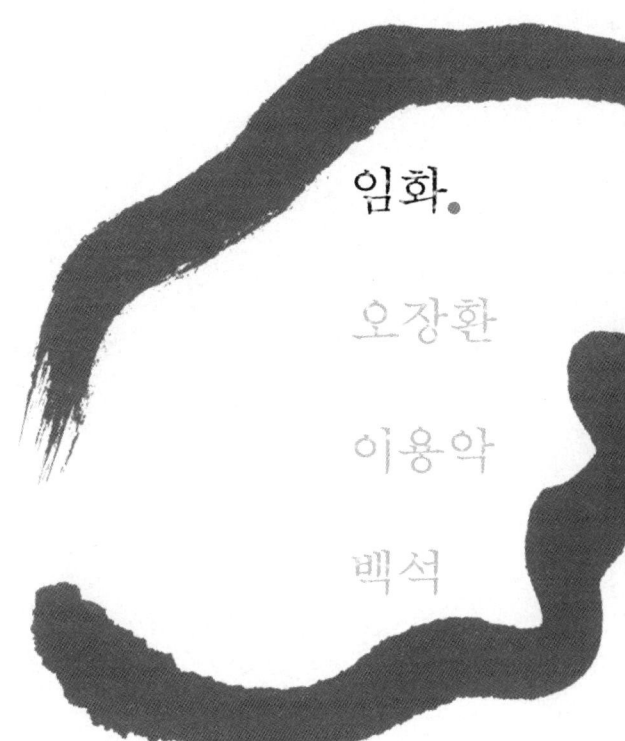

임화.

오장환

이용악

백석

사회주의 시인의 탄생
—『현해탄』의 시인 임화 · 1

이렇게 세상의 누이동생과 아우는 건강히 오늘 날마다를 싸홈에서 보냅니다.
영남이는 여태 잡니다. 밤이 늦었에요.
—「우리 오빠와 화로」 중에서

1

45세를 일기로 비극적인 생애를 마친 임화는 시인으로서 또 비평가
로서 많은 시편과 평문을 남겼다. 완결을 보지는 못하였으나 그는 또
한 야심적인 '신문학사'를 구상하고 집필한 문학사가이기도 하고 해
방 전에는 카프의 서기장으로서, 해방 후에는 문학가동맹의 간부로서
문화정치적 실천에서 매우 활동적인 궤적을 보여주었다. 오랫동안 금
기의 대상이 되어 있었음에도 불구하고 임화에 관한 두툼한 단독 연구
서가 몇 권 나와 있다는 것은 그의 문학적 비중에 대한 유력한 지표가
되어준다. 최인훈의 장편『화두』에 보이는 다음과 같은 대목은 아마도

임화 문학에 바쳐진 최고의 경의요 헌사가 아닌가 생각된다.

　국내의 좌파문학은 30년대에는 완전히 억압당했다. 다만 임화 개인
이 도달한 지점은 놀랄 만하다. 그의 굴복이 말해지지만, 그의 「한국문
학사 에세이」는 그의 최고의 달성임은 명백한 듯싶고, 그 저작이 해방
직전의 시점에서 쓰이고 있다는 것은 그의 이성이 얼마나 깨어 있었고,
논리의 형식으로 역사에 봉사하겠다는 결의 속에 있었음을 간단히 증거
하고 있다. 이 마지막 지적 걸작을 포함해서 그의 전 작품 — 시편들과,
실천평론들과, 문학사 서술에 전제되고 있는 이론적 체계로 구성된 의
식의 생산물은 해방 전 우리 문학의 최고의 업적이다. 사람은 노예살이
를 하면서, 폐병쟁이 노릇을 하면서도 이런 내면을 유지할 수 있다는 것
은 그 이상 위안이 없고, 그가 동업의 선배라는 것은 그렇게 즐거울 수
없다.[1]

　작중화자와 작가의 사회적 자아 사이의 거리가 인지되지 않는 이 작
품에서 임화는 깨어 있는 이성으로, 또 해방 이전의 최고 문학인으로
칭송되고 있다. '최고의 업적' 이란 규정이 서구 어투로 말해서 '최고
의 업적의 하나' 라는 것인지 문자 그대로 정관사가 붙는 '최고의 업
적' 이란 것인지는 분명치가 않으나 그 앞에 나오는 '지적 걸작' 이란
지칭과 함께 최고의 찬사임은 분명하다. 그리고 이러한 평가는 임화와
는 여러모로 대척적인 입장에 있다고 할 수 있는 작가에게서 나온 것
이어서 얼마쯤 의외롭게 들리기도 하고 그 때문에 부가적인 무게를 갖
게 되는 것도 사실이다.

---

1) 최인훈, 『화두』 제2부, 민음사, 1994, 69쪽.

소년기의 우연으로 필자는 임화의 처녀시집 『현해탄』의 초판본을 입수하여 읽었고 지금껏 보관하고 있으나 오랫동안 금기의 대상으로 남아 있었다는 사정도 작용하여 그의 평론집을 입수한 것은 근래의 일이다. 활자에 대한 탐욕스러운 호기심이 벌써 증발한 뒤의 일이어서 솔직히 통독의 충동을 느끼지 못하였다. 책읽기의 중단도 엄연한 비평 행위라고 생각하면서 필요에 따라 부분적인 띄어읽기로 만족하였다. 불우한 역정 속에서 그가 보여준 막대한 문학 생산량에 대해서 탄복을 금할 수 없고 또 외적 환경과의 함수관계로 이해할 수밖에 없는 표면상의 차이에도 불구하고 그가 상대적으로 일관되게 보여준 문학적 사회적 신조에 대해서도 경의를 가지고 있다. 게다가 그의 비극적 만년(晚年)은 그에 대한 부정적 관점의 발언 충동을 심히 주저하게 하기까지 한다. 그렇지만 그에게서 발견할 수 있는 어떤 성향은 결코 그만의 것이 아니기 때문에 하나의 범례로서 검토해두어야 한다고 생각한다. 임화가 자신을 직접적으로 드러내고 있는 「어떤 청년의 참회」란 문학적 자서(自敍)의 글에는 그의 비범한 재기(才氣)와 함께 거기서 유래한 취약점도 엿보인다. 지적 호기심이 왕성하고 피암시성이 강하여 곧잘 감격하고 동조한 것이 드러나는 위의 글로 미루어 문학청년기의 그가 탐욕스러운 독서가였고 폭넓은 관심의 소유자였음은 분명하다. 그러나 그가 당시에 애독한 것의 하나가 『개조』를 위시한 일본의 진보적 종합지였고 그것이 그의 실천평론에 직접적인 계기가 되고 충격이 되었으리라는 사실은 그의 삶과 글을 이해하는 데 중요한 단서가 되어준다고 생각한다. 그는 이른 나이에 카프의 주도적 이론가가 되어버렸고 항시 시대의 첨단에 서 있으려는 조급함도 곁들여 어떤 문제에 대하여 꼼꼼히 진득하게 사고한 흔적이 보이지 않는다. 그리하여 피치 못할 피상성과 경박성이 그의 실천평론을 물들이고 있고 그것은 그의 문체

속에 잘 드러나 있다. 가령 그가 삼십대로 들어선 1939년에 발표된 「카톨리시즘과 현대정신」이란 글에는 다음과 같은 대목이 보인다.

그러면 그 문화에 있어 어떠한 요소가 전통적이냐 하는 것은 그 문화의 생활의 성격을 묻는 말이 되는데, 동서양 문화를 가장 똑똑히 이런 의미에서 구별하는 것은 신성(神性)과 샤머니즘이다. 동양인의 샤머니즘적 사고와 서구인의 신적(혹은 종교적인) 사고! (……) 우리는 근대에서 '사회'란 문자를 배웠다. 그러나 근대는 인간을 자연에 매개함에 있어 사회가 얼마나한 역할을 했는가? 원만했다고 우리는 대답하기 약간 어려운 바가 있지 않았는가 한다. 보편화된 인간적 태도의 양대(兩大) 형태로서 신과 사회! 20세기는 이것의 상극이 명일의 운명을 복(卜)하지 아니할까? 세계사의 무대엔 언제나 영웅은 두 번 의장(衣裝)을 고쳐 등장한다 한다. 한 번은 배우로 또 한 번은 희극배우로!²⁾

1939년이라면 박목월, 조지훈, 박두진 등 이른바 청록파 시인들이 젊은 얼굴을 내밀던 해이기도 하다. 의사소통에 장애가 되는 소음이 많은 것도 문제이지만 샤머니즘적 사고와 종교적 사고로 동서양을 이분법적으로 파악하는 것은 그때나 지금이나 만용이다. 적정 수준의 탐구나 성찰도 없이 이렇게 커다란 문제를 거침없이 얘기할 수 있었다는 담력이 그의 막대한 문학 생산력의 한 원천이라는 의혹을 금할 수 없다. 그 다음에 이어지는 거창한 질문도 대의 파악이 어렵고 비약이 심한 대목이다. 인용문 중의 마지막 대목이 마르크스의 「루이 보나빠르트의 부뤼메르 18일」에 나오는 첫 대목을 딛고 있는 것은 분명한데 모호

---

2) 임화, 『문학의 논리』, 서음출판사, 1989, 442~444쪽.

하고 거창한 질문 뒤에 나와서 일반 신문 독자들을 혼란시켜 주눅들게 하는 급진성 현학 취미이다. 물론 비판에 앞서서 이런 글이 씌어지게 된 맥락에 대한 이해는 필요한 절차이다. 그때그때 저널리즘의 성화 같은 요청에 대한 응답이었을 것이라는 발생학(發生學)을 간과해서는 안 될 것이다. 또 육십 년도 더 되는 시점에서의 뒷지혜로, 언문일치 운동이 일어난 지 얼마 안 되는 시점의 문체적 혼란에 대해서 준열히 추궁하는 것도 공정한 처사는 아닐 것이다. 그러나 '최고의 업적' 특히 최고의 이론적 비평적 업적이라면 최소한도 모어의 구사에서도 최고의 수준을 보여주어야 마땅할 것이다. 그렇게 생각할 때 임화의 문장은 너무나 생경하고 투박하고 독백적이어서 섬세하고 엄정한 사고의 흔적이라고는 보이지 않는다. 그것은 그가 섬세하게 정감하고 치밀하게 사고하지 않았기 때문이지 본인 자신이 그렇게 생각했거나 초심 독자들이 생각하기 쉬운 표현상의 사소한 불찰이나 기교의 의도적 평가절하에서 나온 것은 아니다. 그것은 동시대의 다른 문인들의 글과 비교해보면 드러나는 것이고 그러한 점에서 당대 문인들의 예문이 다수 수록된 이태준의 『문장강화』에 임화의 글이 하나도 보이지 않는 것은 아주 시사적이다.

더욱 중요한 것은 그가 영향력이 컸던 당대의 시인, 비평가였다는 점이다. 모어 구사에서 타인의 추종을 불허하지는 못할망정 이렇게 허점이 많다는 것은 시인으로서나 비평가로서나 그의 커다란 한계라고 말하지 않을 수 없다. 그리고 자기 나름으로 치열하게 사고했다기보다는 그가 참조한 준거 집단의 구호적 사고나 유행적 성향에 동조 내지는 추종한 결과라고 생각할 수밖에 없다. 그것은 그에게만 고유한 취약점이 아니고 당대의 일반적 풍조라고 말할 수 있으나 적어도 시나 소설의 영역에서 그러한 현상추수적 피상성을 넘어서서 빛나고 있는 사례가 있기 때문에 그의 한계에 대해서 우리가 한정 없이 유연할 수만은 없는 것이다. 물론 문학적 도정에서 그가 가령 김기진이나 박영희 등과 비교하여 한결 자신에게 충직하였으며 좌파 문학의 일관된 양심이었다는 것은 응분의 평가를 받아야 마땅할 것이다. 그러나 그러한 윤리적 결벽이 문학적 취약점을 무효화하는 것은 아니라고 생각된다. 위의 인용문에 보이는 것 같은 허점과 어설픈 논리 전개는 평론집『문학의 논리』도처에서 발견되는 것으로서 결코 예외적인 경우가 아니다. 그는 너무나 많은 쟁점을 너무나 소략하게 또 실감이 뒷받침되지 않은 수준에서 도식적으로 다루었는데 이것은 시사적 요구에 대한 자제의 결여나 항상 무대 한가운데 있으려는 조급한 허영과 연관된다고 생각한다. 그가 영화에도 출연했다는 것은 매우 징후적이다.

이 글에서 필자는 시집『현해탄』『밤의 찬가』의 저자이며 해방 이전 현실주의 시 경향을 대표하는 임화 시편을 다시 꼼꼼히 읽어보고 그 시사적(詩史的) 의의를 검토해보고자 한다. 널리 알려져 있다시피 그는 평론가, 문학사가, 문화정치 실천가로서 다양한 활동을 하였고 이들은 긴밀히 상호연관되어 있다. 그러므로 그의 어느 한 국면만을 검토하는 것은 이러한 상호연관을 흐리게 하는 측면도 없지 않을 것이다. 그렇지만 임화는 무엇보다도 시인으로 기억될 것이고 그의 다양한 활동 중 시간의 부식작용에 가장 의연할 수 있는 것은 시 분야라 생각하기 때문에 한정적인 검토도 그 나름의 의미가 있는 것이라고 생각된다. 그리고 그의 비평적 위세도 시적 성취를 기반으로 한 것이기 때문에 그의 시적 성취와 실패의 이모저모는 그대로 평론가로서의 그의 공과에 대해서도 많은 것을 시사해주리라고 생각한다.

2

앞에서도 일별한 바 있는 임화의 「어떤 청년의 참회」는 임화 이해에 필수적이라 할 수 있을 만큼 자기 계시적이다. 또 자서적인 글치고는 매우 드물게 스노비즘을 넘어선 진솔성을 보여주기도 하는데 카프의 주도적 이론가였다는 전력을 생각할 때 그러한 자기 술회는 얼마쯤 의외롭기도 하다. 그것은 한글 문화 말살 전야라는 시대적 상황과도 무관계한 것은 아니라고 생각된다.

우연히 그는 그때 꼬올키란 작가와 똘스토이, 트르게네프 등의 로시아 작가를 알았으나 그의 사우(師友)가 되지는 아니 했습니다. 유명한 〈햄레트〉와 〈막베스〉를 읽었으나 〈파우스트〉와 같이 난해했을 따름이었습니다. 오히려 〈무정(無情)〉이 더 재미있었습니다. 물론 유명한 〈사랑의 불꽃〉은 그가 소녀를 생각할 때 읽어서 암송할 지경이었습니다.[3]

이광수의 톨스토이 경도는 본인의 술회와 작품 성향으로 널리 알려져 있지만 이태준 같은 이가 경도했다는 투르게네프, 또 경향파 작가들이 의례적으로라도 경의를 표시하는 고리키 등, 당대의 국내 작가들이 사숙한 작가들이 사우가 되지 못했다고 말하는 것은 시인으로서는 자연스러운 일이었을 것이다. 셰익스피어나 괴테의 경원도 그의 문학적 역정에 상부하는 일이고 또 번역작품에 대한 자연스러운 반응이었을 것이다. 『무정』을 가장 재미있게 읽었다는 것은 모국어로 된 작품에서 가장 충격을 받게 마련이라는 소년기 문학 체험의 특성에 부합하

---

3) 임화, 「어떤 청년의 참회」, 『문장』, 1940, 2쪽, 24쪽.

는 일이면서 그의 술회가 진실된 것임을 보여준다. 이렇게 자신을 드러내면서 그가 열독(熱讀)한 시인으로 거론한 것은 하이네, 베를렌, 칼붓세를 거쳐 다카하시(高橋新吉), 마르치네, 미요시(三好十郎), 모리야마(森山啓) 등이며 일본의 대표적 프롤레타리아 시인으로 알려져 있는 나카노(中野重治)는 평론을 열독하였다고 되어 있다. 이러한 술회는 이른바 영향관계란 말로 지칭하고 처리하기에는 너무나 농밀한 시작(詩作) 과정의 모태를 밝히는 데 중요하다. 시인의 시작 과정이 무(無)로부터의 불가사의한 창조가 아니며 신들린 상태에서 자신도 모르게 주어지는 영감의 선물도 아니고 개인의 경험과 선행 작품을 질료로 한 기술적 제작과정임을 인정할 때 습작기의 시인이 접한 시인과 시편의 형성력은 압도적이요 결정적이다. 상종하는 친구들을 통해서 사람됨을 알 수 있듯이 즐겨 읽고 선호하는 시인들을 통해서 우리는 시인됨을 측량할 수 있다. 임화의 경우 그가 열독했다는 시인들의 면면은 그의 시인됨을 이해하는 데 결정적이라 해도 망령된 추정은 아니다.

신승엽 편 『임화 전집 1 현해탄』에는 '프롤레타리아 시'를 쓰기 이전의 작품 10편이 수록되어 있는데 그중 가장 오래된 것은 1926년 매일신문에 발표된 「무엇 찾니」이다.[4] 우리 나이 열아홉이었던 당시의 임화는 성아(星兒)라는 이름을 이 작품에 붙이고 있다. 작자도 쑥스러워할 이 습작은 습작기의 작품이 항용 그렇듯이 축축한 감상이 주조를 이루고 있으나 "남모르게 홀로 뛰는 혼령아/이 어둔 비오는 밤에도/쉬지 않고 날뛰며/무엇을 너는 찾느냐?"로 끝나고 있어 작자의 정신적 방황과 정체성 탐구의 일단을 보여주고 있다. 엇비슷한 서정적 시

---

4) 신승엽 편, 『임화 전집 1 현해탄』, 풀빛, 1988, 289~305쪽. 이하 임화 시 및 나카노(中野) 시의 번역 인용은 이 책에 의존하였으며 일일이 쪽수는 적지 않았다. 시 인용 부분은 작품 발표 당시의 표기를 그대로 따랐음을 밝혀둔다.

도와 함께 프롤레타리아 시인으로 발전하는 것을 예고하는 듯한 「혁토
(赫土)」 같은 시편도 보인다. 그리고 임화 스스로 다다이즘의 영향을
받았다고 시사하고 있는 「화가의 시」 「지구와 빡테리아」 등의 시편도
눈길을 끈다.

　一分間에한마리式잡아삼키니

　十六億分이면 ― 時間換算은 성가시다

　＝地球는寒이다

　＝地球는寒이다

　'빡테리아' 는地球를抱擁하고哄笑한다

　　　크게 ―

　　　크게 ―

　（그웃음은黑色四邊形에培類로增大한다） ―

　　　　　　　　　　　 ― 「지구와 빡테리아」 중에서

이 작품은 1927년 8월 『조선지광(朝鮮之光)』에 발표된 것으로 되어
있다.(같은 해 3월에 6년 연장인 정지용은 「향수」 「석류」를 역시 『조선지
광』에 발표하고 있으며 14세 연장인 조명희는 「낙동강」을 같은 해 7월에
역시 『조선지광』에 발표하고 있다.) 임화의 시인으로서의 성장과정을
알리는 삽화 이상의 가치를 지니지 못한 이 작품의 뜻을 헤아리기 위
해 독자들은 머리를 조아릴 필요가 전혀 없다. 다다이즘의 기본 어휘
는 헤밍웨이 단편에도 나오는 nada(無)이고 관련없는 낱말이나 사물을
무작위로 아무렇게나 배열하여 기존 통념이나 가치가 전도된 콜라주
효과를 내는 것이 그 구성원리라 할 수 있기 때문이다. 따라서 오자를
찾아내려 한다든가 시정하려는 기도도 도무지 무의미한 획책에 지나

지 않는다. 전람회장에서 성냥개비를 먹고 고양이 소리를 내기도 했다는 다다 운동가들의 전신적인 거부와 절망과 혐오감을 간접 경험하는 것으로 충분할 것이다. 그리고 스무 살 전후 약년기의 임화가 다다이즘의 전신적인 거부와 반역에 공명하는 짤막한 기간을 가졌다는 것을 확인해두는 것으로 족할 것이다. 김기림의 「기상도」와 이상의 수식(數式) 도입의 축소판 희화(戲畵) 같은 대목도 엿보이는 「지구와 빡테리아」에서 우리는 심상치 않게 불길한 어휘와 이미지를 통해 시대에 대한 임화의 야유적이고 부정적인 태도를 확인할 수 있다. 이 거부적 부정적인 태도가 사사로움의 차원을 넘어서 분명한 사회적 근거와 정당화를 얻고 있는 것이 공공연한 프롤레타리아 시편이라 할 수 있는 「담(曇) ― 1927」이다. 이 작품은 카프 동경 지부에서 1927년 11월에 발행한 『예술운동』 창간호에 실렸다는데 작품 제작일은 1927년 8월 28일로 부기(附記)되어 있다.

그러나
인류의 범죄자
역사의 도살자인
아메리카 ― 뿌르죠아의 정부는
사랑하는 우리의 동지
세계 무산자의 최대의 동모
작코, 반젯틔의 목숨을 빼엇었다
電氣로 ―
(푸로레타리아ー트의 發電하는 전기로)

그러나

제2인터내슈낼은

드디어 兩同志救命아메리카위원회의 전세계 노동자의 쩌너랠 스트라익의 要望을 謀叛하였다.

그들은 이미 우리의 힘이 아니다

푸로레타리아의 조직이 아니다

룸펜 인테리켄차 ― 의 허울조운 逃避窟이다

　　　　　　　　　　　　　　　　　―「담 ― 1927」중에서

　이 작품에는 '작코, 반젯틔의 명일(命日)'이란 부제가 달려 있는데 그들이 처형된 것은 8월 22일이었으니까 작자가 붙인 제작일을 믿는다면 그 직후에 씌어진 것이다. 여기서 우리의 주목을 끄는 것은 「지구와 빡테리아」 발표 직후에 이 작품이 씌어졌다는 사실이다. 그러니까 스스로 '다다풍(風)의 시작(詩作)'을 시도했다는 시기는 적어도 현재 전해지는 작품을 근거로 추정한다면 몇 개월에 지나지 않는다. 이것은 다다이즘에 내재하는 성격에서 똑바로 나온 것이라 할 수 있다. 기성 체제와 관습에 대한 도전과 거부와 혐오감 표명은 당연히 그 대표적 제도로서의 언어와 의미와 통사법의 거부로 이어지고 성질상 그 전면적인 거부는 지속적인 반복도 거부하게 마련이다. 반복은 최초의 충격조차도 무효화시키고 말 것이기 때문이다. 트리스탄 차라의 경우를 제외하고서는 다다이즘 운동이 이내 초현실주의 운동으로 발전적 해소를 보았다는 것은 그럴 수밖에 없는 자연스러운 일이었다고 할 수 있다. 임화가 열독한 시인으로 거명하고 있는 다카하시도 다다이스트 시인으로 출발하였으나 서너 해 후에 선시(禪詩)로 개종하면서 간간이 단편소설도 시도하였고 만년에는 "다다는 세계어(世界語)이며 인류 공통의 평화적 이념을 내장하고 있다. 그렇지만 다다는 초보적인 선(禪)

의 아류에 지나지 않는다고 생각한다"고 술회하고 있다.[5] 그의 시적 성취는 청년기의 다다 취미를 방기함으로써 이루어진 것이라고 해도 크게 틀리지는 않을 것이다. 따라서 다다이스트 임화의 이력이 단시일에 끝난다는 것 또한 자연스러운 귀결이라고 할 수 있다.

그러나 「지구와 빡테리아」와 「담—1927」 사이의 거리는 시간적으로 너무 근접해 있고 작품의 모티프나 말투로 보면 너무나 현격하게 동떨어져 있다. 우선 눈에 띄는 것이 급진적인 정치적 관점의 채용이다. 첫머리에서 칼 리프크네히트와 로자 룩셈부르크의 죽음을 도입하면서 '놈들' '동무' '강도' 등과 같이 뒷날 급진 과격파들의 입버릇으로 굳어지는 격렬한 어휘를 동원하여 인류의 범죄자를 규탄하며 적개심을 고취하고 나서 "우리들은 동모와 같이 勇敢하게 戰場에로 가자"고 끝맺고 있다. 제2인터내셔널도 룸펜 인텔리겐치아의 도피처라고 성토하면서 계급 전쟁의 제일선에서 전위로 싸우련다는 태세를 전투적으로 극명하게 보여준다. 제2인터내셔널은 본래 1889년에 파리에서 결성되었으며 1890년에 브뤼셀에 본부를 둔 사회주의 정당의 협의 기구로 엥겔스, 카우츠키, 프레하노프 등이 초기의 지도자로 참여했는바 제1차 세계대전을 계기로 분열되었다가 1919년에 다시 부활되었다. 러시아 공산당이 각국의 공산당 세력의 결집을 도모하여 1919년 3월 조직한 제3인터내셔널(코민테른)은 강력한 집행 기관으로서 세계 혁명의 총사령부로 자임하였고 제2인터내셔널을 프롤레타리아트의 배신자라고 격렬히 비난하여 사회주의 진영은 공산주의와 사회민주주의로 분열하게 된다. 따라서 이 작품에서 임화가 취하고 있는 정치적 입장은 코민테른 산하 공산당이 취한 혁명 노선이다. 임화는 1926년 12

---

5) 高橋新吉 外, 『日本の詩歌 20』, 中央公論社, 1975, 208쪽.

월에 카프에 가입하였고 또 1927년부터 林和라는 필명을 사용하기 시작했으며 또 급진 성향의 평문을 발표하고 있다. 그러니까 위의 시편은 카프 맹원으로서의 시적 증명서 내지는 충성가라는 성격을 띠고 있다고 말할 수 있다. 이러한 과격 급진파 시인의 탄생은 약관의 나이에 걸맞은 일이기도 하나 당시의 사회 정세와도 밀접히 연관되어 있다고 생각된다. 일본은 1927년에 금융 공황을 겪고 있는바 공황은 3월 25일에 시작되어 4월 20일을 전후해서 최고조에 달하였다. 전국 은행이 2일간 일제히 휴업에 들어갔고 3주간을 기한으로 하는 모라토리엄을 실시하였는데 이 와중에 대만은행이 파산하였고 휴업 은행은 37개에 이르렀다.[6] 이러한 금융 공황과 거기서 유래한 사회 불안은 일본 공산당 지도부를 크게 고무시켰던 것으로 보인다.

유물변증법을 순수히 논리적인 형태로 파악한데다가 그것을 일본의 자본주의 전체에 기계적으로 적용한 결과 일본의 자본주의가 격렬하게 몰락하고 있다는 논의를 사노(佐野學)나 도쿠다(德田球一)를 포함하여 당의 최고 수뇌부 인사들은 곧이곧대로 믿고 있었다. 이에 대해 소련의 국제공산당은 일본 자본주의의 현상에 대해서도 한결 냉정하게 세목에 걸쳐 유물론적 분석을 시도하였고 그것은 얼마 후 브하린이 기초한 27년 테제로서 일본 공산당에 전달된다. (……) 1927년 대만은행에서 발단된 금융 공황이 있었을 때 도쿠다는 이것으로 일본의 자본주의가 격렬하게 몰락하리라 믿고 바야흐로 혁명의 전야라고 생각하였다. 국제공산당에서 일본에 파견되어 있던 대표 존슨은 일본의 자본주의가 아직 상향선을 그리고 있다는 분석을 가지고 당시의 일본 공산당을 책망하였다.[7]

---

6) 遠山茂樹 外, 『昭和史』, 岩波書店, 1959, 34~38쪽.

7) 久野收, 鶴見俊輔, 『現代日本の思想』, 岩波書店, 1956, 39~41쪽.

정당화될 수 없는 사회 부정의에 대한 정당한 분노가 기본 동력이 되어 있다 하더라도 성공 개연성에 의해서 고무되지 않는 혁명적 열정은 장기간 지속될 수가 없다. 독일을 비롯한 전 유럽에서의 혁명 호응을 믿어 의심치 않았기 때문에 러시아 혁명의 지도자들은 10월혁명을 성공으로 끌어갈 수가 있었다.(다수 의견에 따르기는 하였으나 유럽에서의 혁명 호응에 부정적이었던 지노비예프 일파의 예측이 옳았다는 것을 역사는 보여준다.) 희망적 관측은 실천적 급진주의 운동에 필수적이라 할 수 있고 금융 공황 상황을 혁명 전야라고 생각한 일본 공산당 지도부의 희망적 판단이 허황하건 않건 간에 그러한 낙관론 없이 혁명에의 혼신적 투신은 기대하기 어려울 것이다. 금융 공황이 공산당 지도부뿐 아니라 좌파 지식인들을 고무하고 그러한 기풍은 특히 진보적 종합지에 반영되어 널리 확산되었을 것이라고 추정할 수 있다. 3·1운동의 기억이 아직도 생생하고 6·10만세운동도 바로 한 해 전의 일이요 신간회도 갓 결성된 시점에서 한국의 지식인 사이에서도 변화에 대한 낙관적인 갈구는 생소한 경험이 아니었을 터이다. 이것이 급격한 변모를 통한 한 빼어난 프롤레타리아 시인의 탄생을 촉진하고 고무한 사회 정세라고 할 수 있다.

「담—1927」은 소재나 소재 처리의 방식에서나 아주 충격적인 작품이다. 급진 과격파의 계급 전쟁 출진가(出陣歌)라는 성질 자체에서 오는 격렬한 어휘 사용, 신문기사적인 시행의 대담한 도입, 간결한 시행과 장거리 시행의 교차, 거기서 빚어지는 독특한 긴장감과 변화감, 60여 행에 이르는 긴 호흡 등이 당시의 시적 상황에서는 놀라운 것이었다고 생각된다. 전 세계를 떠들썩하게 했던 미국에서의 법률 살인에서 소재를 구했다는 것도 이채로운데 그것은 일본 제국주의에 대한 직접적 공격보다는 '아메리카 부르주아 정부'를 겨냥해 곡사포를 발사함으로써 알리바이를 삼으려는 전략적 고려에서 나온 것이기도 할 것이다. 그것은 작가들이 역사소설을 통해서 민족의 상처난 자존심을 위로하는 한편 당대 현실의 직접적 처리가 야기하게 마련인 식민지 통치권력과의 잠재적 마찰을 피해보자는 전략과도 상통하는 바가 있다. 또 영구혁명론과 밀접히 연관되어 있던 국제주의가 소련에서의 일국 사회주의론의 득세로 얼마쯤 약화되기 이전의 시점이라는 것과도 관련될 것이다. 그러나 또 한편으로 신문으로 전해지는 외국의 사례를 소재로 삼았다는 사실은 시의 계기가 지식인의 관념 속에 기초를 두고 있으며 우리의 현실에서 직접 촉발된 것이 아니고 풍문을 통해 촉발되었다는 점에서 어떤 한계를 드러내고 있다. 이러한 직접성의 결여는 일본의 당대 극좌파 논의에 크게 의존하고 있는 임화의 실천비평에서도 엿보이는 한계라 할 수 있다.

「담 — 1927」 발표에서 시집 『현해탄』을 상자하기까지의 몇 해 사이에 임화는 10여 편의 시를 발표하고 있다. 시인 임화의 성가를 굳혀주고 카프의 대표적 시인이라는 세평을 마련해준 이 시편들은 대체로 호흡이 길고 읽기가 힘들며 투사들의 투지와 결의를 다루고 있다는 공통점을 가지고 있다. 「봄이 오는구나」는 아마도 옥중에 있는 것으로 생각되는 "강철벽같이 용감하고 위대한 사나이인" 동무에게 보내는 독백이거나 편지다. 함께 봄을 누리지 못하는 안타까움과 회상과 동지애를 만연체로 적고 있다. 복자(伏字)가 드문 편인데 그만큼 동무에 대한 그리움과 결코 잊지 않고 있다는 전언이 주조를 이루고 있다. "만일 내 목숨을 주어 바꿀 수가 있다면 나는 곧 달아나는 전차에 이마를 깨트리리라." 「어머니」는 돌아간 어머니에게 보내는 독백인데 작품 상황은 모호한 편이다.

지금 어머니가 살았을 때 그렇게 귀여하는 이 아들은 어머니의 굳은
몸이 누어가든
　이 파란 이슬길을 걸어오고 있우
　그런데 어머니!
　웨 나는 이 길을 언제나 棺뒤에만 따라갔다 와야 하게되었는지 모르
겠어

이러한 도입부의 시행과 "어머니! 나는 가우 잘 있우"라는 마지막
시행으로 미루어 어머니의 산소 앞에서 되뇌는 독백 같기도 하다. 그
러나 "어머니! 지금은 어머니가 노 설흔 이야기로 밝혀주든 봄밤도 어
둡게 이슥하여졌우"라는 첫머리 시행은 그러한 추정의 설득력을 감소
시켜준다. 분명한 것은 화자의 동지이자 누이동생 옥순의 애인인 순봉
이가 죽고 그리하여 홀로된 순봉의 어머니를 위해 화자의 남매가 아들
딸 노릇을 하겠다는 결의를 돌아간 어머니에게 다짐하는 것이다. 밤낮
을 가리지 않고 '운동'과 '투쟁'에 헌신한 젊은 동지의 죽음을 애도하
면서 살아남은 자의 계속적인 투쟁을 다짐하는 것이 주된 전언이다.
「병감(病監)에서 죽은 녀석」도 죽은 동지에게 보내는 회상적 독백의
형식을 취하고 있다.

　그러나
　귀여운 이 녀석아! 잘 가거라
　우리들의 ×××은 미친 개처럼 싸지르는 白色테-로들의 毒手를 짓밟고
　더 멀리 더 굳세히 앞으로 나가리라
　더 무섭게 더 무겁게 죽엄을 안고 싸호리얀다고!

「담—1927」이 드러내고 있는 우리 현실로부터의 일탈이 고스란히 극복되어 있는 시편이다. 3·1운동과 수원 제암리교회 학살사건에 대한 직접적인 언급이 나오고 또 일본 사회주의자의 암살이나 탄압이 거리낌없이 처리되어 있다. 일본 제국주의를 직접 겨냥한 정공적인 투쟁 시편으로서 아마 『현해탄』에 넣고 싶어도 수록되지 못했을 것이요 국내에서 발표된 해방 이전의 시 중에서 가장 명시적인 반일(反日) 투쟁 시편이라고 할 수 있을 것이다.

일즉이 해가 1920년이었을 때 삼월
우리들이 사랑하는 용감한 내 나라의 백성들이
××한 帝國主義××과 自由를 싸웠을 때
어떻게 꿈에도 못 잊을 사랑하는 同胞가 ×들의 毒手에 넘어졌든가를
말하지 안었든가 ―

「양말 속의 편지」는 파업 계속을 독려하는 편지의 형식을 취하고 있으며 「오늘밤 아버지는 퍼렁이불을 덮고」는 옥중의 아버지가 아들에게 보내는 편지 내지는 독백의 형식을 취하고 있다. "아버지나 너는 언제나 일에 한결같아야 한다"는 것이 전언의 핵심이다. 일부가 1931년도에 나온 『카프 시인집』에 수록되어 있는 이 시기의 시편들은 대부분 편지체 혹은 독백체를 취하면서 혹은 투쟁의 전의를 고취하고 혹은 그 지속을 독려하고 혹은 자기 설득을 꾀하고 있다. 호흡이 긴 산문체를 취하고 명시적 전언을 특징으로 하는 이 시기의 시편들이 언어 자원의 활용에 있어 극히 소극적이라는 것은 주목할 만하다. 문학이 반제 투쟁 혹은 계급 전쟁에서의 직접적 도구가 되어 마땅하다는 사고의 수용에서 말미암은 것이기도 하겠지만 이보다도 그의 시작과정에서 실질

적 질료가 되어준 선행 시편의 성격과 연결되는 것이라고 생각된다. 너무나 명시적인 투쟁 고취의 전언, 절제 없는 감정과 언어의 반복적인 연쇄, 구호적으로 들리는 규격화된 언어에의 의존, 칠십 년의 시간 격차에서 오는 문체적 진부함의 전경화, 거기에 복자(伏字)가 야기하는 의미 파악의 짜증나는 중단 등등 여러 요소가 작용하여 이들 시편은 오늘의 독자에게는 쉽게 읽히지 않는다. 산문적인 흐름의 시편이기 때문에 가령 김소월의 시에서 재래적인 운율성이 도리어 시의 매력을 더하는 것 같은 부대 효과도 갖지 못한다. 그럼에도 불구하고 좁은 서정시의 세계에서 사회 현실에 기초한 서사 충동을 추구하여 그 세계를 넓혔다고 하는 것은 커다란 성과이고 당대에는 큰 충격이 되었으리라고 생각한다. 그것은 부족한 대로 20세기 한국시에 정치시의 원형을 제공함으로써 보이지 않는 형성력이 되어주기도 하였다. 가령 해방 직후의 설정식이나 박인환의 호흡이 긴 정치시는 「담 — 1927」 이후의 임화 시의 계보에 속해 있다고 볼 수 있다. 설정식 등의 시편이 한결 견고하고 세련되어 있는 것은 사실이나 그것은 후발주자가 갖게 마련인 자연 포상의 결과에 지나지 않을 것이다.

커가는 신문에서
우리는 자손에 전할 것을 오려둔다
1946년 10월에 서리조차 내리기 힘들었던 사실과
1947년 3월 2천의 사상(死傷)과
1948년 2월의 대치 상황과
같은 해 5월에는 유난히 쑥갓이 흔하고
아해들은 웃음을 잊어버리고
총소리 가깝던 것과

그리고 8개국 중 4개국만이 지지한 사실을

자를수록 커가는
아카샤 뿌럭지 뻗어가는 면적에 정비례하며
커가는 것은 우리 영토
신문은 그 영토를 지켜라
　　　　　　　　　—설정식, 「신문이 커졌다」 중에서

마땅히 요구할 수 있는 인민의 해방
세워야 할 늬들의 나라
인도네시아 공화국은 성립하였다 그런데
연립 임시정부란 또 다시 박해다
지배권을 회복하려는 모략을 부셔라
이제는 식민지의 고아가 되면 못쓴다
전인민은 일치단결하여 스콜처럼 부셔저라
국가 방위와 인민전선을 위해 피를 뿌려라
3백년 동안 받어온
눈물겨운 박해의 반응으로
너의 조상이 남겨놓은
야자나무의 노래를 부르며
홀랜드군의 기관총 진지에 뛰어들어라
　　　　　　　　　—박인환, 「인도네시아 인민에게 주는 시」 중에서

3

「현해탄」이전의 임화 시편 중 가장 성취도가 높고 호소력이 빼어난 작품은 널리 알려진 「우리 오빠와 화로」라고 생각된다. 인쇄소에 다니는 오빠, 제사공장에 다니는 누이동생, 그리고 담배공장에 다니는 막내 영남이 등 삼남매 중 가운데인 누이가 화자가 되어 자유의 몸이 아닌 오빠에게 보내는 편지 형식으로 되어 있는 시편이다. 부모 없는 이들 삼남매는 모두 가진 것 없는 근로자들이다. 노동쟁의나 지하활동에 종사하던 오빠는 구속되고 그것이 알려지자 누이동생도 아우도 해고되어 봉투 풀칠을 하여 호구를 하면서 솜옷을 장만하고 있다. 화자인 누이는 오빠와 그의 동지들을 용감하고 위대한 청년들이라며 자기 남매도 싸움을 계속하겠다는 의지를 표명한다. 희곡작품이 대화와 독백과 방백을 통해서 모든 상황과 줄거리 추이를 관객이 인지하게 하듯이 화자의 편지 혹은 독백은 독자에게 모든 상황을 재구성하도록 유도하는데 세목의 선택은 적정하게 구체적이고 적정하게 암시적이다.

그리하야 제가 永男이에 버선 하나도 채 못 기웠을 동안에
門지방을 때리는 쇳소리 마루를 밟는 거치른 구두소리와 함께
― 가버리지 안으셨어요

오빠와 또 가장 위대한 용감한 오빠 친구들의 이야기가 세상을
뒤줍을 때
저는 製絲機를 떠나서 백장의 일전짜리 봉투에 손톱을 뚜러트리고
영남이도 담배 냄새 구렁을 내쫓겨 封套 꽁무니를 뭅니다
지금 ― 萬國地圖같은 누더기 밑에서 코를 고을고 있습니다

34

체포 구금되는 순간의 간결하면서도 구체적인 세목 명시와 "오빠와 오빠 친구들의 이야기가 세상을 뒤줍을 때"라는 세목의 명시적 지칭의 회피는 대조를 이루면서 독자에게 상상적 구성을 부과한다. 오빠의 일터와 화자의 일터를 신문지 냄새와 누에똥 냄새를 통해서 시사하는 솜씨도 재미있고 자연스럽다. 화로와 화적갈의 소도구도 이야기 전개에서 기능적으로 구실한다. 가난한 근로자 삼남매, 맏이의 피체와 구금, 동생들의 일터 상실, 신체 자유를 상실한 오빠에 대한 지극한 우애, 오빠 친구들에 대한 경의 섞인 동지애, 오빠의 대의를 뒤따르며 투쟁하겠다는 무구한 결의 등으로 요약할 수 있는 고난 속의 미담적 구조는 발표 당시 독자들의 심금을 울리기에 충분하였다고 생각된다. 물론 이 눈물겨운 미담적 구조가 오늘의 독자들에게 감상(感傷)적인 것으로 비칠 공산은 크다. 그러나 시대 상황이 영웅을 만들어내듯이 간난과 곤경 또한 미담을 만들어내는 것이고 20년대 말이라는 시점에서 이 시가 안겨준 충격과 감동은 이해할 수 있는 성질의 것이다. "오빠의 강철 가슴" "만국지도 같은 누더기" "화적 같은 旗대처럼" 등의 비유가 있기는 하지만 과도한 수사를 배제한 투명하고 소박한 직설 산문체로 전개되어 도리어 효과적이다. 복자(伏字)가 없다는 것도 이 작품의 성취도를 시사해주고 있다. 삭제를 일삼는 검열제도 아래서 복자가 많다는 것은 그만큼 저항적 전복적 요소가 많다는 것이고 그것은 사람의 복면처럼 일정한 충격 효과를 갖게 마련이다. 가령 「병감에서 죽은 녀석」에 산재해 있는 복자는 글자넣기 놀음의 지연 효과를 포함하여 독자 유혹적인 기능을 발휘하는 게 사실이다. 그러나 복자의 빈번한 등장은 짜증나고 거슬리는 반유혹(反誘惑)의 장치가 되기 쉽다. 검열을 피하기 위한 방책으로 거친 투쟁 언어나 과격한 구호가 배제되어 도리어 "설지도 않고 외롭지도 않습니다 (……) 이렇게 세상의 누이동생과 아우는 건강히 오늘날마다를 싸움에서 보냅니다"라는 순정의 매혹으로 마무리되어 있다고 할 수 있다.(작자의 의도 여부와 상관없이 '세상'이란 소박한 말은 여기서 유치장이나 감옥 밖이란 뜻을 가진 채 사회 전체를 가리키면서 이런 오누이가 세상에 허다하다는 것을 시사하여 의미의 중층성을 지니고 있다.) 이 작품은 임화의 초기 작품 가운데서 가장 높은 평가를 받았는데 그러한 세평은 적정 타당한 것으로 여겨진다. 경향성이 있는 정치시나 프롤레타리아 시편도 엄연히 시가 될 수 있다는 것을 당시로서는 가장 높은 수준에서 보여주고 있기 때문이다.

발표 당시 팔봉 김기진이 「우리 오빠와 화로」를 격찬하면서 시인들이 단편 서사시의 길로 나아가야 한다고 역설했다는 것은 널리 알려진 문학사의 전설이다. "우리들의 시가 단편 서사시의 길로 — 혹은 프롤레타리아의 주제시의 길로—제군의 길은 타개되어야 한다."[8] 서사시를 영웅이나 전사들에 관한 웅장한 규모의 긴 이야기 시라고 정의할 때 비록 단편이라는 한정사가 붙어 있기는 하나 '단편 서사시'란 모순 어법은 그리 적정한 것은 아니다. 이야기가 단순히 문학 양식이나 형태에 그치지 않고 근본적으로는 인식론적 범주이며 학문 이론조차도 이야기의 형태 속에서 전개되게 마련이라는 주장까지 가지 않더라도 얘기는 도처에 잠복해 있다. 소박한 서정 단시에도 얘기가 있고 얘기 도출이 가능한 계기가 잠재해 있으며 갈등 있는 곳에 얘기는 있게 마련이지만 '단편 서사시'를 가령 담시(譚詩)와 같은 비교적 '짤막한 이야기 시'로 받아들인다면 김팔봉의 평언은 경청할 만한 것이었고 기술 비평적인 국면도 공허한 추상성에서 벗어나 있다고 생각된다.

---

8) 홍정선 편, 『김팔봉 문학전집 1』, 문학과지성사, 1988, 139~144쪽.

근자의 임화 시론이나 연구에서 가장 많이 논의된 시편은 그러나 「우산받은 요꼬하마의 부두」일 것이다. 「우리 오빠와 화로」와 같은 해인 1929년에 몇 달 늦게 『조선지광』에 발표된 이 작품도 서사 충동이 현저한 시편으로서 길이는 전작보다 훨씬 긴 편이다. 추방되어 귀국을 강요당하고 있는 조선 청년이 화자가 되어서 종이 우산을 받고 배웅 나온 애인이자 동지인 일본인 소녀에게 던지는 독백체로 되어 있다. (그러나 '극적 독백' 이라고 범주화하기에는 너무 길고 느슨하고 반복이 많다. 또 대부분의 서정시가 사실상 독백이기도 하다는 것을 상기하는 것도 유익할 것이다.) 일본 소녀나 동지들이 놓여 있는 상황 그리고 '검정 옷' 의 재촉을 받으며 배를 타고 떠나야 하는 화자의 상황이 차례로 제시되고 마지막에는 투쟁에서의 승리를 통해 해후를 기약하면서 배웅 온 소녀에게 돌아가라고 하는 것이 줄거리이다. 투쟁의 미화와 미담적 구조가 반복되는데 임화 특유의 서정적 처리 또한 여전하다. 전경화되어 있는 것은 제국주의와 식민지의 종속관계를 넘어서서 이루어지는 근로 계급의 연대관계이다.

더구나 너는 異國의 계집애 나는 식민지의 산아희
그러나 — 오즉 한가지 이유는
너와 나 — 우리들은 한낫 근로하는 兄弟이었든 때문이다
그리하야 우리는 다만 한 일을 위하야
두 개 다른 나라의 목숨이 한가지 밥을 먹었든 것이며
너와 나는 사랑에 살아왔든 것이다.

동시대의 다른 정치시편과는 달리 추상성을 극복한 서정성이 돋보이는데 투명한 직설체이기는 하나 그런 대로 시적 장치도 마련되어 있

어 감칠맛이 있는 편이다. 또 적절한 세목의 경제적 처리도 그의 구성
능력을 돋보이게 한다.

> 그러나 〈요꼬하마〉의 새야 ―
> 너는 쓸쓸하여서는 아니된다 바람이 불지를 안느냐
> 하나뿐인 너의 조희 우산이 부서지면 어쩌느냐
> 어서 들어가거라
> 인제는 네의 〈게다〉 소리도 빗소리 파돗소리에 뭇쳐 사러졌다
> 가보아라 가보아라
> 내야 쫓기어나가지만 그 젊은 용감한 녀석들은
> 땀에 젖은 옷을 입고 쇠창살 밑에 앉아 있지를 안을 게며
> 네가 있는 공장엔 어머니 누나가 그리워 우는 북륙(北陸)의 유년공
> (幼年工)이 있지 안으냐

이 작품은 일본 시인 나카노(中野重治)의 「비나리는 시나가와 역(品
川驛)」에 대해 화답한 시라고 해서 많은 화제를 낳았고 비교 검토의 대
상이 되어왔다. 나카노의 시가 쫓겨가는 조선인을 보내는 일본인 쪽의
고별의 시임에 반하여 임화의 시는 쫓겨가는 조선인 청년이 배웅 나온
일본인 애인 동지에게 보내는 고별의 시이기 때문에 그 대응관계는 분
명해 보인다. 나카노의 시는 일본의 종합지 『개조』에 먼저 발표되었고
얼마 후 동경에서 발행되던 『무산자』에 번역 게재되었다고 한다. 『개
조』 발표 텍스트가 워낙 삭제를 많이 당해서 뒷날 한글 번역 텍스트를
참조해서 복원하였다는 것인데 최초의 텍스트와 뒷날 『나카노 시집』
에 수록된 텍스트 사이에는 커다란 차이가 있다. 후반부가 많이 달라
지고 간결해졌으며 한결 정연하다. 임화가 분명히 거기에 의존해서

「우산받은 요꼬하마의 부두」를 끝맺었던 다음과 같은 시행은 삭제되었는데 그것은 아마 30년대 이후의 역사의 진행과 관련된 것이 아닌가 생각된다. 20년대 말에 나카노를 비롯한 과격파 지식인들이 꿈꾸던 희망적 관측은 실현되지 못하였기 때문이다.

그리고 또 다시
해협을 건너뛰며 닥쳐오너라
神戶 名古屋을 지나 동경에 달여들어
그의 신변에 육박하고 그의 면전에 나타나
×(그)를 사로×(잡)어 그의 ×(멱)살을 움켜잡고
그의 ×(멱) 바로 거긔에다 낫×(끝)을 겨누고
만신의 뛰는 피에
뜨거운 복×(수)의 환희속에서
울어라! 웃어라!

결정판의 텍스트에서는 "잘 가거라 / 보복의 환희에 울고 웃을 날까지"로 간략히 끝맺고 있다. 김용직 저『임화문학 연구』에서 저자는 "임화의 것이 몇 가지 점에서 나카노의 작품을 능가하는 면을 가진다"고 하면서 "전체적으로 보아 임화의 것은 나카노의 것에 비해서 어조가 동태적이며 사건 처리 역시 입체적이다"라고 적고 있다.[9] 언어를 달리하는 시편의 성취도를 수평 비교하는 것은 위험하고 소득 없는 일이다. 그러한 전제 아래 굳이 양자를 비교해본다면 임화 쪽의 우월을 얘기하기는 어렵다고 생각한다. 『무산자』에 게재된 우리말 번역과 임화

---

9) 김용직,『임화문학 연구』, 세계사, 1991, 51~52쪽.

시 「우산받은 요꼬하마의 부두」를 단순 비교한다면 혹 그렇게 얘기할 수 있을지도 모른다. 그러나 그것은 공정한 처사도 아니고 예의도 아니다. 나카노의 시는 시집 수록판 텍스트를 놓고 볼 때 공허한 수사나 요설이 절제되어 있는 깔끔하고 정연한 서정시로 응집되어 있다. 당대의 우리 정치시와 비교할 때 뛰어나다고 생각되는 임화 시편의 대목도 나카노의 작품과 비교해본다면 호들갑스럽고 감정과 요설의 절제가 없으며 심하게 얘기하면 자못 신파적이다. 비교의 대상이 바뀌고 검토의 맥락이 바뀌면 시 자체도 바뀐다. 『임화문학 연구』에는 또 "가령 이 작품에서 우산은 비로 상징되는 독점자본주의의 추구, 옹호자 일제의 규제, 간섭과 탄압을 상징한다"란 대목이 보인다. 논리적으로 잘 납득이 안 되는 부분이어서 혹 오자나 탈락이 있는 것이 아닌가 생각된다. 그렇지만 비는 상징이기 이전에 물리적 현상이라는 것을 독자들과 함께 확인하고 들어가는 것이 중요하다. 임화 시편에 비가 내리는 것은 나카노 시편에 대한 화답이라는 것과 관련될 것이다. 우리의 시인들도 노래했듯이 비는 "움직이는 비애"이며 "하늘과 땅이 손을 잡고 우는" 자연의 눈물이다. 비와 눈물 사이에는 유추관계가 성립되고 따라서 문학이나 영화나 대중가요에서 애상적이거나 절망적인 상황이 비를 배경으로 하고 있는 경우가 많은 것이다. 따라서 일본에서 쫓겨나는 네 사람의 조선인이 시나가와 역에서 기차에 오를 때 비가 내리는 것은 너무나 자연스러운 일이고 또 임화 시편 속의 추방당한 조선 청년이 귀국선을 탔을 때 비가 오는 것은 더욱이나 당연하다. (關釜 연락선을 타기 위해 下關 행 기차를 타는 것은 사실에 부합하지만 요코하마에서 배를 탄다는 것은 허구일 것이다. 영화 경험이 있는 임화는 극적인 장면을 연출하기 위해 쫓기는 근로청년에게 어울리지 않는 호강을 시킨 것이리라.) 게다가 일본은 비가 자주 오는 곳이요 항상 우산을 준비하고 다녀야

안전한 경우가 많다. 그럴듯한 해석을 도입하기 위해 자의적으로 상징을 거론하기 이전에 우리는 "때로 씨가는 씨가일 뿐"이라고 토로한 프로이트의 탄식을 늘 상기해야 할 것이다.

「우산받은 요꼬하마의 부두」와 「비나리는 시나가와 역」 두 편을 제쳐놓고 시인으로서의 두 사람을 전반적으로 비교한다 하더라도 임화가 약하다는 비평적 동의가 쉽게 도출되지 않을까 생각된다. 나카노 쪽이 작품 양은 더 적을지 모르지만 그만큼 세련도나 완성도는 높다고 할 수 있고 작품의 모티프나 소재 접근도 다양한 편이다. 임화에게 애송에 값하는 시가 없다시피 한 반면 대표적 프롤레타리아 시인이라는 칭호가 있지만 나카노는 애송에 값하며 실제 많은 사람들에게 애송되는 명편을 가지고 있다. 가령 "너는 노래하지 말라/너는 여뀌꽃이나 잠자리 나래를 노래하지 말라/바람의 속삭임이나 여인의 머리카락 내음을 노래하지 말라" 10)라는 대목으로 시작되는 「노래」란 작품은 좌파 시인으로 자기 정립을 꾀할 무렵에 씌어진 것으로서 프롤레타리아 시론의 선언이라 할 수도 있다. 가녀리고 들떠 있고 애상적인 모든 것을 버리고 치욕의 구렁에서 용기를 길어올리는 노래를 부르라는 자기 설득의 시편이기도 하고 금연 지망자가 금연을 공표해버림으로써 니코틴의 유혹을 사전에 차단하듯이 옛 버릇에서 발을 빼려는 자기 기율의 시편이기도 할 것이다. 그럼에도 언뜻 전언의 취지와는 달리 여뀌꽃이나 여인 머리카락 내음의 물리칠 길 없는 매혹이 곁들여져 있고 섬세한 반어적 서정의 복합성이 드러나 있어 엥겔스가 말하는 재주가 없어서 자신의 확신을 보여주기 위해 극단적인 경향의 서투른 작품을 쓰는 부류와는 아주 다르다는 것을 분명하게 보여주고 있다.

---

10) 『中野重治詩集』, 岩波書店, 1978, 74쪽.

임화와 나카노의 차이는 개인의 재능의 차이가 아니고 문자 그대로 문학 전통의 차이라고 생각된다. 나카노는 고등학교 재학 시절 일본의 전통적 장르인 단가(短歌) 수련을 쌓았고 그후 빼어난 서정시인 무로우(室生)의 지도도 받았다. 초기의 서정시에도 가작이 많은데 이렇게 축적된 문학적 수련 위에서 최고의 프롤레타리아 시인이란 호칭에 상부하는 작품을 쓸 수가 있었다. 그러기에 "中野여/부르주아 시의 기술의 승계에서/우리들 진영의/클라이막스를 보여준 것은 자네야/하지만 그건 인테리에게는 전달되었지만/노동자에게는 먹혀들지 않아"[11]라는 강경 프롤레타리아 동료 시인의 비판도 받았던 것으로 보이는데 이 문제에 구극적 판정을 내린 것은 그러나 시인들의 선의의 의도나 의식적 지향이 아니라 시간이요 역사였다고 해야 할 것이다. 임화에게는 언어 자원의 효율적 활용을 이모저모로 습득하고 훈련할 시간적 여유도 없었고 그러한 기율의 자각적 부과를 부단히 촉구하는 전통 즉 살아 있는 과거의 생산적인 압력도 없었다. 그가 열독했다고 적고 있는 몇몇 일본의 강경 좌파 시인들이 이렇다 할 작품을 남기지 못한 부류라는 것은 시사하는 바가 많다. '부르주아 시의 기술의 승계'를 받을 겨를도 없이 다다이즘의 부박하고 무책임한 모작 단계를 지나 그는 너무 일찍이 프롤레타리아 시인으로 자기 정립을 하였고 '노동자에게 먹혀들어가는' 작품을 생산해야 한다는 실천비평가로서의 구호에 자승자박되어 감칠맛 없는 명시적 구호와 전언의 시를 생산하는 것으로 시종하였다. 「우리 오빠와 화로」등 일련의 초기 사회시편은 그의 비범한 재능의 산물이지만 그가 투신한 대의와 문학 이념은 그 재능의 전향적 자기 갱신 기회를 박탈하고 말았다. 뒷날 내성(內省)과 불확정성

---

11) 『小熊秀雄詩集』, 岩波書店, 1982, 81쪽.

을 특징으로 하는 몇 편의 시를 썼고 그것은 시적 전기(轉機)의 가능성을 안고 있었지만 시대 상황은 이미 모어로 된 시편의 생산을 불가능하게 하고 있었다. 그나마 그에게 이런 전기 가능성이 찾아온 것은 자승자박적인 문학 이념의 타율적 방기 내지는 유보가 불가피한 시점에서였다.

김윤식 저 『임화 연구』 제8장 '나카노(中野重治)와 비나리는 시나가와 역(品川驛)'은 그 작품이 『무산자』에 번역 게재된 전후 사정을 비롯하여 이에 대한 화답으로 임화의 「우산받은 요꼬하마의 부두」가 씌어졌다는 경위 등이 상세히 취급되어 있다.[12] 나아가 「비나리는 시나가와 역」에 보이는 "일본 푸로―레타리아트의 앞잡이요 뒷군"이란 대목에 대한 재일교포 문인들의 의문 제기와 나카노의 변명 등의 후일담이 상세히 기술되어 있어 흥미있는 읽을거리가 되어주고 자료 섭렵의 노고를 짐작케 하고 있다. 이와 관련된 문서의 원전을 접하지 못한 터이기 때문에 왈가왈부할 처지에 있지 않으며 또 텍스트 바깥의 삽화에 대한 왕성한 호기심도 가지고 있지 않은 편이다. 다만 시의 독자로서 작품에 쓰인 어사의 의미는 분명히 해두는 것이 필요하다고 생각한다. 번역 속의 "앞잡이요 뒷군"에서 '뒷군'이란 말은 앞잡이에 대한 대응어로서 역자가 찾아낸 적절한 어사이다. 일상생활에서 쓰이는 것을 들어본 바도 없고 웬만한 사전에는 나오지도 않는다. 다만 한글학회에서 펴낸 우리말 사전에는 "거추꾼"을 뜻하는 제주 방언임이 밝혀져 있다. 앞잡이란 말은 흔히 남의 끄나풀 노릇을 하는 자를 가리키는 부정적인 뜻으로 쓰이나 본뜻은 앞에 서서 인도하는 전도자(前導者)이고 번역에서도 아마 그런 뜻으로 쓰였다고 생각된다. 일어 원문에 있는 '우시로다테'는 본시

---

12) 김윤식, 『임화 연구』, 문학사상사, 1989, 219~270쪽.

뒤쪽의 적으로부터 몸을 지키는 방패의 뜻이나 '눈에 띄지 않게 도와주거나 밀어주는 일 또는 그런 사람'이란 뜻을 갖게 되었다. 화영사전에는 '후원' '후원자'라며 'backing, support, a supporter, a patron'이라고 나와 있다. '마에다테'란 말은 필자가 쓰는 이와나미(岩波) 출판사의 일어사전에도 연구사(硏究社)의 화영사전에도 나오지 않는다. 큰 사전이 아니기 때문에 단언할 수는 없지만 방패는 본시 전면으로 사용하기 때문에 모든 방패는 '마에다테'요 그렇기 때문에 운율적인 필요상 '우시로다테'와의 대응으로 만들어 쓴 것이 아닌가 생각된다. 이렇게 공연한 후원자나 선도자 그리고 눈에 잘 안 띄는 후원자로 읽으면 위의 대목에 대해서 과도히 반응할 필요는 없지 않을까 생각된다.(여기서 덧붙이자면 나카노의 텍스트에서 발표 당시에는 "마에다테 우시로다테"로 되어 있다가 뒷날의 결정본에서는 "우시로다테 마에다테"로 순서가 바뀌고 있다. 또 우리말 번역에서 일본 천황의 환유라는 '猫脊'가 '꼽사등줄기'로 되어 있는데 이것은 '새우등'이라고 해야 할 것이다. 곱사등과 새우등은 분명히 다르고 우리네의 관습에서는 곱사등은 불구라고 생각하지만 새우등은 그렇지 않다.)

　설사 위에서 시도한 어사 해석이 가능하다 하더라도 해협을 건너와 천황의 멱에다 낫끝을 겨누고 복수의 환희 속에 울고 웃으라는 것은 『임화 연구』에서 말하고 있듯이 "조선인 노동자인 사나이와 계집들이 천황을 죽여달라는 것, 곧 공산주의 혁명에 저들보다 앞장서달라"는 점을 드러내고 있는 것이 아니냐는 반문이 나올 수 있다. 그러나 조선인 노동자들이 해협을 건너 동경까지 달려올 때는 이미 일본 내에서 혁명이 성공하였거나 혁명 완수 직전의 상황이라고 해야 할 것이다. 그러니까 혁명 성공의 상징인 천황의 처단은 식민지의 피착취 계급이라는 이중고(二重苦)로 말미암아 도일(渡日)과 추방이라는 부가적 고난을 겪고 있는 그대들이 맡는 것이 순리라고 말하는 것이라 이해할 수 있을 것이다. 사실 박열 등의 암살 기도를 상기하면 그럴 개연성이 없지 않다. 아무리 희망적 관측이라 하더라도 조선인 노동자들이 어떻게 독자적으로 바다를 건너고 동경에 이르러 근위사단을 제치고 그를 처단할 것인가? 혁명의 꿈이 아무리 백일몽을 닮아 있다 하더라도 어떻게 혁명전선에서 조선 청년들이 저들의 앞장을 설 수 있겠는가? 일어의 함의나 일본문학에 정통해 있을 교포 문인들이 민감하게 반응하고 제기한 문제에 대해서 감히 반론할 배포가 있는 것은 아니다. 교포 문인들이 제기한 텍스트의 무의식이 정곡을 찌른 것일 공산은 크다. 그러나 지엽적인 것이 줏대되는 것을 압도해서는 안 될 것이다. 수많은 일본 문학작품 가운데서 특히 서정시 속에서 「비나리는 시나가와역」만큼 조선인에 대한 연대감과 신뢰와 깊은 공명을 나타내어 성공적인 작품으로 승화시킨 경우가 달리 어디 있을 것인가? 일본 제국주의에 희생된 동포들에 관한 기억, 망각과 억압에 노출된 저들의 사회적 기억을 지속적이고 확산적인 문학적 기억으로 이만큼 인상적으로 승화시킨 사례가 또 어디 있을 것인가? 비록 그것이 국제주의의 허위의식에서 완전히 자유롭지 못하다 하더라도 적절히 수용할 필요가 우리에게는 있다고 생각한다. "텍스트성 바깥에는 아무것도 없다"는 데리다의 명제를 전면적으로 수용하는 입장에 있지 않다. 그렇지만 텍스트 밖에서의 산책보다 텍스트를 충실하고 적정하게 읽으려는 노력의 필요성은 강조되어 마땅하다고 생각하여 착오의 위험을 무릅쓰고 소견을 적어본 것이다.

인종주의자가 반(反)인종주의자를 공격할 때 쓰는 고약한 반론이 있었다. 가슴에 손을 얹고 진정 그대는 저 인종을 그대의 사위로 혹은 며느리로 주저없이 받아들일 것인가? 그것은 소득 격차가 심하지 않은 것이 이상적이라고 주장하는 이에게 평균치를 웃도는 소득 금액을 당장 내놓으라고 윽박지르는 것과 같은 폭언이다. 감정이 유보감을 느낄 때도 냉철하게 반성하여 편견을 스스로 제어하고 제거하는 것이 이성의 역할이다. 조선인에게 연대감을 느끼고 호의를 보인다고 하지만 무의식의 차원에서는 종족이기주의를 가지고 있지 않은가 하고 추궁하는 것은 그 자체가 원리주의적인 종족이기주의의 발로로서 이례적인 호의마저 물리치는 과민반응이다. 추방당하는 조선 청년들에게 보내는 국제주의적 동지애와 신뢰와 석별의 정을 노래하여 명시로 승화시킨 가해자 나라의 나카노에게 또 다음과 같은 시가 있다는 것은 별로 알려지지 않은 것 같은데 그와 임화를 이해하는 데 아울러 도움이 될 것이다.

금년 6월, 서울의 조선인 여학교에서 총독부의 끄나풀인 교장이 학생들의 신망이 두터운 교사 한 명의 목을 슬그머니 짤랐다. 고별의 날이 왔다. 강단으로 올라간 교장이 고양이 목소리를 내자 바로 그때

한 소녀가 일어서서 외쳤다
—거짓말이다!
다른 소녀 하나가 외쳤다
—그건 거짓말이다!
—거짓말이다!
—거짓말이다!
—거짓말이다!
소녀들이 모조리 강단으로 뛰어올랐다
초인종을 누르는 교장의 손을 눌렀다

소녀들은 서로 엉겨
빨간 목청을 잔뜩 벌리고
몸을 뒤틀며 외쳐댔다
— 모두 거짓말이다!
— 사과하라
그때 멀리서 구두 소리가 들려왔다
소리가 가까워졌다
소녀들은 걸쇠 소리를 들었다
문짝 빠개지는 소리가 들려왔다
소녀들은 소녀들의 몸뚱이에 피가 솟구치는 것을 느꼈다
교장이 쓰러졌다
그 얼굴을 마구 밟았다
헌병과 순사들이 몰려왔다
모자의 턱끈이 떨어져나가고
권총의 총집이 날아가고
군도칼이 삑꺼덕 소리내며 휘어졌다
그리고 이 모든 북새통 소음 위로
조선의 소녀들의
격렬하게 떨리는 고함 소리가
높게 드높게
터놓고 막무가내로 만세를 불렀다

　　　　　　　　　　　— 「조선의 소녀들」 전문[13]

---

13) 『中野詩集』, 123~125쪽. 이 작품은 『무산자신문』에 실렸다는데 1931년에 시집을 나
프 출판사에서 냈을 때 찾지 못했으니 아는 이는 알려달라고 후기에 적어놓았다. 이 시
집은 제본되자마자 곧 전량 압수당했다 한다.

바다와 청년의 낭만주의
―『현해탄』의 시인 임화 · 2

나는 슬픈 고향의 한 밤

홰보다도 밝게 타는 별이 되리라

―「해협의 로맨티시즘」 중에서

1

    도합 41편의 작품이 수록되어 있는 임화 시집 『현해탄』은 1938년 2월에 출간되었는데 본문이 250페이지에 이르는 두툼한 책이다. 화가 구본웅(具本雄)이 장정한 표지에서나 지질에서나 당시로서는 상당한 호화판이 아니었나 생각된다.[1] 「우리 오빠와 화로」「우산받은 요꼬하마의 부두」 등의 초기 작품을 통해서 이미 대표적인 프롤레타리아 시

---

1) 이 글에서 임화 텍스트 인용의 대본이 되었고 해제나 주석에서 몹시 공들인 신승엽 편 『임화전집 1 현해탄』(1988, 풀빛)에는 발행자가 이정구(李貞求)로 되어 있으나 이는 한자 오타에서 나온 오식으로 보인다. 발행자는 이정래(李晶來)이다. 그 책 67쪽 참조.

인이라는 성가를 누리고 있던 처지였는데 이들 초기 작품과는 상당한 거리가 있는 작품들이 대종을 이루고 있는 것으로 생각된다. 첫머리에 실려 있는 「네거리의 순이(順伊)」부터 읽어보는 것이 순서일 것이다.

　　네가 지금 간다면, 어디를 간단 말이냐?
　　그러면, 내 사랑하는 젊은 동무,
　　너, 내 사랑하는 오직 하나뿐인 누이동생 順伊,
　　너의 사랑하는 그 귀중한 사내,
　　근로하는 모든 여자의 연인 ―
　　그 청년인 용감한 사내가 어디서 온단 말이냐?

　　눈바람 찬 불상한 도시 종로 복판에 순이야!
　　너와 나는 지나간 꽃 피는 봄에 사랑하는 한 어머니를
　　눈물나는 가난 속에서 여의었지!
　　그리하여 너는 이 믿지 못할 얼굴 하얀 오빠를 염려하고,
　　오빠는 가냘핀 너를 근심하는,
　　서글프고 가난한 그날 속에서도,
　　순이야, 너는 마음을 맡길 믿음성 있는 이곳 청년을 가졌었고,
　　내 사랑하는 동무는 ―
　　청년의 연인 근로하는 여자 너를 가졌었다.

　　겨울날 찬 눈보라가 유리창에 우는 아픈 그 시절,
　　기계 소리에 말려 흩어지는 우리들의 참새 너희들의 콧노래와
　　언 눈길을 걷는 발자욱 소리와 더불어 가슴속으로 스며드는
　　청년과 너의 따뜻한 귓속말 다정한 웃음으로

우리들의 청춘은 참말로 꽃다웠고,
언 밥이 주림보다도 쓰리게
가난한 청춘을 울리는 날,
어머니가 되어 우리를 따듯한 품속에 안아주던 것은
오직 하나 거리에서 만나 거리에서 헤어지며,
골목 뒤에서 중얼대고 일터에서 충성되던
꺼질 줄 모르는 청춘의 정렬 그것이었다.
비할 데 없는 괴로움 가운데서도
얼마나 큰 즐거움이 우리의 머리 위에 빛났더냐?

그러나 이 가장 귀중한 너 나의 사이에서
한 청년은 대체 어디로 갔느냐?
어찌된 일이냐?
순이야, 이것은 ―
너도 잘 알고 나도 잘 아는 멀쩡한 사실이 아니냐?
보아라! 어느 누가 참말로 도적놈이냐?
이 눈물나는 가난한 젊은 날이 가진
불상한 즐거움을 노리는 마음하고,
그 조그만 참말로 풍선보다 엷은 숨을 안 깨치려는 간지런 마음하고,
말하여보아라, 이곳에 가득 찬 고마운 젊은이들아!

순이야, 누이야! 근로하는 청년, 용감한 사내의 연인아!
생각해보아라, 오늘은 네 귀중한 청년인 용감한 사내가
젊은 날을 부지런할 일에 보내던 그 여윈 손가락으로
지금은 굳은 벽돌담에다 달력을 그리겠구나!

또 이거 봐라, 어서,

이 사내도 네 커다란 오빠를—

남은 것이라고는 때묻은 넥타이 하나뿐이 아니냐!

오오, 눈보라는 〈튜럭〉처럼 길거리를 휘몰아간다.

자 좋다, 바로 종로 네거리가 예 아니냐!

어서 너와 나는 번개처럼 두 손을 잡고,

내일을 위하여 저 골목으로 들어가자,

네 사내를 위하여,

또 근로하는 모든 여자의 연인을 위하여—

이것이 너와 나의 행복된 청춘이 아니냐?

위에 전문을 인용한 「네거리의 순이」는 당초 1929년 『조선지광』 1월 호에 발표되었고 이어 1931년에 나온 『카프 시인집』에 「다 없어졌는 가」 「우리 오빠와 화로」 「제비」 「양말 속의 편지」 「우산받은 요꼬하마 의 부두」와 함께 수록되었다. 그후 1935년 『삼천리』 3월호에 다시 수정 발표한 것으로 보이며 이것이 『현해탄』에 수록된 것으로 추정된다. 권 두시편에 어울리게 소재 처리에서나 구성에서나 여러모로 임화 시의 특징을 잘 보여주고 있다. 53행으로 이루어진 이 작품은 임화 시편 가 운데서 각별히 긴 것은 아니지만 20세기 한국시의 통상적인 길이를 감 안한다면 상당히 긴 장거리 시편이다. 이렇게 호흡이 늘어진 것이 임화 시의 줏대 되는 형태적 특징인데 「주리라 네 탐내는 모든 것을」 같은 것 은 219행에 이른다. 시로 쓴 유럽문학사라는 정의를 얻기도 한 엘리엇 의 장시 「황무지」가 434행임을 상기할 때 소홀치 않은 길이임을 실감하 게 되는데 「나는 못 믿겠노라」는 120행, 「꼴푸장」은 70행에 이른다. 임화 시편에 가장 빈번히 등장하는 낱말은 "청년"인데 이 작품에도 7회나 나오고 쓰임새는 다르게 쓰였으나 유사 어사인 "청춘"도 4회나 나온다. 그 밖에도 "젊은 날" "고마운 젊은이들"과 같은 유사 어구가 보인다.

이 작품의 뼈대는 비슷한 시기에 쓰어진 「우리 오빠와 화로」와 아주 흡사하다. 눈물나는 가난 속에서 어머니를 여읜 가진 것 없는 젊은 근로자 남매가 있고 누이에게는 근로자 연인이 있다. 그러나 용감한 연인은 갇힌 몸이 되어서 벽돌담에다 달력을 그리고 있다. 화자인 오빠는 "어느 누가 참말로 도적놈이냐?"고 사회 현실과 통념에 도전하면서 과업을 도모하기 위하여 또 "내일을 위하여 저 골목으로 들어가자"고 호소한다. 이러한 투쟁이야말로 "너와 나의 행복된 청춘이 아니냐?"고 말하기도 한다. 근로하는 무산청년 남매와 갇혀 있는 근로자라는 인물 설정이나 투쟁 계속의 전의(戰意)를 다짐하면서 끝나는 작품 상황이나 화자의 진술 혹은 호소를 통해서 독자에게 상황을 재구성하도록 유도하는 구성상의 세목이나 「우리 오빠와 화로」와의 근친성이 썩 농후하다. 다른 점이 있다면 화자가 누이에게서 오빠로 변하였다는 것, 작중 상황이나 일터 같은 것이 한결 간접화되고 추상화되었다는 것이다. 작품이 보다 추상적 암시적으로 되었다는 것은 1938년 시집 발간 당시의 현격한 검열 악화와 관련되는 일이라고 생각된다. 비록 소규모 공장을 통해서이기는 하지만 일제하의 20세기는 농업이나 가사노동 바깥의 생산과정 속에서 여성을 조직적으로 이용하기 시작하였고 네거리의 순이나 영남이의 누나는 바로 이렇게 새로 등장한 근로 신여성이다. 이들 근로 신여성은 염상섭의 「신혼기」 등 일련의 초기 작품이나 김동인의 「김연실전」에 나오는 교육받은 신여성과 구별되며 한편으로는 조혼을 매개로 하여 무임금 가사노동에 혹사당하였던 「베틀가」 화자 흐름의 구여성들과도 구별된다. 이러한 근로 신여성을 시

속에 성공적으로 등장시켰다는 점에 임화 시의 의의가 있다고 할 수 있다. 이들 근로 신여성은 모두 노동쟁의에 가담했다가 자유를 잃은 근로청년을 동기나 동지로 가지고 있는데 이것은 단순한 구색 갖추기를 위한 소도구적 조처가 아니라 당대의 사회 현실 속에 근거를 가지고 있다. 일제하 최초의 대규모 노동쟁의로 평가되는 원산(元山) 총파업이 전면적으로 시작된 것은 1929년 1월이지만 원산 노동연합회가 지도한 전초적인 소규모 파업은 벌써 1927년에 시작되었고 1928년 9월에도 있었다.[2] 그러므로 임화 초기 시의 작중 상황은 상응하는 현실적 근거를 가지고 있으며 소재상의 새로움과 사회 속의 현실 진행 사이에서 인지되는 조응관계는 직접적인 것이다.

눈바람 찬 불상한 도시 종로 복판에 순이야!
너와 나는 지나간 꽃 피는 봄에 사랑하는 한 어머니를
눈물나는 가난 속에서 여의었지!

53행의 시행에 느낌표가 9회 사용되었고 "오오" 하는 감탄사가 한 번 나온다. 물음표가 8회 사용되었는데 "얼마나 큰 즐거움이 우리의 머리 위에 빛났더냐?" 하는 시행에서 엿볼 수 있듯이 작품 속의 물음표는 사실상 느낌표의 기능을 겸하고 있기도 하다. 또 조국, 혁명, 행복 같은 어사보다는 약한 편이긴 하지만 청춘, 청년과 같이 그 자체가 느낌표를 내장하고 있다고 할 수 있는 정서적 함의가 진한 낱말들이 빈번히 동원되고 있다. 게다가 "불상한 도시 종로"라는 '낯설게 하기'의 어법이나 "눈물나는 가난"처럼 환정적인 수사, "어찌된 일이냐? /

---

2) 山邊健太郎, 『日本統治下の朝鮮』, 岩波書店, 1971, 133~136쪽.

순이야, 이것은 —"과 같은 생략법의 과도하지 않은 도입, "순이야, 누이야! / 근로하는 청년, 용감한 사내의 연인아!"와 같은 되풀이의 서투르지 않은 활용은 시편 전체가 감탄문의 연속이라는 감개를 부여한다. 소리내어 읽을 때 유창하게 읽히는 편이고 상황의 어려움과 어울려 정감의 전염이 쉬 이루어진다. "너의 사랑하는 그 귀중한 사내"와 같은 얼마쯤 예스러워 보이는 시행이나 "연인"과 같이 익숙지 않은 일제 한자어의 빈번한 사용도 이 사실을 변경시키지 않는다.[3]

> 언 밥이 주림보다도 쓰리게
> 가난한 청춘을 울리는 날,
> 어머니가 되어 우리를 따듯한 품속에 안아주던 것은
> 오직 하나 거리에서 만나 거리에서 헤어지며,
> 골목 뒤에서 중얼대고 일터에서 충성되던
> 꺼질 줄 모르는 청춘의 정렬 그것이었다.

고통스러운 상황에서 투쟁의 정당성을 호소하며 전의를 다지고 있지만 부차적으로는 내일과 청춘의 송가가 되어 있기도 하다. 청춘의

---

3) "너의 사랑하는 연인"과 같은 어법이 일어에서 나왔다는 생각은 널리 퍼져 있다. 따라서 고쳐 써야 한다고 주장하는 순수주의자들도 있다. 신승엽 편의 『현해탄』 주석에도 "'-의'를 주격조사처럼 사용하는 것은 일본어 '-の'의 영향"이란 대목이 보인다.(132쪽) 그렇지만 중세(15세기)국어에서는 현대국어와는 반대로 주격조사 '-이'보다 관형격조사 '-의'가 더 일반적으로 쓰였다.
예) 1. 諸子ㅣ 아비의 便安히 안즌둘 알오(『법화경 언해』 2:138)
　　 (번역 : 여러 아들이 아비가 편안히 앉은 것을 알고)
　　 2. 忍辱태자의 일우샨 藥이다(『월인석보』 21:18)
　　 (번역 : 인욕태자가 만드신 약입니다)

존재 이유가 아마도 사랑과도 분리할 수 없는 내일을 위한 투쟁에 있다는 모티프는 시집 도처에 편재하고 있는데 그것은 이 작품에서 감탄문의 연속이라는 성질과 어울려 심상치 않은 호소력을 발휘한다. 젊은 날의 임화가 단시일 안에 대표적 프롤레타리아 시인이라는 성가를 얻게 된 전후 사정이나 해방 후의 그가 감염적 효과가 뛰어난 직정적 격문시(檄文詩)를 남길 수 있었던 사정을 아울러 짐작할 수 있게 한다. "이것이 너와 나의 행복된 청춘이 아니냐?"는 마지막 시행이 보여주듯 이 투쟁 속에서 행복을 찾으려는 낙관주의는 강도는 다르지만 시집 속에서 은은히 지속되는데 이것은 임화가 상대적으로 문학적 좌파의 양심으로 일관했다는 사실에서 유래하는 것이면서 동시에 그로 하여금 좌절을 이겨내게 하는 힘이 되어주었다고도 할 수 있다.

「네거리의 순이」는 그러나 프롤레타리아 시라는 관점에서 생각할 때 가령 노동 현장이나 사회적 곤경의 구체로부터 상당히 떨어져 있으며 그만큼 추상적인 구호와 정감적 호소에 머물러 있다는 성질을 보여준다. 이러한 국면과 감탄문의 연속이라는 국면이 어울려 칠십 년의 세월이 흐른 오늘 이 작품이 까다로운 안목에는 호들갑스럽고 신파적이기까지 하다는 부정적인 반응을 일으킬 개연성이 없지 않다. 또 늘어진 호흡과 반복적인 말투는 얼마쯤 맥빠지는 수다로 비칠 수도 있을 것이다. 그렇지만 대부분의 독자들이 태어나기도 전인 칠십 년 전에 이 작품이 씌어졌다는 사실은 빠뜨리지 않고 상기할 필요가 있다. 이때 현재와 칠십 년을 상거한 이 작품의 과거성과 역사성은 어느덧 고졸한 진정성을 띠고 다가오게 마련이다. 우리가 소박 단순한 「정읍사」나 고려가사에서 발견하게 되는 것은 과거성과 역사성이 얽혀서 빚어내는 심미적 진정성이라 할 수 있다. 따라서 동시대 시인의 시편이나 같은 시인의 다른 작품과 비교해본다는 것은 유익한 경험이 될 것이다.

사회 현실에 대한 전복적 시선으로 구상된 가령 「꼴푸장」이란 다소 이색적인 작품은 비교 검토의 적절한 사례가 될 수 있을 것이다. 모두 70행이 되는 이 작품도 장거리 시편에 속하는데 서술 부분이 많아서 「네거리의 순이」와는 대조적이다. 언뜻 보아 골프장 정경의 소묘를 시도한 듯이 보이나 계급 간 모순을 드러내는 당대 사회의 축도로 착안하여 세밀하게 계산한 작품임이 분명하다. 월천군이 바지를 걸치고 자동차를 타고 오는 골퍼, 외국어를 말하는 동반 신여성, 그들에게 굽신거리는 뽀이, 궁둥이가 뚫린 잠방이를 입은 캐디들, 이렇게 넓은 땅에 왜 곡식을 심지 않느냐고 묻는 어느 캐디의 아우, 아들이 벌어오는 돈을 기다리는 무직자 아버지 등이 등장하는데 흡사 짤막한 엽편소설처럼 구성되어 있다.[4]

딱! 모진 소리가 까만 저 끝에서,
푸른 하늘의 파문을 일으키며 울려온다.
길다란 카부가 끝나자

---

4) 한국 최초의 골프 코스는 영국인이 1900년 원산 세관 구내에 만들었다 한다. 1917년 만주철도 주식회사로 이관되어 조선 철도국 직영이 된 조선호텔 숙박객에 대한 고객 유인책으로 구상되어 1921년에 효창원(孝昌園) 골프장이 개장하였는데 이것이 서울 최초의 골프장이었다. 효창원이 공원으로 편입되자 이왕가(李王家)의 능림을 차용하여 1924년 청량리로 이전하였고 1925년에 제1회 전 조선선수권 경기가 열렸다. 코스의 확장을 위해서 1928년 군자리(君子里)로 다시 옮겼다.(이 내용은 인터넷의 '한국 골프의 역사'에서 인용하였다.)

한편 임화 시에 나오는 월천(越川)군은 신승엽의 주석에 있듯이 "사람을 업어서 건너주는 일을 업으로 하는 사람"이며 "월천군이 바지"는 그들이 입었던 짧은 잠방이를 말하고 이어 골퍼를 가리키는 제유법으로 쓰였다. 비슷한 사례로 노천탕이 있었던 덕구(德邱)에서는 일제 시대에 주로 일인 탕치객(湯治客)을 지게로 날라주는 것을 부업으로 하는 사람들이 있었다는 것을 현지인에게 들은 바 있다.

패랭이의 분홍꽃, 크로바의 긴 줄기,
모두 다 사태에 밀리듯 쓰러지며,
너희들은 사냥개처럼 풀밭 위를 뛰어간다.
뒤이어 짜그르르 끓는 소리에 섞여,
신여성의 외국말이 고양이 소리처럼 날카롭다.
참말 등나무 시렁 밑이란 무척 시언하렸다.

　　　　　　　　　　　　　　　　—「꼴푸장」 중에서

　위의 대목은 별 무리가 없는 시행이지만 작품 속에서는 오히려 예외적인 편이다. 부자연스럽고 과장된 장면이 대종을 이루고 있어 계산된 구성과 전개가 작위적이라는 느낌을 주기 때문이다. 뻔한 의도가 명시적으로 드러나 있으며 세목의 서술도 기계적으로 조립되어 있다는 혐의가 짙다. 무위도식하면서 월천군이 잠방이를 걸치고 아이들을 사냥개처럼 부리는 신사들과 신여성, 그들에게 아첨하는 뽀이, 그리고 화자가 "네들의 운명은 공보다도 천하구나"라고 토로하는 캐디 아이들이 각각 자본가나 지주, 소시민, 그리고 무산 계급을 표상하는 인물임은 분명하다. 도식적인 구도 속에서 화자의 공명과 적의가 어느 쪽으로 쏠려 있는지도 분명히 드러내고 있다. 뜻하지 않은 캐디 아이의 사고 부상에도 아랑곳없이 골프 솜씨에 손뼉과 웃음을 계속하는 현장 삽화의 서술 다음에는 이러한 대목이 나온다.

　아이들아, 너희들은 공을 물어 오는 사냥개!
　월천군들은 눈먼 포수!
　그러나 사냥개란 집에서 놀릴 때도 고기를 주지만,
　그렇게 너희들은 온종일 마당에 풀만 뜯다

비를 맞으며 강아지처럼 달달 떨고,

뚝을 넘어서 집으로 가 내놀 것이란 빈손뿐이니, 들앉았던 아버지는
화를 내실밖에?

그럼 너희들은 이곳에 놀러 온 것은 아니로구나.

(……)

아이들아! 내 아희들아!

만일 우리로 할 수 있는 무엇이 있다면,

대체 무엇을 아끼겠는가? 네들의 행복을 위하는데—

햇님까지도 그 큰 입을 벌리어 말하지 않니?

이따위 일은 두번 다시 있어서는 안 된다고.

—「꼴푸장」 중에서

극히 도식적인 긍정적 인물과 악역의 설정, 그리고 염치없이 드러내
놓고 있는 전언의 명시성과 경향성이 독자를 곤혹스럽게 할 것이다.
줄거리를 알고 난 후에 재독할 흥미가 없어지는 엽편소설의 경우와 비
슷하다. 시인이 극적인 상황과 작중인물의 조성에 의욕을 내면 낼수록
작위성만 두드러지는 결과를 빚어낸다. 작품의 상황에서 자연스레 발
생하는 정감이나 분위기가 아니라 바깥에서 부과하고 입력한 의도가
전경화(前景化)되어 있다. 시인의 논평이나 전언을 배제하고 골프장의
정경이나 사건을 사실적으로 그렸다면 작품의 호소력도 커지고 이색
적인 소재가 신선한 충격을 안겨줄 수도 있었을 것이다. 이 작품과 비
교할 때 우리는 「네거리의 순이」에서 보다 직정적인 호소력을 감득할
수 있고 미흡한 대로 이 작품이 누렸던 호응도를 이해할 수 있게 된다.
언어 자원(資源)의 활용에서도 한결 다채롭고 자연스럽다. 일껏 계급

간 모순이 잘 드러나는 적정한 현장의 소재를 처리하였으나 과장과 부자연스러운 대사로 목적의식이 불발로 끝나고 있다. 대체로 가난과 수탈의 식민지 현실을 조명한 비교적 소수의 항의시편들이 구체적 현장보다도 화자의 상념의 전개나 원경(遠景)으로 전경화되어 있다는 것은 흥미 있다.「야행차(夜行車) 속」「황무지(荒蕪地)」같은 작품은 그 점에서 우리의 눈길을 끈다.「야행차 속」은 경부선 밤기차의 정경을 다루고 있다. 만주로 떠나가는 이주 농민 가족은 앉을 자리가 없어 서 가는 형편이다. 옆자리에 앉은 양복쟁이는 일인(日人)인 것으로 보이는데 수건으로 코를 막고 손목시계를 보면서 "모를 말을 지저귄다". 잠결에 기댄 늙은이의 머리를 밀치며 "빠가!"라고 소리치기도 한다.

> 가뜩이나 무거운 짐에 너 그 사이다 병은 집어넣어 무얼 할래.
> 오호 착해라, 그래도 누이 시집갈 제 기름병을 할라고—
>
> 대체 어디를 가야 이 밤이 샐가?
> 애들아, 서 있는 네 다리가 얼마나 아프겠니?
> 차는 한창 강가를 달리는지,
> 물소리가 몹시 정다웁다.
> 필연코 고향의 강물은 이 꼴을 보고 노했을 게다.
>
> ─「야행차 속」중에서

임화가 드물게 창의적으로 애용한 낱말인 "외방인(外邦人)"에게 땅을 빼앗기고 "되놈의 땅"으로 떠나가는 이주 농민은 식민지 현실의 가장 밑바닥 피해자이며 이들은 이태준의「농군」이나 김동리의「찔레꽃」속의 등장인물이 되어 있기도 하다. 불결이나 혐오성 체취를 이유로 동포를 대놓고 모멸하는 작태나 저들의 상투적인 욕설의 서술을 통해서 식민지 현실의 한 부위를 고발하고 있다. 그렇지만 이주 농민 가족의 대화나 삽화가 여전히 부자연스럽고 작위적이다. 끝머리의 경향적 논평도 잉여의 덧칠이고 또 "물소리가 몹시 정다웁다"는 대목도 기차 속의 사실에 대한 충실과는 거리가 먼 책상물림의 관념적 군더더기이다. 아무리 기차가 강변을 달린다 하더라도 바퀴 소리 때문에 강물 소리가 들릴 리 없다. 「황무지」는 뒤에서 얘기할 현해탄 바다시편의 하나로서 일본에서 귀국하는 청년의 조국에 대한 회포를 노래한 지사비추(志士悲秋)의 시편이다. 경부선 기차 속에 화자가 앉아 있다는 점에서 작중 상황은 「야행차 속」과 같으나 황무지로 파악되어 있는 차창으로 전개되는 조국 산하와 동포의 비참에 대한 상념으로 일관하면서 사사로운 회상을 곁들이고 있다는 점이 다르다. 저항과 항의 시편에서 식민지 현실은 이렇게 차창 안팎의 정경이나 풍경으로 제시되어 있는데 20년대의 『만세전』이 공동묘지라고 정의한 것이 여기서는 황무지로 파악되어 있다는 것은 주목해도 좋을 것이다. 염상섭의 공동묘지, 김동인의 붉은 산, 임화의 황무지는 일제하의 우리 문학이 남겨놓은 기억할 만한 식민지 조국의 자기 정의요 심상이다.

아아! 오막들도 전보다 얄아지고,
인제 밤에는 호롱불 하나이 없이 산단구나.

황무지여! 황무지여!
너는 아는가?
청년들이 어떤 열차를 탔는가를 —

　　　　　　　　　　　　　　　　—「황무지」 중에서

60

2

대표적 프롤레타리아 시인이란 고정된 통념이 환기하는 심상과는 달리 『현해탄』의 많은 시편들은 한 좌파 지식인의 희망과 좌절과 결의를 다룬 사사로운 시편들이 대부분을 차지하고 있다. 특히 대한해협과 현해탄이라는 바다를 배경으로 한 시편이 많은데 그것을 편의상 '바다시편'이라고 부르기로 하겠다.[5] 시집 『현해탄』의 후서에 보이는 다음과 같은 대목은 이 바다시편의 발생 사정을 잘 드러내주고 있다.

실상은 지난 가을에 처음 어느 친구로부터 이때까지 쓴 작품을 모아 출판했으면 어떻겠느냐는 즐거운 권유를 받았을 때, 비로소 사산(四散)된 구고(舊稿)들을 모으기 비롯하여 한 권이 되었으나, 그간의 여러 가지 형편으로 초지(初志)를 이루지 못하고 새 작품을 쓰기 시작했다. 玄海灘이란 제 아래 근대 조선의 역사적 생활과 인연 깊은 그 바다를 중심으로 한 생각, 느낌 등을 약 2, 30편 되는 작품으로 써서 한 책을 만들어볼까 하였다. 이 가운데 맨 뒤에 실린 바다가 많이 나오는 일련의 작품이 그것이다. 그러나 재능의 부족과 생각의 미숙 등 외의 여러 가지

---

5) 시집 『현해탄』을 읽으면 한반도와 일본 열도 사이에 위치한 바다나 해협이 곧 현해탄이라는 느낌을 준다. 그러나 지도를 보면 우리 쪽에서는 한반도와 대마도 사이를 대한해협이라 표기해놓고 있다. 일본 쪽 지도에는 우리의 대한해협을 서수도(西水道) 혹은 조선해협이라 표기하고 대마도와 구주 사이를 동수도(東水道)라 표기하고 있으며 구주의 후쿠오카(福岡) 현 북쪽 해역을 현해탄이라 표기해놓고 있다. 특히 파도가 높다는 곳은 바로 이 해역이다. 또 우리 남해 쪽과 대마도 사이는 대마해협(對馬海峽)이라 표기해놓고 있다. 그러니까 임화의 현해탄은 엄격히 말해서 제유법이다.

곤란에 부닥쳐, 끝까지 써나갈 용기와 자신을 다 잃어버렸다. 그래 할 수 없이, 그 전에 한 권에 모았던 가운데서 얼마를 빼고 새로 쓴 작품과 어울려서, 이 한 책이 된 셈이다.[6]

위의 후기로 미루어 보아 시인은 현해탄을 무대나 배경으로 한 일종의 연작시를 구상했던 것으로 보이고 사실 시집에는 이러한 바다시편 10여 편이 수록되어 있다. 물론 바다시편의 세목은 제가끔 다르다. 가령 70행이 넘는 「다시 인젠 천공(天空)에 성좌(星座)가 있을 필요가 없다」는 기다란 표제의 작품은 일본 북구주(北九州) 해안을 목적지로 하여 남해안을 떠난 밀항선의 불확실성과 밀항자의 곤경을 다루고 있다. "장차 닿을 항구의 이름조차 알 수가 없다"고 서술된 조그만 밀항선 탑승자들의 "눈들은 제각각 알지 못할 운명에 초불처럼 떨고 있다". 하늘에서 빛나는 성좌는 연락선이나 경비선을 위해 빛나고 있으니 이런 성좌는 이제 더이상 있을 필요가 없다는 자연과 세계를 향한 노여움과 항의의 사회시편이다. 압축된 대화 뒤에 간결한 정경 묘사를 곁들여 임화 시편치고는 호흡이 짧은 채 경제적 처리를 얻고 있는 「월하(月下)의 대화」는 바다에서의 정사(情死)를 다루고 있어 유명한 윤심덕 사건을 연상케 한다.

그 다음
여자가 어찌했는지,
청년이 어찌했는지,

---

6) 신승엽 편, 『임화 전집 1 현해탄』, 307쪽.

본 이가 없으니, 울 이도 웃을 이도 없고,
나란히 놓인
남녀의 구두가 한 쌍

                   —「월하의 대화」 중에서

　이 작품은 현해탄을 왕래한 동포 청년에 여러 유형이 있다는 사실을
지적하는 사회사적 비판시편이라고 생각된다. 그런 의미에서 "첫번 항
로에 담배를 배우고, / 둘잿번 항로에 연애를 배우고, / 그 다음 항로에
돈맛을 익힌 것은, / 하나도 우리의 청년이 아니었다"는 「현해탄」에 보
이는 정지용 시행의 인유(引喩)와 맥을 같이하는 것이다.[7] 한편 「상륙
(上陸)」은 연락선으로 일본에서 귀국한 화자가 부산에 상륙하여 "인제
부산도 옛 포구가 아니"라며 "아아, 나는 새 시대의 맥박이 높이 뛰는
이 하늘 아래 살고 싶다"는 소회를 보여준다. 화자는 마치 『만세전』의
주인공 이인화가 관부 연락선에서 내린 뒤 신래자(新來者), 즉 외방인
의 수탈 과정과 원주민의 파산 및 이민 과정을 목격하게 되듯이 변화
한 옛 포구에서 식민지적인 전폭적 변화를 목도하게 된다. 화자의 태
도는 이중적이고 복합적이어서 식민지 현실에 대한 거부와 함께 하나
의 기회를 보려는 감정의 교착을 보여준다. 아래 보이는 대목은 분명
한 거부와 곤혹감을 드러내고 있다.

　나는 고향에 돌아온 것 같지도 않고,
　아, 고향아!

---

7) 임화의 지용 시 야유에 대해서는 졸저, 『시란 무엇인가』(민음사, 1985), 129~132쪽
참조.

너는 그 동안 자랐느냐? 늙었느냐?

외방 말과 새로운 맵시는 어느 때 익혔느냐?

—「상륙」 중에서

그러나 작품은 변화된 현실의 긍정적 수용으로 끝나고 있다. 그것을 식민지 정치 현실의 전반적 긍정으로 볼 수는 없지만 식민지주의적 자본주의 근대가 야기한 현실의 변화에서 유보 섞인 기회를 찾으려 한 것은 인지된다고 생각한다. 이 작품은 발표 지면이나 시기가 밝혀지지 않은 것으로 보아 「현해탄」 「월하의 대화」 등과 마찬가지로 시집 수록을 위해 쓴 시편인 것으로 보인다. 훨씬 뒷날 그는 북에서 정치적 재판의 희생자가 되었지만 표적 수사를 집행하는 문학 수사관이나 문학적 정적들이 악용할 소지가 있는 시편이라고 생각된다. 오해될 소지가 있는 대목이 공허하고 상대적으로 치졸한 구호 성향을 보이고 있는 것도 그러고 보면 까닭이 있는 것이 아닌가 추정된다.

나의 고향은 이제야, 대륙의 명예를 이을 미더운 아들을 낳았구나.

바다에는 旗폭으로 아로새긴 萬國地圖,

거리엔 새 시대의 王者 金屬들의 비비대는 소리,

牧島 앞뒤엔 黎明이 활개를 치고 일어나는 고동 소리,

이따금 玄海 바다가 멀리서

사자처럼 고함치며 달려오고—

바야흐로 新世紀의 화려한 축제다.

누가 이 새 고향의 찬미가를 부를 것이냐?
교향악의 새 곡조를 익힐 악기는 어느 곳에 준비되었는가?
大洋, 大洋, 大洋,
실로 大洋의 파도만이 새 시대가 걸어가는
장엄한 발자취에 행진곡을 맞추리라.

—「상륙」 중에서

    그런 의미에서 시집과 시인의 본령을 가장 잘 드러내고 있는 것은
일련의 바다시편 가운데서도 「해협의 로맨티시즘」「밤 갑판(甲板) 위」
「해상(海上)에서」「향수(鄕愁)」「눈물의 해협」「현해탄」 등이라고 생각
한다. 이들 시편들은 대체로 연락선을 타고 대한해협을 건너가고 건너
오는 청년 화자의 상념을 노래한 것들이다. 해방 전의 우리 시편 대부
분이 그렇듯이 시인의 사회적 자아와 시의 화자 사이에서 타자 간의
거리는 발견되지 않는다. 시의 청년 화자는 임화라 해도 틀림이 없는
데 이들 시편이 씌어진 것은 도일(渡日)과 일본 체류 경험 이후 오륙
년이 지난 뒤의 일이다. 따라서 바다시편들은 다분히 회상의 시 혹은
추억의 시라는 국면을 가지고 있으며 시행이 현재형으로 되어 있다고
해서 이 사실이 변경되지는 않는다. 1946년에 임화는 『현해탄』 가운데
서 24편을 모아 『회상시집』이란 이름으로 간행했는데 머리말에서 재
판에 값하는 작품이 못 되기 때문에 자신을 위로하여 그렇게 이름 붙
였다고 적고 있다.[8] 그러나 시인 자신의 의도야 어쨌건 『현해탄』 출간
당시에도 바다시편들은 회상의 시임이 분명하다. 일본 체험을 다루고
있는 「내 청춘에 바치노라」에서는 그러한 국면이 잘 드러나 있다. 어

---

8) 신승엽 편, 『임화 전집 1 현해탄』, 311쪽.

디 태생인지도 서로 모르고 "나라와 말과 부모의 다름"이 "그들 우정의 한 자랑"이었다는 사람들 사이에서 보낸 일본 체재 시절에 관해서 시인은 이렇게 말한다.

일찌기 어떤 피일지라도,
그들과 같은 우정을 낳지는 못했으리라.

높은 예지, 새 시대의 총명만이,
비로소 낡은 피로 흐릴
정렬을 씻은 것이다.

(……)

어미를 팔아 동무를 사러 간다는 등,
낡은 고향은 그들의 잔등 위에
온갖 추접한 烙印을 찍었으나,
온전히 다른 말들이 부르는
단 한줄기 곡조는
얼마나 아름다웠느냐?

—「내 청춘에 바치노라」중에서

프롤레타리아 국제주의를 표방한 사회주의 청년들의 동지적 결속의 지난날은 "청년의 행복"이라고 회상되고 있다. 「우산받은 요꼬하마 부두」가 씌어진 것은 대체로 이러한 상황에서였다고 생각할 수 있다. 한국과 일본 청년들이 한가지 곡조를 불렀다는 것이다. 「해협의 로맨티시즘」도 젊은 시인의 도일 경험의 회상이 모티프가 되어 있다. "청년의 가슴은 바다보다 더 설레었다"는 첫 해상 경험을 얘기하면서 임화는 청운의 꿈을 멋쩍어하지 않고 직선적으로 적고 있다.

예술, 학문, 움직일 수 없는 진리—
그의 꿈꾸는 사상이 높다랗게 굽이치는 東京,
모든 것을 배워 모든 것을 익혀,
다시 이 바다 물결 위에 올았을 때,
나는 슬픈 고향의 한 밤,
해보다도 밝게 타는 별이 되리라.
　　　　　　　　　—「해협의 로맨티시즘」 중에서

꿈을 얘기하면서 그가 곤혹스러운 현실을 잊은 적은 없다. 이등 선실에서 들려오는 일인들의 만세 소리와 아우성 소리는 "위협"의 소리로 들렸고 깃발이 마스트 끝에 오를 때 "청년의 가슴에는 굵은 돌이 내려앉았다". 또 어머니나 어린애를 부르는 동포들의 남도 사투리는 어째서 "눈물을 자아내는가?"고 적고 있다. 그러나 청년의 꿈은 그 때문에 좌절하지 않으며 그 때문에 오히려 치열해진다.

靑年! 오오, 자랑스러운 이름아!
적이 클수록 승리도 크구나.

삼등 선실 밑
똥그란 유리창을 내다보고 내다보고,
손가락으로 입을 깨물 때,

깊은 바다의 검푸른 물결이 왈칵
海溢처럼 그의 가슴에 넘쳤다.

오오, 해협의 낭만주의여!

　　　　　　　　　　　　　　—「해협의 로맨티시즘」 중에서

　이 작품은 원래 「현해탄」이란 제목으로 1936년에 발표하였다가 시
집에 수록하면서 제목을 바꿨다고 하는데 시집에 수록된 「현해탄」을
새로 쓰고 나서 그리 고친 것으로 생각된다. 그리고 "오오, 해협의 낭
만주의여!"란 마지막 시행은 발표 당시에는 없던 부분이며 시집에 수
록하면서 추가한 것이라고 한다.[9] 반드시 추가했대서가 아니라 문맥
상으로 보아 이것은 도일 당시의 포부와 미래 전망을 집필 당시의 뒷
지혜로 규정하고 자기 정의한 것이라고 할 수 있다. "적이 클수록 승리
도 크구나"라는 야심적이고 낙관적인 미래 전망은 급격한 정세 변화로
말미암아 어느 정도의 수정이 불가피했을 것이다.(1933년 6월 일본 공
산당 지도부의 일부가 옥중에서 전향성명서를 내었고 그 발표 이후 한 달
사이에 미결수 1370명 중 415명(30%), 기결수 393명 중 133명(36%)이
전향하였다.[10] 같은 해에 독일에서는 히틀러가 집권하였고 1935년에 임
화는 카프 해산계를 제출하였다.) 외부 정세의 악화에도 불구하고 임화
가 내심 낙관적인 미래 전망을 잃지 않으려 자기 설득을 꾀했다는 것
은 다른 시편에서도 엿볼 수 있다. 그렇지만 병든 육체의 소유자로서

---

9) 위 책의 편자가 시사하고 있듯이 시집 표제작인 「현해탄」은 시집 발간을 위해 집필하
　여 바로 시집에 수록하였고 따라서 첫 발표 지면은 따로 없는 것으로 생각된다. 이러한
　바다시편이 여러 편 되는 것으로 추정된다.

10) 久野收, 鶴見俊輔, 『現代日本の思想』, 岩波書店, 1956, 53쪽.

"홰보다도 밝게 타는 별"과는 거리가 있다는 자의식과 외부를 의식한 자기 검열도 작용하여 도일 당시의 포부나 희망적 관측을 낭만주의라고 규정한 것이라고 생각된다. 그의 자기 정의는 정당한 것이었다고 생각하며 이러한 낭만주의는 바다시편뿐 아니라 『현해탄』에 일관해서 흐르고 있는 주조음(主調音)이 되어 있다고 할 수 있다. "정녕 이곳에 고향으로 가지고 갈 보배가 있는가?"라고 물으며 "목적한 땅 위에 서 물결치는 태평양을 향하여 고함을 지른다"는 「해상에서」의 모티프도 「해협의 로맨티시즘」과 전혀 동일하다. 눈물을 흘리는 젊은 어머니에 게 안긴 아이에게 "아가야, 해협의 밤은 너무나 두려웁다"고 말하면서 "오늘밤 이 바다 위에 흐르는 눈물이,/내일 너의 젊은 가슴속에 피여 놓을 한 떨기 붉은 장미의 이름을/아아! 나의 아가야, 나는 안다"고 끝맺고 있는 「눈물의 해협」에 대해서도 우리는 같은 말을 할 수 있다.

3

시인 자신이 표제작으로 삼은 사실도 가세하여 흔히 대표작으로 꼽히는 「현해탄」은 시인 임화의 모든 것을 가장 잘 드러내는 작품이면서 바다시편의 요체를 보여주고 다른 바다시편의 모티프가 집대성되어 있기도 하다. 100행이나 되는 장거리 시편이면서 시인이 애용하는 청년이란 낱말이 아홉 번이나 쓰이고 또 일본을 가리키고 그만이 쓰는 절묘한 어사인 "외방"이란 말도 빠지지 않고 있다. 간결한 시행을 통해서 긴박한 리듬을 조성하는 후기 시형의 선행 사례라 할 수 있는 시행을 채용하여 호흡을 조정하고 있는 것도 엿보인다. 반복과 영탄과 비분과 다변(多辯)에 곁들인 느낌표나 물음표의 애용도 여전하다. 산문을 통한 시의 축자적 요약은 비평적 비행으로 떨어질 위험성이 크지만 전언 위주인 임화 시의 경우 개관을 위해서 시도해보아도 큰 불찰은 아닐 것이다. 점선을 포함하여 정확히 100행이 되는 시편은 열아홉 대목으로 되어 있는데 각각 대의는 아래와 같이 요약할 수 있을 것이다.(스탠자 stanza 개념을 적용하기도 어려워 일단 시행을 떼지 않고 연결해놓은 부분을 대목이라 하였다. 한 줄이 한 대목을 이룬 14번의 경우도 있다.)

1. 현해탄의 물결은 예부터 높다.

2. 산불에 몰린 청년들은 두려움보다 용기가 앞서 이 바다 뱃길에 올랐다.

3. 대마도를 지나면 망망대해인데 여기서 대륙의 북풍과 태평양 거센 물결이 마주친다.

4. 현해탄의 거센 풍파나 기상 상태는 한반도에 위기를 몰고 온다.

5. 청년들이 이곳 험한 뱃길에 오른 것은 평안이나 행복을 위해서가 아니었다.(「해상에서」의 모티프이기도 하다.)

6. 정지용 해협시편의 한량 화자나 돈벌러 나온 이 같은 사람들은 우리가 말하는 "청년"이 아니었다.

7. 고향에서 안온한 유년을 보낸 청년들은 희망을 안고 건너가 결의를 품고 돌아왔다.(「내 청춘에 바치노라」의 모티프이기도 하다.)

8. 외방생활에서 청년들은 초췌해지고 무거운 임무 때문에 허리가 굽었다.

9. 이 바다에 몸을 던진 가여운 사람도 있다.(「월하의 대화」의 모티프이기도 하다.)

10. 돌아오지 않는 사람, 돌아오자 죽은 사람, 생사를 모르는 사람, 패배하여 우는 사람, 청년의 자랑을 팔아먹은 욕된 사람 등 가지가지

가 있다.(「밤 갑판 위」의 모티프이기도 하다.)

11. 역경 속에서 명예를 지킨 청년들과 이 바다를 노래하고 싶다.

12. 청춘을 잃은 비통한 날에도 청년들은 현해탄을 건넜다.

13. 오늘도 내일도 청년들이 왕래하는 현해탄은 청년들의 해협이다.

14. 영원히 현해탄은 우리들의 해협이다.

15. 삼등 선실 밑에는 동포의 눈물과 한숨이 배어 있고 부모 잃은 어린이의 울음을 일인들이 억압한다.(「눈물의 해협」의 모티프이기도 하다.)

16. 현해탄은 우리들의 운명과 함께 잊을 수 없는 바다이다.

17. 현해탄을 왕래하기는 하였으나 현해탄 이쪽저쪽에서 청년들은 여전히 높은 물결과 추운 바람을 만났다.

18. 멀고 먼 앞날 이 바다를 오고간 청년들의 이름이 우리들의 불행한 역사와 함께 커다랗게 기록될 것이다. 그들의 일생은 현해탄의 전설로 남아 있을 것이다.(「지도」의 모티프이기도 하다.)

19. 그러나 우리는 아직도 이 바다 높은 물결 위에 있다.(「어린 태양이 말하되」의 모티프이기도 하다.)

꽉 짜인 구성을 보여주기보다는 현해탄에 관한 시인의 격정적인 상념과 감회를 자유분방하게 토로하고 있다. 현해탄의 지정학적인 서술도 있고 한반도의 험난한 역사 상황과 청년들이 마주친 고난을 시사하는 기상적(氣象的) 서술도 있다. "이 바다 물결은 / 예부터 높다"란 인상적인 대목에서 시작하여 "그러나 우리는 아직도 / 이 바다 높은 물결 위에 있다"는 역시 인상적인 대목으로 끝나는 이 시에서 현해탄은 청년의 해협이며 "우리들의 운명과 더불어 영구히 잊을 수 없는 바다"라고 규정된다. 그렇지만 가장 중점적으로 노래하고 있는 것은 청년들의 역정에 관한 것이다. 청년들은 산불에 쫓긴 사슴이 되어 이 바다를 건너갔다가 결의를 안고 돌아오는데 그사이 신산을 거듭하여 신수는 초췌해지고 무거운 임무 때문에 허리마저 굽었다. 현해탄을 오간 사람들은 가지가지이나 명예를 지킨 청년들이 있고 이들과 더불어 현해탄을 노래하고 싶다고 시인은 작품의 모티프도 털어놓는다. 삼등 선실의 소묘를 통해서 일본 제국주의의 압제가 시사되어 있는데 궁극적으로는 현해탄 뱃길에 올랐던 청년들의 명예로운 행적은 역사에 크게 기록될 것이며 전설로 남게 될 것이라고 시인은 힘주어 노래한다.

> 오로지
> 바다보다도 모진
> 대륙의 삭풍 가운데
> 한결같이 사내다웁던
> 모든 청년들의 명예와 더불어
> 이 바다를 노래하고 싶다.
>
> (······)
>
> 오오! 어느 날
> 먼먼 앞의 어느 날,
> 우리들의 괴로운 역사와 더불어
> 그대들의 불행한 생애와 숨은 이름이
> 커다랗게 기록될 것을 나는 안다.
>
> ——「현해탄」 중에서

일본 제국주의가 건너온 현해탄은 잊을 수 없는 운명의 바다이지만 청년들이 왕래하는 이 해협은 영원히 우리들의 해협이고, 현해탄을 건너가고 건너온 명예로운 청년들은 언제인가 역사를 바꾸게 될 것이고, 그들의 이름은 크게 기록될 것이라는 것이 작품의 핵심적인 전언이다. 그러니까 이 시편은 청년을 기리는 송가이며 모든 것에도 불구하고 미래와 역사에 바치는 불굴의 신앙 고백이다. 먼 미래로 상정되어 있는 "어느 날"이 어떠한 모습으로 오게 될는지에 대해서 시인은 당연히 구체적인 언급을 하지 않고 있으나 그의 이력으로 미루어 추측하기는 어렵지 않다. 아마 자기 자신을 모형으로 한 것으로 보이는 "결의를 가지고 돌아오는 청년"의 "임무"에 대해서도 구체적인 시사는 없으나 이 역시 추정하기는 어렵지 않다. 따라서 이 작품이 노래하고 있는 것은 시인 자신이 작품 속에서 실토했듯이 해협의 낭만주의이며 거기 바치는 희망의 헌정이다. 너무나 다양한 의미로 자의적으로 쓰기 때문에 아무것도 의미하는 바가 없게 되었다는 악명 높은 낭만주의라는 말을 쓰는 것은 주저되는 일이다. 현해탄의 낭만주의는 일상적 현실이나 사회적 관심에서 소원한 문학을 일컬을 때의 낭만주의가 아니며 지금 이곳에서 아득한 별나라에 대한 동경을 가리킬 때의 낭만주의도 아니다. 꿈 많은 청년기는 삶의 낭만시대이기도 하지만 청년과 역사적 미래에 대한 치열한 신념과 희망도 낭만주의라 할 수 있다. 이성으로 제어되지 않은 격정의 분출에 마음을 맡기고 고양감을 느끼는 것도 낭만주의라 할 수 있다. 노도질풍 속으로 뛰어든 현해탄의 청년이라는 시적 설정 자체가 낭만적이다. 「네거리의 순이」를 노래한 시인의 입장에서 퇴영적 퇴폐적이라고 매도해야 할 해상 정사의 주인공들이 "나는 이 바다 위 / 꽃잎처럼 흩어진 / 몇 사람의 가여운 이름을 안다"고 관대한 처분을 받은 것도 그들이 미증유의 낭만적 비극을 실연했기 때문일 것이다. 낭만주의는 현실주의와 동떨어져 있지만 고전주의와도 동떨어져 있다. 감탄문이 연발되고 웅변적이고 요설적인 임화의 시행 자체도 제어된 고전주의의 대척점에 있다는 뜻에서 낭만주의적이다. 낭만적 수사로 가득 찬 「가을 바람」이 셸리의 「서풍부」의 마지막 시행에 기대어 "겨울이 오면 봄은 멀지 않았으니까"로 끝나고 있는 것은 징후적이기는 하지만 하나의 삽화에 지나지 않는다. 「암흑의 정신」 같은 작품에는 정신에 있어서나 수사에 있어서나 서구 낭만주의 시의 서투른 번역 같은 대목이 많고 임화가 어쩌면 백조(白潮)파의 직계가 아닌가 하는 심증까지 갖게 한다. 임화 시행과 시풍의 특징은 비명체(碑銘體, lapidary style)의 대척점에 있다는 것이다. 비문용으로 형성된 비명체의 특징은 간결성이다. 돌에 글자를 새겨야 하는 어려움과 후속 세대에게 얘기하려면 간결한 것이 좋겠다는 의식에 의해서 조건지어져 발달된 문체이다.[11] 고전주의의 문체적 이상은 비명체에 있다고도 할 수 있는데 적극적 반(反)비명체의 임화 시풍은 낭만주의적이다. 1936년에 발표된 「위대한 낭만적 정신」이라는 글에는 다음과 같은 대목이 보인다.

나는 영원히 생명력을 가지고 독자에게 영향을 주고, 독자로부터 기억되고 애호될 조선문학을 위하여 생생한 낭만주의를 가져 자기를 반성할 것을 성실한 작가들에게 제안한다. 이러한 몽상의 낭만주의는 결코 작품에 있어서의 사실성을 제외하는 것은 아니다. 견고한 현실적 구조 위에 선 낭만주의, 즉 단지 현실을 자연스럽게 모방 — (묘사)하지 않고 모방을 위대한 몽상에 종속시킴으로써 그것에 보편적 성질을 부여하는

11) Walter Benjamin, *Understanding Brecht*, trans. by Anna Bostock, London : Verso Editions, 1973, p. 65.

낭만주의이다.[12]

용어의 엄밀성이 없고 논리의 비약도 심한 편이어서 전체적으로 취지 파악이 어려운 글이다. 다만 몽상의 낭만주의를 제안하고 있는 것만은 분명해 보이고 이보다 먼저 씌어진 「낭만적 정신의 현실적 구조」란 글에는 "길포친의 용어를 빌면 현실적인 몽상, 현실을 위한 의지, 그것이 이 낭만적인 정신의 기초이다"[13]란 대목이 보인다. 일상사의 세부 묘사에 골몰하는 정적인 사실주의를 넘어서 역동적인 사실주의에 이르려면 몽상의 낭만주의 정신이 필요하다는 취지인 것으로 생각된다. 몽상이란 말은 요즘 쓰는 '비전'이란 말과 비슷한 뜻으로 쓰인 것이 아닌가 생각되는데 주로 소설과 관련하여 제기한 의견이요 쟁점이다. 임화가 의미한 것이 엄밀하게 무엇이든 간에 일련의 바다시편은 낭만적이요 그의 낭만적 정신도 바다시편과의 연관 속에서 정의되어야 한다고 생각한다. 조금 느슨하게 말하여 모든 사회 변혁이나 인간 해방 사상의 미래상에는 낭만주의적 열정이 있게 마련이다. 사회 이상에 대한 낭만적 경도와 헌신 없이 낙관적 미래 전망이 지속되기도 어려울 것이다. 절정기의 혁명가 트로츠키가 『문학과 혁명』에서 적고 있는 낙관적 미래상은 황홀하게 낭만주의적이라고 하겠는데 좌절한 급진파 청년 지식인일수록 그러한 낭만주의는 절실한 파장으로 체험될 수 있었을 것이다.

미래의 인간이 도달할 수 있는 자기 지배가 어느 정도인지 또 인간이

---

12) 임화, 『문학의 논리』, 서음출판사, 1989, 32~33쪽.
13) 임화, 위의 책, 23쪽.

기술을 얼마만큼 높일 수 있는지를 예측하기는 어렵다. 사회 건설과 심신의 자기 교육은 동일한 과정의 양면이 될 것이다. 문학, 연극, 미술, 음악, 건축 등 모든 예술은 이 과정에 아름다운 형식을 부여하게 될 것이다. 더 정확히 말하면 문화 건설과 공산주의적 인간의 자기 교육이 진행되는 뼈대는 오늘의 예술의 생명력 있는 모든 요소를 최대한으로 발전시킬 것이다. 인간은 한결 튼튼해지고 현명해지며 섬세해지고 신체는 보다 조화되고 동작은 율동적이며 목소리는 음악적으로 될 것이다. 삶의 형식은 역동적인 연극성을 띠게 될 것이다. 평균적인 인간형이 아리스토텔레스, 괴테, 마르크스의 높이로 향상될 것이다. 그리고 이러한 정상 위로 새로운 봉우리가 솟아오를 것이다.[14]

한편 청년에 대한 임화의 태도도 지극히 낭만적이다. 시인이 소망했듯이 현해탄을 왕래한 명예로운 청년들이 역사에 기록되는 것은 좋은 일이고 그것을 믿어 의심치 않는 것도 좋은 일이다. 그러나 우리는 현해탄을 건너보지 못한 다수파 청년들은 어떻게 되며 압록강이나 두만강을 건너간 청년들은 또 어떻게 되는 것이냐는 물음을 제기할 수 있다. 식민지 상황의 의식화와 그 확산의 계기로서 현해탄이 선택되고 되풀이해서 노래되는 것은 시인 자신의 개인사와 관련되는 부위이다. 한 사람의 시인이 모든 것을 다 노래할 수는 없는 것이고 그의 경험이 한정적인 만큼 경험의 문학적 처리도 한정적일 수밖에 없다. 그러나 시인 자신이 모형이 된 현해탄의 청년만이 역사적 소명을 부여받았으며 역사적 역할을 수행할 수 있고 역사 속에 기록될 수 있다는 심층적

---

14) *The Age of Permanent Revolution : A Trotsky Anthology*, ed. by Isaac Deutscher, New York : Dell Publishing Co., 1964, pp. 325~326.

독선이나 참람(僭濫)이 바다시편에는 깔려 있다. 이러한 텍스트의 무의식이 밝혀주는 것은 확대된 주관적 자아의 욕망이고 다시 한번 자기중심적 청년기의 낭만주의이다. 임화 시에 되풀이해서 나오는 "청년"은 모두 임화 자신의 변주이거나 확대이다. 그런 의미에서 임화가 자신을 솔직하게 드러낸, 위에서도 인용한 글은 참으로 시사적이다.

　　그 뒤 카프는 해산되고, 경향문학은 퇴조하고, 그는 병들어 수년간 시골 가 누웠다가 결혼하고, 아이 낳고, 파스칼과 몬테뉴를 읽고, 헤겔에 심복하고, 고전을 읽고, 역사에 흥미를 갖고, 새로운 심정으로 문학을 다시 시작하야 한 책의 시집과 이삼 권의 졸렬한 저서를 만들고, 지금엔 주로 비평과 시를 써서 근근이 미염의 자(資)를 구하야 살어가는 동안에 어느덧 남자의 나희 33이 되었으니 어찌 가탄한 반생이 아니리오.[15]

33세는 청년이랄 수 있는 나이이다. 그렇지만 임화가 이 글의 표제를 「어떤 청년의 참회」라 했을 때 그것은 통상적인 의미의 청년을 뜻한 것이 아니라 시집 『현해탄』에 수없이 나오고 위에서도 검토해본 의미의 청년이다. 거기에 다시 우리는 아래와 같은 청년의 용례와 의미를 추가해야 할 것이다. "누구가 청년의 가슴속에 자라나는 영웅의 정신을 죽엄으로써 막겠는가."(「암흑의 정신」) "곁눈 하나 안 떠보고, 내가 청년의 길에 충성되었을 때."(「가을 바람」) "청년의 자랑은 꺼지지 않는 등촉처럼 밝았으면."(「홍수 뒤」) "청년의 길은 참으로 가혹하다."(「밤 갑판 위」) "청년의 아름다운 이름이 땅속에 묻힐지라도."(「지도」) 이렇게 볼 때 청년을 칭송하는 청년 임화의 주관적 낭만주의는 너무나 선명해 보인다.

---

15) 임화, 「어떤 청년의 참회」, 『문장』 1940년 2월호, 24~25쪽.

비평가 임화는 정지용을 되풀이해서 혹평했지만 시인 임화는 늘 그를 의식하고 있었던 것 같다. 위에서도 시를 통한 정지용 비판을 보았지만 임화의 정지용 비판은 사회파 시인의 기교파 비판이란 맥락 이외에도 낭만주의자의 고전주의 비판의 차원이 있는 것이라 생각된다. 돌이켜보면 우리의 전통 시가에서 바다를 정공적으로 노래한 경우는 없는 것으로 보인다. 지난날 시작(詩作)을 영위할 수 있었던 문자 구사 계층이 바다에서 먼 내륙생활자라는 것도 한몫을 차지했을 것이다. 그렇지만 대륙 쪽 중국시에 바다를 노래한 시가 드물다는 사실과 한결 가깝게 연관된다고 할 수 있다. 그것은 시적 사대주의나 문학적 몰주체성이란 이름으로 폄훼할 성질의 사안이 아니라 문학 관습의 막강한 형성력을 상기시키는 사례로 간주해야 할 것이다. 한국시에서 바다가 정공적인 소재로 등장하는 것은 20년대의 시에서가 아닌가 생각된다. 최남선의 허명무실한 작품이나 김억의 초기 몇몇 작품은 바다의 시라고 하기엔 아무래도 미흡하다. 배경의 우연한 일부이거나 먼발치로 바라본 바다가 아니라 시편 전체를 채우는 바다가 등장하여 어느 정도의 시적 성취에 이른 것은 정지용 이후의 일이다. 정지용에게는 「바다」란 제목의 시편만도 예닐곱 편 되고 「해협」 「다시 해협」 「갑판 위」 「선취」 「갈레리아 바다」 「갈매기」 등의 시편이 있다. 해상 여행을 통한 바다 경험이 그에게 중요한 날체험이 되었기 때문이기도 하지만 일변 바다 시편이 상대적으로 많은 일본시의 교양 체험과도 관련되는 일일 것이다. 정지용이 경험하고 표현한 바다는 대한해협이라는 바다였지만 식민지 현실이 탈색된 비정치적 비역사적인 물리적인 바다였다. 그러나 위에서 보았듯이 임화가 "이 바다 물결은 / 예부터 높다"고 적을 때 그것은 물리적 바다의 파란과 파고를 서술하는 것 이상으로 한반도의 역사적 지정학적 상황과 청년의 길에 대한 의미가 내포되어 있다. 따라서 그의 바다는 단순한 해협이 아니라 "현해탄"으로 모습을 드러내게 마련이고 현해탄의 청년이 "해협"의 청년에게서 정치적 제휴감을 느끼지 못하는 것은 당연하다. 그것은 정치적 인간이 초기 토마스 만의 비정치적 인간에 대해서 갖는 거리감과 비슷할 것이다. 임화가 「밤 갑판 위」에서 "어느 누군 사랑엔 입맛도 잃는다더라만 / 이 바다 위 그대를 생각함조차 부끄럽다"고 했을 때 그가 염두에 둔 것은 정지용의 「또 하나 다른 태양」이었다.

사랑을 위하얀 입맛도 잃는다.
외로운 사슴처럼 벙어리 되어 산길에 섰지라도

오오, 나의 행복은 나의 성모 마리아!

정지용에게 「갑판 위」라는 작품이 있기 때문에 임화의 「밤 갑판 위」는 제목부터 의도적인 패러디이다. 암울한 식민지 현실을 밤으로 파악하기 때문에 임화는 밤과 현실을 외면하는 정지용을 참지 못하는 것이다. 그러나 정지용의 해협시편이나 종교시편이 임화의 바다시편과 견줄 때 절제와 위엄을 갖춘 고전주의적 성격을 가지고 있다는 국면을 간과할 수는 없다. 임화의 정지용 비판은 사회주의 시인의 비정치적 시인 공격인 것 이상으로 낭만파 시인의 고전주의자 공격이라는 측면을 가지고 있다고 생각된다. 위에서 언급하지 못한 많은 『현해탄』 수록 작품들이 내일과 역사에 대한 신념을 토로하면서 일변 세상에 '청년'의 건재를 알리고 일변 자기 설득을 꾀하는 주관적 내성적(內省的) 심경시편이라는 사실도 시집의 낭만적 성격을 말해주고 있다.

정치적 격문시의 행방
—『현해탄』의 시인 임화 · 3

그 밑에 전사하리라
노래부르든 기빨
자꾸만 바라보며
—「9월 12일」중에서

1

임화는 1947년에 제2시집 『찬가(讚歌)』를 상자한다. 2부로 나누어져 있는 『찬가』의 제1부에는 해방 이후의 소작 15편이 실려 있고 제2부에는 일제시대의 작품 7편이 수록되어 있다. 『현해탄』의 끝자락에 실려 있는 「바다의 찬가」가 제2부의 첫 작품으로 재수록되어 있는 것이 독자의 눈길을 끈다.

詩人의 입에

마이크 대신
재갈이 물려질 때,
노래하는 열정이
침묵 가운데
최후를 의탁할 때,

바다야!
너는 몸부림치는
肉體의 곡조를
伴奏해라.

—「바다의 찬가」 중에서

　장하게 날뛰는 바다는 이제 재갈이 물려 침묵하는 시인의 몸부림치는 육체의 곡조이자 반주가 된다. 사회적 여건으로 말미암아 작품 속에서 사회 현실에 대한 전복적 관심을 견지하지 못하는 시인 자신의 일면을 알 만하게 드러내고 있다. 그런 의미에서 시적 대의에 대한 신앙고백이라고 할 수 있는데 임화는 시적 결백의 증명으로 이 작품을 재수록한 것이 아닌가 추정된다. 사회 정세의 악화에도 불구하고 초심(初心)에 변화가 없다는 것을 알리는 심경시편은 시집 『현해탄』 곳곳에 보인다. 자유에의 갈망을 노래한 「새 옷을 입으며」나 투사로서의 투지를 다짐하는 「너 하나 때문에」 같은 것이 그 사례이다. 투지와 전의를 다지는 자기 설득 혹은 대사회적 공고(公告)의 성격을 띤 방어기제의 알리바이 시편은 『찬가』의 제2부에서도 발견되는데 아래에 적은 대목에서도 그 일단을 엿볼 수 있다.

중요한 것은 우리가
피로하지 않는 것이다
적에 대한 미움을 늦추지 않는 것이다
멸망을 두려워하지 않는 것이다
지혜 때문에 용기를 잃지 않는 것이다

　　　　　　　　　　　　　—「한잔 포도주를」 중에서

　「바다의 찬가」를 비롯하여 『찬가』에 수록된 많은 작품들이 짤막하고
간결한 시행을 형태적 특징으로 하고 있으며 이러한 시행은 독특한 예
기와 박력을 가지고 있다. 이러한 형태적 특징은 해방 이후 일련의 격
문시(檄文詩)에서 큰 효과를 거두게 되고 젊은 시인들의 추종을 받게
된다. 『찬가』에 수록된 해방 이전의 소작 중에서 일정한 작품적 성취
에 이른 「자고 새면」은 여러모로 검토에 값한다고 생각한다.

　자고 새면
　異變을 꿈꾸면서
　나는 어느 날이나
　무사하기를 바랬다

　행복되려는 마음이
　나를 여러 차례
　주검에서 구해준 은혜를
　잊지 않지만
　행복도 즐거움도
　무사한 그날그날 가운데

찾아지지 아니할 때
나의 생활은
꽃 진 장미넝쿨이었다

푸른 잎을 즐기기엔
나의 나이가 너무 어리고
마른 가지를 사랑키엔
더구나 마음이 애뙤어

그만 인젠
살려고 무사하려든 생각이
믿기 어려워 한이 되어
몸과 마음이 상할
자리를 비어주는 운명이
애인처럼 그립다.

　　　　　　　　　　　　　　—「자고 새면」 전문

　'벗이여 나는 이즈음 자꾸만 하나의 運命이란 것을 생각코 있다'란 부제 혹은 보충설명이 달려 있는 이 작품은 원래 「실제(失題)」란 제목으로 1939년 2월에 『문장』지에 발표되었는데 끝에 '1938년 11월'이라고 제작 일자가 표기되어 있다. 시를 절필할 무렵의 소작이라는 점에서 또 새로 개발한 간결하고 짤막한 시행을 통해 소회를 진솔하게 실토하고 있는 심경시편이라는 점에서 임화 시에서는 중요한 작품이라 생각된다. 임화 시에서 청년이란 말이 갖는 특별한 의미에 대해선 앞에서 언급하였지만 스스로 청년임을 자임하고 있는 것은 제3연의 시행들이 잘 보여주고 있다. 내심 그는 역사적 소명을 부여받은 청년으로 남아 있고 청년의 길에 충직하려 하고 있다. 그러나 역사적 소명에 충직할 수 있는 상황이 조성되는 '이변'은 좀처럼 일어나지 않고 그저 무사한 나날이 계속되고 있을 뿐이다. 무사한 일상에서 행복도 즐거움도 찾아지지 않고 "나의 생활은 꽃 진 장미넝쿨"이라고 그는 생각한다. 소시민적 무사안온한 생활에서 행복을 찾지 못하는 것은 그가 자기 부과적 역사적 소명감을 버리지 못하기 때문이다. 그는 무사한 일상을 바랐던 자신을 뉘우치며 "몸과 마음이 상할/자리를 비어주는 운명이/애인처럼 그립다"고 적고 있다. 이 마지막 시행은 상당히 모호하다. 소시민적 생활 안주와 사회적 역사적 소명의식의 갈등을 해소시켜줄 운명이 그립다는 뜻으로 읽을 수 있지만 순항하던 의미 진행이 마지막에 와서 일단 주춤하는 것이 사실이다. 그것은 모든 것을 털어놓는 것에 대한 유보감에서 오는 것일 수도 있고 검열을 의식한 호도책에서 나온 것이라 할 수도 있다. 혹은 "애인처럼 그립다"란 유행가 같은 시행을 태연히 적어놓을 수 있는 임화의 시적 불찰과 관련된다고 볼 수도 있다. 운명이란 말은 역사적 소명감을 가지고 있는 전향적 청년이 의지할 만한 말이 아니지만 이성과 이해를 넘어서는 외재적 힘 앞에서 느끼게 되는 무력감이 발설하는 말이란 점에서 임화가 느꼈던 피곤한 무력감을 드러내고 있다. 하노라 했지만 어쩔 수 없다는 대사회적 자기 변호의 함의가 엿보이고 운명은 이제 둔사(遁辭)의 거점이 된다. 투쟁의 미화와 서사 충동을 특징으로 하는 「우리 오빠와 화로」에서 『현해탄』의 낭만주의로 이어지는 임화의 역정은 여기에 와서 소시민적 안일을 자괴하면서 일변 변호하는 내성적 시인의 그것으로 귀착한다. 비슷한 시기에 씌어진 「차중(車中)」에 대해서도 우리는 같은 말을 할 수 있다. 간결하고 짤막한 시행으로 이루어진 이 작품은 야간

열차의 정경을 그리고 있지만 그것이 그대로 시인의 심경 토로가 되어 있다는 점에서 일제 말기의 시인 임화를 징후적으로 드러내주고 있다. "돌아올 날을/기약코/길을 떠난/사람이/하나도 없는/車간은/한숨도 곤하여"로 시작되는 작품은 제2연에서 의미의 모호성을 독자에게 안겨준다.

> 누군가
> 싸우듯
> 북방의 희망을
> 언쟁하던
> 시끄런 음성은
> 엊저녁 꿈이다.
>
> ——「車中」 중에서

언뜻 "북방의 희망"은 1917년에 혁명을 성취한 나라를 두고 한 얘기일 것이라는 추측이 가능하다. 20년대와 30년대의 사회주의 운동은 특히 동아시아에서는 미국의 대공황에서 볼 수 있는 자본주의의 위기 못지않게 소련의 상대적 성공에 고무된 바 있었다. 그러나 이 작품이 발표된 1938년 10월이란 시점을 고려할 때 경부선 찻간에서 "북방의 희망"을 큰 소리로 언쟁한다는 것은 개연성이 희박하다. 임화 같은 소명의식의 소유자도 운명이란 말을 되뇔 수밖에 없었던 상황이었다. 따라서 일제가 한참 만주 개척을 홍보하며 개척단을 보내던 시기였던 것을 상기할 때 만주 이주와 관련된 것이 아닐까 추측할 수 있다. 길 떠난사람이 많은, 첫머리의 차 안 정경도 그러한 추측을 뒷받침해준다. 이른바 만주 개척 홍보에 동조하는 이와 그 허상을 지적하는 이 사이의 언쟁이라 추측할 수 있는데 이 대목은 발표 당시에는 너무나 자명하여 누구에게나 명료하였을 것이라 생각한다. 시간의 경과가 본래는 없었던 모호성을 조성한 것이라 할 수 있다. 가령 당대 현실을 일상언어로 그려 보여준 그리스의 고전 희극이 비극보다 친숙하기 어려운 것은 당대 현실의 직접성이 퇴색되어 희극적 효과를 감지하기가 어려운 탓인데 이렇듯 시간과 공간의 상거는 작품 해독에 커다란 변화를 일으키게 마련이다. 제작 연대나 발표 시기와 관련시키지 않고 이 작품을 임화가 현해탄을 오가던 시절의 추억시편으로 읽을 수도 있겠으나 사회 정세의 변화에 민감해야 했던 그가 이 시기에 추억시편을 써서 발표했다는 것은 설득력이 없다. "북방의 희망"을 어떻게 해석하건, 시끄러운 언쟁도 엊저녁의 꿈이 된 상황에서의 허탈감과 적막감은 그대로 당시의 임화의 심경과 객관적으로 대응하는 것으로 추정된다. 따라서 이 작품을 「자고 새면」과 함께 절필 직전의 대표적 심경시편이라 해도 잘못은 아닐 것이다. 수다가 절제되고 단정하여 지금 읽어도 거부감을 주지 않는다. 객관적 정세가 강요하는 전복적 대사회 태도의 위축이 내성적 경향으로 옮겨가게 되는, 흔히 있는 문학사적 사례를 우리는 다시 한번 목도하게 되는 셈이다.

『찬가』 제2부에 수록된 15편은 해방 직후의 소작으로 어느 모로는 임화의 본령이 가장 잘 드러난 작품들이다. 특정 계기에 씌어진 행사시가 많고 뜻을 헤아리며 되풀이 음미하기보다는 소리내어 낭독하기를 요구한다는 점에서 정치적 격문시라 할 수 있는 작품들이 주류를 이루고 있다. 해방 후 임화의 첫 작품이라고 할 수 있는 「九月十二日」에는 '1945년, 또다시 네거리에서' 란 부제가 달려 있어 일제시대 작품과의 주제적 연속성을 시사하고 있는데 일제 말의 심경시편과의 근친성도 부분적으로 드러내고 있다.

부끄러운
나의 생애의
쓰라린 기억이
鋪石마다 널린
서울 거리는
비에 젖어

　　　　　　　　　　—「九月十二日」 중에서

　　일제시대 절필 직전에 개발하여 선용한 짤막하고 간결한 시행이 임
화가 선호하는 전용(專用)의 시 형태로 굳어진다. 한편『현해탄』시절
의 호흡이 긴 장거리 시행은 한두 편을 예외로 한다면 대체로 경원되
고 있다. 사르트르는 나치 점령기에 발표된 베르코르의『바다의 침묵』
에 관해서 얘기하고 나서 공격에 취약한, 널리 알려진 대목을 적어놓
고 있다. "바나나는 막 땄을 때 맛이 가장 좋다고들 한다. 마찬가지로
정신적 작품도 그 자리에서 소비되어야 하는 것이다."[1] 이 말이 갖는
타당성 여부를 떠나서 임화의 격문시는 현장에서의 즉시적 소비에 걸
맞은 작품의 대표적 사례가 아닌가 생각된다. 정치 집회나 군중대회가
즉시적 집단적 소비의 현장이 되고 되풀이 음미할 필요도 여백도 없는
긴박성과 박력이 작품의 특징이 되어 있다. 그런 의미에서 옛적 구비
시의 맥을 잇는 낭독시의 이상형이 되어 있다고 생각된다. 긴박성과
선동성이 역력하면서도 만만치 않은 시적 긴장과 서정적 울림을 확보
하고 있는 작품으로「旗빨을 내리자」「손을 들자」「三月一日이 온다」등
을 들 수 있다.

---

1) 장 폴 사르트르,『문학이란 무엇인가』, 정명환 옮김, 민음사, 1998, 104쪽.

언 살결에
한층
바람이 차고

눈을 떠도
눈을 떠도

틔끌이
날려오는 날

봄보다도
먼저
三月一日이
온다

　　　　　　　　　　　　　　—「三月一日이 온다」 중에서

　이러한 격문시의 직접성과 현장성은 그대로 이른바 전투 현장이나 투쟁 현장의 ‘항쟁가’로 귀착하게 된다. “아아 원수보다도/잔인한 마음을 지니고/농군의 두터운 가슴/골작마다에 있고/번개처럼 빛나는/인민항쟁대의 눈이/남조선 높은 산/봉우리 봉우리에 있구나”로 끝나는 「높은 산 봉우리마다」의 가락은 곧 〈인민항쟁가〉로 이어진다. 김순남이 작곡하여 〈농민의 노래〉와 함께 한 시절 거리를 휩쓸었던 전투적인 노래의 노랫말이다.

　원수와 더불어 싸워서 죽은

우리의 죽음을 슬퍼 말어라
깃발을 덮어다오 붉은 깃발을
그밑에 전사를 맹세한 깃발

〈민애청가(民愛靑歌)〉를 비롯하여 몇몇 투쟁가요를 작사한 것도 그
의 격문시와 관련하여 기억해둘 만한 사안이다. 1947년에 월북한 임화
는 6·25전쟁중 전선문고로 8편의 시를 묶어 『너 어느 곳에 있느냐』란
시집을 출간했다. 모두 즉시적 집합적 소비에 작품의 생명을 걸고 있
는 격문시들인데 "원쑤"에 대한 전의와 복수를 충동하는 가쁜 숨결의
작품들이다.

　성질상 격문시는 밀도 있는 정치한 언어 구사나 깊이 있는 사고를
지향하지 않는다. 간결성과 직접성 그리고 가쁜 호흡을 특색으로 하는
데 해방 직후 한동안 좌파 시인들이 크게 의존하고 활용하였던 시 형
식이다. 오장환 같은 기성시인이 더러 활용하기도 하고 유진오(兪鎭
五), 최석두(崔石斗) 같은 신인들이 크게 의존하였다. 임화 시의 직간
접 영향이었다고 생각된다. 훨씬 뒷날 신동엽이 「금강」에서 간헐적으
로 선용한 경우에도 우리는 임화 시의 영향을 간취할 수 있다. 우리 현
대시에 임화가 기여한 것은 간결한 시행의 격문시를 통한 것이었다고
할 수 있을 것이다. 아래에서 몇몇 사례를 들어보기로 한다.

　나는 지금
　어름짱이 터지고
　밀려 나가는
　大同江 기슭에 서 있다.

봄보다 먼저
갈러지는 어름짱보다 앞서
우리에게 들려오는 소식

남조선 곳곳에서
우리 인민의
피 끓는 항쟁!

— 오장환, 「二月의 노래」 중에서

아무데서나 산이 보이는
티끌 날리는 서울
거리 거리에
산은 가슴마다에 있고

밤이면 머얼리 아득한
별빛 그리워
마지막 가는 날에도 부를 노래
가만 가만 불러보며

어수선히 디디고 간 발자욱
먼지 속에 쌓인 어두운 길 우
타박어리는 발길이 가벼워
간다

—유진오, 「산」 중에서

비바람
눈보라 속에서도
놈들의
손버릇에
찢기면서도

조국을 지키는 글발
가슴 가슴에 터지는 글발을
들고 안고

바람벽이나
전신주나—
모두들 일어섰다.

　　　　　　　　—최석두, 「모두들 일어섰다」 중에서 [2]

---

2) 최석두는 별로 알려져 있지 않다. 1948년 8월 조선사(朝鮮社)에서 나온 유일한 시집 『새벽길』에는 16편의 시가 수록되어 있다. 발문을 작곡가 김순남이 쓰고 있는데 문맥으로 보아 호남 쪽이 고향이고 경성사범학교의 동창 사이였던 것 같고 해방 전 독서회 사건으로 옥고를 치렀던 것 같다. 여러 편의 시 가운데서 시인 조벽암이 16편을 골랐다 하는데 젊은 좌파 시인의 작품치고는 세련도가 중시된 괜찮은 작품들이다. 독자들의 참고를 위해 표제작이며 시집 첫머리에 나오는 「새벽길」의 전문을 소개한다. 두 줄 붙이고 띄어쓰는 형태이다.

우리 모두 떼 지어 새벽길을 간다	인민의 불타는 깃발 찢어져라 휘날리며	남북 통일은 우리들 손으로—
매운 서릿바람 머리 우에 이고	욕된 이 땅에 우리의 살길을 찾아	영롱한 깃발을 앞세우고 우리는 간다
닭이 울음 우렁찬 새벽길을 간다	철병하라! 단정 절대 반대!	마구 으스럼을 밀고 지새는 새벽길을 간다.

해방 직후 돌림병처럼 퍼져가던 정치적 격문시에서 작자를 밝히는 것이 부질없을 정도로 소재와 형태가 획일화되어 있음을 보게 된다. 이러한 격문시가 임화에 근원을 두고 있다는 것은 조금만 유의해 본다면 간취된다. 물론 당대의 좌파 정치시가 일률적으로 위와 같은 작품들로 이루어져 있다는 것은 아니다. 이용악, 오장환, 설정식 등 괜찮은 좌파 시인들은 저마다 독자적인 시풍을 가지고 있다. 그러나 격문시 흐름의 정치시에 관한 한 임화 시의 추종이 많았고 그것은 그의 영향력을 설명해준다. 위에 인용한 시행들도 엇비슷한 소재요 처리이지만 꼼꼼히 읽어보면 시적 역량의 차이는 분명해진다. 오장환의 유창함과 유진오의 어눌함이 대조가 되고 이것은 양자 사이의 사소한 듯하면서도 커다란 차이로 드러난다. 최석두는 이를테면 그 중간 지점에 있다고 생각된다. 훨씬 뒷날 신동엽이 「금강」으로 독자들에게 커다란 충격을 안겨주었는데 우리는 「금강」을 비롯하여 신동엽 시편 도처에서 임화가 개발하고 선용한 긴박한 호흡의 간결체 시행을 보게 된다. 그것은 문학사의 우연이 아니라 사상적으로나 형태적으로나 두 시인 사이의 짙은 근친성을 말해주는 것이다. 널리 알려진 「껍데기는 가라」는 임화 흐름의 전투적 격문시가 도달한 한 수준을 보여주고 있는데 그 호소력은 극도의 단순화를 통해서 얻은 이분법의 직절성(直截性)에서 온다. 임화의 "원쑤"는 "껍데기"나 "쇠붙이"로 대체되어 선악 이원론의 분노를 가치의 이분법으로 희석시키고 있어 전사의 노래가 아니라 지사의 노래로 변형시켜주고 있다. "원쑤"라는 적대적 인간관계의 지칭어가 아니라 흙가슴이나 쇠붙이 같은 물질적 상상력의 이미지 동원이 작품 효과에 긍정적으로 기여하고 있음은 말할 것도 없다.

지금은
어디 갔을까

눈은 날리고
아흔아홉 굽이 넘어
바람은 부는데
상엿집 양달 아래
콧물 흘리며
국수 팔던 할멈,

—신동엽, 「눈 날리는 날」 중에서

그러나
이제 오리라,
갈고 다듬은 우리들의
푸담한 슬기와 慈悲가
피 한 방울 흘리지 않고
우리 세상 쟁취해서
半島 하늘 높이 나부낄 평화,
낙지발에 빼앗김 없이,

우리 사랑밭에
우리 두렛마을 심을, 아
찬란한 혁명의 날은
오리라,

—신동엽, 「금강」 중에서

2

이상에서 우리는 자칭 다다이즘 추종의 습작기, 사회주의 시인에서 정체성을 찾으려 한 「우리 오빠와 화로」의 시기, 『현해탄』의 낭만주의와 심경시편의 시기, 『현해탄』에서 절필에 이르는 전환기, 해방 이후의 정치적 격문시의 시기 등 다섯 단계의 순서로 임화의 작품을 검토하였다. 해방 이전의 경향파 시인(해방 이후 좌파 시인으로서의 입장을 분명히 한 오장환, 이용악은 여기 포함되지 않는다) 가운데서 가장 우수한 시인이라는 통념은 근거 있는 것이라고 생각되는데 그것은 임화 시 고유의 견고한 성취보다도 여타 시인들의 상대적 취약성에 힘입은 것이라고 생각된다. 전체적으로 보아 임화 시편은 감정의 노도질풍이 절제되지 않은 전언 위주의 장광설인 경우가 많다. 어떤 의미에서 그에겐 '백조'파의 정통적 후계자라는 면모조차 있다. '백조'파의 무잡(無雜)하고 원색적인 감격과 우울에 사회주의 지향이라는 구체적 모티프를 도입한 것이라 할 수 있다. 후기의 임화가 개발하고 선용한 간결 직절한 시행은 한국 현대시에 대한 중요한 기여이기는 하나 밀도 없이 전개되어 가쁜 숨결의 수다로 떨어진 혐의가 짙다. 그런 가운데서도 「우리 오빠와 화로」, 『현해탄』 속의 몇 편, 「三月一日이 온다」를 비롯한 몇 편의 격문시는 20세기 한국의 중요한 시편으로 기억되어야 한다고 생각한다. 전체적으로 보아 『현해탄』 시편은 시적인 업적보다는 30년대 한국정신사의 자료로서의 의미를 갖는 것이라고 생각된다. 문학사회학 쪽에서 일반적으로 수용되는 가설의 하나는 문학적 성취도가 높은 작품일수록 사회사적 자료로서의 가치도 크다는 것인데 그러한 관점에서 본다면 『현해탄』의 자료적 가치도 얼마쯤 의심스러운 것이 될지도 모른다. 그러나 30년대 이후 깨어 있는 식민지 지식인의 자기 검열과 자기 정의 그리고 사회 적응과정을 검토하는 데 이 시집이 유력한 자료가 되리라는 것은 분명하다.

임화가 성공적인 시인으로서 내구성이 있는 작품을 다수 마련하지 못한 것은 시에 전념하지 않고 다방면으로 재능과 정력을 소모한 것과 관련된다고 할 수도 있다. 비평은 연속성이 있다 치더라도 영화에도 기웃거리고 문화 정치나 조직에 건강하지 못한 육신을 혹사한 혐의가 짙다. 그러나 이것은 임화의 경우에만 특유한 것이 아니고 구차하던 시절 다수 문인들의 공통적 경험 구조를 이루고 있기 때문에 시인 임화를 설명하기에는 충분하지 못하다. 릴케 흐름의 생각을 적용하여 시에 전념하지 않은 것 자체가 시인으로서의 한계라고 말할 수도 있을 것이다. 그렇지만 가장 중요한 것은 그가 시에서 이른바 기교를 홀대하고 사상을 중요시한 것과 연관된다고 할 수 있다. 그가 홀대하고 비방한 기교라는 것은 사실 한 편의 시를 시로 책봉해주는 기본적 형태 요소였으며, 우리 현대시가 넓은 의미의 습작기에 있었던 20년대와 30년대에는 특히나 방법적으로 세련시킬 필요가 있는 기초적 국면이었다. 그럼에도 굳이 지엽적이며 말초적이라는 함의가 짙은 기교라는 말로 평가절하함으로써 임화는 시의 위상과 개개 시편의 성취도를 떨어뜨리는 불찰을 자초하였다. 임화의 시에서 언어 자원(資源)의 적극적 개발과 활용의 측면을 거의 발견하지 못한다는 것은 매우 징후적이다. 그의 시에서는 어휘의 발굴이나 창의적 구사라는 면에서 독자적인 것을 거의 찾아볼 수 없다. 일본과 일본인을 가리키는 "외방(外邦)" 혹은 "외방인(外邦人)"이란 절묘한 낱말 정도가 유일한 사례가 아닐까 생각된다. 토박이말로는 "물초"란 말이 또 거의 유일한 예외가 될 것이다.

20세기 한국시의 문학사적 설명은 통시적 역사적으로 이루어지고 있으며 그 나름의 타당성을 가지고 있다. 그러나 모든 것을 배타적 탕진적으로 설명할 수 있는 설명 모형은 존재하지 않는다. 러시아 형식주의에서 말하는 "아버지에게서 아들로가 아니라 숙부에게서 조카"라는 문학사 진행의 비연속성의 지적이 밝혀줄 수 있는 각별한 국면이 당대의 우리 문학에는 있다고 생각한다. 가령 20세기 한국시를 번역시 혹은 번역 시형(詩形)이라는 변두리 장르 혹은 하위 형식이 주류로 부상한 과정으로 설명하는 것도 가능할 것이다. 그러한 설명 모형이 모든 국면을 탕진적으로 설명해주지는 못할 것이다. 그러나 그러한 관점의 조명에 의해서 숨어 있던 국면이 우리의 관찰에 확연히 노출될 개연성은 크다. 김안서의 역시집『오뇌의 무도』가 안겨준 충격이나 한용운이 역시 김안서 번역으로 된 타고르의『원정(園丁)』에서 주제적 문체적 시사를 받았다는 사실이 방증이 될 수도 있지만 그것은 소소한 사례에 지나지 않는다. 중요한 것은 시조도 아니고 가사도 아니고 정형 민요도 아닌 자유형 단시(短詩)가 20세기 한국시에서 주류를 이루었다는 사실이다. 이들 단시는 엄격한 형식에 매임이 없이 소재나 길이나 말씨에서나 시인이 제한 없는 자유를 행사한다는 점이 특색이다. 운율적 제약이나 음절수에 매임이 없이 아마도 기존 시 형식의 어느 것과도 다르면서 모든 것을 부분적으로 포용했다는 외관을 가지고 있다. 그것은 번역시나 번역 시형의 주제적 형태적 수용에 의해서 이루어진 것이라 할 수 있다. 과거의 우리 문학 유산 중 가령『두시언해(杜詩諺解)』와 형태상으로 가장 유사하다는 것도 단순한 우연은 아닐 것이다. 20세기 초반에 많은 우리 시인들이 선행 시편으로 참조한 일본 근대시도 넓은 의미의 번역시의 범주에 속하는 것이라 해도 무방할 것이다.

20세기 한국시를 번역시 혹은 번역 시형이 주류로 부상한 것이라고 볼 때 성공적인 시와 그렇지 못한 시의 판별 기준도 스스로 명백해지리라고 생각한다. 원문 대조를 통해서 원시 해독에 도움이 되도록 하는 보조적 번역시가 아니라, 어엿한 문학작품으로서 수용어(受容語)로 된 시와 경쟁할 수 있는 번역시의 성공도는 말뜻 전달에 가지끈 충실하려는 융통성 없는 직역보다는 시적 울림의 확보도 소홀히 하지 않는 활달한 의역에 의존한다고 할 수 있다. 원시의 의미를 손상하는 한이 있더라도 우선은 수용어 시편과 경쟁이 되어야 한다. 그렇게 볼 때 비유적으로 말하면 임화의 시는 이상의 시와 함께 직역된 번역시 모형에 속한다고 할 수 있다. 이에 반해서 만해, 소월, 김영랑, 정지용, 서정주, 이용악, 박목월로 이어지는 시적 성취의 계보는 의역된 번역시 모형의 계보에 속한다고 할 수 있다. 김기림이나 유치환 또는 김수영은 아마도 그 중간 지점에 자리잡고 있을 것이다. 의역파들이 번역시의 토착화에 성공한 것은 우리말의 언어 자원의 활용에 적극적이고 생산적이었기 때문이다. 이에 반해서 토착화를 외면한 직역파들은 언어 자원의 개발과 활용에 무심함으로써 민족어의 시적 가능성을 홀대하고 시간의 풍화작용에 허약한 작품을 남겨놓았다. 의역파들이 민족어의 유연성 획득에 크게 기여한 것은 분명한데 직역파들은 이렇다 할 기여를 하지 못한 채 기껏 반면교사의 구실로 그친 것이다. 문학에서, 특히 시에서 필수적인 언어 자원 활용에 대한 세심한 고려를 단순한 기교로 환원시킴으로써 자승자박한 결과라 할 수밖에 없다.

　여기서 우리는 시인과 선행 시편과의 관계를 다시 한번 검토해볼 필요가 있다. 흔히 전통이라는 무거운 개념이 문학 논의에서 거론된다. 그러나 추상적 논의에 골몰하는 연구자의 언설이 시사하듯이 전통이라는 실체가 어떤 절대치처럼 존재하면서 그 그늘에 있는 작품이나 작가 속에 침투해 들어가는 것은 아니다. 가령 하나의 소설은 객관적으로 존재하는 책이라는 물체 속에 적혀 있지만 그것은 독자가 읽기라는 수용행위를 통해서 그 세계를 추구성하면서 독자의 의식 속에 하나의 소설로 혹은 그 이미지로 존재하게 된다. 전통이라는 것도 그 비슷하게 문학 독자나 작가 시인의 의식 속에 존재할 뿐이다. 창작하는 시인은 선행 작품이라는 누적된 선례와 자기 경험을 질료로 해서 작품을 마련하게 되는데 이때 그가 수용하였던 선행 작품의 총체가 살아 있는 문학적 과거로서 시인의 의식 속에 존재하게 된다. 시인이 의식하고 있는 문학적 과거가 곧 전통이며 따라서 전통이라는 것은 시인마다 다르게 구상되어 있게 마련이다. 위에서도 언급한 대로 임화에게 선행 시편은 대체로 일본의 근대시, 그것도 프롤레타리아 시인의 그것으로 한정되어 있었다. 그리고 소재 우선의 프롤레타리아 시인들의 작품에 편향적으로 경도된 그는 그것을 우리의 상황으로 직역하여 전언 중심의 작품을 생산하는 것으로 만족하였던 것이다.

이쯤에서 우리는 임화와 우리 쪽 문학적 과거와의 관계를 생각해볼 필요가 있다. 그의 시나 산문 혹은 문학적 자서의 글을 읽어보면 그가 한문을 읽었다는 흔적이 찾아지지 않는다. 육당이나 벽초의 세대에게 한문이나 한시는 기층적 교양을 이루면서 그들 산문의 형성력이 되어주었다. 이태준이나 정지용에게서도 한문의 소양이 엿보이고 그것이 그들의 글을 무잡함이나 비속(卑俗)함에서 건져주고 있다는 심증을 갖게 한다. 이것은 그들이 고전 한문을 연구하고 섭렵하여 조예가 깊었다는 뜻이 아니다. 한문 혹은 한시에 대한 기초적 소양이 시에 대한 형태적 배려를 단순한 기교라고 하대하는 것을 주저하게 하였을 것이라는 점을 상기하자는 것이다. 한문에서는 문맥에 따라서 하나의 말이 명사, 동사, 부사 등 다양한 기능을 하게 되기 때문에 상대적으로 또 본래적으로 꼼꼼한 정독이 요구된다. 형태론적 변별성의 결여 때문에 의미와 언어 밖의 논리에 정신 집중을 하게 되고 그 결과 낱낱의 말의 무게와 비중을 실감하게 된다. 시의 경우 압운, 평측 등의 지켜야 할 관습은 형태적 고려의 중요성을 확인시켜준다. 고립어이기 때문에 말의 경제적 처리에 대한 감각도 민감하게 되고 말의 절약에도 유의하게 된다. 요컨대 플로베르의 일물일어설(一物一語說)에 맞먹는 조탁의 원리를 학습자에게 내면화시켜주는 측면이 있다. 우리는 한문에 대한 기초적 소양이 마련해주는 자기 기율의 계기를 갖지 못한 것이 임화 시의 취약점에 기여하였다는 추정을 금할 수 없다. 문학사가로서의 임화는 흔히 몰주체적 '이식문학론'의 발설자로서 폄하와 집단 따돌림의 대상이 되어왔다. "동양의 근대문학사는 사실 서구문학의 수입과 이식의 역사다."[3] 그것을 상론할 계제도 아니고 의사도 없지만 한 가지 분명한 것은 이러한 진술이 갖는 타당성을 떠나서 그것이 임화나 임화 세대가 가지고 있던 교양 체험이나 창작 경험의 실상을 소박하게 드러내고 있다는 점이다. 서양의 식민지주의와 문화제국주의의 지배 양식을 폭로하고 비판하는 입장의 에드워드 사이드는 "생각건대 텍스트가 컨텍스트 속에 있다는 것, 상호텍스트성이란 것이 있다는 것, 일찍이 발터 벤야민이 창조의 원리란 이름의 생산적 인격의 혹사라 불렀던 것─그것을 통해 시인이 자기 자신의 정신에 의거하여 자기 자신의 순수한 정신으로부터 작품을 마련해낸다고 믿어진 것─이 관습과 선행 사례와 수사 양식의 압력으로 제한받게 마련이라는 생각을 대부분의 인문학자들은 기꺼이 수용하는 것 같다"[4]고 적고 있다. 관습과 선

---

3) 임규찬 한진일 편, 『임화 신문학사』, 한길사, 1993, 18쪽.
4) Edward W. Said, *Orientalism*(New York:Vintage Books), 1979, p. 13.

행 사례와 수사 양식에 관한 한 동양 전통과 격리된 채 당대 일본문학과 일역된 서구문학의 그것을 참조한 시인으로서 임화는 자기 경험에 충실한 발언을 한 셈이다. 비평가도 역사가도 비평문이나 역사 서술에서 결국 심층적으로 자기 자신을 드러내게 마련이다. 이식문학론을 발설하면서 일변 그는 자신과 동료들의 문화적 소외와 빈한한 창작과정을 실토한 것이다. 이식문학론은 문학사 기술 속에 무의식적으로 뛰어든 임화의 자아 투영이기도 하다.

지금까지 나온 시인 임화론 가운데서 필자가 아는 범위에서 가장 정곡을 찌른 것은 김동석(金東錫)의 짤막한 평문인 「시와 행동」이라 생각한다. 해방 직후 자신이 주재하던 타블로이드판 『상아탑』에 연작으로 발표한 시인 작가론 가운데 하나인 이 글에서 김동석은 시인 임화를 아프게 비판하고 있다. "문협의 의장인 임화씨가 정치적으로 민족 해방을 위하여 얼만한 역할을 했는지 모른다. 그러나 시집 『현해탄』을 통해서 본다면 그는 시인이면서 시인이 아니었다"는 문장으로 시작하는 이 글의 핵심 부분에서 김동석은 임화를 혹독하게 비판한다.

일언이폐지(一言以蔽之)하면 『현해탄』의 시는 거의 다 유산된 정열이라 할까. 시는 감정의 배양이 아니라 감정의 고양인 것이다. 사과나무도 야생으로 제멋대로 자라나면 열매를 맺지 못하는 것이어늘 시의 붉은 과일이 정성스런 전정(剪定) 없이 열매를 맺을 수 있을까보냐. 최재서(崔載瑞)가 임화의 시는 아직 조잡함을 면치 못하면서도 커다란 "내부세계"를 가지고 있다 한 것은 시가 뭔지 백판 모르고 한 소리요, 시는 표현을 떠나서 존재하는 것이 아니니 표현으로서 실패한 글은 화산 같은 "내부세계"에서 터져나왔다 해도 시라 할 수 없다. 또 임화의 시를 무슨 공장의 기계 소리처럼 요란스럽게 만든 원인의 하나는 임화는 시를 목적으로 하지 않고 수단으로 썼다는 것이다. 시와 행동 새 중간에서 갈팡질팡하는 자의식이 임화로 하여금 시의 세계에 안주하지 못하게 하고 압력이 강한 현실을 시로써 움직여보려는 청춘의 만용이 그를 시인으로서 오류를 범하게 한 것이었다. 물론 우리들 청년시대에 누구나 한 번은 범해야 되는 아름다운 오류이지만.[5]

김동석은 시간이 지남에 따라 강경좌파의 입장으로 변모해가지만 '문협 의장' 인 임화를 누구나 두려워하던 시기에 이러한 발언을 했다는 것은 주목할 만하다. 정지용은 "해방 전엔 임화 놈이 제일 무섭게 생각되었지만 요즘엔 제일 가깝게 느껴진단 말이야" 하고 주정 비슷하게 추파를 던지고 김기림은 『문학개론』에 부친 「조선문학 기초 서목」에서 『님의 침묵』에 이어 『현해탄』을 『정지용 시집』 바로 앞에 올려놓고 있던 시절이어서 흥미있게 여겨진다.[6] 본문에 충실하면서 『현해탄』에 가장 빈번히 나오는 말이 '청년' 이라는 것을 지적하기도 했지만 시에 대한 안목을 가지고 있던 당시의 희귀한 비평가였던 김동석이 좀더 많은 시인론을 남기지 않은 것은 애석한 일이다.'

---

5) 『김동석 평론집』, 서음출판사, 1989, 32쪽.

6) 정지용의 발언은 해방 직후에 나온 어느 잡지에 시인 박산운(朴山雲)이 쓴 「지용방문기」에 나온다. 김기림이 열거하고 있는 「조선문학 기초 서목」 중 시집은 김억 역시집 『오뇌의 무도』, 한용운 『님의 침묵』, 임화 『현해탄』, 정지용 『정지용 시집』, 김광균 『와사등』, 오장환 『헌사』이다. 『김기림 전집 3』(심설당, 1988), 83쪽 참조.

연령이나 활동 연대나 시집 발간 연도에서나 임화보다 앞선 정지용을 뒤에다 적은 것은 해방 직후의 문단 권력과 관련된다고 생각한다. 임화가 주도한 '조선문학가동맹' 에서 김기림이 시분과 위원장인 데 반하여 정지용은 아동문학 분과위원장이었다. 해방 이전 두 사람은 모두 임화의 비판 대상이었고 김기림은 시평을 많이 썼지만 임화 시를 평가한 적이 없고 정지용을 천재라 불렀다.

3

비평가로서 임화는 적지 않은 분량의 시평(詩評) 내지는 시인에 대한 논평을 남겨놓고 있다. 시평을 시인들이 전담하다시피 했던 시절이어서 그것은 당연해 보인다. 시평가로서의 임화 이해는 임화 시의 이해나 평가를 위해서 유익한 것인 만큼 시평가로서의 그의 공과를 검토해볼 필요가 있을 것이다. 임화 시평은 그가 신경향파라 부르기도 한 시인들의 옹호와 기교파라 부른 시인들의 비판을 주된 내용으로 하고 있다. 그런 의미에서 매우 당파적이다. 모든 입장의 당파성은 부정하지 않지만 임화의 경우 당파적인 입장에서의 배타적 평가가 작품보다도 전혀 시인의 입장이나 소재의 성격에 의존하고 있다는 혐의가 짙다.

그들은 신흥문학의 쇠미과정과 반비례하여 성장한 것으로 진보적 시가(詩歌)에 대한 부자유한 객관적 분위기의 확대는 그들의 활동에 있어서 자유 천지의 전개이었다. 일시적으로나마 문학계의 표면과 독자 가운데로부터 위축되는 신흥문학이 남긴 공간을 그들은 교묘히, 그야말로 기교적으로 자기의 배설물로서 채워간 것이다.

마치 퇴조를 따라 물러가는 해수(海水) 뒤, 차차 넓혀 노출하는 지면에 조개 줍는 아이들이 자기의 영토를 넓혀가듯 그들은 진보적 문학의 불행 위에 자기의 행복을 심어온 것이다.[7]

여기서 비판의 대상이 되어 있는 것은 기교파 시인들인데 상황 설명

7) 임화, 『문학의 논리』, 서음출판사, 1989, 365쪽.

이 소아적 당파성의 치졸함을 보여주고 있어 글쓴이의 옹색함이 그대로 드러나 있다. 그의 정지용 비판은 앞서도 언급했지만 때로는 원색적인 적의를 보여주고 있어 읽기가 민망할 지경이다. 참척을 당하고 쓴 작품으로 알려진 「유리창」을 두고 쓴 대목에서는 대의라는 이름으로 합리화된, 인간의 얼굴 없는 폭언을 보게 된다.

우리들을 울리고, 괴롭히고, 때리고, 노하게 하는 헤일 수 없는 많은 현실의 대해(大海) 가운데서 미사의 촛불을 밝히고, 천국을 빌며 하나의 어린 자식의 죽엄을 만(萬)사람의 동포의 사(死)와 불행보다도 아프게 정감하는 '영혼'과 '감성'에 대하여 나는 금할 수 없는 적의를 느낀다.[8]

논쟁적 분위기에서 격한 감정에 의탁해 씌어진 것으로 보인다는 점을 참작하더라도 변호될 길이 없는 좌익 소아병적 발상이요 발언이다. 그의 문학관에서 나온 지론이라 하더라도 그의 기교파 비판은 대체로 균형감각을 잃고 있다. 비평행위는 선별행위라는 측면을 갖게 마련인데 문학 이전의 작품을 추어올리고 서투른 됨됨이의 작품을 내용이 가상하다며 높이 평가하는 것은 비평 이전이요 패거리 우애(友愛)의 공개적 교환에 지나지 않는다. 오장환 시집 『헌사』와 김광균 시집 『와사등』을 호평하고 나서 윤곤강의 『동물시집』을 언급하면서 임화는 「황소」라는 작품을 전문 인용한 뒤 다음과 같이 부언하고 있다.

---

8) 임화, 같은 책, 386~387쪽. 공교롭게도 20여 년 후 임화는 비슷한 발상에서 나온 비판을 북에서 받게 된다. "임화는 그의 시 「너 어느 곳에 있느냐」「바람이여 전하라」 등에서 '종잇장처럼 얇아진' 가슴을 조이며 애처러이 전선에 간 자식을 생각하는 어머니와 아버지의 형상을 그림으로써 영웅적 투쟁에 궐기한 우리 후방 인민들을 모욕하고 그들에게 패배주의적 감정과 투항주의 사상을 설교하였고……"(김윤식, 『임화연구』, 문학사상사, 1989, 627쪽에서 재인용.)

바보 미련퉁이라 흉보는 것을
꿀꺽 참고 움메! 우는 것은
지나치게 성미가 착한 탓이란다.
삼킨 콩깍지를 되넘겨 씹고
음메 울며 슬픔을 새기는 것은
두 개의 억센 뿔이 없는 탓은 아니란다.

이 일편(一篇)은 「낙타」와 더불어 우리가 애송할 수 있는 시다. 착란의
시대에 고요히 앉아 시를 짓는 고요한 심정을 엿볼 수 있는 가작이다.[9]

작품에 부친 논평 자체는 크게 잘못된 것은 아니랄 수도 있다. 그러
나 애송에 값할 만한 시가 아니라는 것은 시간이 증명해 보여주었다.
우리는 그 드러난 우의성에 감동받지 못한다. "소의 뿔은 오직 동물학
자를 위한 표지이다. 야우(野牛)시대에는 이것으로 적을 돌격한 일도
있습니다 ― 하는 마치 폐병(廢兵)의 가슴에 달린 훈장처럼 그 추억성
이 애상적이다"란 이상의 산문이 주는 것만큼의 파문도 일으키지 못한
다. 황소에서 '민중'의 잠재력을 본다고 해도 그것이 무슨 사상성일
것인가. "고요히 앉아 시를 짓는 고요한 심정"을 엿볼 수 있다고 공감
까지 표시했는데 이렇게 임화가 갑자기 인간의 얼굴을 회복하고 너그
러워진 것은 윤곤강이 『대지(大地)』 『만가(輓歌)』 등의 시집을 낸 경향
파 시인이었기 때문이다. 「유리창」과 「황소」에 대한 임화의 대조적 논
평은 시간적으로 상거해서 씌어졌다는 사정과 정지용 상찬에 대한 반

---

9) 임화, 같은 책, 305쪽.

론이라는 점 등을 감안하더라도 비평적 부정의와 비행의 우열한 실상을 선명하게 드러내 보여준다. 시간은 모든 것을 선연하게 밝혀주게 마련인데 이 사실은 하나의 계고로서 받아들여야 할 것이다. 정치 권력뿐 아니라 문학 권력에 대한 해바라기 동작이나 문학 권력을 위한 공작적 작태는 모두 에누리 없이 훤하게 드러나게 마련이다.

4

1947년 11월에 월북한 임화는 휴전되던 해인 1953년 8월에 '조선민주주의인민공화국 최고재판소군사재판부'에서 사형선고를 받고 처형된 것으로 되어 있다. 그의 비극적인 죽음이 일반에게 알려진 것은 일본의 추리소설가 마츠모토(松本淸張)의 소설 『북의 시인』에 대한 국내의 비판적 반응이 여러 지면에 소개되면서부터였다. 1962년 1월부터 일 년여에 걸쳐 잡지 『중앙공론(中央公論)』에 연재되었다가 이듬해 단행본으로 출간된 이 소설은 국내 각계 인사들로부터 사실 왜곡을 비난받았다. 시인 임화, 설정식을 비롯하여 이승엽 등 남로당 간부들이 실명으로 등장하는 이 소설에서 임화는 전향 사실의 폭로가 두려워 전향관계 문서의 인도 조건으로 미 정보기관을 위하여 간첩활동을 한 것으로 되어 있고 미군측은 당시 희귀했던 폐결핵 약품도 보조 미끼로 제공한 것으로 되어 있다. 그러나 그의 일제 말의 동태나 카프 해산 선언 등은 세상에 널리 알려진 사실이기 때문에 전향관계 문건과의 교환 조건으로 정보 제공을 시작했다는 소설의 뼈대는 처음부터 맹랑한 허구인 셈이다.

마츠모토는 1943년에서 1945년까지 일본군의 위생병으로 서울에 주둔해 있었다 한다. 일본 공산당의 일관된 지지자였다는 그는 소설 공장을 차려놓고 공원들에게 대필을 시켜 막대한 분량의 잘 팔리는 작품을 쓰게 하여 개인 소득세 납부액이 일본에서 최고 수준이었다고 한다. 필자는 90년대 초 일본에서 한 학기 머문 적이 있는데 동경대학의 어느 일인 교수가 『북의 시인』을 허구가 아니라 사실로 받아들이고 있음을 보고 적잖이 놀랐다. 필자의 이의 제기에, 설사 세목에서는 허구가 있다 하더라도 전체적인 뼈대와 줄거리는 사실이 아니겠냐고 기성의 고정관념을 버리지 못하는 눈치였다. 모든 등장인물이 실명으로 되어 있고 서울의 정경 묘사도 충실한 편이기 때문에 이 작품은 소설체로 엮은 실화로 읽혀질 가능성이 많다. 임화의 애독자도 아니었고 각별한 애착이 있는 것도 아닌 필자로서도 한 나라의 주요 문인들을 일본 경찰과 미군 정보기관의 가련한 끄나풀로 그려놓은 이 책을 접했을 때 작자에 대한 인간적 혐오감을 금할 수 없었다. 작가는 약자의 편에서서 공감하고 변호해야 하는 것이 아닌가. 굳이 정의해본다면 권력의 하수인인 검사가 아니라 죄인이라도 감싸주는 변호사가 작가의 위상에 적합한 직능이 아닌가. 한국전쟁 이후 작동하기 시작한 호경기의 단물을 빨아 호화생활을 하면서 진보주의를 내세우고 옛 식민지 문인들에 대한 흥미 본위의 허위 사실을 유포시켜 돈벌이에 나서는 것은 식민지의 경제적 착취와 평행하는 저질의 문학적 폭행이요 상행위라 하지 않을 수 없다. 스탈린의 대숙청이나 문화대혁명 때 생사람 잡으며 날뛴 밀고자와 증인들이 바로 마츠모토 같은 유형의 위인들이었을 것이다.

송판때기 마구잡이 십자가에
팔 벌려 몸을 묶더니

수건으로 눈을 가리더군요
일제사격에 고개가 앞으로 꺾이고
넓적다리가 후두둑 떨렸구요
마지막 소원으로 맛뵌
장국밥 뚝배기
놋숟갈 한 자루
개울 바닥에 댕그랗게 남아 있고
눈가림 또한 불쌍히 가는 자를 위한
마지막 선심이라 생각하였지요
먼 훗날에야 그게 아님을 알게 되었구요

얼마 전에 끄적여본 「오래 전 오랜 후에」란 졸작의 전문이다. 이것은 소년 시절에 목격한 공개 처형 장면을 가감 없이 적어본 것이다. 1948년 어느 날 생포한 빨치산을 대가미(大加味)에서 공개 처형한다는 가두 방송이 있었다. 시간에 맞추어 대가미 현장으로 가보았다. 많은 사람들이 제방으로 구름같이 모여들었다. 그러나 아무 소식이 없었고 한 시간이나 지나서야 지프와 스리쿼터로 무장 군인들이 나타났다. 잡혀 있는 젊은이의 맥없는 모습도 보였다. 이름이 좋아 빨치산이었지 봉두난발에 흰 바지저고리가 흙빛이 되어 있었고 거지 중에서도 상거지였다. 개울 바닥에 송판때기로 십자가 모형을 세우는 것이 보였다. 그러나 좀처럼 일이 진행되지 않았다. 비명에 갈 젊은이가 마지막 소원으로 장국밥을 먹고 싶다고 해서 국밥을 시키러 갔다는 얘기가 돌았다. 또 한참을 기다려서야 국밥이 왔다. 젊은이는 개울 바닥에 앉아서 국밥을 천천히 떠먹었다. 그리고 넋 나간 듯 멍하니 앉아 있었다. 그 다음은 위에 적은 대로다. 대여섯 명의 총살대가 일렬 횡대로 서서 구령에 따라 일제사격을 가하였다. 난생 처음으로 목격한 이 공개 처형에 공포 섞인 깊은 충격을 받았다. '개죽음이다. 저렇게 죽어서는 못 쓴다. 결단코 안 된다' 하는 것이 지금도 생생하게 남아 있는 그때의 결심과도 같은 소감이다. 처형 때 눈을 가리는 것은 사형수의 눈길이 재앙을 가져온다는 속신 때문에 생긴 관습이라는 것을 아주 뒷날 알게 되었고 졸작의 마지막 대목은 그 사정을 적은 것이다.

그때의 젊은이가 어떻게 해서 빨치산이 된 것인지 또 과연 빨치산이기나 한 것인지 또 그렇게 공개 처형을 한 것이 누구의 지시였는지 등에 관해서는 아는 바가 없고 당시에 떠돈 얘기도 없었다. 임화의 최후를 생각할 때마다 구경거리가 되어서 죽어간 이름 모르는 고향 쪽의 젊은이가 저절로 떠오른다. 어찌 되었건 많은 젊은이들을 죽음의 길로 몰아가는 데 일조한 책임이 있는 사람들이 손가락 하나 까딱없이 살아남아 노추(老醜)를 드러내는 뻔뻔스러움을 면했다는 것으로 그의 불행을 위로해주고 싶은 심정 탓인지도 모른다.

임화

오장환.

이용악

백석

사회적 외방인(外邦人)의 낭만적 허영
―『성벽』『헌사』 시절의 오장환

신뢰할 만한 현실은 어디에 있느냐!
나는 시정배와 같이 현실을 모르며 아는 것처럼 믿고 있었다.
―「여수」 중에서

모름지기 滅하여가는 것에 눈물을 기울임은
분명, 멸하여가는 나를 위로함이라. 분명 나 자신을 위로함이라.
―「영회」 중에서

1

『문장』과 『인문평론』이라는 유수한 두 문학지가 우리 문학의 전례
없이 세련된 수준을 보여주던 시절에 서정주, 오장환, 이용악은 촉망
받는 젊은 시인으로서 문학계의 주목을 받았다. 1941년 4월 두 문학지
는 강제 폐간되었고 그후 진척된 일제의 민족어 말살정책은 시인 작가

들이 모국어로 글 쓰는 일을 사실상 불가능한 상황으로 몰고 갔다. 1937년에 각각 처녀시집 『성벽』과 『분수령』을 상자한 오장환과 이용악, 그리고 1941년에 『화사집』을 간행한 서정주는 일제 말의 가장 어두운 시기에 우리 시의 괄목할 만한 수준을 보여준 대표적인 청년 시인들이었다. 그들은 현실주의 지향의 프롤레타리아 문학이 퇴조하고 시에서의 모더니즘 운동도 이미 새로운 동향이 아니었던 시기에 문학적 출발을 하였고 따라서 그러한 흐름에 대해서 일정한 거리를 유지하고 있었다. 이러한 거리가 그들의 작품에 신선한 외관과 독자성을 부여하였고 이에 따른 응분의 기대와 따뜻한 시선을 모으게 하였다. 아직 이십 대였던 그들은 그러나 각자의 시적 가능성을 실현하고 심화시키기 이전에 절필이라는 절망적 사태를 맞았고 해방 이후에 각자 저마다 다른 시적 정치적 행보를 내딛게 된다. 1946년 3월 문학가동맹 시부(詩部)의 이름으로 간행된 얄팍한 『삼일기념시집(三一紀念詩集)』에는 16명의 시인 작품이 수록되어 있는데 서정주, 오장환, 이용악의 작품이 나란히 게재되어 있다.[1] 이들의 작품은 임화의 소작과 함께 수록 작품 가운데서 가장 높은 성취를 보여주고 있는데다 저마다의 시적 성향과 함께 그 앞날을 징후적으로 예고해주고 있어 검토의 흥미에 값한다고 생각된다.

조개 껍질의 붉고 푸른 문의는
몇千年을 혼자서 용솟음치든
바다의 바다의 소망이리라.

---

1) 조선문학가동맹 시부 편, 『삼일기념시집』, 건설출판사, 1946, 3. 참고로 수록 시인들의 명단을 적어둔다. 권환, 김광균, 김기림, 김상원, 김용호, 김철수, 이흡, 이용악, 임화, 임병철, 박세영, 서정주, 신석정, 오장환, 조벽암, 조허림. 나중에 변동이 있기는 하였으나 미당을 제외하고는(?) 당시 이들은 모두 문학가동맹 소속이었다.

가지가 찢어지게 열리는 꽃은
날이 날마다 여기와 소근대든
바람의 바람의 소망이리라.

아—이 검붉은 懲役의 땅 우에
洪水와 같이 몰려오는 혁명은
오랜 하눌의 소망이리라.

—서정주,「혁명」전문

　　대부분 문학가동맹 소속 시인들의 소작으로 이루어진 이 시집에 미
당의 작품이 수록된 연유에 대해서는 참조할 길이 없다. 해방 직후의
일이어서 좌우의 감정적 대립이나 적대감이 첨예화되기 이전이었기
때문에 그리 된 것이라 볼 수도 있고 '시인부락' 시절부터 친교가 있었
고『화사집』의 출판을 맡았던 오장환을 위시한 수록 시인들과의 친교
가 작용한 것인지도 모른다. 혹은 좌고우면하던 그의 정치적 후각이
빚어낸 극히 단기간의 현실 추수의 소산일지도 모른다. 혹은 또 조선
일보 폐간호에 실릴 작품을 청탁하여「행진곡」이란 작품의 집필 계기
를 만들어주었다는 김기림이 시부 위원장으로 있으면서 문학적 안목
을 발휘한 것인지도 모른다. 대부분 산발적으로 이미 발표된 작품을
묶어서 엮어낸 기념시집이기 때문이다. 경위야 어찌되었건 수록 작품
가운데서 가장 짧막한 이 작품은 직설적인 감격의 토로나 정치적 구호
가 절제되어 있어 이른바 행사시나 기념시의 일반적 성향과는 거리가
아주 멀다. 그러나 조개껍질의 무늬에서 바다의 소망을, 만개한 꽃가
지에서 바람의 소망을, 홍수처럼 몰려오는 혁명에서 하늘의 소망을 보

는 이 작품은 시상(詩想)으로서는 가장 과격한 것이라고 할 수도 있다. 청년 지식인들을 흥분시키게 마련이었던 혁명이라는 용어를 서양 근대 정치사 속의 함의에서 격리시켜 역성(易姓)혁명이란 맥락에서 파악하고 8·15해방을 동양 전래의 왕조 변화 정도로 이해한 것이라는 해석이 불가능한 것은 아니다. 그러나 "홍수와 같이 몰려오는 혁명"이라는 현재진행형의 시제를 봐도 그렇지만, 해방의 감격이 어느 정도 사그라든 시점에서의 '혁명'을 단순히 8·15해방과 동일시하거나 연계시키는 것은 자연스럽지도 적정하지도 않다. 매우 과격한 시상이 침착한 자연 관조와 어우러지면서 표현의 견고성을 얻고 있는 밀도 있는 시편으로서 수록 작품 가운데서 가장 빼어나 있다는 것을 확인할 수 있다. 혁명을 "징역의 땅"에 몰려오는 하늘의 순리로 보면서 그 필연성을 음률적으로 처리한 이 작품은 반세기가 지난 오늘에도 그 호소력을 잃지 않고 있다. 화자가 명시적으로 환호하지 않고 담담하게 그 필연성을 노래한 것이 작품의 견고성에 기여하면서 한편 시인의 능란한 솜씨를 과시하고 있기도 하다. 이 작품에 비하면 이용악의 작품에는 시인의 입지와 태도가 한결 명시적으로 드러나 있다.

　　자유의 적 꼬레이어를 물리치고저
　　끝끝내 호올로 일어선 다비데는 소년이었다
　　손아귀에 감기는 단 한 개의 돌맹이와
　　팔맷줄 둘러메고
　　원수를 향해 사나운 짐승처럼 내달린
　　다비데는 이스라엘의 소년이었다

　　나라에 또다시 슬픔이 있어

떨리는 손등에 볼타구니에 이마에
싸락눈 함부로 휘날리고 바람매짜고
피가 흘러
숨은 골목 어디선가 성낸 사람들
동포끼리 옳잖은 피가 흘러
제마다의 가슴에 또다시 쏟아져내리는
어둠을 헤치며
생각는 것은 다비데

이미 아무것도 갖지 못한 우리
일제히 시장한 허리를 졸라맨 여러 가지의
띠를 풀어 탄탄히 돌을 감자
나아가자 원수를 향해 우리 나아가자
단 하나씩의 돌멩이일지라도 틀림없는
꼬레이어의 이마에 던지자

— 이용악, 「나라에 슬픔 있을 때」 전문

　구약성서의 고사에 의거하여 자유의 적에 대한 정의로운 항거와 봉기를 격려하는 이 시에서 화자의 태도는 한결 선명하고 명시적이다. 민족 분열과 동포끼리 나누는 뒷골목의 유혈 사태를 나라의 슬픔으로 파악하면서도 적과 동지는 암묵적으로 이미 분명하게 설정되어 있다. 아무것도 갖지 못한 시장한 사람들이 자유의 적에 맞서서 팔매질로 자유의 적의 이마를 깨자는 것은 분명 전투적인 선동시임에 틀림없으나 당시에 유행하던 생경하고 투박한 상투적 격문시에 비하면 어엿한 시적 품위를 지키고 있다. 그러나 전투적 격문시에 가장 빈번히 동원된 원수라는 단어가 시사하듯이 화자가 어느 편에 서 있느냐 하는 것은 분명해 보인다. 이것은 정치적으로 중간파적인 입장을 취했다고 해서 김동석의 비판을 받았던 「38도선에서」를 썼을 당시와 견주어 상당한 변모라고 할 수 있다. 적나라한 증오와 살기가 전경화되어 있지 않고 어휘 선택도 적정한데다가 구약의 인유(引喩)를 통해서 당대 현실에 신화적 차원을 부여한 것이 작품의 성취도에 기여한 것으로 생각된다.(덧붙여 말해본다면 다비데의 모티프는 그후 임화의 「손을 들자」를 거쳐 신동문의 4·19시편 「아 신화같이 다비데群들」 속에 되풀이된다. 설정식의 대표작이라 할 수 있는 빼어난 정치시 「제신의 분노」가 구약성서에 의존하고 있다는 것도 이러한 맥락에서 흥미 있다. 좁은 바닥에서 어울려 사는 탓도 가세하여 우리 문학에서는 동시대인들의 상호영향의 흔적이 농후하다고 생각된다.)

　그 뒤에 나는
　동경에서 신문배달을 하였다.
　그리하야 붉은 동무와
　나날이 싸우면서도
　그 친구 말리는 붉은 시를 썼다.
　그러나
　이때도 늦은 때였다.
　벌써 옳은 생각도 한철의 유행되는 옷감과 같이
　철이 지났다.
　그래서 내가 우니까
　그때엔 모두 다 귀를 기울였다.
　여기서 시작한 것이 나의 울음이다.

8월 15일
그 울음이 내처 따러왔다.
빛나야 할 앞날을 위하야
모든 것은
나에게 지난 일을 돌이키게 한다.
그러나 나에게는 울음뿐이다.
몇 사람 귀 기울이는 데에 팔리어
나는 울음을 일삼어왔다.
그리하야 나는 또 늦었다.
나의 갈 길,
우리들의 가는 길,
그것이 무엇인 줄도 안다.
그러나 어떻게? 하는 물음에 나의 대답은 또 늦었다.
아 나에게 조금만치의 성실이 있다면
내 등에 마소와 같이 길마를 지우라.
먼저 가는 동무들이여,
밝고 밝은 언행의 채찍으로
마소와 같은 나의 걸음을 빠르게 하라.

― 오장환, 「나의 길」 중에서

'三一紀念의 날을 맞으며'라는 부제가 달린 이 작품은 이십대 말의 젊은 나이에 쓴 오장환의 자아비판이자 시적 자서전이며 사회주의로의 귀의를 공개적으로 다짐하는 신앙고백이기도 하다. "우는 것이 쉽구나/제일 쉽구나" 하고 그는 시편 「은시계」에 적고 있지만 특히 시집

『헌사(獻詞)』에는 청춘 특유의 감상(感傷)주의가 도처에 깔려 있다. 그는 「나의 길」에서 지난날의 영탄이나 탄식을 자기 비판하면서 한편 그것을 변호하고 있기도 하다. 고학을 했던 동경에서 "붉은 시"를 쓰기도 하였으나 시대 상황은 그것을 유행에서 뒤진 것으로 만들어 타고난 불운을 영탄하였고 사람들이 거기에 귀를 기울여줬다고 적고 있다. 그것은 시집 『헌사』를 전후한 시기의 시적 역정에 대한 간결한 서술이 되어 있다. 8·15해방을 맞고서도 옛 버릇을 고치지 못하고 "몇 사람 귀 기울이는 데에 팔리어" "울음을 일삼아왔"고 그리하여 "또 늦었다"고 술회한다. 영탄시인으로서의 역정에 골몰하는 사이 늘 역사 속에서 지각(遲刻)하였으며 이제 가야 할 길을 자각은 하였으나 실천에서는 다시 지각하고 있다는 것이다. 그러니 밝은 언행으로 채찍질을 해달라고 동무들에게 당부하고 있는데 여기서 말하는 "먼저 가는 동무들"이 임화를 대선배로 하는 프롤레타리아 시인들을 위시한 문학가동맹 계열의 시인들일 것임은 말할 것도 없다. "나의 갈 길"을 "우리들의 가는 길"로 동일시함으로써 오장환은 주관적 개인적 감정 토로의 영탄시인으로서의 문학적 과거와 역사적 지각생으로서의 이력을 참회하면서 앞서가는 동지들의 조기(早起) 전진 대열에 동참하기를 다짐하며 동참의 허여를 공개적으로 간청하고 있다.

해방된 지 채 반년밖에 되지 않은 시점에서 간행된 삼일절 기념 시집에 수록된 서정주, 이용악, 오장환의 시편은 위에서 살폈듯이 어떠한 산문적 술회나 포부 피력보다도 세 시인의 입장과 앞날을 극명하게 예고해주고 있다. 서정주는 천하대세를 긍정적으로 관조하면서 초연한 입장을 보임으로써 적어도 작품상으로는 현실 정치에 대한 거리를 유지하고 해방 직후의 감격 시대에서도 조탁을 통한 작품적 완성에 정성을 쏟고 있다. 이용악은 정치적 투신과 입장을 분명히 하면서도 자기의 문학적 과거에 대해서 구차한 자기 변호를 꾀할 필요가 없다는 듯 담담하게 그리고 정감 있게 격조 있는 시편을 보여주고 있어 투박한 격문시의 작자들과의 차이성을 분명하게 드러내고 있다. 오장환은 돌아온 탕자로서 적정 수준의 자아 비판과 참회를 앞세우며 인민을 위한 시인의 대열에 끼어들지만 상대적인 시적 달변과 친근한 말씨로 앞서가는 동무들의 되다 만 시편들을 압도하고 있다. 그렇다면 역사 지각생임을 자처하며 돌아온 탕자 오장환의 시적 변모는 어떠한 필연과 우여곡절, 우연과 자의의 소산일 것인가? 「병든 서울」 이전의 그의 해방 전야의 시편을 읽는다는 것은 일변 이러한 물음에 대한 천착과 검토가 되기도 할 것이다.

2

오장환이 스무 살 되던 1937년에 나왔다는 처녀시집 『성벽』의 재판본에는 목차 다음에 '범례(凡例)'라는 표제 아래 다음과 같은 대목이 보인다.

一, 이 詩集은 一九三六―三七 兩年, 卽 著者의 若年期에 勞作한 바 일부분이다.

一, 이 詩集의 初版은 一九三七年 八月, 風林社 洪九형의 이름으로 刊行되었으나 旣實은 百部 限定의 自費出版이었다.

一, 이번 版에 追加한 「城壁」「溫泉地」「鯨」「魚肉」「漁浦」「易」 以上의 여섯 편은 同時代의 作品이기에 함께 넣기로 한다.

一, 全體로 作品에 있어서는 그 當時 不得已한 일로 곧혀썼던 것 外

에는 손을 대지 않기로 하였다.

一九四六. 七. 著者[2]

재판본 『성벽』에는 모두 22편이 수록되어 있는데 새로 추가했다는 6편을 뺀다면 초판본에는 16편이 수록되어 있던 셈이다. 16편을 백부한정판으로 자비출간한 사실에서 엿볼 수 있듯이 습작기를 겨우 벗어난 갓 스물 젊은이의 조급한 자기 현시벽이 두드러져 보이는 시집이다. 초판본에서 표제작을 수록하지 않은 채 『성벽』이란 시집 표제를 내건 까닭은 상고할 길이 없지만 수록 작품의 표제가 예외 없이 한자어로 되어 있다는 것이 우선 눈길을 끈다. 그것은 습작기의 오장환에게 번역시집을 포함하여 일본 근대시가 선행 참조 시편이 되어주었다는 낯익은 사실을 상기시켜주면서 일변 모국어 기층어휘에 대한 시인의 열의 있는 탐구가 미진했다는 점을 확인시켜주기도 한다. 첫머리의 「월향구천곡(月香九天曲)」이란 치졸하게 이색적인 표제의 작품이 기녀(妓女)를 다루고 있고 끝자락의 「해수(海獸)」역시 매음녀가 등장하는 항구의 뒷골목을 다루고 있는 데서 엿볼 수 있듯이 이 시집에는 유흥가나 윤락가의 유탕적 퇴폐적인 분위기가 곳곳에 엿보인다. 성취도가 얕은 못생긴 작품이긴 하지만 시집의 분위기를 특징적으로 보여주는 작품으로 가령 다음과 같은 시편을 읽어보는 것도 심심하지는 않을 것이다.

푸른 입술. 어리운 한숨. 음습한 방 안엔 술잔만 흰하였다. 질척질척한 풀섶과 같은 방 안이다. 顯花植物과 같은 계집은 알 수 없는 웃음으

---

2) 오장환, 『성벽』, 아문각, 1947, 11~12쪽. 분명한 오식이나 틀린 맞춤법도 그대로 옮겨썼다. 그러나 다음에 나오는 오장환 시의 원문 인용은 최두석 편, 『오장환 전집』, 창작과비평사, 1989년도 판을 따랐다. 한자 표기 부분도 이 판본을 다른 것이다.

로 제 마음도 속여온다. 항구, 항구, 들리며 술과 계집을 찾아다니는 시
꺼먼 얼굴. 윤락된 보헤미안의 절망적인 心火. —퇴폐한 향연 속. 모두
다 오줌싸개 모양 비척어리며 얇게 떨었다. 괴로운 분노를 숨기어가
며…… 젖가슴이 이미 싸늘한 매음녀는 파충류처럼 포복한다.

—「매음부(賣淫婦)」 전문

소설에서는 흔한 사례이지만 윤락가의 정사(情事) 현장이 시 속에
등장하는 것은 우리 근대시에서는 이 무렵이 처음이 아닌가 생각된다.
성과 정사는 가령 『화사집』에도 등장하지만 그것은 한낮의 야외에서
이루어져 병적인 퇴폐성과는 거리가 먼 원시적 건강성마저 가지고 있
어 대조적이다. 발표 당시 이 작품의 충격성은 소재의 충격성에서 왔
을 것이라고 생각되는데 오줌싸개처럼 비척거리는 사내나 파충류처럼
포복하는 창녀나 질척질척한 풀섶 같은 방 안의 이미지가 시집 전체의
분위기를 충실하게 대변해주고 있다. 그러기 때문에 재미있는 소품인
가령 「역(易)」 같은 작품도 우리는 비슷한 성풍속의 삽화로 읽게 된다.

점잖은 장님은 검은 연경을 쓰고 대나무지팽이를 때때거렸다.
고꾸라 양복을 입은 소년 장님은 밤늦게 처량한 퉁소 소리를 호로롱
호로롱 골목 뒷전으로 울려주어서 단수 짚어보기를 단골로 하는 뚱뚱한
과부가 뒷문간으로 조용히 불러들였다.

—「역(易)」 전문

야단스러운 과장이나 비유가 없고 경제적으로 처리되어 「매음부」보
다 한결 안정감을 가지고 있는 작품이다. 여기 나오는 단수란 말은 솔
잎 따위를 뽑아서 간단하게 치는 단시점(短蓍占)을 가리킨다. '고꾸라'

는 학생복 등으로 많이 쓰인 두터운 바탕의 면직물을 가리키는 일본말인데 본시 규슈(九州)의 고쿠라(小倉) 지방에서 나왔다고 해서 생긴 이름이다.(여담으로 덧붙인다. 1945년 8월 9일 미군은 나가사키에 두번째로 원자폭판을 투하하였다. 애초 고쿠라를 목표로 했으나 안개로 말미암아 나가사키로 옮겼다 한다.) 호로롱 호로롱 하는 퉁소의 의성음도 효과적이고 불과 몇 줄로 춘화적 상상력을 자극하면서 페이소스를 자아내는 작품이다. 그러나 절제를 통해 암시적 공간을 마련하고 있다는 점에선 도리어 시집 가운데서는 예외적이라고 할 것이다. 전체적으로 음습하고 축축하고 불쾌한 물질적 상상력이 수록 시편들을 지배하고 있다. 그것은 자연스럽다기보다 작위적이요 현시적이라는 느낌을 주는 경우가 많다.

　　우중중한 가로수와 목이 굵은 唐犬이 있는 충충한 海港의 거리는 지저분한 크레옹의 그림처럼, 끝이 무디고.
　　　　　　　　　　　　　　　　　　　　　　　　—「해항도(海港圖)」 중에서

　　어포의 등대는 鬼類의 불처럼 음습하였다. 어두운 밤이면 안개는 비처럼 나렸다 (……) 돛폭이 충충한 박쥐의 나래처럼 펼쳐 있는 때,
　　　　　　　　　　　　　　　　　　　　　　　　—「어포(漁浦)」 중에서

　　충충한 길목으로는 검은 망또를 두른 쥐정꾼이 비틀거리고, 인력거 위에선 車와 함께 이미 하반신이 썩어가는 기녀들이 비단 내음새를 풍기어가며 가느른 어깨를 흔들거렸다.
　　　　　　　　　　　　　　　　　　　　　　　　—「고전(古典)」 중에서

122

어둠 속에서 시신만이 겅충 서 있는 썩은 나무는 이상한 내음새를 몹시는 풍기며, 딱다구리는, 딱다구리는, 불길한 가마귀처럼 밤눈을 밝혀 가지고 병든 나무의 뇌수를 쪼웃고 있다. 쪼우고 있다.

　　　　　　　　　　　　　　　　　　　　　—「독초(毒草)」 중에서

장판방엔 곰팽이가 목화송이 피듯 피어났고 이 방 주인은 막벌이꾼. 지게목바리도 훈김이 서리어올랐다. 방바닥도 눅진눅진하고 배창자도 눅진눅진하여

　　　　　　　　　　　　　　　　　　　　　—「우기(雨期)」 중에서

어두운 장벽(臟壁) 속에는 지저분하게 그어논 소년기의 낙서가 있고, 큐비트의 화살 맞었던 검은 심장은 찢어진 대로 것날리었다.

　　　　　　　　　　　　　　　　　　　　　—「호수(湖水)」 중에서

오 한없이 흉측맞은 구렝이의 살결과 같이
늠실거리는 검은 바다여!

　　　　　　　　　　　　　　　　　　　　　—「해수(海獸)」 중에서

닥치는 대로 골라본 위의 대목들이 음습하고 충충한 것, 눅진눅진하고 흉측하고 지저분한 것, 병든 나무의 뇌수를 쪼고 있는 불길한 까마귀 같은 딱따구리, 목화송이 피어나듯 피어나는 곰팽이, 하반신이 썩어가는 기녀 등 불결과 부패와 음지와 어둠과 질병을 표상하는 이미지로 가득 차 있음을 보게 된다. 시의 화자가 세계에서 발견하고 촉발받는 것은 전신적 불쾌감이며 순평하지 못한 불편함이요 불안감이다. 그 것은 현실사회에서 방위(方位)를 잃어버린 국외자의 소외와 연관된 배

일성(背日性) 지향의 소산이라고 할 수 있다. 시의 화자는 직업소개소에 출근하는 실업자, 타락에 탐닉하는 항구도시의 청년, 기항지에서 도박과 싸움을 일삼는 선원과 곧잘 자기를 동일시하려 든다. 그리하여 부패와 타락과 절망의 위악적 과시가 보이기도 한다. 그러한 의미에서 화자가 시인 자신임을 분명히 보여주는 「성씨보(姓氏譜)」는 젊은 날의 오장환을 가장 명시적으로 드러내주고 있다.

　　내 성은 오씨. 어째서 오가인지 나는 모른다. 가급적으로 알리어주는 것은 해주로 이사온 ―淸人이 조상이라는 가계보의 검은 먹글씨. 옛날은 대국숭배를 유심히는 하고 싶어서, 우리 할아버니는 진실 이가였는지 상놈이었는지 알 수도 없다. 똑똑한 사람들은 항상 가계보를 창작하였고 매매하였다. 나는 역사를, 내 성을 믿지 않아도 좋다. 해변가으로 밀려온 소라 속처럼 나도 껍데기가 무척은 무거웁고나. 수퉁하고나. 이기적인, 너무나 이기적인 애욕을 잊을랴면은 나는 성씨보가 필요치 않다. 성씨보와 같은 관습이 필요치 않다.

―「성씨보」 전문

'오래인 관습―그것은 전통을 말함이다' 란 대목이 부제 비슷하게 달려 있는 이 작품은 서정주의 「자화상」을 연상케 한다. "애비는 종이었다"는 충격적인 첫 구절에 보이는 것과 비슷한 도전적인 통념 부정과 거침없는 위악적 자기 노출이 두드러지기 때문이다. 작품으로서야 「자화상」이 사뭇 윗길이지만 발표 시기는 「성씨보」가 한 해 먼저인 1936년이니까 「자화상」의 성립에 하나의 계기가 되어주었을지도 모르는 일이다. 족보 창작과 매매행위를 자신의 가계보를 통해서 통렬하게 비판하고 거부하는 충격성은 간결하고 박력 있는 산문체를 통해서 고

조된다. "가급적" "진실"과 같은 낱말이 오용적 일탈적으로 사용된 것도 매우 효과적이다. 전통과 관습과 속물주의에 정면으로 도전함으로써 시인은 반속적 국외자로서의 모습을 분명하게 한다. 젊은 날의 서정주와 오장환에게서는 애써 '저주받은 시인'의 이미지를 작품에서뿐 아니라 자유분방이라는 이름 아래 생활 기행(奇行)을 통해 조성하려 드는 성향이 엿보인다. 저주받은 사람됨의 퇴폐가 시적 진정성의 아우라라는 자기 파괴적 이념은 특히 서양 근대가 낳은 헛된 영광 추구의 낭만적 병리현상이지만 전파력이 강해서 곧잘 철부지 문학청년들의 일탈과 파탄을 초래하고는 하였다. 저주받은 식민지 상황에서 다시 저주받은 시인을 자임하는 것이 실은 낭만적 허영과 사치의 발로라는 사실에 대해 그들은 철부지 청년답게 무자각하였다. 한국의 프랑수아 비용이라는 호칭을 은근히 자랑스러워하고 "애비는 종이었다"고 서슴없이 적었던 서정주는 뒷날 그것을 쑥스럽게 여기고 사실 진술이 아님을 여러 차례 토로하고 있다. 오장환은 젊은 날의 저주받은 시인의 동작을 청년기의 불우와 시대 탓으로 돌렸고 그것은 일리 있는 자기 합리화이기는 하였으나 진정 그것을 수통스럽게 참괴할 만큼의 연치나 수명을 누리지는 못하였다. 그렇지만 그의 「성씨보」가 반속정신과 전래적 과거에 대한 적잖이 과장된 반항심의 소산이라는 것은 뒷날의 수작에 가족과 고향을 다룬 시가 많다는 사실에서도 엿볼 수 있지만 서정주의 시적 자서(自敍)에도 그 일단이 드러나 있다.

어느 부자집 소실댁의 눈에 들었던 미동 중학생으로
그 여자가 너무나도 이불 속에 안고 지내는 바람에
코피를 흘리고 지내다가 일본으로 도망가 공부하다 돌아온,
高宗의 승지(承旨)의 둘째아들 오장환이.

— 서정주, 「시인부락 일파 사이에서」 중에서[3]

비록 서출이라 하더라도 고종의 승지의 차자라면 족보 창작과 매매가 지금과는 비교가 되지 않게 숭상되고 행세로 통하던 시절에 굳이 "우리 할아버니는 진실 이가였는지 상놈이었는지 알 수도 없다"고 토로할 것까지는 없을 것이다. 겨레의 치욕적인 과거에 대한 혐오감과 함께 근친 증오도 작용했겠지만 크게 보아 사회 방위를 잃어버린 사회적 외방인의 과잉 보상심리에서 나온 사회 통념과 인습에 대한 반항이요 매도일 것이다. 한국의 역사적 과거에 대한 전례 없이 통렬한 시적 비판이 고종 승지의 차자의 붓끝에서 나왔다는 것은 일변 반어적이고 일변 자연스러워 보인다. 「성씨보」가 개인사(個人史)와 가족사를 통한 전반적 과거 불신이요 부정이라면 「성벽」은 유물과 전승(傳承)이라는 문화재를 통한 역사적 과거에 대한 고발이요 경멸의 표백이다. 강요된 것이건 외부 부과적인 것이건 근대성의 자의식은 방위 기능을 잃어버린 역사 유물에서 근대세계 지각생의 구차한 곡절을 발견하게 된다.

---

3) 서정주, 『미당 서정주 시전집 2』, 민음사, 1991, 930쪽. 「시인부락 일파 사이에서」에는 또 다음과 같은 오장환 관계의 대목이 있다.

이런 때 운니동 24번지로
오장환이네 집을 찾아가면은
문득 안채에선 겁에 질린 목소리가
「천황폐하 만세!」 하고 울려나오는데,
장환이의 설명을 들으면, 이건
그의 아버지 오승지가 못 참아서 가끔 하는
발작의 소리로서
고종왕후 민비의 시해 때 질겁한 뒤론
이날 이때까지 못 고치고 되풀이하고 있는 거라나.
(같은 책, 932쪽)

世世傳代萬年盛하리라는 성벽은 편협한 야심처럼 검고 **빽빽**하거니

그러나 보수는 진보를 허락치 않아 뜨거운 물 끼얹고 고춧가루 뿌리던

성벽은 오래인 휴식에 인제는 이끼와 등넝쿨이 서로 엉키어 면도 않은

터거리처럼 지저분하도다.

—「성벽」 전문

전국 곳곳에는 방위용으로 축성되었던 성벽이 유물로 남아 있다. 빈틈없이 **빽빽**하게 축조하여 자손만대까지 그 안녕을 지켜주리라던 성벽은 이제 무용지물이 되어 돌보는 이도 없이 함부로 퇴락해가고 있다. 공격해오는 외적에게 끓는 물을 끼얹거나 고춧가루를 뿌리거나 기름을 퍼붓고 불을 지른다거나 한다던 전승 속의 원시적 전법은 이제 한갓 웃음감밖에 되지 않는다. 왕조의 몰락은 이러한 구시대 수비용 성벽에 보수적 시대착오적으로 집착하면서 진보를 도모하지 않은 이상 필연적인 행보였다고 할 수 있다. 무용지물이 되어 휴식기로 접어든 성벽을 면도 않은 터거리로 보는 데서도 근대 도시를 배회하는 사회적 외방인인 양복쟁이 난봉꾼의 시선이 감지된다. 〈황성 옛터〉의 유행가적 회고 취미가 보이지 않는 것은 당연하고도 적정한 일이지만 조지훈의 「봉황수」의 지사적 비가(悲歌)의 격조가 결여되어 있는 것은 「성씨보」의 시인으로서는 일관성 있는 일일 것이다. 이러한 정감적 논평의 유보가 『성벽』 속의 몇 편을 아직도 읽을 만한 작품으로 만들어주고 있다고 생각한다.

사회적 국외자이자 몰락과 파멸이 예정된 저주받은 시인으로서의 자임은 시인으로 하여금 거부와 반역의 자세를 갖게 하면서 아울러 사회 주변부 인간에 대한 공감을 작품 속에 토로하게 한다. 화자가 화물

선 선원이거나 밀항자로 시사되어 있는 「해수(海獸)」는 직선적 산문체를 피하고 영탄 섞인 감탄체를 취하고 있는데 작품이 보여주는 것은 항구도시의 실상이라기보다는 타락을 통해서 사회에 거역하는 사회적 외방인의 반역적 심상 풍경이다.

> 몸부림치도록 가깝하게 날은 궂인데
> 속눈섶에 이슬을 적시어가며
> 항구여!
> 검은 날세여!
> 내가 다시 상륙하던 날
> 나는 거리의 골목 벽돌담에 오줌을 깔겨보았다.
>
> —「해수」 중에서

"항구여! / 검은 날세여!"는 "다음날 항구의 개인 날세여!"란 정지용 시행의 도치이지만 그것은 여객선 선객과 화물선 선원의 차이로 설정된 대(對)사회 태도의 차이일 것이다. 렘브란트의 동판화 〈착한 사마리아인〉에는 오줌을 깔기는 개의 모습이 전경을 차지하고 있는데 케네스 클라크는 그것이 일상적 생리현상이 서양 쪽 그림 속에 등장하는 아마도 최초의 사례일 것이라고 말하고 있다.[4] 반역아 렘브란트의 충격충동이 잘 드러나 있는데 우리는 베트남 전쟁이 한참 진행중이던 시기에 미국 반전 가수들이 낸 음반 재킷에 보이던 벽을 향해 소변을 깔

---

4) Kenneth Clark, *An Introduction to Rembrandt* (New York : Harper & Row), 1978, p. 48. 한편 이 동판화에 관해서 괴테는 겸손이라는 기독교의 미덕을 실천하려면 가장 비천한 생리적 현상이라도 외면해서는 안 된다는 것을 의미한다고 해석하고 있다. 같은 책, 같은 쪽.

기는 청년들의 뒷모습 사진을 상기하게 된다. 아마 우리 현대시에서 사람의 생리현상 방출을 다룬 최초의 사례 중의 하나가 아닌가 생각된다.

> 항구야,
> 환각의 도시, 불결한 하수구에 병든 거리여!
> 얼마간의 돈푼을 넣을 수 있는 죄그만 지갑,
> 유독식물과 같은 매음녀는
> 나의 소매에 달리어 있다.

우리는 해방 후에 나온 『병든 서울』의 예고편을 보는 것 같은 환각을 갖게 되는데 사실 심상 풍경에서 실제 풍경으로의 거리는 아주 가까운 것이다. 양자 모두 마음의 상태의 변주이기 때문이다. 기녀와 매음녀, 황혼과 도시의 군중들, 도박과 아편, 항구와 병실, 올빼미와 파충류, 시체와 주정뱅이, 독기와 썩은 내, 여행과 보헤미안 등 『성벽』에 나오는 병적이고 퇴폐적인 이미지는 보들레르 시편에서 아주 낯익은 것들이다. 우리는 그 근친성의 강조를 통해서 모호한 영향관계를 주종적(主從的)으로 구성할 필요는 없다. 그러나 추악하고 불쾌한 소재를 질료로 해서 마련한 아름다운 예술이 가능하다는 『악의 꽃』이 지닌 도전적인 함의가 정공적으로 오장환과 서정주의 초기 작품에서 시도되었다는 것은 단언해도 좋을 것이다. 그러한 의미에서 성패 여부를 떠나 『성벽』은 소홀치 않은 시사적(詩史的) 의미를 지니고 있다고 말할 수 있다. 본질적으로 시적인 소재가 배타적으로 존재하는 것이 아니라는 생각은 현대 현실주의적 시편의 정당화와 생산에 기여하였지만 소박한 수준에서 『성벽』도 근대시의 근대성 자각에 기초한 조숙한 소년의 시적 시도였다. "어디를 가도 사람보다 일 잘하는 기계는 나날이 늘어나가고, 나는 병든 사나이. 야윈 손을 들어 오랫동안 惰怠와, 무기력을 극진히 어루만졌다. 어두워지는 황혼 속에서, 아무도 보는 이 없는, 보이지 않는 황혼 속에서, 나는 힘없는 분노와 절망을 묻어버린다." 이러한 「황혼」의 화자는 시인과 가장 근접한 인물이겠지만 그의 공감이 도시의 실업자나 난봉꾼으로 한정되어 있는 것은 아니다.

추라한 지붕 썩어가는 추녀 우엔 박 한 통이 쇠었다.
밤서리 차게 나려앉는 밤 싱싱한 넝쿨이 사그러붙던 밤. 지붕 밑 양주는 밤새워 싸웠다.
박이 딴딴히 굳고 나뭇잎새 우수수 떨어지던 날, 양주는 새 바가지 꿰어 들고 추라한 지붕, 썩어가는 추녀가 덮인 움막을 작별하였다.
—「모촌(暮村)」 전문

달을 그리기 위해 구름을 그린다는 '홍운탁월(烘雲托月)'의 수법으로 움막 거주자의 생활사를 시사하고 있는 「모촌」이나 막벌이꾼의 생활 단면을 그린 「우기(雨期)」에서 볼 수 있듯이 그는 빈민층에 대한 공감적 관심을 표명하고 있기도 하다. 16세에 발표하였다는 「목욕간」이 때꾸러기 촌뜨기들이 몰려오는 장날이기 때문에 문을 닫는다는 일본인 목욕탕 주인에 대한 반감과 모멸을 다루고 있다는 것도 우연은 아니다.

신뢰할 만한 현실은 어디에 있느냐!
나는 시정배와 같이 현실을 모르며 아는 것처럼 믿고 있었다.
—「여수(旅愁)」 중에서

"신뢰할 만한 현실"의 부재는 얼마 후 "아 — 내 하나의 신뢰할 현실도 없이/무수한 연령을 낙엽같이 띄워 보내며/무성한 추회(追悔)에 그림자마저 갈갈이 찢겨"라고 김광균의 「공지(空地)」에서 다시 영탄된다. 신뢰할 만한 현실의 부재에서 『성벽』의 국외자의 반항과 반속정신과 자포자기의 영탄이 유래한 것이라고 본다면 해방 이후 그가 「병든 서울」과 「붉은 기빨」의 시인으로 변모해가는 것은 단순한 우연이나 대세 추수가 아니라 그 나름의 필연성을 띤 신뢰할 만한 현실 추구의 한 방식이었다고 말할 수 있을 것이다. 그러한 점에서 『성벽』이 나왔을 때 김기림이 보여준 비평적 반응은 나어린 청년 시인의 처녀 시집에 부치는 격려사답게 얼마쯤 편향과 과장의 혐의가 있으며 보들레르에 대한 비평적 통념의 메아리가 느껴지기는 하나 대체로 적정한 것이어서 시에 대한 안목이 탄탄함을 보여주고 있다.

오장환씨는 새 타입의 서정시를 썼다. 거기 담겨 있는 감정은 틀림없이 현대의 지식인의 그것이다. 현실에 대한 극단의 불신임, 행동에 대한 열렬한 지향, 그러면서도 이지와 본능의 모순 때문에 지리멸렬해가는 심리의 변이, 악과 퇴폐에 대한 깊은 통찰, 혼란 속에서도 어떠한 질서는 추구해 마지않는 비극적인 노력, 무릇 그러한 연옥(煉獄)을 통과하는 현대의 지식인의 특이한 감정에 표현을 주었다.[5]

3

『성벽』 이후 2년 만인 1939년에 상자된 제2시집 『헌사』에는 도합 17

---

5) 김기림, 『김기림 전집 2 시론』, 심설당, 1988, 377쪽.

편의 작품이 실려 있다. 처녀시집 시편에 산재하는 무잡(蕪雜)함이 많이 가셨고 한결 세련된 외관을 가지고 있으나 소재의 야심적인 충격성은 그만큼 감소한 것도 사실이다. 직설 산문체 중심의 시편에서 음률성을 중시하는 성향을 보여 뒷날의 성숙을 예고하고 있는 한편으로 밀도 없는 공허한 수사도 눈에 뜨인다. 우선 소재상으로 표나게 드러나는『성벽』과의 연속성을 살펴보기로 하자.

    눈 덮인 철로는 더욱이 싸늘하였다
    소반 귀퉁이 옆에 앉은 농군에게서는 송아지의 냄새가 난다
    힘없이 웃으면서 차만 타면 북으로 간다고
    어린애는 운다 철마구리 울듯
    차창이 고향을 지워버린다
    어린애가 유리창을 쥐어뜯으며 몸부림친다
                    ―「북방(北方)의 길」전문

「모촌」의 속편이자 후일담을 읽는 것 같다. 그러나 형태상으로는 행갈이를 함으로써 줄줄이 이어 쓰는 산문체를 지양하고 있는 것이 눈에 뜨인다. 오장환은 최상의 경우 음률상의 유창함을 획득하고 있으며 그것은 『헌사』이후의『나 사는 곳』시편에서 높은 성취를 보여주고 있는데 그 조짐은『헌사』시절에 현시화되고 있다. 가장 많이 인용된『헌사』시편에서 우리는 리듬과 연과 언어경제에 대한 오장환의 고조된 관심과 기량을 엿볼 수 있다. 해방 후의 오장환은 김소월에 대한 시론을 몇 편 쓰고 있는데 아마도 운율상의 계도를 받은 것은 소월을 통해서가 아니었나 생각된다.

    고운 달밤에

상여야, 나가라
처량히 요령 흔들며

상주도 없는
삿갓가마에
나의 쓸쓸한 마음을 싣고

오날밤도
소리없이 지는 눈물
달빛에 젖어

상여야 고웁다
어두운 숲속
두견이 목청은 피에 적시어……

—「상열(喪列)」 전문

　고대 로마에서는 미성년의 장례와 매장은 야간에 치른다는 관습이
있었다. 그러한 풍습이 생소한 우리의 경우 여기서의 상열은 장례식
전야에 있었던 상여놀이의 행상 대열이라고 보아야 할 것이다.[6] 상가
가 극히 부유하고 호상(好喪)일 때 야밤에 상여를 메고 마을을 한 바퀴
돌고 나서 술판을 벌이는 풍습이 일부 지방에 있었고 사실 서울의 '암
사동 상여놀이'는 지방문화재의 하나로 지정되어 있기도 하다. 호상을

---

6) 필자의 고향 쪽에 없는 상여놀이에 대해서는 문우 이문구, 홍기삼 두 분의 교시를 따
　른 것이다.

빙자해서 놀이와 잔치판을 벌이자는 상여꾼 쪽의 발상을 상가 쪽에서 선심 쓰기로 받아들여 생긴 지방 풍습이라고 볼 수 있다. 이 작품에서 놀이나 잔치의 분위기는 전혀 감지되지 않는다. 그러니까 화자는 상여 놀이의 상열을 놀이 참여자의 시점이 아니라 망자를 조상하는 애도자의 시점이나 죽음 자체를 명상하는 관조자의 시점으로 바라보며 노래하고 있다. 두견이 우는 달밤의 상여놀이 행렬을 실제 장례 행렬로 간주하고 죽음을 애도하는 비장성(悲壯性) 낭만적 상상력의 시편이라고 보면 될 것이다. 이 작품은 상여 행렬의 구체에 대해서는 별반 보여주는 바가 없다. 요령을 흔드는 것은 당연한 것이요, "상주도 없는/삿갓가마"란 대목이 유일하게 특징적인 세목이다. 삿갓가마란 초상중 상제(喪制)가 타는 가마로서 사방을 흰 헝겊으로 꾸미고 위에 큰 삿갓을 덮어서 꾸미며 초교라고도 한다. 상제중 주장이 되는 상주(喪主)가 없는 삿갓가마이니만큼 한결 적막한 상열이 된다는 점이 부각되어 있지만 그 밖의 세목은 보이지 않는다. 고운 상여나 피 토하는 두견이 목청 등의 환정적인 이미지가 상여 대열에 따라붙게 마련인 '처량함'과 '쓸쓸함'을 더해준다. 구체와 세목이 결여된 이 작품은 초기 작품에서 볼 수 없었던 어휘의 절약, 기층어휘에 대한 높은 의존도, 1연 3행의 정연한 구성, 막힘 없는 운율감으로 독자에게 호소한다. 『성벽』 시절에 자주 보이던 흉측하고 불길한 이미지가 죽음 의식(儀式)의 비감으로 대체되고 정화되어 있다. "눈 우에 피인 숯불은/빨갛게/주검은, 아, 주검은 아름다웁게 불타오른다"는 「심동(深冬)」의 대목에서도 우리는 똑같은 변화를 인지한다. 빨간 숯불에서 죽음의 이미지를 보는데 그것은 "부어오른 시신(屍身), 눈자위가 헤멀건 인부들이 떠올라온다"(「해수」 중에서)는 『성벽』 시절의 주검과는 거리가 먼 것이다.

「나의 노래」「심동」「석양」「싸느란 화단」「영원한 귀향」 등의 시편은 시상에서나 기법에서나 대체로 무난한 범작에 속하는 것들이요 따라서 『성벽』 시절의 충격성은 많이 가셔 있다. 그렇지만 전반적으로 음률성과 호음조(好音調)가 전경화되어 있어 형태적으로 세련되어 있다. 우리 근대시에서는 뜻과 생각이 전경화되어 있는 사고 지향의 시편들은 대체적으로 산문체로 흐르는 경향이 있고 한편 음향적 울림이나 음률성을 중시하는 소리 지향의 시편들은 시상이 공소해지는 경향을 보여주고 있다고 생각된다. 이상적인 시는 뜻과 소리가 분리될 수 없는 전체로 조화로운 균형을 성취한 경우라고 할 수 있다. 오장환은 『나 사는 곳』에 보이는 최상의 시편에서 소재에 상부하는 음률성과 호음조를 보여주고 있는데 그 기초는 『헌사』 시절의 시편에서 착안되고 연마된 것이라고 생각된다.

물론 변화 속에서도 인지되는 연속성의 시편도 적지 않게 발견된다. 한때 촌민과 노라리꾼이 북적댔으나 폐광으로 인하여 무인지경이 된 유령촌을 다루고 있는 「황무지」 같은 시편은 좋은 사례가 되어준다. 이 작품에는 한때의 프롤레타리아 시인의 작품을 연상케 하는 투박하고 건강한 사회 관찰의 요소가 있다. "웃는 것이 우는 것이다 / 사람 쳐놓고 원통치 않은 놈이 어디 있느냐!"와 같은 서투른 잠언이나 억박지르는 듯한 영탄이 그나마 변별성을 보여주고 있다. 전체적으로 보아 『성벽』에 수록되었다면 더 어울렸을 성싶은 작품이다.

다이나마이트 폭발에
산맥도 광부도 景氣도 웃음도 깨어진 다음
비인 대합실 문 앞에는 석탄 쪼가리
싸느란 달밤에
잉, 잉,

잉, 돌뎅이가 울고

無人境에

달빛 가득 실은 헐은 도루꼬가 스스로이 구른다

부흥아! 너의 우는 곳은 어나 곳이냐

어즈러운 회오리바람을 따라

불길한 뭇새들아 너희들의 날개가 어둠을 뿌리고 가는 곳은 어나 곳

이냐

—「황무지」 중에서

　　그러고 보면 「나폴리의 부랑자(浮浪者)」는 「향수」나 「해수」 속의 밀항자나 화물선 선원이 풍광 좋다는 나폴리의 배경에 걸맞게 조금은 세련되고 멋있어 보이는 젊은 떠돌이로 변장하고 등장한 것이다. 상대적으로 수채화 같은 산뜻함은 감지되나 옛적의 반항도 현실에 대한 적의도 찾아볼 수 없고 겉치레만 남아 있다는 불만을 금할 수 없다. 시쓰기의 기량을 어느 정도 닦은 이가 솜씨 자랑을 하기 위해 마음에도 없는 소리를 잔뜩 허례허식으로 두서없이 늘어놓았다고 보면 될 것이다. 거기에 비하면 표제작인 「헌사 Artemis」는 그나마 시상을 정리한 흔적이 보이기는 한다. 그렇지만 청춘의 감상이나 피상적인 겉멋만이 전경화되어 있어 시집의 한계를 징후적으로 보여주고 있다.

나의 슬픈 노래는 누궐 위하야 불러왔느냐

하염없는 눈물은 누궐 위하야 흘려왔느냐

오늘도 말 탄 근위병의 발굽 소리는

성 밖으로 달려갔다

—「헌사」 중에서

인용문에 보이는 "말 탄 근위병"이나 「나폴리의 부랑자」에 나오는 "이방귀족"이나 조숙한 젊은 시인의 성숙에 장애 요인이 되어준 낭만적 허영의 상상력이 도용한 이미지다. 서양 영화의 장면이나 화면 장면을 습득 보수해서 내면 풍경에 배치하여 진정성도 조화감도 잃어버리고 만 형국이다. 이 점에서는 뒷날의 박인환과 아주 비슷한 점이 있다. 오장환이나 박인환이나 뛰어난 리듬 감각을 가지고 있었고 음률성을 중시하였으나 공연한 낭만적 허영을 제어하지 못하였기 때문에 밀도 없이 공소한 시편을 남겨놓은 경우가 적지 않다. 시에서 소리는 중요하지만 뜻이 따라주지 않는 울림 없는 소리는 공허한 빈 수레 소리가 되고 만다.

> 그대의 피는 거멓다지요. 붉지를 않고 거멓다지요.
> 음부 마리아 모양, 집시의 계집애 모양
>
> 당신이요. 충충한 아구리에 까만 열매를 물고 이브의 뒤를 따른 것은 그대 사탄이요.
> 차디찬 몸으로 친친이 날 감어주시요. 나요, 카인의 末裔요. 병든 시인이요. 罰이요. 아버지도 어머니도 능금을 따먹고 날 낳었소.
>
> ─「불길한 노래」 중에서

『성벽』 시편에서도 보이던 저주받은 시인을 자임하는 화자 오장환의 내적 독백이다. 비약이 많고 단락(短絡)적인 것은 의식의 흐름을 선별적으로 정리해서 처리하였기 때문이다. 성모 마리아를 음부 마리아로 집시 여인 카르멘 수준으로 격하시켜 말하는 도전적인 신성모독도

「성씨보」의 과거 부정을 기독교 서사에 적용하였기 때문이다. 집시 여인의 피가 검다는 것 또한 낯익은 낭만적 허영과 과장의 소산이다. 이러한 신성모독이나 과장의 수사학이 충격을 주지 못하고 진정성의 상실로 비친다는 점이 이 작품을 비롯한 일련의 『헌사』 시편들의 취약점이다. 구렁이 같은 사탄에 몸을 감기는 "카인의 말예"요 "병든 시인"이란 자기 정의가 과장된 작위성으로 수용되는 것은 상황 제시와 근거 제시 없이 전개되는 "괴로움이요. 괴로움이요" 하는 신음 소리 때문이다. 돈이 많다거나 지은 죄가 많다거나 외도를 많이 했다고 떠벌리면 혐오감을 느끼면서도 일단 곧이 들어준다. 그러나 괴롭다고 주정하는 사람은 불신과 혐오감을 함께 안겨주게 마련이다. 이교도이자 이방인인 오장환이 기독교 서사의 삽화를 들먹이는 것도 영 어울리지 않는다. 「불길한 노래」나 「성씨보」나 오장환의 '자화상'이라 할 수 있는데 두 작품이 모두 미당의 「자화상」에 미치지 못하는 것은 오장환의 어사가 근본적으로 고향 상실자의 언어이기 때문이다. 시기적으로 뒷날에 씌어진 「불길한 노래」가 「성씨보」에 미치지 못하는 것도 고향 상실의 징후가 한결 농후하기 때문일 것이다. 「영회(咏懷)」에서 "동구 밖에는 청냉한 달빛에 /허물어진 향교 기왓장이 빛나고/댓돌 밑 귀뚜리 운다"고 고향을 찾을 때 그것은 너무나 평범해서 울림을 갖지 못한다. 곧이어 "다만 울라 /그대도 따라 울으라"는 신파 어투의 등장은 결정적인 파탄을 몰고 온다.

위태로운 행복은 아름다웠고
이 밤 咏懷의 정은 심히 애절타
모름지기 멸하여가는 것에 눈물을 기울임은
분명, 멸하여가는 나를 위로함이라. 분명 나 자신을 위로함이라.

　작품의 마지막 연이 되는 위의 인용에서 둘째줄 시행은 사족이다. 전체적으로 보아 이 시편을 살리고 있는 것은 마지막 2행이다. "모름지기"는 다른 말로 대체할 수 없는 이를테면 현장의 고유어로서 절묘한 배치라고 할 수 있다. 읽을 만한 몇 줄을 위해서 잔소리와 군소리의 낭비가 너무 많았다고 생각되는데 시집 『헌사』 전반에 대해서도 우리는 비슷한 말을 할 수 있다. 호흡이 긴 장시에서는 그러한 불찰이 허용될 수 있지만 단시에서는 면책되지 않는다. 오장환은 자기 재능의 효율적 관리에 만전을 기하지 못했는데 사실은 그 자체가 재능의 결여일지도 모른다. 따라서 「The Last Train」이 이 시기 오장환의 대표작으로 간주되고 「상열」과 함께 인구에 회자된 것은 당연하고도 적정한 일이었다고 생각된다.

　저무는 역두에서 너를 보냈다.
　비애야!

　개찰구에는
　못 쓰는 차표와 함께 찍힌 청춘의 조각이 흩어져 있고
　병든 歷史가 화물차에 실리어 간다.

　대합실에 남은 사람은
　아즉도
　누굴 기둘러

나는 이곳에서 카인을 만나면
목놓아 울리라

거북이여! 느릿느릿 추억을 싣고 가거라
슬픔으로 통하는 모든 路線이
너의 등에는 지도처럼 펼쳐 있다.

─「The Last Train」 전문

좋은 시가 항용 그렇듯이 첫행이 기대 섞인 긴장감을 불러일으킨다.
언어의 경제적 음률적 처리도 눈에 뜨인다. 역두에서 보낸 것은 분명
히 사람이겠지만 "비애야!" 하고 추상명사 다음에 호격조사가 이어짐
으로써 절묘한 모호성이 조성된다. '슬프다!' 의 대용이 이렇듯 기능적
이다. 물론 떠나간 이가 슬픔을 안겨준 사람이란 함의도 있다. 개찰구
에서 개찰할 때 찍혀 떨어진 차표 조각이 "청춘의 조각" 즉 떨어져나간
청춘의 살점이 됨으로써 덧난 청춘의 아픔이 간결직절하게 처리된다.
열차 중의 화물차가 싣고 가는 것은 "병든 역사"이다. 병든 거리, 병든
나무, 병든 학, 병든 사나이, 병든 위안, 병든 시인, 병든 역사 등 『병든
서울』 이전에도 오장환은 도처에서 질병과 병리를 목도하고 기록하였
다. 사회적 외방인이요 국외자이기 때문에 현실의 병리는 더욱 뚜렷하
게 감지되었을 것이다. 막차가 떠나간 다음에도 누군가를 기다리는 사
람들은 언제나 있는 법이다. 제3연이 그것을 다루고 있지만 감정의 내
색 없는 경제적 처리가 다시 빛난다. 이 시 한 편만 놓고 생각한다면
갑작스러운 카인의 등장은 당돌하게 들릴지도 모른다. 그러나 시인이
생산한 작품들은 교호작용(交互作用)을 나누게 마련이요 그 교호의 눈
짓을 인지하는 것은 독자의 의무다. 우리는 오장환의 초기 시편에서

카인이 저주받은 시인이나 사회적 외방인이나 사회적 소외의 기호가 되어 있음을 보았다. "나는 이곳에서 카인을 만나면 / 목놓아 울리라"고 한 것은 '나 같은 동무를 만나면 손을 잡고 울겠다'는 뜻이다. 마지막 연의 거북이는 병든 역사를 싣고 가는 화물차이다. 병든 역사 속에는 추억도 들어 있다. 아니 역사는 바로 추억 자체이기도 하다. 거북이 등딱지에 나 있는 금과 산지사방 슬픔으로 통하는 노선의 지도를 중첩시키고 있는 기법도 신선하고 놀랍다. 네가 탄 객차, 병든 역사를 싣고 가는 화물차는 모두 슬픔으로 통하는 노선을 달리고 있다. 「The Last Train」은 병든 역사와 덧난 청춘과 기다림의 허망함과 세계에 미만해 있는 슬픔을 노래한 30년대 말의 절망의 절창이다. 절망을 노래할 수 있었기 때문에 우리는 절망하지 않은 것이다.

"캄캄한 밤에도 노래는 있는가? 아무렴, 어두운 밤에는 어둠의 노래가 있지 않은가?" 하고 브레히트는 노래하였다. 오장환은 일제 말기 가장 캄캄한 시대에 시대의 어둠과 아픔을 노래하였다. 『헌사』의 시편들은 불길한 시대의 어둠과 지표 없는 불안한 미래를 표상하는 이미지로 가뜩 차 있다. 첫머리에 보이는 「할렐루야」는 "곡성이 들려온다. 人家에 人家가 모이는 곳에"라는 첫줄로 시작되며 끝자락에 실린 「황무지」는 "불길한 뭇새들아 너희들의 날개가 어둠을 뿌리고 가는 곳은 어나 곳이냐"란 대목으로 끝나고 있다. 너무 어린 나이에 저주받은 시인을 자임하였던 그는 경험 속에서 상상력이 차지하는 비중이 불균형하게 커진다는 문학청년 특유의 성향에 무력하게 노출되어 있었고 거기서 유래하는 낭만적 허영과 과장된 영탄으로부터 자유롭지 못하였다. 『성벽』과 『헌사』 속의 많은 시편들이 미숙하고 산만하며 절제가 부족한 것은 사실이다. 그러나 그는 신뢰할 만한 현실의 전망이 칠흑같았던 시절에 시대의 어둠을 어둠으로 노래한 몇몇 최상의 민족어 시편들을 『헌사』 속에서 보여주었고 이어지는 『나 사는 곳』에서 시적 성숙의 뚜렷한 궤적을 보여주었다. 이제는 그의 최상의 시편들을 읽어볼 차례이다.

떠돌이에서 인민 시인으로
—『나 사는 곳』『병든 서울』 시절의 오장환

석유불 섬벅이는 객창 안에서
이 해 접어 처음으로 나리는 눈에
람프의 유리를 다시 닦는다.
—「길손의 노래」 중에서

나라 없는 원통함에
에이, 나라 없는 우리들 청춘의 반항은 이러한 것이었다.
반항이여! 반항이여! 이 얼마나 눈물나게 신명나는 일이냐
—「병든 서울」 중에서

1

오장환은 8·15해방 이듬해인 1946년 7월에 해방 이후의 소작 19편
이 수록된 시집 『병(病)든 서울』을 정음사(正音社)에서 상자한다. 그리

고 다시 일 년 후가 되는 1947년 6월에 23편이 수록된 시집 『나 사는 곳』을 헌문사(獻文社)에서 상자한다. 오장환의 시집 가운데서 수록 시편이 가장 많을 뿐 아니라 대체로 작품 성취도가 제일 단단하고 균질감도 엿보여 오장환의 대표적 시집이라고 생각된다. 시집에는 '『나 사는 곳』의 시절'이란 후기가 붙어 있는데 첫 부분과 끝 부분은 다음과 같다.

『나 사는 곳』의 시절은 1939년 7월서부터 동 45년 8월, 역사적인 15일이 올 때까지다. 불로소득을 즐기고 책임 없는 비난을 일삼던 그때의 필자가 인간 최하층의 생활을 하면서도, 아주 구(救)할 수 없는 곳에까지 이르지 않았던 것은 천만다행으로 시를 영위하였기 때문일 것이다.

지금의 '나 사는 곳'과 그때의 '나 사는 곳' 사이에는 사회적으로도 크나큰 변동이 있었지만 내 개인의 정신상의 변화와 그 거리는 말할 수 없다.

(……)

편중의 일부분은 만가(輓歌) — 즉『문장』이 폐간되던 그 호에, 조선일보가 폐간되던 그날에 — 이 밖에는 우리의 모든 기관이 정지되어 지상에 발표라는 가망도 없을 때, 다만 암첨(暗瞻)하고 억눌리는 공기 속에도 나를 사랑하는 선배와 친지들을 보이기 위하여서만도 쓴 것이었다.

사랑하는 내 땅이여, 조선이여! 행동력이 없는 나는 그저 울기만 하면 후일을 위하여, 아니 만약에 후일이 있다면 그날의 청춘들을 위하여 우리의 말과 우리의 글자와 무력한 호소겠으나 정신까지는 썩지 않으려고 얼마나 발버둥쳤는가를 알리려 하였다. 그러나 이제 내 노래를 우리 앞에 내놓게 될 때, 어이없다.『나 사는 곳』이 이러할 줄이야.

두서(頭序)에는 최신작「승리의 날」을 부첨하여 오늘의 나 사는 곳을 알린다. 이제는 나 사는 곳이 아니라 우리들의 사는 곳이다. '내' 가 '우리' 로 바뀌는 사다리를 독자들이 이 시집에서 찾는다면 필자는 망외(望外)의 행운이겠다.

　　　　　　　　　—1947년 5월 공위(共委)가 재개되는 날[1]

공들여 『오장환 전집』 두 권을 엮고 또 상세한 작품 연보를 작성한 최두석 교수는 위에 인용한 후기에 근거하여 『나 사는 곳』이 『성벽』 『헌사』의 뒤를 잇는 사실상 오장환의 제3시집이며 그보다 앞서 간행된 『병든 서울』이 제4시집이라고 말하고 있다. 또 헌문사판 『나 사는 곳』 끝 장에는 동저자(同著者) 시집으로 『성벽』 『헌사』 『나 사는 곳』 『병든 서울』 순서로 표기되어 있는 것이 『모택동투쟁사』란 책광고와 함께 눈에 뜨인다. 개개 작품의 성격으로 보더라도 『나 사는 곳』이 시집으로서 통일성을 가지고 있으며 제3시집이라고 하는 데 무리는 없어 보인다. 그러나 꼼꼼히 작품을 읽어보면 『나 사는 곳』의 시편이 과연 모두 해방 이전의 소작이냐 하는 점에 대해서는 의문점이 많다.

『오장환 전집』 2권에 실린 작품 연보에 따르면 수록 작품 23편 중 해방 이전에 발표된 것은 11편이다. 「구름과 눈물의 노래」 「절정(絶頂)의 노래」 「비둘기 내 어깨에 앉으라」 「길손의 노래」 「성탄제(聖誕祭)」 「양(羊)」 「푸른 열매」 「산협(山峽)의 노래」 「고향 앞에서」 「강(江)물을 따라」 「FINALE」 등이 해방 이전에 발표된 시편이다. 그 이외에 「종(鍾)소리」 「밤의 노래」 「장마철」 「다시금 여가(餘暇)를」 「다시 미당리(美堂里)」 「붉은 산(山)」 「노래」 「성묘(省墓)하러 가는 길」 등 8편은 해방 이

---

1) 오장환, 『나 사는 곳』, 헌문사, 1947, 92～94쪽. 혹은 최두석 편, 『오장환 전집 2』, 창작과비평사, 1989, 99～100쪽.

후 1945년 12월부터 1946년 11월 사이에 여기저기 지면에 발표된 시편이다. 한편 「초봄의 노래」 「나 사는 곳」 「은시계(銀時計)」 「봄노래」 등 4편은 발표 지면이 확인되지 않아 곧바로 시집 간행시에 수록된 것이 아닌가 추정되고 있는 시편이다. 다시 말해서 해방 전에 발표된 것이 분명한 작품은 과반수에 미달하는 셈이다. 여기에서 우리는 몇 가지 의문을 갖게 된다. 시인이 밝힌 대로 『나 사는 곳』 시편이 모두 해방 이전의 소작들이라면 어째서 해방 직후에 그것을 시집으로 묶어내지 않았는가 하는 의문이 그것이다.

오장환은 시편 16편을 묶어서 처녀시집 『성벽』 초판본을 내었고 17편을 묶어서 『헌사』를 내었다. 발표 욕심이나 현시욕이 비교적 강한 편이었다고 생각할 수 있다. 그런데 준비되어 있는 23편을 해방된 뒤 19개월 동안이나 묵혀두었다는 것은 앞뒤가 맞지 않는다. 1946년 5월엔 역시집 『에쎄닌 시집』을 내었고 같은 해 7월에는 19편을 묶어서 『병든 서울』을 출간하였다. 그는 당시 가장 명망 있는 시인의 한 사람이었고 해방 직후에 폭발적으로 쏟아져나온 각종 정기간행물은 그에게 다투어 발표 기회를 제공하려 했을 것이다. 지면이 없어서 산발적으로 여기저기 간헐적으로 발표한 것은 아닐 것이다. 뿐만 아니라 웬만한 시인들이 쉽게 시집을 낼 수 있었던 시기였다. 상대적으로 무명이었던 시인의 『석초(石艸)시집』과 신진 시인이었던 세 사람의 『청록집(靑鹿集)』이 1946년 6월에 당시로서는 호화판으로 나왔고 역시 상대적으로 무명이었던 이육사의 『육사(陸史)시집』도 1946년 10월에 나왔다. 뿐만 아니라 작품을 읽어보면 해방 이후의 분위기를 반영하는 대목들이 곳곳에 발견된다. 성취도에서 빼어난 작품은 아니지만 가령 「승리의 날」을 제외하고 『나 사는 곳』 첫머리에 실려 있는 작품을 읽어보기로 하자.

146

내가 부르는 노래
어데선가 그대도 듣는다면은
나와 함께 노래하리라.
"아 우리는 얼마나
기다렸는가……" 하고

유리창 밖으론
함박눈이 펑펑 쏟아지는데
한겨울
나는 아모데도 못 가고
부질없은 노래만 불러왔구나.

그리움도 맛없어라
사모침도 더디어라

언제인가 언제인가
안타까운 기약조차 버리고
한동안 쉴 수 있는 사랑마저 미루고
저마다 어둠 속에 앞서던 사람

이제 와선 함께 간다.
함께 간다.
어디선가 그대가 헤매인대도
그 길은 나도 헤매이는 길

내가 부르는 노래
어데선가 그대가 듣는다면은
나와 함께 노래하리라.
"아 우리는 얼마나
기다렸는가……" 하고

—「초봄의 노래」 전문

　우선 잘 읽히는 음률성에서 『헌사』 이후 오장환 시의 특징이 잘 드러나 있다. 또 "그리움도 맛없어라/사모침도 더디어라"와 같은 안이하고 품위 없는 대구(對句)에서도 그의 취약점이 그대로 남아 있음을 보게 된다. 그러나 소생과 생명을 시사하는 표제 자체가 벌써 불길하고 절망적인 분위기가 지배적이던 『헌사』 시절과는 거리를 보여준다. "이제 와선 함께 간다" 이하의 대목에서는 벌써 유아론적(唯我論的) 심성을 탈피한 다수와의 유대 감정과 동행의식이 드러난다. 8·15 이후의 정치적 참여를 상기시키는 대목이며 그것은 "아 우리는 얼마나 기다렸는가"라는 시행에서 더욱 분명해진다. 이 글줄이 해방 직후에 널리 불렸던 김순남 작곡의 〈농민의 노래〉 노랫말의 의도적 인유(引喩)이든 아니든 그 메아리가 느껴지는 것은 사실이다.[2] 두번째로 수록되어 있는 작품에서도 사정은 마찬가지다.

---

2) 김순남 작곡의 〈농민의 노래〉 제1절은 다음과 같다고 기억되는데 작사자는 모르겠다.

울어라 노래 불러라
농민의 기빨은 휘날린다
논밭을 빼앗겨 36년간

148

울렸으면…… 종소리
젊으디젊은 꿈들이
이처럼 웨치는 마음이
울면은 종소리 같으련만은……

스스로 죄 있는 사람과 같이
무엇에 내닫지 않는가,
시인이여! 꿈꾸는 사람이여
너의 젊음은, 너의 바램은 어디로 갔느냐.

— 「종소리」 중에서

언뜻 젊은 시인을 포함하여 젊은이들의 역사적 행동이나 프락시스를 촉구하고 격려하는 시편으로 보이지만 한편 자기 설득의 시편으로도 읽힌다. 해방 직후의 노도질풍기의 분위기가 느껴지는 작품이란 점에서 「초봄의 노래」와 근친성이 엿보인다. 연보를 보면 「병든 서울」과 함께 1945년 12월에 김동석이 주재하던 『상아탑』지에 게재된 것으로 나와 있다. 정치적 현실적 함의가 엿보이는 작품말고 극히 사적인 회포를 노래한 작품에서도 해방 이전의 소작이라고 추정하기 어려운 작품이 보인다. 오장환 특유의 음률성과 함께 짜임새가 단단하고 어휘 구사면에서 적정성과 활달함이 보이는 성취도 높은 작품을 읽어본다.

솔잎이 모다 타는 칙한 더위에

눈물과 피땀은 흙에 젖었네
우리들 얼마나 참아왔던가
우리들 얼마나 기다렸던가

아버님 산소로 가는 산길은
붉은 흙이 옷에 배는 강팍한 땅이었노라.

아 이곳에 새로운 길터를 닦고
그 우에 자갈을 져 나르는 인부들
매미 소리, 풀기운조차 없는 산등셍이에
고향 사람들은 또 어디로 가는 길을 닦는 것일까.

깊은 골에 남포소리, 산을 울리고
거치른 동네 앞엔
예전부터 굴러 있는 송덕비.

아버님이여
이런 곳에
님이 두고 가신 주검의 자는 무덤은
아무도 헤아리지 아니하는 황토산에, 나의 가슴에……

무엇을 아뢰이러 찾어왔는가,
개굴창이 모다 타는 가뭄더위에
성묘하러 가는 길은 팍팍한 산길이노라.

       —「성묘하러 가는 길」 전문

 불과 몇 줄로 성묘하러 가는 길의 시골 정경을 인상적으로 재현해놓
고 있다. 길 닦는 공사 현장이나 동네 앞의 송덕비나 생생하게 살아난
다. 군소리가 많고 감정 표출에서 금욕적 절제가 없던 『헌사』 시절의

대부분의 작품과 견주어 볼 때 대단한 진경(進境)이라 하지 않을 수 없다. 그러나 무엇보다도 소재가 우리의 눈길을 끈다. 젊은 날의 가계 모독적인 「성씨보」를 기억하는 우리는 그보다 꼭 십 년 후에 발표된 이 작품을 읽으면서 격세지감을 금할 수 없다. 우리는 본의 아닌 불효자의 간곡한 육친 추모의 정을 접하고 그의 「성씨보」가 얼마쯤 작위적인 위악적 자세가 아니었나 하고 생각하게 된다. 어머니에 대한 간곡한 향념은 처녀시집 속의 「향수」 같은 작품에서도 엿보이지만 훨씬 진솔하고 간절한 토로로 드러나 있다.

> 돌아온 탕아라 할까
> 여기에 비하긴
> 늙으신 홀어머니 너무나 가난하시어
>
> 돌아온 자식의 상머리에는
> 지나치게 큰 냄비에
> 닭이 한 마리
> (……)
> 서슴없이 고깃점을 베어물다가
> 여기에 다만 헛되이 울렁이는 내 가슴
> 여기 그냥 뉘우침에 앞을 서는 내 눈물
>
> ─「다시 미당리」 중에서

저주받은 시인임을 자처했던 젊은 날의 반역의 모습은 간 곳 없고 돌아온 탕아의 울먹이는 회오와 죄의식이 부끄러움 없이 전경화되어 있다. 여기서 우리가 발견하는 것은 전통적 가족주의가 강조해 마지않던 너무나 낯익은 효제사상의 열매 맺지 못한 회한의 정경이다. 불과 십 년 사이에 보이는 역전극은 단순히 연치의 축적에서 오는 인품의 성숙만으로는 설명할 수 없는 성질의 것이다. 인간 최하층의 생활을 하면서도 시를 영위하였기 때문에 그나마 완전한 타락을 면했다고 스스로 고백하고 있는 시인은 아마도 8·15해방을 맞아 인간 위엄 회복의 계기를 발견했다고 할 수 있다. 민족어 말살정책이 진행되고 있는 상황에서 생활인으로서의 길은 두절되어 있었고 그것은 철부지 문학청년의 얼마쯤 낭만적인 '저주받은 시인'이란 자기 정의를 냉혹한 현실 논리로 실현시켜주었다. 그러나 해방은 민족어의 회복과 함께 시인에게 생활인의 가능성뿐 아니라 영광의 가능성까지를 약속해주었다. 가령 이 시기에 많은 시인들이 각급 학교의 교사로서 혹은 언론 출판계의 요원으로 일하게 된 경우가 많다는 것은 단순히 지엽적인 사안이 아니다. 사회적 외방인에서 사회 중심부로의 신분이동이 가능해지면서 사회적 소외가 안겨주었던 과장된 반역과 거부의 자세에서 시인이 탈피하게 되었다고 할 수 있다. 1946년 11월에 발표된 「성묘하러 가는 길」이나 같은 해 7월에 발표된 「다시 미당리」 같은 작품에 보이는 전통적 가족주의로의 심정적 회귀에는 이러한 사정이 배경이 되어주었다고 생각된다. 8·15해방이라는 새로운 사회 상황이 전개되면서 씌어질 수 있었던 시가 아닌가 생각되고 그러한 의미에서 일제 말기에 씌어졌다는 개연성은 희박하다고 할 수 있다. 그런 점에서 표제작 「나 사는 곳」은 매우 징후적이다. 다음에 인용하는 것은 첫 연과 마지막 연이다. 해방 이전의 생활을 노래한 것인데 마지막 연은 아무래도 인간 유대에 대한 새로운 시각을 갖게 된 시기의 감회라고 생각되며 시집 출간에 즈음하여 완성했다는 추정을 강력하게 촉발시킨다.

밤늦게 들려오는 기적 소리가

산 짐승의 울음소리로 들릴 제,

고향에도 가지 않고

거리에 떠도는 몸은 얼마나 외로울 건가.

(……)

아 내 발길 대일 곳 아모 데도 없으나

아 내 장담할 아모런 힘은 없으나

언제나 서로 합하는 젊은 보람에

홀로 서는 나의 길은 미더웁고 든든하여라.

—「나 사는 곳」 중에서

　『나 사는 곳』의 후기에는 기억의 착오도 있다고 생각된다. 발표를 염두에 두지 않고 다만 친지들에게 보이기 위해 쓴 시가 있다는 것을 말하면서 『문장』 폐간호와 조선일보 폐간호에 실린 만가를 언급하고 있다. 1941년 4월 『문장』 폐간호에 실린 「여정(旅程)」과 1940년 8월 5일자 조선일보에 실린 「FINALE」를 지칭한 것이라 생각된다. 「FINALE」가 실린 것이 폐간 당일의 지면인지 혹은 며칠 전의 것인지는 확인해 보지 않았지만 작품 표제가 어째서 「FINALE」인가 하는 것은 조선일보 폐간과 연관된다는 사정을 이해할 때 비로소 수긍이 된다. 그리고 엉성한 글줄 속에 엿보이는 애가(哀歌) 성향도 납득이 가면서 시집 끝자락에 수록했다는 이유 때문에 붙인 표제가 아니라는 것을 확인하게 된다. 그러나 정작 『문장』 폐간호에 실린 「여정」은 『나 사는 곳』에는 수록되어 있지 않다.

또 한번 멀리 떠나자.

거기

항구와 파도가 이는 곳,

오후만 되면 회사나 관청에서 물밀듯 나오는 사람

나도 그 틈에 끼어 천천히 담배를 물고

뒷골목에 삐끔삐끔 내다보는

소매치기, 행려병자, 어린 거지를 디려다보며

다만 떠나려가는 널판쪽 모양 몸을 맡기자.

　　　　　　　　　　　　　　　　　—「여정」중에서

　작품의 성취도에 애착이 가지 않아 수록하지 않았을지도 모르며 또 인용한 후기에서 얘기하고 있는 것은 시집 『헌사』 간행 이후 씌어진 모든 작품을 염두에 두고 한 말인지도 모른다. 사실 시집 수록 시편은 표제 변경을 포함해서 수정 혹은 퇴고의 흔적이 많아 발표 당시와 많이 달라져 있다.[3] 일본식 한자어를 토박이말로 고친 경우도 있고 일제 암흑기의 작품 표제로서는 어울리지 않는다고 생각한 탓인지 가령 「신생(新生)의 노래」는 「산협의 노래」로 고쳐져 있다. 따라서 시집 후기에서 해방 이전에 씌어진 작품이라고 한 것은 일단 초고(草稿) 형태로 남아 있던 것을 얘기하는 것이며 그것을 해방 이후 그때그때 수정과 퇴고를 거듭해서 발표한 것이라고 볼 수도 있다. 해방 이전 가장 마지막으로 발표된 작품은 1943년 11월 『조광(朝光)』에 실린 「양」이고 같은 해에 『춘추(春秋)』지에 「길손의 노래」 「절정의 노래」 등을 발표하고 있다.

---

3) 초출 작품과 시집 수록 작품 사이의 개작에 대해서는 김학동, 『오장환 연구』(시문학사, 1990), 220~265쪽을 참조할 것.

이들은 『나 사는 곳』 수록 시편 중에도 가장 뛰어난 작품들로서 해방 직전의 암흑기에도 오장환이 시적 성숙의 궤적을 꾸준히 보여주었음을 드러내고 있다. 1943년 11월 이후 해방에 이르는 2년이 채 안 되는 시기에 그가 발표의 가망이 없는 작품 쓰기를 계속했을 가능성을 배제할 수는 없다. 그렇지만 시인 자신의 말을 액면 그대로 받아들인다 해도 앞에서 보았듯이 해방 직후의 노도질풍과 감격 시대에 그 상황에 어울리도록 가필되거나 수정된 작품을 과연 순수하게 해방 이전의 소작이라고 말할 수 있을 것인지는 의문스럽다고 하지 않을 수가 없다.

19편이 수록된 『병든 서울』이 간행된 것은 1946년 7월인데 3월에 씌어진 머리말에서 "여기에 모은 것이 8월 15일부터 지금까지 나의 쓴 시의 전부이다"라고 말하고 있다. 『나 사는 곳』의 후기와 일치하는 소리이다. 작품 연보를 따르면 그 기간에 시집 미수록 작품으로 「소」 「산골」 「석두(石頭)여」 등이 발표되고 있고 「종소리」 「노래」 「다시금 여가를」 「다시 미당리」 등 『나 사는 곳』에 수록된 4편을 발표하고 있다. 그러면 왜 오장환이 해방 이전의 작품과 이후의 작품을 애써 구분하려고 하는 것일까? 그 단서는 머리말 끝자락에서 찾아야 한다고 생각한다.

내가 이 시집을 하루바삐 내어 세상에 묻고자 함은, 이 어려운 세월을 나는 이렇게 살아왔고, 또 이렇게 살려고 한다고 외치고 싶음이겠으나, 또 한편으로는 우리의 문화전선을 좀먹는 무리들의 악의를 벗어나 진실로 속여지지 않은 내 의사를 이렇게 표시할 수 있음을 그들에게 알리기도 위함이다.[4]

---

4) 최두석 편, 같은 책, 63쪽.

8·15를 계기로 해서 그는 혁명적 인민 시인에서 자기 정체성을 찾으려 하였다. "8·15 이전부터 나의 바란 것은 우리 조선의 완전한 계급 혁명이었다"[5]고 그는 1946년에 씌어진 『에쎄닌 시집』 후기에서 적고 있다. 이 말이 사실이든 아니든 그의 지향점이 무엇인가는 분명하고 그러한 자각적 노력 속에서 『병든 서울』 시편이 씌어졌다고 생각된다. 이러한 의식적 정치시편을 통해서 시인의 정체성을 확립하려던 그는 그러한 뼈대에 걸맞은 작품 위주로 시집을 꾸몄고 그 테두리에서 벗어난 시편은 언론의 자유가 극히 제약되었던 해방 전의 소작이라고 말했던 것이라고 생각된다. 그리고 일단 『병든 서울』로 혁명적 정치 시인의 위상을 확립하고 나서는 규격화된 테두리에서 벗어난 시편을 상당수 보여주면서 변명처럼 해방 이전의 소작이라고 했다고 추정된다. 그가 시편 「나의 길」 속에서 지난날의 시적 영탄과 울음의 과잉을 자기 비판적으로 토로하고 있는 것과 맥을 같이하는 것이다. 초고를 손질하는 것도 시작 과정의 일부이며 엄격히 말해서 작품이 완성되었을 때를 제작 시기로 잡아야 할 것이다. 그런 의미에서 해방 이후 발표된 『나 사는 곳』 시편은 엄밀히 말해서 해방 이후의 작품이라고 해야 할 것이다. 이 말은 결코 오장환을 탓하는 폄하의 소리가 아니다. 그는 대표적 프롤레타리아 시인이란 정평을 얻었던 임화보다 한결 뛰어난 시인이었으며 규격화된 공적 시편의 제작으로 만족하지 못하였다. 그리하여 성취도 높은 사사로운 정감의 시편을 쓰지 않을 수 없었고 그것을 구작이라고 호도하였다는 것은 그가 주변에서 요구하는 규격품 생산에 만족하지 못하였던 시인이었음을 증거하는 것이라고 생각한다. 주관적 의도에도 불구하고 그가 인민 시인의 공공 부과적 작품을 생산해내

---

　5)『에쎄닌 시집』, 오장환 옮김, 동향사, 1946, 117쪽. 혹은 최두석 편, 같은 책, 54쪽.

면서 귀속 진영으로부터 반동적이라고 지탄받을 개연성이 없지 않은 일탈시편을 써 남겼다는 것이야말로 시인 오장환의 조그만 서정적 승리라고 해도 무방할 것이다. 절정기의 트로츠키가 혁명의 문학적 동반자로 지칭했던 예세닌에 대한 그의 각별한 경도와 공감도 그러한 면에서 검토되어야 하리라고 생각된다.

2

제3시집 『나 사는 곳』의 중요한 특장은 개개 시편의 균질적인 성취도이다. 과도한 영탄이나 기품과 밀도 없는 군소리가 많이 가시고 짜임새도 균형이 잡혀 있다. 또 『헌사』 중의 몇몇 시편들이 예고해주었듯이 매우 음률적이다. 그리고 민족어 기층어휘의 탐구나 구사에서도 괄목할 만한 진전이 보이며 고향 상실자의 낭만적 허영이 빚어내는 공소한 이국 정서 취향도 많이 가셨다. 앞에서 읽어본 「성묘하러 가는 길」 「다시 미당리」 「나 사는 곳」을 위시하여 「밤의 노래」 「장마철」 「절정의 노래」 「길손의 노래」 「성탄제」 「양」 「산협의 노래」 「고향 앞에서」 등의 시편은 그전의 「상열」 「The Last Train」과 함께 20세기 전반 한국 서정시의 정상 한 모퉁이를 차지하는 시편이라고 할 수 있다.

시집 『나 사는 곳』의 주조음은 뿌리없이 떠도는 사회적 정신적 방랑자의 고독과 애수이다. 물론 오장환은 처음부터 사회적 외방인이었고 도처에서 병과 퇴폐를 읽어내는 순평치 못한 반항아였다. 고향과 가계에서 일찌감치 가출한 조숙한 불량소년이었고 신뢰할 만한 현실의 부재를 통탄한 식민지의 지식인이었다. 그러나 이제 그는 가지 못하는 고향을 그리워하며 그 앞에서 인정을 간구하는 너무나 인간적인 보편적 심성의 시인으로 변모한다. 위에서 인용한 대목 곳곳에서도 그것이 인지되지만 그의 절창의 하나에서 그는 이렇게 노래한다.

진종일
나룻가에 서성거리다
행인의 손을 쥐면 따듯하리라.

고향 가차운 주막에 들려
누구와 함께 지난날의 꿈을 이야기하랴.
양구비 끓여다 놓고
주인집 늙은이는 공연히 눈물지운다[6]

—「고향 앞에서」중에서

그러나 그는 고향 앞에서 머뭇거릴 뿐 돌아가지 못한다. 귀향자로 정착하지 못하는 것은 지주도 농부도 장꾼도 아니고 도연명이나 두보를 읽을 나이도 아니기 때문이다. 그는 늘 목적지 없는 도상의 길손으로 머물러 있을 수밖에 없다. "가도 가도 붉은 산이다/가도 가도 고향뿐이다"라고 「붉은 산」에서 노래할 때 그것은 길손으로 떠도는 도상에 실감한 고토와 조국의 원형적 이미지였다. 귀향자로 정착하지 못하는 그는 어린 날의 추억으로 귀향을 대리 보상한다. 추억 속의 홍수는 「붉

---

6) 양구비 즉 앵속은 시골에서 그 대를 삶아 마시는 관습이 있다. 토사곽란에 좋다고 알려져 있다. 참고로 덧붙이면 시편에서는 쟀내비가 운다고 나오는데 이것은 분명한 잘못이다. 무슨 새 이름 정도로 생각했던 것 같다. 어휘 구사에서 오장환은 허술한 구석이 많다. 가령 시집에는 수록되지 않았으나 해방 전의 수작인 「소야(小夜)의 노래」도 표제가 잘못된 것이다. 조그만 야곡(夜曲)이란 뜻의 소야곡을 그냥 「소야의 노래」라고 풀어쓴 것이다.

은 산」과 함께 인상적인 고토의 시적 정의(定義)로 드러난다. 산림녹화를 통한 청산의 복원과 현대화된 수리시설에 익숙한 젊은 세대들은 그것이 한 세대 전 고향의 황량하게 충실한 재현이라는 것을 상상하기가 어려울 것이다.

나는 보았다.
철마다 강기슭에서
큰물이 갈 때에……

아 모든 것은 이냥 떠나려가는가
시뻘건 물 우에 썩은 용구새
그 우에 날렸다 다시 앉고
날렸다는 다시 앉는 참새떼.

어쩌면 나의 서름은
이처럼 여럿이
함께 웨치고 싶은가.

—「장마철」 중에서

시인이고 작가이고 간에 혼신적 경험에 충실할 때 최상의 작품이 나온다고 생각한다. 날경험만 가지고는 안 되며 문학 경험을 통한 자기 검증과 선행 양식의 변용적 수용이 필요하지만 날경험의 비중과 존중은 과소평가될 수 없다. 우리는 그것을 가령 다음과 같은 작품에서 재확인하게 된다.

입동철 깊은 밤을 눈이 나린다. 이어 날린다.
못 견디게 외로웁던 마음조차
차차로이 물러앉는 고운 밤이여!

석유불 섬벅이는 객창 안에서
이 해 접어 처음으로 나리는 눈에
람프의 유리를 다시 닦는다.

사랑하고 싶은 사람 그리움일래
연하여 생각나는
날 사랑하던 지난날의 모든 사람들
그리운 이야
이 밤 또한 너를 생각는 조용한 즐거움에서
나는 면면한 기쁨과 적요에 잠기려노라.

모든 것은 나무램도 서글픔도 또한 아니나
스스로 막혀오는 가슴을 풀고
싸늘한 미닫이 조용히 열면
낯선 집 봉당에는 약탕관이 끓는 내음새

이 밤 따러
가신 이를 생각하옵네
가신 이를 상고하옵네.

— 「길손의 노래」 전문

과장되거나 작위적인 굴절된 심성은 보이지 않는다. 우리가 기억하는 한 가장 호소적이면서 심층적 죽음 소망과 무연한 한국판 〈겨울 나그네〉의 하나라고 할 수 있다. 사람과 인정을 그리워하는 이 작품의 마지막 대목은 극히 한국적인 정경이요 감회이다. 봉당에서 끓는 약탕관 냄새에서 가신 이를 생각하는 심성의 연장선상에서 「성묘하러 가는 길」「다시 미당리」 같은 시편이 씌어진다는 것은 너무나 당연한 귀결로 보인다. 일상생활에 밀착된 시가 일상의 따분함을 그대로 반영하여 울림 없이 건조한 산문으로 떨어지는 경우를 우리는 흔히 보았다. 그런가 하면 특권화된 일상의 순간을 배제의 원리에 입각해서 노래할 때 그것은 생활의 실감이 탈색된 초속주의로 넘어가게 된다. 여행이 일상으로부터의 임시적인 탈출임은 분명하나 그것은 초속(超俗) 놀이와는 궤를 달리한다. 일상생활을 생소화함으로써 도리어 일상생활 속에서 억압되었던 심층을 의식의 표면으로 떠오르게 한다. 뿌리없는 떠돌이의 길에서 오장환은 인간의 근원적인 간구가 안주할 수 있는 고향과 체온을 나눌 수 있는 인정을 향해 열려 있다는 것을 체험한다. 그것을 극히 음률적 직정적으로 노래하였다는 점이 『나 사는 곳』 시편의 강점이며 시인 오장환의 성숙의 지표이다. 사람과 인정에 대한 간구와 함께 두드러져 있는 것은 시편 곳곳에 보이는 생명 있는 모든 것에 대한 연민과 측은과 감정이입이다. 노루, 꿩, 두견이, 쭉쭉새의 신음하듯 들려오는 울음소리를 두고 그는 이렇게 노래한다.

깊은 밤중에 들려오는 소리는
시냇물 소리만인가 했더니
잠결에도 편안하지 못하고
흐느껴 우는 소리……

이처럼 약하디약한 무리는
아, 짧은 하룻밤의 안식도 있지는 못한가.
—「밤의 노래」 중에서

그러나 이들이 흐느껴 운다는 것은 자신의 감정이입에 지나지 않고 사실은 하루하루를 무사히 살았다는 즐거움에서 부르는 노래일지도 모르며 그렇다면 화자 자신은 얼마나 외로운 몸이냐고 반문함으로써 끝자락에서 정감의 흐름이 역전된다. 그러한 의미에서는 고귀한 감정이라고 할 수 없는 자기 연민의 노래라고도 할 수 있지만 전체적으로 보아 살아 있는 생물의 고통에 대한 측은과 공감에 기초해 있다. 이러한 측은과 연민의 시학이 음률적이면서도 활달한 말투를 통해 큰 규모로 구현된 것이 「산협의 노래」이다. 여기서 우리는 살아 있는 모든 것에 대한 연민과 공감이 사랑에 대한 간구와 다르지 않다는 것을 인지하게 된다.

포근히 눈은 날리어
포근히 눈은 나리고 쌓이어
날마다 침울해지는 樹林의 어둠 속에서
이리떼를 근심하는 나의 고적은 어디로 가랴.
(……)
온 겨울, 아니 온 사철
내가 바란 것은 오로지 다스한 사랑.
—「산협의 노래」 중에서

포수와 몰이꾼과 사냥개에 쫓기면서 총 맞은 어미의 상처를 핥는 어

162

린 사슴을 다룬 「성탄제」에서 오장환 연민의 시학은 동물세계를 인간 극으로 변모시켜 구성한다. 그것은 사자와 어린 양이 평화롭게 공존하는 기독교 유토피아와 정히 반대되는, 이리가 이리로 더불어 싸우며 사냥꾼과 사냥감이 쫓고 쫓기는 현실의 세계이다. 이 점에 '성탄제'란 표제의 부분적 역설이 보이며 그런 의미에서 시는 본래적으로 역설이라는 말이 틀린 것은 아니다. 마태복음 8장 22절의 인용이 보이는 이 시편에서 전경화되어 있는 것은 기독교 서사에 나오는 삽화가 아니라 지성이면 감천이라는 우리 쪽 효자 설화에 보이는바 눈 속에서 따오는 약초의 삽화이다. 죽은 자들로 저희 죽은 자를 묻게 하고 나를 따르라는 말처럼 새끼 사슴은 눈물을 흘리며 도망을 간다. 성탄절에 벌어지는 이러한 피의 제전은 살아 있음의 근원적인 재앙됨과 슬픔에 대한 물리칠 길 없는 서정적 상기이다. 그것은 오장환의 성숙을 시사하면서 한편 그의 시에 보이는 '불효자는 웁니다' 모티프가 상당히 뿌리깊은 것임을 보여준다.

어미의 상처를 입에 대고 핥으며
어린 사슴이 생각하는 것
그는
어두운 골짝에 밤에도 잠들 줄 모르며 솟는 샘과
깊은 골을 넘어 눈 속에 하얀 꽃 피는 약초.

아슬한 참으로 아슬한 곳에서 쇠북 소리 울린다.
죽은 이로 하여금
죽는 이를 묻게 하라.
                                        ―「성탄제」 중에서

우리에 갇혀 있는 양에게 동병상련의 정을 느끼며 나누는 상상적 대화체로 된 시편 「양」은 동물에 대한 공감이 사랑에 대한 간구임을 다시 보여준다. "양아 어린 양아/조이를 주마./보낼 곳 없이/그냥 그리움에 내어친 사연." 화자가 주겠다는 종이는 수취인이 없는데도 그냥 사람이 그리워서 써본 편지이다. 기독교 서사에서 착한 예수의 상징이기도 하고 목자의 인도가 필요한 착한 사람들의 상징이기도 한 양이 목책을 사이에 두고 화자의 상상적 대화의 파트너가 된다. "나는 해 저문 벌판에서 돌아가는 길을 잃고 헤매는 양이 가여워서 시를 쓴다"고 만해선사는 말했지만 동물에 대한 연민과 공감은 사람을 사람답게 하는 사람됨의 증거이다. 쿤데라는 "참된 친절이 절대적인 순수성과 자유를 지니고 나타날 수 있는 것은 오직 어떠한 힘도 갖지 않은 수령자들에 대해서뿐이다. 인류의 참된 도덕적 시험, 가장 근본적인 시험은 인간들에게 내맡겨 있는 것들, 즉 동물에 대한 인간의 관계에서 나타난다. 바로 여기에서 근본적인 인간의 실패가 나타났다"[7]고 적은 일이 있다. 위에서 거론한 오장환의 시편들에서 우리는 인간의 참된 친절의 가능성이 훼손되지 않은 채 간수되어 있음을 보게 된다. 인간 최하층의 생활을 하면서도 구제 불능의 상태로 빠지지 않은 것은 시를 영위하였기 때문이라는 그의 실토는 시인됨의 자임과 시쓰기의 실천으로 그나마 구렁텅이로 빠져들지 않았다는 표면적인 의미 이상의 뜻이 있다고 생각된다. 시를 쓰는 행위 속에서 인간의 참된 친절과 사랑의 필요와 가능성을 늘 확인하게 되었고 그것이 스스로 토로하는 구제 불능 사태를 미연에 방지해준 것이라 할 수 있다. 드물게 깊이 있는 내성시편에서

7) Milan Kundera, *The Unbearable Lightness of Being*, trans. by Michael Henry Heim(New York : Harper & Row), 1984, p. 289.

그가 석탑에 의탁해서 다음과 같이 노래할 때 그것은 시인 자신의 고양과 자기 초월을 위한 간구의 내면극이라고 해야 할 것이다. 세계에 대한 전신적인 불쾌감이 가득 배어 있는 『성벽』이나 불길한 시대의 어둠으로 그늘져 있는 『헌사』에서 멀리 떨어져 있는 오장환 서정시의 한 절정이라 해서 지나치지 않는다. 그러한 자기 고양의 내성시편이 끊어진 것은 시인을 위해서나 서정시를 위해서나 커다란 손실이라고 생각한다.

> 몇 차례나 가려다는 돌아서는가.
> 고이 다듬는 끌이며 자자하던 이름들
> 설운 이는 모두 다 흙으로 갔으나
> 다만 고요함의 끝 가는 곳에
> 이제도
> 한층 또 한층 주소로 애처러운 단념의 지붕 우에로
> 천년 아니 이천년 발돋음하듯
> 탑이여, 머리 드는 탑신이여, 너 홀로 돌이여!
> 어나 곳에 두 팔을 젓는가.
>
> —「절정(絶頂)의 노래」[8] 중에서

---

8) 시에 나오는 "주소로"는 문맥으로 보아 "晝宵로"라고 추정되는데 밤낮으로의 뜻이다. 주소(晝宵)는 주야(晝夜)와 같다.

3

8·15해방과 더불어 오장환의 시세계는 큰 전기를 맞는다. 그는 특정 계기에 씌어지는 계기의 시 혹은 행사시 쓰기에 열중하고 정치적 격문시를 발표하면서 혁명적 인민 시인으로서의 자기 정체성을 굳혀 나가게 된다. "그리고 나는 웨친다./우리 모든 인민의 이름으로/우리네 인민의 공통된 행복을 위하야/우리들은 얼마나 이것을 바라는 것이냐./아, 인민의 힘으로 되는 새 나라"라고 「병든 서울」에 적을 때 그 것은 분명한 정치적 입장의 표명이다. 오장환의 경우 이러한 정치적 입장이 해방 직후 감격 시대의 일반적 풍조에 편승한 갑작스러운 전환이라고 할 수는 없을 것이다. "8·15 이전부터 나의 바란 것은 우리 조선의 완전한 계급혁명이었다"고 적은 것은 분명히 과장된 자기 정의요 현시일 것이다. 그러나 앞에서 보았듯이 그는 시대의 어둠 속에서 '신뢰할 만한 현실'에 대한 간구를 표명하며 그것을 저버리지 않았다. 성돌에 앉아 구름과 눈물의 노래를 부를 때에도 결코 현실을 망각하거나 외면하지는 않았다. 그것은 다음과 같은 서정적 순간에서도 엿볼 수 있다.

산마루 축대를 쌓고
띄엄띄엄 닦아놓은
새 거리에는
병든 말이 서서 잠잔다.

눈 감고 귀 기울이면 무엇이 들려올까
들컹거리고 돌아가는 쇠바퀴 소리

하염없이 돌아가는 廢馬의 발굽 소리뿐.

　　　　　　　　　　　　—「구름과 눈물의 노래」 중에서

　드물게 명시적으로 자기의 문학관을 밝힌 경우에도 "조선에 새로운 문학이 수입된 지 30년 가차운 동안 어느 것이 진정한 신문학이었느냐고 한다면 그것은 『백조』 시대의 신경향파에서 카프에 이르기까지 그들의 그룹이 가장 새로운 문학에 접근한 것이었다고 생각된다"[9]고 1937년에 발표한 글에서 적고 있다. 그가 신문학이라고 했을 때 그것은 시에 한정해서 얘기한 것이지만 전체적으로 보아 이 대목은 임화의 견해를 거의 그대로 추종하고 복사한 것이다. 그러한 그가 8·15 이후 보여준 정치적 계기시나 격문시는 자연스러운 귀결이라고 할 수 있다. 해방 직후 오장환이 가장 먼저 발표한 작품은 「깽」 「지도자」 등인데 그 중 하나를 읽어보기로 하자.

　지도자가 왔다.
　지도자는 비행기로 왔다.
　그리고 지도자는 韓人의 지도자여야 된다.
　청년들은 모도 다 기쁨에 넘쳤다.
　아 피끓는 가슴밖에 미처 준비하지 못한 우리 청년들은
　두 팔을 벌리어 지도자를 맞었다.
　지도자는 우상이 아니다.
　지도자는 이 젊은 피를 옳은 데로 흐르게 하는 것이다.

---

9) 최두석 편, 같은 책, 11쪽.

그러나 지도자는 원로에 피곤하였다.

그리고 지도자는 회의에 바쁘다.

우리들 수만을 대표한 청년들은 낮부터

밤 새로 한시까지 기다리었다.

그러나 아 끝끝내 우리들의 위대한 지도자의 말씀은 겟아웉이었다.

그리고 우리들의 위대한 지도자는 끝끝내 라디오를 들을 수 있는 곳

에만 방송을 하였다.

—「지도자」전문

　　1945년 11월에 발표된 것으로 연보에 나와 있는 이 작품의 모델은 아마도 이승만 박사라고 추정된다. 장기간 미주에 머물러 있던 그는 독립운동의 대선배로서 해방 직후에 일부 인사들이 주동해서 선포한 인민공화국에서도 대통령으로 추대되었던 것으로 기억한다. 좌파 진영에서도 일단 그를 명목상의 지도자로 추대하려는 움직임이 있었으나 그는 귀국 후에 뒷날 정부 수립으로 이어지는 정치적 행보를 내딛게 되고 좌파의 타도 대상이 된다. 그의 귀국 소식은 당시 신문 제1면을 가득 채웠고 귀국 환영은 전 국민적인 것이었다고 기억된다. 그러나 그를 동조자로 추대하려는 좌파계의 목적 혹은 전술은 유산되었으며 그러한 당시 사정을 염두에 둔다면 위의 시가 뜻하는 바는 명료해지리라고 생각한다. 우선 간결 직절한 산문을 택하고 있다는 점에서 음률성을 중시했던 『나 사는 곳』 시편과 크게 달라져 있다. 우회적인 표현이나 비유가 없고 직설적이어서 독특한 예기와 박력을 가지고 있으며 그 점 동시대 좌파 시인들의 작품을 압도하고 있다. 그러나 한편으로 오장환의 솜씨로서는 상대적으로 쉽게 씌어졌다는 것도 부정할 수는 없다. 그의 통상적인 산문과 비교해보면 물론 경제적 처리를 위

한 조탁의 흔적은 보인다. 그렇지만 대체적으로 소재의 충격성과 도전성에서 작품이 일단 호소력을 발휘하나 반복적 수용을 견디어내지 못하고 일회용 소비로서 작품의 흥미는 소진된다.

> 깽은 끝까지 직업이다.
> 전국의 생산이 완전히 쉬어진 오늘에
> 이것은 확실히 신기한 직업이다.
> 그리하야 점잖은 의상을 갖추운 자본가들은
> 새로이 이것을 기업한다
> 그리하야 그들은 그들의 번창해질 장사를 위하야
> '한국'이니 '건설'이니 '청년'이니
> '민주'니 하는 간판을 더욱 크게 내건다.
>
> ─「깽」 중에서

8·15 직후 좌우익을 막론하고 테러행위가 극심하였다. 삼일절이나 광복절 같은 날에 우익 단체는 서울 운동장, 좌익 단체는 남산에 집결하여 기념식을 가졌고 이들이 시가행진 중 마주치면 폭력적 사태가 벌어지고는 하였다. 오장환은 자기 소속진영의 반대쪽 사람들을 폭력단이라 규정하고 그것이 자본가들이 운영하는 기업이라고 말한다. 여기서 적과 동지는 극히 단순화된 이분법으로 가려지고 시는 동지들을 위한 전투적 군가(軍歌)이자 응원가가 된다. 사태를 극도로 단순화하는 것이 폭력의 논리라면 폭력단을 규탄하는 이 작품의 뼈대도 역시 폭력의 논리에 의존해 있음을 부정할 수 없다. 사태를 극도로 단순화해서 분노와 적의를 촉발함으로써 행동에의 충동을 부추긴다는 점에서 폭력을 규탄하는 폭력이라 해서 틀림은 없다. 당시의 상황에서 억압하는

폭력과 반항하는 폭력이 질적으로 다르다고 호도하는 것도 사태를 단순화한다는 점에서는 궤를 같이한다. "조선의 시단에서는 급기야, 춘기발동기(春期發動期)의 자연발생하는 최정시(催情詩)나 자기 쇠망의 영탄시나, 신변장식에 그쳐버리고 영영히 집단적인 한 종족의 커다란 울음소리나 자랑을 노래하지 못할 것인가"[10] 하고 1940년 발표된 글에서 오장환은 개탄하고 있다. 자기 자신은 거기서 면제되었다고 생각했는지 모르지만 『병든 서울』의 시편들은 청년들을 집단행동이나 일정한 정치집단으로 유도하는 즉행적(卽行的) '최정시'의 단계에 머물러 있다고 생각된다. 우리가 구상할 수 있는 최상의 정치시는 사회에 미만해 있는 거짓 의식의 신비화 작용을 탈신비화시키고 실천에 필요한 마음의 태세를 갖추도록 하는 의식화의 시편일 것이다. 그것은 면밀한 사회 관찰과 깊이 있는 역사적 통찰에서 나오는 것일 터이요 브레히트가 자리하고 있었던 것 같은 지적 전통 아래서나 가능할 것이다. 다만 우리가 오장환의 『병든 서울』에 대해서 얘기할 수 있는 것은 그것이 설혹 정치적 격문시의 수준에 머물러 있는 경우라도 8·15 이후의 좌파 정치적 시편들 가운데서 이용악, 설정식의 몇 편과 함께 최상 부위를 이루고 있다는 것이다. 그럼에도 그것이 『나 사는 곳』에 수록된 사실상의 해방 후 시편에 미치지 못하는 것은 현실적 독자의 하향적 설정과 이에 따른 가독성의 중시 때문이었을 것이고 그것은 또 안이한 작품 생산에 대한 자기 합리화의 기제로 작용했을 것이다.

　혁명적 인민 시인으로 자기를 정립한 오장환은 1947년 말이나 1948년 초께 월북하였고 북조선문학예술총동맹 기관지인 『문학예술』에 발표한 「2월의 노래」를 끝으로 시적인 행방은 한동안 묘연한 상태에 있

---

10) 최두석 편, 같은 책, 31쪽.

었다. 북에서 낸 시집 『붉은 기』가 있다는 것만 풍문으로 전해져오고 있었다. 그러던 차 한국전쟁중 미군이 평양을 점령했을 당시 노획한 문서를 보관하고 있는 미국 국립 문서 보관소에서 김재용 교수가 이 시집을 발견하였고 그것이 계기가 되어 그중 6편의 시가 지상에 소개되었다. 오장환은 1948년 말 신병 치료차 모스크바로 가서 1949년 중반까지 체재했는데 이때의 경험을 토대로 해서 씌어진 시편들이 시집에 수록되어 있다고 한다.[11] 곧 그 전모가 드러날 터이나 몇 편을 통해서도 시집의 성격은 얼추 드러나 있다고 생각된다. 임화가 8·15 이전에 개발했고 몇몇 격문시에서 성과를 보인 간결한 시행으로 구성된 『붉은 기』 시편들은 오장환의 행적에 관한 정보를 제공해준다는 점에서 자료적 가치를 분명히 가지고 있다. 가령 "삼십이인승/경쾌한 여객기 안에는/끓는 차의/진한 내음새"라는 「비행기 위에서」 속의 대목을 통해서 그가 프로펠러 경비행기를 타고 모스크바엘 갔다는 것을 알게 된다. 또 "재작년 서울의 메-데/지난해 평양의 메-데/5월의 노래/인민항쟁가/내 머리는 가득해지며/승리의 날 승리의 노래를 외운다"는 대목이 보이는 「모쓰크바의 5·1절」이란 근 130행에 이르는 긴 시가 1949년 5월 1일 모스크바 시립 볼킨 병원에서 씌어졌다는 것을 알고 그의 신병이 쉽게 치료되는 성질의 것이 아니었다는 것을 알게 된다. "지금은 유월 유두 한창때/밀보리 우거졌을/나의 고향아!/그곳에/하늘 맑고 모래 흰/남쪽 반부는/어머니가 계신 곳/돌개밭 밀보리/새로 패는 고랑 밑에는/설익은 보리마저 훑어가는/원수를 기다려/총부리 겨누고 섰을 나의 형제들/각각으로 차는/조국에 가까워와도/아 나의 마음 어찌하여 이리도/멀기만 한가"라고 끝나는

---

11) 『실천문학』 2000년 겨울호, 267~283쪽 참조.

「연개(連歌)」라는 작품이 1949년 7월에 씌어진 것으로 미루어 그가 이때 귀국길에 올랐으며 시베리아 철도를 이용했을 것이라는 추정을 가능하게 한다. 이렇게 오장환 개인사에 관한 정보를 제공하고 있다는 데 이들 시편의 흥미가 의존하고 있다.

> 레닌이시여
> 오늘도 당신이 누어 계시고
> 쓰탈린이시여
> 당신 계시는 영광의 모쓰크바
> 오늘도 모쓰크바의 하늘에
> 우리의 깃발이 달렸습니다
> 오 조국과 몇만 리 떨어진
> 먼 곳에서도
> 제 나라의 깃발을 날릴 수 있는 이 기꺼움
>
> ─「우리 대사관 지붕 위에는」 중에서

이것은 아마도 진정에서 나온 대목일 것이다. 인간 최하층의 생활 경험자가 까마득히 먼 혁명의 수도에서 요양을 할 수 있었고 거기서 제 나라의 깃발을 날릴 수 있는 기꺼움은 그의 말을 빌리면 눈물나게 신명나는 일이었을 것이다. 그러나 진정만으로는 좋은 시가 안 될 뿐만 아니라 볼품없는 시를 낳기가 첩경이라는 것은 세상에 미만해 있는 아마추어 독자시단의 눈물겨운 순정시편들이 잘 보여주고 있다. "반항이여! 이 얼마나 신명나는 일이냐"고 노래했던 오장환은 반항의 필요성이 없어진 혁명의 수도에서 시적 신명을 잃어버렸던 것으로 보인다. 그렇지만 문제는 더 근본적인 데에 있다. "반대파의 포즈를 취하는 것

172

은 집단의례의 형태로 계속되지만 규격화되지 않은 판단이라고 하는 주체적인 반대의 조건은 소멸되어가고 있다. 스탈린이 헛기침만 해도 그들은 카프카나 반 고흐를 쓰레기 더미에 팽개쳐버린다"[12]고 아도르노는 적은 바가 있다. 급진주의가 무엇에 찬성하고 무엇에 반대해야 하는가를 알고 있다고 생각하는 사람들의 정당화와 추상적인 위세로 전락하고 있다는 구미사회의 상황을 두고 한 말이지만 어찌 보면 범세계적 보편성을 얻고 있었다고 생각된다. 혁명과의 로맨스가 심도 있는 성찰보다도 널리 퍼진 집단의례에 가담하는 대세 추수의 형태로 파급되던 시절에 오장환은 신뢰할 만한 현실을 찾아 떠돌이에서 인민 대중 속으로의 자기 투신으로 사회적 소외의 극복을 시도하였다. 그 개인사적 전말은 현재로선 상고할 길이 없지만 반속적 국외자로서의 통렬한 가계 및 인습 부정을 선포하면서 시대의 어둠을 노래하였던 시인은 지난날의 시적 성취를 훼손시키는 개인 숭배와 체제 찬양의 범용한 친체제 시인의 모습을 끝자락에서 보여주었다. "너 홀로 돌이여! 어나 곳에 두 팔을 젓는가"라고 「절정의 노래」에서 노래한 시인은 이제 끝없이 하강한다. 억압되고 훼손되어 퇴색한 모든 문학적 가능성은 우리를 슬프게 한다.

오장환을 얘기하면서 그의 예세닌 번역에 관한 언급 없이 끝낼 수 없어 몇 마디 첨가한다. 이상적인 경우 번역시도 수용어로 된 시와 경쟁할 수 있어야 한다고 생각한다. 그것은 거의 불가능한 이상이기는 하나 그러한 포부 없이는 읽을 만한 번역시가 나오기 어려울 것이다. 오장환 자신이 실토하고 있듯이 예세닌 번역시는 일본 것을 매개로 한

---

12) Theodor Adorno, *Minima Moralia*, trans. by E.F.N. Jephcott(London : Verso), 1978, p. 207.

중역이며 원문 충실성이란 면에서는 수상쩍은 부분이 없지 않다. 그렇지만 매우 운율적이고 우리말로 된 시와의 경쟁력도 갖추고 있어 20세기 전반부에 나온 번역시 중 가장 뛰어난 업적이라고 생각한다. 시인에게 끌리고 시세계에 공감하면서 작업을 했기 때문에 울림 있고 음률적인 번역으로 귀결되었다고 생각된다. 국부적인 충실성에 얽매이지 않고 대담하게 작품 쓰듯이 처리한 것도 도움이 되었다고 생각한다. 그런 의미에서 번역 대상 작품의 친화적 파악과 사랑의 노동만이 읽을 만한 번역시를 남겨놓는다는 중요한 교훈을 오장환의 예세닌 번역시는 전해주고 있다.[13)]

---

13) 오장환 번역시에 대해서 필자는 「시와 번역」이라는 글에서 다룬 적이 있다. 졸저 『문학이란 무엇인가』(민음사, 1989), 95~119쪽 참조.

임화

오장환

이용악.

백석

식민지 현실의 서정적 재현
―「오랑캐꽃」까지의 이용악

너는 돌가마도 털메투리도 모르는 오랑캐꽃

두 팔로 햇빛을 막아줄께

울어보렴 목놓아 울어나 보렴 오랑캐꽃

―「오랑캐꽃」 중에서

1

　이용악이 1937년 일본 동경 삼문사에서 낸 처녀시집 『분수령(分水嶺)』에는 도합 20편의 시편들이 수록되어 있다. 윤영천 교수가 공들여 수집하고 편찬한 『이용악 시전집』에는 처녀시집에 부친 시인의 꼬리말이 보인다. 미발표 시편 50편을 골라서 엮었으나 뜻대로 되지 않아 절반도 못 되는 20편만을 겨우 실어 세상에 보낸다는 것, 넣고 싶었던 작품 대부분이 매장되어 유감스럽다는 것, 이 시집으로 지난 십 년을 속시원히 청산해버리고 다시 출발하겠다는 취지의 길지 않은 후기는 다음과 같이 끝나고 있다.

　이번에 분수령 꼭대기에서 다시 출발할 나의 강(江)은 좀더 깊어야겠다. 좀더 억세어야겠다. 요리조리 돌아서래도 다다라야 할 해양(海洋)을 향해 나는 좀더 꾸준히 흘러야겠다. 이 시집 『분수령』은 기외(其外)의 아무런 의의도 가지고 싶지 않다.[1]

　절반도 싣지 못한 딱한 사정이 검열을 의식한 때문인지 혹은 경비 문제 때문인지 혹은 양자가 겹친 까닭인지에 관해서 우리는 촌탁할 길이 없다. 그러나 윤영천 교수가 발굴해서 수록한 시집 미수록 작품 중 「분수령」 시절에 발표된 10편 안팎의 작품으로 미루어 볼 때 매장된 작품에 대해 표명한 유감스러운 감정은 젊은 시인의 나르시시즘 이상의 것은 아니리라고 생각된다. 묻힌 작품들은 성숙기의 시인이 돌아보아 그리 애착을 느끼지 못했을 것이라고 생각되기 때문이다. 이 후기를 통해서 우리는 「분수령」이란 표제가 작품 중의 특정 표제작의 선택에서 이루어진 것이 아니라 시인으로서의 새출발을 다짐하는 결의가 선택한 표상이라는 것을 알게 되고 또 이를 통해 시인의 문학적 야심의 일단을 엿볼 수 있다. 처녀시집 원본에는 이규원(李揆元)이란 친구가 부친 서문이 보이는데 역시 길지 않은 그 글에는 다음과 같은 참조할 만한 대목이 보인다.

　이군(李君)의 시(詩)가 그의 생활의 거짓 업는 기록(記錄)임은 물론이

---

1) 윤영천 편, 『이용악 시전집』, 창작과비평사, 1988, 175쪽. 한편 이용악 시의 인용은 이 책에 의존하였음을 밝혀둔다.

다. 그의 시는 상(想)이 앞서거나 개념(概念)으로 흐르지 안헛고 또 시(詩) 전체(全體)에 유동되는 적극성을 발견할 수 잇다. 하여튼 이군(李君)의 비범(非凡)한 시재(詩才)는 그의 작품이 스사로 말해주리라고 밋는다.[2]

한편 『분수령』이 나온 지 한 달도 채 안 되어 한식(韓植)이란 이가 조선일보에 서평을 쓰고 있다. 상찬이 주조가 되어 있는 이 긍정적인 서평에서 「나를 만나거던」「풀버렛 소리 가득 차 있었다」「제비 같은 소녀야」「북쪽」「포도원」「국경」「해당화」 같은 작품을 거명하며 호평하고 나서 그는 다음과 같이 끝을 맺고 있다.

시집 가운데에서 백미라고 할 것은 아마 「동면(冬眠)하는 곤충(昆蟲)의 노래」와 「쌍두마차(雙頭馬車)」일 것이다. 「쌍두마차」는 그 시상의 깊고 큰데 잇어서 근래에 우리 시단 선배들의 시에 짝지지 안은 훌륭한 시라고 생각된다. 우리는 이와 가튼 시에서만 목마름을 해갈할 수가 잇는 것이며, 그 놉고 깁흔 진실에 감동할 수가 잇는 것이다. 이 젊고 유망한 신진 시인의 『분수령』1권이 우리들의 빈약한 시단에 잇어서 근래에 드문 수확의 하나이라고 밋음으로써 이와 가튼 간략한 소개의 펜을 드럿스니 오로지 새로운 시의 분야에 일진의 양풍(凉風)을 부러너흠을 바라면서 우리 시인, 독자들에게 감히 추천하고저 하는 바이다.[3]

---

2) 이용악, 『분수령』, 기민사, 1986, 5쪽. 표기는 현행 맞춤법을 따르지 않고 원문에 있는 대로 했음.

3) 윤영천 편, 같은 책, 68쪽. 참고로 덧붙이면 1957년 12월 30일자로 조선작가동맹 출판사에서 간행된 『리용악 시선집』에는 북에서 발표된 시편말고 『분수령』『낡은 집』『오랑캐꽃』에서 뽑은 31편이 수록되어 있다. 시인 자신이 자선한 것으로 보이는 이 시집에

한식이 『분수령』의 백미라고 극찬하고 있는 작품을 읽어본다는 것
은 작품 평가가 시대에 따라서 얼마만큼 달라질 수 있으며 또 적정하
지 못한 평가가 얼마나 오도적 영향을 발휘할 수 있는가 하는 점을 상
기시켜준다. 가치 평가의 자의성에 생각이 미치면서 소재 결정론에 입
각한 시에 대한 편향된 생각이 완강하게 뿌리깊은 것임을 상기시켜주
기도 한다. 그러한 의미에서 평단의 한 흐름을 이해하는 데 있어 여전
히 유효하다.

나는 나의 조국(祖國)을 모른다
내게는 정계비(定界碑) 세운 영토(領土)란 것이 없다
―그것을 소원하지 않는다

나의 조국은 나의 태어난 시간(時間)이고
나의 영토는 나의 쌍두마차(雙頭馬車)가 굴러갈 구원(久遠)한 시간
이다

나의 쌍두마차가 지나는
우거진 풀 속에서
나는 푸르른 진리(眞理)의 놀라운 진화(進化)를 본다
산협(山峽)을 굽어보면서 꼬불꼬불 넘는 영(嶺)에서

는 『분수령』 시편 중에서는 5편이 수록되어 있는데 「동면하는 곤충의 노래」 「쌍두마차」
도 포함되어 있다. 또 『낡은 집』 시편 중에서는 3편이 수록되어 있을 뿐이다. 이 사실은
당시의 북에서 여전히 "상(想)이 앞서거나 개념(槪念)으로 흐르"는 작품이 숭상되고 있
었고 이용악 자신도 이런 시편을 통해서 자신의 문학적 이념적 결백과 일관성을 증명해
보이려 했던 것으로 생각된다.

줄줄이 뻗은 숨쉬는 사상(思想)을 만난다
열기를 토하면서
나의 쌍두마차가 적도선(赤道線)을 돌파할 때
거기엔 억센 심장의 위엄(威嚴)이 있고
계절풍(季節風)과 싸우면서 동토대(凍土帶)를 지나
북극(北極)으로 다시 남극(南極)으로 돌진할 때
거기선 활활 타오르는 삶의 힘을 발견한다

나는 항상 나를 모험(冒險)한다
그러나 나는 나의 천성(天性)을 슬퍼도 하지 않고
기약(期約)없는 여로(旅路)를
의심(疑心)하지도 않는다

명일(明日)의 새로운 지구(地區)가 나를 부르고
더욱 나는 그것을 믿길래
나의 쌍두마차는 쉴새없이 굴러간다
날마다 새로운 여정(旅程)을 탐구(探求)한다

—「쌍두마차」 전문

"나는 나의 조국을 모른다"는 첫 행의 진술은 대담하다. 1920년대도 아니고 1937년이란 시점에서 이렇게 말한다는 것은 상당한 모험이었음에 틀림이 없다. 그것은 나에겐 조국이 없다는 말의 둘러대기 어법이나 진배없다. 나의 생시가 나의 조국이며 내 삶의 쌍두마차가 굴러갈 미래가 곧 내 조국의 영토라고 화자는 힘주어 말한다. 조국이라는 지리적 문화적 공간을 삶의 여정이라는 시간으로 치환함으로써 삶에 대한 강력한 의욕과 모험 의지를 표명하는 한편 조국 상실의 현실 같은 것은 도전적으로 무시해버린다. "명일의 새로운 지구" 곧 미래에 대한 확신을 가지고 있으며 미래에 대한 모험적 투신으로 쌍두마차를 몰고 가기 때문이다. 진리의 진화와 살아 있는 사상을 믿고 쌍두마차를 몰아가며 심장의 위엄과 삶의 힘을 발견함에 있어 화자는 의연하고 의기충천해 있다. 그리고 그 우의적 의미는 너무나 분명하다. 적어도 뼈대를 이루고 있는 생각은 당대 현실을 거부하고 부정하는 건강하고 강렬한 기백으로 충전(充電)되어 있다. 또하나의 백미라고 평가된 작품에서 그 우의성은 더욱 명시적이고 도발적이다.

> 온갖 어둠과 접촉에서도
> 생명은 빛을 더불어 사색(思索)이 너그럽고
> 갖은 학대를 체험한 나는
> 날카로운 무기를 장만하리라
> 풀풀의 물색으로 평화(平和)의 의장(衣裝)도 꾸민다
> 얼음 풀린 냇가에 버들이 휘늘어지고
> 어린 종다리 파아란 항공(航空)을 시험할 때
> 나는 봄볕 짜듯한 땅 우에 나서리라
> 죽은 듯 눈감은 명상 ―
> 나의 동면(冬眠)은 위대한 약동(躍動)의 전제(前提)다[4]
>
> ―「동면하는 곤충의 노래」 중에서

---

4) 시편에 보이는 "봄볕 짜듯한"은 '봄볕 따뜻한'의 오식이라 생각된다. 『리용악 시선집』에는 "봄볕 따스한"으로 되어 있다.

서문에서 이규원이 말한 것과는 정반대로 구체적인 이미지나 직접성보다 "상(想)이 앞서거나 개념(概念)으로 흐른", 그리하여 시라기보다도 문학청년의 포부만이 전경화되어 있는 토막글이란 생각을 금할 수 없다. 1937년이라면 일본이 중일전쟁을 일으키고 남경(南京)을 점령하여 만행을 저지르는가 하면 이른바 국민정신 총동원 운동이란 것을 시작한 해이다. 전쟁 직전에 시집이 나왔지만 그보다 한 해 전엔 저들의 이른바 2·26사건이란 것이 일어났고 메이데이 금지령이 공포된 바 있었다. 일본이 착착 전시 체제를 준비하고 있던 시기에 나온 이러한 작품은 이용악이 깨어 있는 의식과 의혈청년의 기개를 가지고 있었다는 것을 든든하게 보여주고 있기는 하다. 그러나 한편 1937년은 그 전해에 백석의 『사슴』이 또 그 전전해엔 『정지용 시집』이 나왔던 해이기도 하다. 20세기 한국시가 일차적 세련을 성취한 시점이요 따라서 위에 보이는 한식의 이른바 '백미' 편들은 시로서는 생경하고 미숙한 단계에 있다는 것을 보여준다. 그렇기 때문에 백미라는 칭송은 받지 못했으나 "생활에서 우러나온 순화된 시"라는 취지의 평가를 받은 「북쪽」이나 「풀버렛 소리 가득 차 있었다」 같은 시편을 시집 속에서 보게 된다는 것은 여간 반가운 일이 아니다.

우리집도 아니고
일가집도 아닌 집
고향은 더욱 아닌 곳에서
아버지의 침상(寢床) 없는 최후 최후(最後)의 밤은
풀버렛 소리 가득 차 있었다

노령(露領)을 다니면서까지

애써 자래운 아들과 딸에게

한마디 남겨두는 말도 없었고

아무을만(灣)의 파선도

설룽한 니코리스크의 밤도 완전히 잊으셨다

목침을 반듯이 벤 채

다시 뜨시잖는 두 눈에

피지 못한 꿈의 꽃봉오리가 깔았고

얼음장에 누우신 듯 손발은 식어갈 뿐

입술은 심장의 영원한 정지(停止)를 가르쳤다

때늦은 의원(醫員)이 아모 말없이 돌아간 뒤

이웃 늙은이 손으로

눈빛 미명은 고요히

낯을 덮었다

우리는 머리맡에 엎디어

있는 대로의 울음을 다아 울었고

아버지의 침상 없는 최후 최후의 밤은

풀버렛 소리 가득 차 있었다

—「풀버렛 소리 가득 차 있었다」 전문⁵⁾

---

5) 시편에 보이는 "눈빛 미명"은 '눈빛 무명'의 오식임이 분명하다. 『리용악 시선집』에
는 "눈빛 무명"으로 되어 있다. 한편 이 작품은 중간 부분의 몇몇 시행이 생략되고 개작
되어 있다. 석 줄이 줄었으며 전체적으로 효과적인 개작이라고 생각되는데 독자들의 참
고를 위해 개작된 전문을 적어둔다.

누구의 것이든 죽음은 우리에게 충격을 주고 우리를 숙연케 한다. 그러기에 강렬한 효과를 자아내는 문학작품은 그것이 비극이건 단편소설이건 죽음을 다루거나 죽음으로 끝나는 경우가 많다. 한편 서투른 솜씨로 다룬 죽음은 생명과 죽음을 아울러 모독했다는 배신감을 우리에게 안겨준다. 어떤 비극의 마지막 장면 같은 무대 설정이 우선 이 작품의 효과에 기여한다. 그것은 우리집도 일가집도 고향도 아닌 침상 없는 아버지의 최후의 밤이요 풀벌레 소리로 가득 찬 밤이다.

> 우리집도 아니고 일가집도 아닌 집
> 고향은 더욱 아닌 곳에서
> 아버지의 침상 없는 최후 최후의 밤은
> 풀벌레 소리 가득 차 있었다
>
> 아라사로 다니면서까지
> 애써 키운 아들과 딸에게
> 한마디 남겨두는 말도 없었다
> 초라한 목침을 반듯이 벤 채
>
> 흔들어도 흔들어도 뜨시잖는 두 눈에
> 피지 못한 꿈의 꽃봉오리 갈앉았던가
> 얼음장에 누우신듯 손발은 식어갈 뿐
> 때늦은 의원이
> 아무 말 없이 돌아간 뒤
> 이웃 늙은이의 손끝이 떨며
> 눈빛 무명은 조용히
> 조용히 낯을 덮었다
>
> 서러운 머리맡에 엎디여
> 있는 울음 다 울어도 그지없던 밤
> 아버지의 침상 없는 최후 최후의 밤은
> 풀벌레 소리 가득 차 있었다

위에서 밑줄친 부분이 개작한 부분이지만 그 밖에도 "아무을만의 파선도/설룽한 니코리스크의 밤도 완전히 잊으셨다"는 두 줄은 완전히 삭제되었다.

"최후 최후의 밤"이라고, 그 자체가 환정적(喚情的, evocative)인 최후란 어사가 연거푸 나와 음률성도 살리면서 어떤 비장감을 더해준다. 이어서 아라사 땅을 왕래하던 신산(辛酸)한 삶이 암시되고 유언 한마디 남기지 못하고 눈을 감은 이의 속절없는 최후가 구체적으로 서술된다. 뒤늦게 불러온 의원의 속수무책, 그리고 이웃 노인의 손으로 흰 무명을 덮은 얼굴, 자녀들의 곡성과 풀벌레 소리에서 보게 되는 서사 충동의 서정적 처리는 소박한 직접성 때문에 매우 호소적이다. "상(想)이 앞서거나 개념(概念)으로 흐르지 않는"다는 지적이 딱 들어맞는 이용악 초기의 수작이라고 할 수 있다. 『분수령』 첫머리에 수록된 단아하면서도 울림이 있는 소품에 대해서도 우리는 같은 말을 할 수 있다.

> 북쪽은 고향
> 그 북쪽은 여인(女人)이 팔려간 나라
> 머언 산맥(山脈)에 바람이 얼어붙을 때
> 다시 풀릴 때
> 시름 많은 북쪽 하늘에
> 마음은 눈감을 줄 모르다.
>
> ―「북쪽」 전문

'고향은 북쪽'이라고 하지 않고 "북쪽은 고향"이라고 하는 조금은 일탈적인 표현이 우선 신선한 충격을 준다. "그 북쪽은 여인이 팔려간 나라"는 언뜻 앞에 나온 북쪽을 특정적으로 지칭하는 듯이 보인다. 그렇지만 곰곰이 새겨보면 북쪽에 있는 고향에서 다시 북쪽은 "여인이 팔려간 나라"라고 읽히기도 한다. 전기적 사항을 참조해보면 시인의 고향은 함경북도 경성이라고 한다. 그런데 여인이 팔려간 나라는 필시 만주 땅일 개연성이 크다. 그렇다면 앞에서 읽은 대로 "그 북쪽"의 '그'는 고향을 지칭하는 것이며 따라서 '고향 북쪽은 연인이 팔려간 나라'가 된다. 전기적 사항을 고려해서 괜한 호사취미를 발동하는 것이 아니라 "그 북쪽"이란 대목이 막연하면서 매우 환정적이라는 미묘한 언어적 사실을 인지하고 넘어가자는 것이다. 한편 고향과 "여인이 팔려간 나라"가 함께 어울려 이 소품의 세계에 어두운 현실의 그림자가 드리워져 있고 그래서 "눈감을 줄 모르는" 마음이 정서적으로 합법화된다. 「풀버렛 소리 가득 차 있었다」에서나 「북쪽」에서나 생활의 신산과 현실의 어둠이 배경을 이루면서 작품에 정감의 깊이를 더해준다. 그럼에도 불구하고 한식 같은 사람이 굳이 「쌍두마차」나 「동면하는 곤충의 노래」를 백미라고 하는 이유는 멀리서 찾을 필요가 없다. 서문을 쓴 이규원과는 달리 그는 "상이 앞서거나 개념으로 흐르"는 작품을 선호하는 것이다. 아니 그러한 작품을 접해야 비로소 안심이 되고 시인을 믿을 수 있게 되는 것이다. 그렇지 않으면 소시민적 감상과 역사 허무주의나 패배주의로 나가게 된다는 소아적 비평적 강박관념에 매여 있기 때문일 것이다. 이러한 교조적 편향이 이념 특유의 경직화 성향에서 오는 것인지 아니면 미묘한 환정적 언어에 대한 상대적 모멸감이나 불감증에서 오는 것인지는 속단할 수 없는 문제이다. 한 가지 분명한 것은 임화에서 그 첨예한 사례를 볼 수 있듯이 경직된 전언 숭상주의는 어쭙잖은 투박한 구호시나 격문시의 문학적 몰염치를 조장하였고 섬세한 서정적 가능성을 겁주고 기죽이는 데 일조했다는 것이다. 우리가 한식의 호의적인 「분수령」 서평에서 발견하는 것도 임화 흐름의 전언 숭상주의의 매력 없는 반복이요 변주이다. 이용악은 「쌍두마차」에서 보이는 현실감각과 자아의식을 시종 견지하면서도 「쌍두마차」의 산문적 진술 수준에 잔류하거나 만족하지 않고

그것을 넘어서 「북쪽」이나 「풀버렛 소리 가득 차 있었다」와 같은 직접
성과 음률성을 특징으로 하는 시편을 성숙기에 꾸준히 보여주었다. 그
점이 이용악의 강점이며 그러한 의미에서 "상이 앞서거나 개념으로
흐르지 않는다"는 이규원의 평은 간명하면서도 적정한 것이라고 할 수
있다. 이 말은 성숙기의 이용악 시편에서 더욱 타당성을 얻게 된다.

2

　시사(詩史)적으로 보아 이용악, 서정주, 오장환의 세대에게는 몇몇
사람의 반면교사가 있었다고 생각된다. 가령 언어 세련에 대한 배타적
전념이 야기할 수 있는 생활과 유리된 시의 불모적 국지화의 위험을 정
지용에게서 보았을 것이다. 명시적 전언 숭상이나 어쭙잖은 의식의 전
경화가 야기하는 서정시의 자기 파괴 성향을 아마도 임화 등에게서 보
았을 것이다. 이러한 반면교사를 가질 수 있었다는 점에서 그들은 어느
모로는 행복한 세대였다고 할 수 있다. 물론 모든 반면교사들이 그렇듯
이 처음엔 추종의 대상이었다는 측면이 없지 않다. 이용악이나 오장환
에게 있어 임화가 단순한 거부의 대상이 아니었다는 흔적은 그들의 초
기 작품 곳곳에서 발견된다. 정지용이 대표하는 이른바 '기교주의'에
도 또 임화가 대표하는 이른바 '편내용(偏內容)주의'에도 거리감을 가
졌던 이들 가운데서도 서정주나 오장환에게서는 얼마쯤 작위적이라고
생각되는 '저주받은 시인'의 자임이 보인다. 서정주와 오장환의 초기
작품에서 보들레르의 작품이 형성적인 영향을 끼쳤다고 추정되는 대목
을 찾아내는 것은 어렵지 않다. 이러한 맥락에서 이들이 출발의 거점으
로 삼았던 동인지 『시인부락』의 표제가 시사하는 바는 검토에 값한다

고 생각된다. 1921년에 변영로, 박영희, 박종화 등이, 창간호가 그대로 종간호가 된 『장미촌』이라는 동인지를 발간한 일이 있다. 장미의 마을 이란 뜻의 매우 화려하고 낭만적인 이름이다. 그러나 『시인부락』은 단순히 시인들이 모여 사는 공동체란 낭만적인 함의를 가지고 있지는 않다. 일본어에서 부락이란 말이 많은 사람들이 무리지어 살고 있는 곳을 뜻하는 마을의 일부를 가리키는 것은 사실이다. 그러나 신분적 사회적으로 심한 차별대우를 받는, 가령 갖바치 같은 직종의 사람들이 집단적으로 거주하는 지역을 가리키는 경우가 있다. 에도(江戶) 시대에 형성되어 그 주민은 저들의 유신 이후 법제상으로는 신분 해방이 되었으나 그것은 명목상의 일이요 사회적 차별은 현재에도 근절되어 있지 않은 것으로 알려져 있다. 동인지의 이름을 『시인부락』이라고 했을 때 그들은 『장미촌』과 같은 마을의 일부를 염두에 둔 것이 아니라 피차별 부락의 그 부락을 염두에 두었다고 생각할 수 있다. 이들이 일본어를 통해서 교양 체험과 문학 체험을 획득하고 흡수했다는 사실, 그리고 "애비는 종이었다"거나 "우리 할아버지는 진실 이가였는지 상놈이었는지 알 수도 없다"와 같은 도전적인 구절을 적고 있다는 사실에서 그것을 엿볼 수 있다. 『시인부락』이란 표제는 '시인들이 모여 사는 피차별 부락' 이란 함의를 진하게 풍겨주고 있다고 생각된다. 시인이 피차별 부락민임을 도전적으로 자처하면서 사회 통념에 대한 거부와 모멸을 시사했다는 것은 문둥이나 매춘부나 노름꾼을 시의 소재로 삼았다는 사실과 조응하는 것이다. 그러나 그러한 피차별 부락민을 자임할 수 있었다는 것은 그들이 문자 그대로 사회 최하층의 생활을 영위하지는 않았다는 사실과 평행한다. 그만큼 저주받은 시인이라는 그들의 자임에는 청년다운 낭만적 허영이 내재해 있었다고 해도 과언은 아니다.

이용악은 이들과는 달리 처음부터 구차하고 가파로운 빈민생활의 직접성을 통해서 시세계를 형성해가고 있다. 그것은 앞서 살핀 「북쪽」 「풀버렛 소리 가득 차 있었다」와 같은 수작뿐만 아니라 비교적 엉성하고 미숙한 작품에서 더 잘 드러나 있다. 저주를 받았다면 그것은 가난이란 저주이고 그 저주받음은 결코 나만의 것이 아니라 우리 모두의 것이라는 견고한 현실의식이 이용악과 『시인부락』 동인들의 주요한 차이점이 되어 있다.

주름잡힌 이마에
석고(石膏)처럼 싸늘한 불만이 그윽한 나를
거리의 뒷골목에서 만나거든
먹었느냐고 묻지 말라
굶었느냐곤 더욱 묻지 말고
꿈같은 이야기의 한마디도
나의 침묵(沈默)에 침입(浸入)하지 말어다오.
　　　　　　　　　　—「나를 만나거든」 중에서

기름기 없는 살림을 보지만 말어도
토실토실 살이 찔 것 같다
뼉다구만 남은 마을 —
여기서 생활은 가장 평범(平凡)한 인습(因襲)이었다
씨원히 떠나가자
흘러가는 젊음을 따라
바람처럼 떠나자
　　　　　　　　　　—「도망하는 밤」 중에서

190

"기름기 없는 살림"으로 특징지어진 "뼉다구만 남은 마을"에 대한 끈질긴 관심이 이용악 초기 작품의 형성력으로 작동하고 있다. 이용악 시의 화자가 고향 탈출을 시도할 때 서정주처럼 "히부연 종이 등불 밑에 애비와, 에미와, 계집, 그들의 슬픈 습관, 서러운 언어에서" 도망치려는 것이 아니다. 또 오장환처럼 "나는 역사를, 내 성을 믿지 않아도 좋다"는 다분히 관념적인 반항에서가 아니다. 빈민가 소년 소녀의 가출처럼 "기름기 없는" 가난한 살림으로부터의 탈출 시도인 것이다. 물론 서정주의 고향 탈출 시도나 오장환의 기성 질서 부정의 하부구조가 본질적으로 가난이라는 것을 부정할 수는 없다. 그럼에도 불구하고 그들의 경우 경제적 궁핍은 전경화되어 있지 않다. 그렇지만 이용악의 경우 구차한 가난의 구체가 전경화되어 있고 화자가 그것을 통렬히 의식하고 있다. 그 점에서는 제2시집 『낡은 집』의 시편들이 한결 명시적이라고 생각되는데 표제작 「낡은 집」은 여러모로 징후적이다.

> 날로 밤으로
> 왕거미 줄치기에 분주한 집
> 마을서 흉집이라고 꺼리는 낡은 집
> 이 집에 살았다는 백성들은
> 대대손손에 물려줄
> 은동곳도 산호관자도 가지 못했니라
>
> ─「낡은 집」 중에서

흉가라고 전해지며 아무도 살지 않는 고가를 다루고 있는 도입부이다. 이 집은 화자의 '싸리말 동무(죽마고우)'가 살고 있던 털보네 집이다. 화자의 동무는 털보의 셋째아들이요 그 집은 일곱 식구였다. 도입부에는 고가의 정경 묘사에 곁들여 지체가 좋지도 부유하지도 못한 가계의 내력이 암시된다. 털보는 당나귀나 황소에 곡식이나 콩을 싣고 다니며 곡물 거래에 종사하던 장사아치였다(무곡은 여기서 '貿穀'을 가리키며 곡식 거래를 의미한다). 한편 털보의 아내는 방앗간 한구석에서 열심히 일하였다. 디딜방아 같은 것이 집 안에 설비되어 있었던 시절, 여기 나오는 방앗간이 설령 집 안에 있는 것이라 하더라도 그것은 결코 부잣집의 징표는 아니었다. 그러나 이들 일곱 식구는 어느 겨울날 표연히 집을 비우고 마을을 떠나갔다. 화자의 동무가 아홉 살 나던 해였다.

> 더러는 오랑캐령 쪽으로 갔으리라고
> 더러는 아라사로 갔으리라고
> 이웃 늙은이들은
> 모두 무서운 곳을 짚었다.
>
> 지금은 아무도 살지 않는 집
> 마을서 흉집이라고 꺼리는 낡은 집
> 제철마다 먹음직한 열매
> 살구나무도 글거리만 남았길래
> 꽃피는 철이 와도 가도 뒤울 안에
> 꿀벌 하나 날아들지 않는다
>
> ─「낡은 집」 중에서

만주나 아라사로 이주해 간 털보네 집은 예외적인 경우가 아니었다. 우리는 『만세전』에 나오는 연락선 속 목욕탕 속에서 일본인들이 나누는 대화를 생생하게 기억한다. "그러나 북선 지방은 우리 내지인이 덜

들어갔기 때문에 비교적 편안히 사니까 응모자가 적지만 그것도 미구 불원에 쪽박을 차고 나설거라, 허허허."[6] 이러한 일본인들의 내륙 진출이 늘어나면서 전국적인 고향 탈출 현상이 빚어지고 그것은 40년대의 이태준의 「농군」이나 김동리의 「찔레꽃」 같은 단편에도 생생하게 반영되어 있다. 「낡은 집」의 털보네도 이러한 식민지 궁핍화와 탈향 과정의 전형적인 한 사례를 보여주고 있을 뿐이다. 신흥 상가와 상인들의 등장으로 당나귀나 황소에 의존하였던 무곡은 소멸하였기 때문이다. 따라서 흉가라고 해서 아무도 돌보지 않아 소규모의 폐허로 변한 「낡은 집」은 사실상 이용악이 파악한 30년대 식민지 조선의 축약적 이미지가 되어 있다. 관념으로 흐르지 않고 구체적인 이미지에서 출발하여 자신의 현실인식을 담고 있는 이용악 시편의 기본 성향은 서사 충동을 내장한 채 고유한 서정적 울림을 획득하고 있는데 이것이 임화를 위시한 한 떼의 프롤레타리아 시인과의 차이성을 드러내주는 특장이다.

> 잠들지 말라 우리의 강아
> 오늘밤도
> 너의 가슴을 밟는 뭇 슬픔이 목마르고
> 얼음길은 거츨다 길은 멀다
> 길이 마음의 눈을 덮어줄
> 검은 날개는 없느냐
> 두만강 너 우리의 강아
> 북간도로 간다는 강원도치와 마조 앉은
> 나는 울 줄을 몰라 외롭다

---

6) 염상섭, 『만세전』, 정음사, 1963, 59쪽.

『낡은 집』 시편들은 대개 특정 상황을 노래하고 있는 것이 특징이다. 모든 서정시가 어떤 특권적인 시간의 감정과 상념을 다루게 마련이지만 특정 계기가 반드시 명시적인 것은 아니다. 고독의 노래는 낙엽 쏟아지는 황혼이나 밤늦게 들려오는 기적 소리를 매개로 해서 씌어질 수 있지만 특정적인 계기가 반드시 고스란히 드러나 있는 것은 아니다. 그런데 이용악 시편에서는 특정 상황이나 계기가 명시적으로 드러나 있다. 「검은 구름이 모여든다」는 시집 서두의 시에는 '조카의 무덤에서'라는 꼬리말이 달려 있다. "우리는 봄이 올 것을 믿었지／식아／너는 때때로 피를 토하는 슬픈 동무였다"고 적고 있는 시편은 아마도 폐결핵으로 세상을 뜬 친구에 대한 조가(弔歌)이다. "봉사꽃 유달리 고운 북쪽 나라／우리는 어릴 적／해마다 잊지 않고 우물가에 피었다"는 대목이 보이는 「아이야 돌다리 위로 가자」는 일본 땅에서 고향을 생각하며 적은 시편이다. "너를 키운 두메산골에선／가라지 소문이 뒤를 엮을 텐데／그래도／우리를 실은／차는 남쪽으로 달린다"는 대목이 보이는 「그래도 남으로만 달린다」는 아마도 애인과 함께 길을 떠나는 특정 상황을 노래하고 있다고 생각된다.[7] "하얀 것도 붉은 것도／너의 아들 가슴엔 피지 못했다／고향아／꽃은 피지 못했다"고 끝마무리를 하고 있는 「고향아 꽃은 피지 못했다」는 고향이 그리워 돌아와보았으나 꽃 피지 않은 고향을 다시 등지려는 시점의 특정 상황에

---

7) 편자의 노고가 각별히 드러나 보이는 낱말풀이에 따르면 시편에 나오는 "가라지"는 가라지봉(加羅支峯)이 있는, 함경북도 무산(茂山) 지방의 동리 이름이며 시인의 부인이 이곳 출신이었다고 한다. 이러한 구체적 정보를 모른다면 해독에 얼마간 어려움을 겪을 모호한 시편이 될 것이다.

서 나온 시편이다. "드나드는 배 하나 없는 지금/부두에 호젓 선 나는 멧비둘기 아니건만/날고 싶어 날고 싶어"라고 적고 있는 「우라지오 가까운 항구에서」는 표제 자체가 특정 상황을 명시적으로 드러내고 있다. 모든 서정시는 너른 의미에서 극적 독백dramatic monologue이라 볼 수 있고 그렇게 단정하는 이론도 있다. 극적 독백인 한에서 서정시는 특정한 상황에서의 독백이다. 그러나 모든 서정시가 우라지오 가까운 항구라든가 조카의 무덤 앞에서라는 특정적 상황과의 관련도를 명시적으로 드러내고 있는 것은 아니다. 이용악의 시가 특정 상황의 자초지종과 긴밀히 연관되어 있는 것은 그만큼 추상의 차원을 넘어서 구체에 뿌리박고 있다는 뜻이고 이용악 시 고유의 호소력도 이와 연관되어 있다.

그렇지만 한편으로 『낡은 집』 시절의 이용악 시편이 그로 인해서 얼마쯤 서술적 이완을 동반하고 있는 것도 사실이다. 그것은 서사 충동과 어울려 있는 해이요 이완인데 그것이 제3시집 『오랑캐꽃』에서는 성공적으로 극복되어 한결 밀도 있게 압축되어 있음을 보게 된다. 시편이 대체로 짧아지고 있다는 것도 눈에 띄는데 그것은 그만큼 소재의 집중적·경제적 처리에 능숙해졌음을 뜻하기도 한다. 「쌍두마차」나 「동면하는 곤충의 노래」를 상찬하는 관점에서 보면 『오랑캐꽃』의 세계는 현실인식이나 미래 전망에서 후퇴하고 있다고 여겨질지도 모른다. 그렇지만 시로서는 놀라운 성숙과 진경을 보여주는 것이 사실이다. 우리는 작품을 꼼꼼히 읽어봄으로써 그 점을 검토해야 할 것이다.

— 긴 세월을 오랑캐와의 싸움에 살았다는 우리의 머언 조상들이 너를 불러 오랑캐꽃이라 했으니 어찌 보면 너의 뒷모양이 머리태를 드리인 오랑캐의 뒷머리와도 같은 까닭이라 전한다 —

아낙도 우두머리도 돌볼 새 없이 갔단다
도래샘도 띳집도 버리고 강 건너로 쫓겨갔단다
고려 장군님 무지무지 쳐들어와
오랑캐는 가랑잎처럼 굴러갔단다

구름이 모여 골짝 골짝을 구름이 흘러
백년이 몇백년이 뒤를 이어 흘러갔나

너는 오랑캐의 피 한 방울 받지 않았건만
오랑캐꽃
너는 돌가마도 털메투리도 모르는 오랑캐꽃
두 팔로 햇빛을 막아줄께
울어보렴 목놓아 울어나 보렴 오랑캐꽃

—「오랑캐꽃」전문

「사시안(斜視眼)의 불행」이란 정지용의 산문에 다음과 같은 대목이 보인다. "조선 말엔 꽃이름 풀이름에 흉악하게 쌍스런 것이 많다. 오랑캐꽃 문둥이나물 도깨비꽃 홀애비꽃 등등 창피하여 소개할 수도 없는 것이 많다. 이제 날도 차차 풀려가니 일일이 찾아가보라. 실상 얼마나 어여쁘고 고운 것들인지! 풀이름 꽃이름에 이렇게 비(非)시적인데 어찌 인권엔들 인정적(人情的)일 수 있으랴?"[8] 청초하고 가냘픈 들풀꽃에 붙인 이름치고 정말이지 야박한 이름이다. 공감이 가는 얘기라고 하지 않을 수 없다. 송홧가루와 다알리아와 여뀌풀과 같은 꽃이름이나 풀이름을 시 속에 도입한 정지용 시에서 야생화가 별로 나오지 않은 것은 그가 개탄해 마지않은 사실과 연관된 것인지도 모른다. 며느리밑씻개, 애기똥풀, 노루오줌, 쥐똥나무, 송장풀, 쥐방울, 벼룩아재비, 도둑놈의갈고리 등 꽃이나 나무 이름에 상서롭지 못한 이름을 붙인 사례는 또 얼마든지 있다. 자연에 대한 사디즘에서 인간에 대한 사디즘을 예감하는 것도 시인의 탁견이다. 고운 들꽃에 고약한 이름을 붙이는 것은 어떻게 보면 자연에 대한 짓궂은 가학증이라 불러도 무방할 것이기 때문이다. "이름 속에 무엇이 있단 말인가? 장미는 장미라는 이름이 아니어도 향기로울 것이다"라는 취지의 줄리엣의 대사도 이 사실을 변경시키지는 않는다. 이름은 본질을 나타내는 것은 아니지만 여느 사람에게 그러한 착각이나 선입관을 주기가 십상이다. 언어가 사회를 구성하는 개개인의 의지를 넘어서서 그 위에 군림하는 사회적 사실이며, 기표와 기의 사이의 관계가 필연적인 것이 아니고 자의적인 것이라는 소쉬르 언어학의 원리에 대한 식견을 가지고 있는 사람들은 소수이고 그러한 식견을 가지고 있는 경우에도 상서롭지 못한 이름에 대한 통속적 반응으로부터 자유롭지는 못할 것이다.

오랑캐꽃은 요즘 제비꽃이라고 학교에서 가르치는 꽃의 다른 이름이다. 지방에 따라 오랑캐꽃말고도 앉은뱅이꽃, 병아리꽃, 씨름꽃, 봉기풀, 장수꽃이라 부르기도 한다. 전국 어디에서나 볼 수 있는 이 자주색

---

8) 『정지용 전집 2』, 민음사, 1988, 194쪽.

꽃은 흔하디 흔한 야생화 가운데서도 가장 아름다운 꽃의 하나일 것이다. 전 세계적으로 오랑캐꽃과에 속하는 것이 천 종이나 된다고 하는데 그래서 그런지 어느 나라 동요나 시를 보더라도 오랑캐꽃은 꼭 나오게 마련이다. 그것은 그리스의 나라꽃이기도 하다. 시인 이용악은 정지용과 마찬가지로 이 가녀리고 아름다운 들꽃에 붙여진 당치 않은 이름을 애석하게 생각하며 꽃을 대신하여 그것을 슬퍼하고 있다. 꽃의 뒷모양이 머리채를 드리운 오랑캐의 뒷머리와 비슷하다고 해서 붙여진 이름이란 민간어원론folk etymology의 구전 내용을 소개한 후 그 무고함과 억울함을 노래하고 있다. 여기 나오는 오랑캐는 구체적으로는 여진족으로 알려진 부족을 가리킨다. 본시 만주 방면에 여러 부족 갈래로 나뉘어 농사 반 사냥 반으로 생활하던 퉁구스 계 부족이다. 수나라와 당나라 때는 말갈족이라 부르기도 했으며 12세기에 금(金)나라를 세운 것도 이 부족이다. 명(明)나라 때에는 여직(女直)이라 하여 건주(建州)여직, 해서(海西)여직, 야인(野人)여직으로 삼분하여 불렀고 중국을 통일하였던 청 태조는 그 가운데 건주여직 출신이다. 만주인은 그 후예이지만 현재는 쇠퇴한 상태로 중국의 공식 통계로도 4백만을 조금 넘는 정도이다.

시에 나오는 오랑캐는 고려조에 우리의 함경도에 잠입해들어와 판도를 넓혔다가 12세기에 윤관에게 토벌을 당하였던 이른바 생여진(生女眞)족이라고 보면 될 것이다. 윤관이 대첩하여 함주(咸州) 등 구성(九城)을 쌓고 한때 그 지역을 평정하였으나 결국 다시 내어주고 말았다고 역사책은 전해주고 있다. "고려 장군님 무지무지 쳐들어와 / 오랑캐는 가랑잎처럼 굴러갔단다"란 대목은 역사에 나오는 윤관의 대첩과 관련되는 전승일 것이다.[9] 대개의 전승이 그렇듯이 우리 쪽이 크게 이긴 것

---

9) 이 작품이 처음 『인문평론』 창간호에 발표되었을 때엔 "고구려 장군님"으로 되어 있었다. 시집 수록 때 "고려 장군님"으로 고쳤는데 이 사실은 시인이 윤관의 여진족 토벌

으로 되어 있지만 역사적 사실은 반드시 그렇지만은 않다. 결국엔 그들이 두만강 북쪽으로 쫓기어 갔다는 것만은 사실일 것이요 일부는 귀화해서 살기도 하였다. 도래샘은 빙 돌아서 흐르는 샘물을 가리키고 멧집은 볏짚이나 보릿짚이 아니라 띠(풀이름)로 지붕을 인 초가를 말한다. 어쨌든 첫머리 4행은 고려 군사에게 쫓기어 아마도 두만강 건너로 패주해 가는 여진족의 모습을 간결하면서도 인상적으로 보여주고 있다.

　　구름이 모여 골짝 골짝을 구름이 흘러
　　백년이 몇백년이 뒤를 이어 흘러갔나

　　고려 장군님 얘기가 나왔기 때문에 고려의 여진족 정벌 이후 많은 세월이 흐른 것을 시인은 위와 같이 노래한다. 흐르는 구름과 흐르는 세월은 흐름이라는 매개항을 통해서 수사적으로 동일선상에서 처리되어 있다. 얼핏 단순해 보이지만 만만치 않은 기술적 처리이다. "무지무지" "골짝 골짝을"과 같은 되풀이는 이용악이 선용한 어법으로 운율감을 성공적으로 조성하고 있다.

　　너는 오랑캐의 피 한 방울 받지 않았건만
　　오랑캐꽃
　　너는 돌가마도 털메투리도 모르는 오랑캐꽃

　　이성계 주변의 조선조 개국공신 중에는 여진족이 많았고 그의 이모

을 분명하게 의식하고 쓴 것임을 시사한다. 한편 표제 다음에 나오는 오랑캐꽃에 대한 민간어원 전승 내용도 발표 당시엔 끝자락에 붙어 있었다. 『인문평론』 창간호(1939년 10월), 16∼17쪽 참조.

부도 여진족이었다. 퉁두란과 같은 여진 사람과는 의형제를 맺고 청해 이씨란 성씨를 하사하기도 하였다. 이성계도 사실은 여진족이라고 주장하는 재야의 호사가들도 있다. 함경북도 지방에는 근래까지 여진족이 자기들끼리 살고 있었고 그들의 말도 더러 남아 있다. 온천으로 유명하고 이효석의 글에도 자주 나오는 주을(朱乙)이라는 고유명사는 본래 온수를 가리키는 여진말의 음역이라고 알려져 있다. 이렇게 가까운 이웃 부족이기 때문에 도리어 여진족에 대한 배척감이나 경멸감은 강했던 것이라고 생각된다. 자민족중심주의의 산물이기 때문에 오랑캐란 말은 상종 못 할 야만인이라는 함의를 진하게 풍기고 있다. 따라서 오랑캐의 피 한 방울 받지 않은 꽃을 오랑캐꽃이라 부르는 것은 애매한 무고라고 할 수도 있다. 여진족은 반수렵 생활을 했고 따라서 활을 잘 쏘았으며 짐승의 털로 메투리를 삼아 신었다. 돌가마는 우리가 얘기하는 '돌솥밥'의 그 돌솥이다. 돌가마는 요즘 말로 하면 친환경적 취사 도구이지만 쇠가마에 비하면 원시적이라 할 수 있다. 모두 오랑캐의 풍습과 관련된 생활용품으로서 그 부족과 꽃이 무관함을 강조하기 위해서 기능적으로 동원되고 있다.

　　두 팔로 햇빛을 막아줄께
　　울어보렴 목놓아 울어나 보렴 오랑캐꽃

　사람들은 여러 사람 앞에서 우는 것을 꺼린다. 그래서 방 안이나 남의 눈에 띄지 않는 곳에 숨어서 우는 것이 보통이다. 남몰래 흘린 눈물이야말로 진정한 슬픔의 눈물이요 공개적으로 흘리는 눈물은 대개 타인을 의식한 악어의 눈물이다. "두 팔로 햇빛을 막아"준다는 것은 남몰래 눈물 흘릴 잠정적 프라이버시의 공간을 마련해주겠다는 뜻이다.

그러니 크게 실컷 울어보라고 시의 화자는 권면한다. 서투른 시인일 것 같으면 오랑캐꽃을 앞세워서 '오랑캐꽃이여! 울어라' 하고 큰소리로 외쳤을 것이요, 실제로 그러한 투의 시가 적지 않다. 오랑캐꽃이 마지막 끝자락에 놓임으로 해서 이 시는 단연 빛나고 있다.

이 작품은 정당화될 수 없는 사회적 핍박과 소외란 주제가 암묵적으로 시사되어 있는 수작이다. 오랑캐꽃에 의탁해서 정당한 사유 없이 핍박당하는 변두리 피차별자의 설움과 소외 경험을 공감적으로 노래하고 있다. "작은 것은 아름답다"라는 슈마허의 명제를 구현하고 있는 듯 보이는 가녀린 들꽃에 의탁해서 노래했기 때문에 애상으로 흐르지 않은 채 독자에게 호소하는 바가 각별하다. 주제를 명시적으로 드러내지 않은 채 또 추상적 관념으로 흐르지 않은 채 사회의 병리적 국면을 시적 직관으로 포착하고 있다. 그것은 강한 자에게 자진해서 보비위하지만 약자에겐 가학적 차별을 가하려는, 억압적인 사회에서 더욱 무성해지는 이른바 권위주의적 성격의 집합체인 사회에서 개인이 경험하게 마련인 집단적 강제의 메커니즘에 대한 서정적 고발이요 항의이다. 그러한 경험이 일제 식민지 체제 아래에서 첨예하게 자각되었으리라는 것은 췌언의 여지가 없다. 불령선인(不逞鮮人)까지 가지 않더라도 일본인이 발음하는 조선인은 벌써 편견으로 가득 찬 핍박과 차별의 어휘였다. 『분수령』과 『낡은 집』에서 이용악이 전경화시켰던 식민지의 경제적 궁핍과 고향 상실이란 난경은 이제 '오랑캐꽃'이라는 고도의 암시성을 지닌 표상 뒤로 물러나면서 더욱 견고한 시적 공감의 대상으로 드러난다. 이러한 시적 성취는 『오랑캐꽃』속의 몇몇 시편에 보이는 근접 비의(秘義)의 세계로 이어진다고 생각한다. 적정한 표상의 선택을 통해서 시사되는 이념은 고유한 비의적 세계로 나아가게 마련이고 그것은 이념의 쇠약이 아니라 작품 성숙의 징표라는 것이 문학, 특히 서정시 고유의 내적 변증법이라고 말할 수 있다.

무게 있는 이용악론을 보여주는 윤영천 교수는 "망국민의 절망과 비애를 잘도 표현했다"는 이 작품에 대한 서정주의 논평을 공감적으로 소개하면서 "돌가마도 털메투리도 모르는 오랑캐꽃의 연약한 형상이야말로 식민통치 아래 신음하는 그 시기 조선민중의 객관적 상관물"이라고 적고 있다.[10] 오랑캐꽃이 피차별자를 포함하여 사회적 약자의 표상이라고 볼 때 거기서 조선 민중의 모습을 발견하는 것은 그럴 법한 일이긴 하지만 오랑캐와 무연(無緣)하다는 것을 말하는 '돌가마와 털메투리도 모른다'는 대목을 연약함의 징표로 읽는 것은 자연스럽지 못하다고 느껴진다. 서정주의 촌평도 전체적으로 보아 틀린 말은 아니겠으나, 첫 넉 줄의 오랑캐 패주의 모습에서 망국민의 부평전봉(浮萍轉蓬)을 본다는 것은 맥락에서 벗어난 읽어넣기라는 혐의가 없지 않다. 오랑캐꽃을 망국민의 표상으로 읽는 것은 우리에게 문학적 저항의 긍지를 안겨주기도 하고 민족적 자기 연민과 자괴감을 통한 민족의 재인식을 고취하는 것은 사실이지만 오랑캐꽃이 가지고 있는 보편적 호소력을 국지화시켜 상대적으로 왜소화시키는 측면도 있다. 오늘날에도 이용악의 오랑캐꽃은 약소민족이나 소외계층, 사회적 문화적 소수파의 표상으로서 각별한 울림을 가질 수 있다. 그것은 일본어에서 이지메라 하고 우리가 흔히 '왕따'라 부르는 현상과 연관되어 있기 때문이다. 원문에 대한 구심적 충실이 곧 작품과 시인에 대한 경의의 표현으로 귀결된다는 것을 상기하는 것은 언제나 중요하다. 이제 우리는 시집 『오랑캐꽃』에 수록된 중요 시편들과 해방 이후의 소작들을 선택적으로 읽어볼 차례이다.

---

10) 윤영천 편, 같은 책, 227~228쪽.

체제 밖에서 체제 안으로
―『오랑캐꽃』과 그후의 이용악

노새나 나귀를 타고
방울 소리며 갈꽃을 새소리며 달무리를
즐기려 가는 것은 아니올시다

청기와 푸른 등을 밟고 서서
웃음지으십시오
―「노래 끝나면」 중에서

1

도합 29편의 시편이 수록되어 있는 제3시집 『오랑캐꽃』은 작품적 성취에서나 수량에서나 이용악의 정점을 보여주는 시집이다. 식민지 현실의 서정적 재현이라는 해방 이전 이용악 시세계의 기본 성격에 근본적인 변화가 있는 것은 아니나 한편 사사로운 정감 토로의 내면시편도 적지 않은 수효에 이른다. 이러한 시편들은 「낡은 집」 수록 시편과 견주어 상대적으로 길이가 짧아지면서 그만큼 서정적 순도와 밀도를 높이고 있다. 시집 첫머리께에 실려 있는 정감 있는 작품을 읽어본다.

손뼉 칩시다 정을 다하야
우리 손뼉 칩시다

노새나 나귀를 타고
방울 소리며 갈꽃을 새소리며 달무리를
즐기려 가는 것은 아니올시다

청기와 푸른 등을 밟고 서서
웃음지으십시오
아해들은 한결같이 손을 저으며
멀어지는 나의 뒷모양 물결치는 어깨를
눈부시게 바라보라요

누구나 한번은 자랑하고 싶은
모든 사람의 고향과
나의 길은 황홀한 꿈 속에 요요히 빛나는 것

손뼉 칩시다 정을 다하야
우리 손뼉 칩시다

—「노래 끝나면」 전문

경어 대화체로 되어 있는 형식의 참신성을 지금의 독자로서는 가늠할 길이 없을 것이다. 그렇지만 반세기 전 두 개의 한글 일간신문과 문학잡지가 모두 폐간된 일제 말기의 시점에서 그것은 매우 개성적인 시도였다고 생각되며 흐릿한 대로 그 흔적은 오늘에도 꼼꼼한 눈에는 간취되는 바 있을 것이다. 2연이나 3연의 의외로우면서 유사 회고적인 어법은 절박한 작품 상황을 반어적으로 제시한다. 아마도 낙향이나 먼 길 떠나기를 앞두고 화자는 지금 송별의 모임에서 헤어지는 참이라고 우리는 상상해볼 수 있다. 한가하게 노새나 나귀를 타고 놀이를 가려는 것이 아니라고 화자는 말한다. "멀어지는 나의 뒷모양 물결치는 어깨"라는 시행으로 미루어 화자는 지금 지극한 슬픔이나 무량한 감개에 빠져 있으며 혹은 참담한 처지에 놓여 있다. 그러한 상황이 한가하고 의고(擬古)적인 시행의 부정 속에 역설적으로 드러나는 데 작품의 묘미가 있다. "누구나 한번은 자랑하고 싶은/모든 사람의 고향과/나의 길"이란 병치 구조도 무한히 함축적이면서 모든 것에도 불구하고 화자가 긍지와 자신에 대한 믿음을 가지고 있음을 시사한다. 이 작품의 강점은 좋은 시가 더러 그렇듯이 산문적 전언의 모호성이 도리어 작품의 깊은 매혹으로 이어져 있다는 것이다. 독자는 무슨 영문인지 모르면서 우선 작품의 언어와 말씨에 끌린다. 그리고 느긋하면서 친근한 정서에 전염되면서 되풀이 읽게 된다. 왜 하필 "청기와 푸른 등을 밟고 서서/웃음지으십시오"인지를 논리적으로 설명하는 것은 어려울 뿐 아니라 유해하기까지 하다. 앞뒤가 딱 들어맞는 논리적 설명은 더러는 억지의 산물인 경우도 없지 않다. 다만 "청기와 푸른 등"이 "노새나 나귀를 타고/방울 소리며 갈꽃을 새소리며 달무리를/즐기려 가는 것은 아니올시다"라는 시행과 정감적 연속성을 유지하고 있으며 그것이 자연스러운 연결고리를 형성하고 있다는 것만은 인지해야 할 것이다. 그것을 인지하면서 역설적 상황을 알아차리면 이 작품의 이해는 완결된다 해도 지나치지 않는다.

위에서 우리는 낙향이나 여행 출발 전의 송별 모임을 작품의 상황으로 상상해보았다. '노래 끝나면'이란 표제와 "손뼉 칩시다"라는 첫줄이 자연스럽게 연결된다는 점을 감안할 때 이러한 상황 설정은 일단의 설득력을 가지고 있을 것이다. 그러나 그것은 어디까지나 작품 이해를 위한 잠정적 유동적 상황 설정일 뿐 불가변적 단정문으로 닫아놓을 사안이 아니다. 그렇게 하는 것은 이 작품의 성격에 위배되는 의미일원론의 투박한 동작이 될 것이다. 상황 설정은 매력 있는 작품의 설득력을 위해서 독자 편에서 내미는 기여의 한 형식일 뿐이다. 크게 보아 해석은 작품에 대한 독자 편의 기여이다. "칩시다" "아니올시다"라는 1연과 2연의 경어체 종결어미, 그 가운데서 특히 "아니올시다"라는 어사의 선용, "웃음지으십시오" "눈부시게 바라보라요" 등 3연의 경어체 종결어미 가운데서 특히 "바라보라요"라는 어사 선용의 절묘한 효과를 인지하는 것도 중요하다. 적정한 되풀이의 선용은 서정적 에너지의 원천이 되어주는 법인데 1연과 최종연에서 이용악은 평소의 묘기를 다시 표나지 않게 발휘하고 있다.

이 정감 있고 매우 독자적인 서정시편은 테제문학 litterature à thèse 의 일부 신봉자들이 이용악 초기 시의 백미편이라고 칭송했던 「동면하는 곤충의 노래」 「쌍두마차」와는 상당히 동떨어져 있다. 초기 시편에서 산문으로의 치환에 어려움이 없는 전언이 전경화되어 있음에 반해, 「노래 끝나면」에서 그 전언의 적시는 용이하지 않다. 전언 적시의 어려움이야말로 이 작품의 핵심을 이루고 있다. 그러나 생각해보면 전언적시가 어렵다는 것이야말로 서정시의 특징이기도 하다. 에밀 슈타이거가 서정적인 언어에서는 모티프의 결여가 제1급의 예술작품의 가치를 갖게 하는 경우가 있다면서 아이헨도르프의 사례를 거론했을 때,[1] 그것은 전언 적시의 어려움을 지적하고 있는 것의 다른 표현에 지나지 않는다. 작품의 언어적 국면을 음미하며 읽을 때 이 작품이 초기의 '백미 시편'을 아득하게 능가하고 있다는 것은 교조적 소재 결정론자가 아닌 한 쉽게 동의할 것이다. 그리고 그 격차를 우리는 시적 성숙과 미숙의 차이라고 규정해도 좋을 것이다. 시집 『오랑캐꽃』에는 소품적 완성을 보여주고 있는 단시들이 여러 편 수록되어 있는데 그것이 의미하는 바는 대체로 간과되고 있는 것으로 생각된다.

> 달빛 밟고 머나먼 길 오시리
> 두 손 합쳐 세 번 절하면 돌아오시리
> 어머닌 우시어
> 밤내 우시어
> 하아얀 박꽃 속에 이슬이 두어 방울
>
> ―「달 있는 제사」 전문

> 배추밭 이랑을 노오란 배추꽃 이랑을
> 숨가쁘게 마구 웃으며 달리는 것은
> 어디서 네가 나직이 부르기 때문에
> 배추꽃 속에 살며시 흩어놓은 꽃가루 속에
> 나두야 숨어서 너를 부르고 싶기 때문에
>
> ―「꽃가루 속에」 전문

---

1) 에밀 슈타이거, 『시학의 근본 개념』, 이유영 외 옮김, 삼중당, 1978, 26쪽. 이 번역서는 오자에 곁들여 의미가 통하지 않는 부분이 많아 믿을 수 있는 책이 못 되는 것 같다.

소금토리 지웃거리며 돌아오는가
열두 고개 타박타박 당나귀는 돌아오는가
방울 소리 방울 소리 말방울 소리 방울 소리
—「두메산골 4」 전문

　「달 있는 제사」는 초기 시편인 「풀버렛 소리 가득 차 있었다」의 짤막한 속편이며 그런 점에서는 「다리 우에서」란 작품과 동기간이다. "달빛 밟고 머나먼 길 오시리"는 말할 것도 없이 "침상없는 최후의 밤"을 맞았던 아버지의 혼령을 두고 하는 소리이다. 먼 이방에서 돌아간 그는 제사상을 받기 위해 먼길을 와야 할 것이다. 어머니의 울음과 박꽃 속의 이슬방울이 현실적인 인과관계를 가지고 있는 것은 아니나 시의 구도 속에서 양자가 어떤 필연으로 이어져 있다는 환상을 준다. 그것이 시의 요술이기도 하고 이 작품의 묘미이기도 하다. 「꽃가루 속에」는 동시(童詩)적 발상의 소박한 작품이지만 현실주의 지향의 시인들이 좀처럼 쓰지 못하였던 종류의 시다. 시인됨을 숨김없이 알리는 것은 이러한 단순 소박한 시를 통해서이기도 하다. 가령 거창한 것만을 장황하게 노래한 임화가 제대로 된 이러한 소품 하나 남겨놓지 않았다는 것은 시인으로서의 그의 약체성을 보여주는 것이라 생각된다. 작은 것이 아름답다는 것을 실감하지도 못했고 그러한 사례를 마련하지도 못한 시인들과 비교할 때 이용악의 빼어난 시인됨은 이런 소품에서도 잘 드러난다. 「두메산골 4」는 시가 아니면 드러낼 수 없는 시적 경험을 향해 온몸을 열고 그렇게 함으로써 세계를 무화하는 동시에 세계의 주인이 되는 한순간에 대한 경험적 충실을 보여준다. 독자는 두메산골의 현장에 시인 화자와 함께 있게 된다. 물론 이러한 단시의 예기(銳氣)가 생활 현실 망각에 대한 보상으로 얻어진 것이 아니냐는 의문에는 일리가 없지 않다. 「두메산골」연작시는 그러한 의문을 얼마쯤 정당화해주는 듯이 보인다.

아히도 어른도
버슷을 만지며 히히 웃는다
독한 버슷인 양 히히 웃는다.

돌아 돌아 물곬 따라가면 강에 이른대
영 넘어 여러 영 넘어가면 읍이 보인대

맷돌방아 그늘도 토담 그늘도
희부옇게 엷어지는데
어디서 꽃가루 날러오는 듯 눈부시는 산머리

온 길 갈 길 죄다 잊어버리고
까맣게 쓰러지고 싶다.

　　　　　　　　　　　　　　　　　　　　　　—「두메산골 2」전문

　위에서 보듯「두메산골」연작시는 사실상 현실 도피의 문학이라는
규격화된 규정과 공격에 대해서 매우 취약한 시편들이다. 도피의 문학
에 대한 호의적인 옹호는 가중되는 외부의 현실적 압력에 대한 불가피
한 자기 방어적 대응이었다는 것으로 요약된다. 자기 방어적 대응이라
는 논평도 시인 작가의 용기 결여와 도덕적 유약을 지탄하는 공격성을
완전히 배제하고 있는 것은 아니다. 이용악의 일부 시편들도 거기 포
함되지만 40년대의 우리 문학, 즉 명시적으로 친일과 시국 추수를 드
러내지 않은 작품에 대해서 내리는 평가는 그것이 점증하는 외부의 압

력에 대한 불가피한 대응으로서 소극적인 덕목을 가지고 있다는 것이다. 이러한 지적이 틀린 것은 아니며 사실의 일단을 조명해주고 있지만 더욱 중요한 국면을 부지중에 은폐하고 있다고 생각된다. 국한문 혼용에서 점차적인 한문 내지는 한자어 경원 혹은 절제로 나아가는 20세기 우리 문학은 크게 보아 언어적 실험 단계 내지는 습작기였다고 할 수 있다. 문체적 연마와 형식의 세련이 최대 관심사로 되어 있는 고전주의 혹은 근접 고전주의가 우리에게 생소한 경험이었다는 사실은 위의 가설을 보강해준다. 30년대 후반 이후부터 두드러져 보이는 우리 문학의 상대적 세련은 계속된 습작과 실험 축적의 결과라 할 수 있다. 일단 일차적 세련이 이루어지고 나면 형태적 세련 그 자체의 논리와 관성에 따라 점점 그쪽으로 경사하게 되고 그것은 주제의식의 상대적 소홀이라는 다분히 착시(錯視)적 인상을 야기하게 마련이다. 외부적 조건과 함께 문학 내부적 관성이 맞물려 30년대 이후의 문학적 성취가 이루어진 것이라 할 수 있다. 이른바 도피문학의 형태적 세련은 문학적 성숙을 위한 모색의 한 국면이고 그것은 그 이후의 문학에 긍정적이고 생산적인 계기와 선례를 마련해준 것이다.

특히 시의 이해를 위해서 이러한 문학사적 맥락 고려는 필수적이고 그 중요성은 산문소설의 경우보다 한결 커진다. 이른바 내용과 형식의 불가분성은 산문소설보다 시의 경우에 더욱 적실하게 해당되기 때문이다. 이용악의 『오랑캐꽃』 수록 시편에서 보게 되는 상대적인 소품화 경향은 현실 도피와 총체성의 인지 상실에 따른 세계의 단편적 파악의 소치라기보다 삶의 실존적 내면적 경험에 대한 새로운 충실성의 산물이라 할 수 있다. 극히 옹색하게 정의된 현실을 기초로 해서 그것이 직접적 명시적으로 반영되어 있지 않은 문학을 도피와 기교의 문학이라고 폄훼한다면 서정시의 장르 존립 자체가 문제성 있는 것이 되고 서정시

쓰기 자체가 문학적 원죄요 사회적 비행이 될 것이다. 식민지 현실에 대한 분노와 명료한 자각을 통해 그 서정적 재현을 시도한 이용악이 내면 지향의 시편을 새로이 보여준 것은 평가받아 마땅한 음역(音域)의 확대요 레퍼토리의 다양화라고 해야 할 것이다. 「두메산골」 시편만 하더라도 초기 시편과 견주어 볼 때 '도피적' 측면이 돋보이는 것은 사실이다. 그렇지만 나귀 방울 소리만 들리는 '두메산골'은 억압적 권력과 부패와 타락의 오염에서 상대적으로 자유로운 인간적 공간의 표상이 되어 있다. 그것은 어디까지나 표상이요 "옛말(옛이야기)처럼 살고 싶은" 욕망이 헛보는 유사 가상현실에 지나지 않을지도 모른다. 그렇지만 군국주의적 사회 총동원으로 질식할 것 같은 시기에 두메산골은 무위자연에 근접해 있는 초월의 공간이 되며 그것을 노래하는 것 자체가 무저항의 저항이라 할 수 있다. 제복을 입은 관제 폭력단이 겁나는 구호를 외치며 행진하는 거리에서 두메산골 꿈을 꾼다는 것은 쉬운 일이 아니며 뱃심을 요하는 일이다. 상황에 따라서는 비협조와 순응 거부가 전신적 저항의 형태일 수가 있다. 그러한 한에서 「두메산골」 시편은 험난한 시대를 살아가는 사람들에게 위안을 제공하는 역상(逆像)으로서 현실 부정의 계기가 되어준다. 위에서 읽어본 「노래 끝나면」만 하더라도 그것이 1942년 2월에 발표되었다는 사실을 고려할 때 그 유사 회고적인 어사는 그 자체로 순응 거부의 징표라고 할 수 있다. 이에 비하면 터놓고 어두운 현실을 시사하면서 그 어둠의 실체를 시사하는 시편도 있다.

아들이 나오는 올겨울엔 걸어서라두
청진으로 가리란다
높은 벽돌 담 밑에 섰다가
세 해나 못 본 아들을 찾아오리란다

그 늙은인
암소 따라 조이밭 저쪽에 사라지고
어느 길손이 밥 지은 자췬지
끄슬은 돌 두어 개 시름겨웁다.

―「강가」 전문

초가집이나 목조 가옥이 살림집의 대종을 이루고 있던 시절 벽돌집은 드물게 관공서나 교회 건물이기가 일쑤였다. 높은 벽돌담이 형무소인 것은 너무나 분명하고 세 해나 옥살이를 한 아들이 파렴치범이나 폭력범이 아닌 것도 분명하다. 아버지가 터놓고 아들 얘기를 하는 것은 그가 부끄러울 것 없는 사상범이거나 치안유지법 위반자이기 때문일 것이다. 여기에 나오는 길손이 이용악 시편에 자주 나오는 북간도나 아라사로의 이주민일 가능성은 아주 크다. 예사롭고 간결한 필치 속에 식민지의 사회 풍경이 인상적으로 포착되어 있다. 그러한 사회 풍경은 시골마을의 사생(寫生)에도 슬며시 나타난다.

북으로 가는 남도치들이
산길을 바라보고선 그만 맥을 버리고
코올콜 낮잠 자던 버드나무 그늘

―「버드나무」 중에서

『오랑캐꽃』 수록 시편에 보이는바 서정적 밀도가 높은 작품들은 때로 시인의 사사롭고 내밀한 비의(秘儀)의 언어로 빠져나간다는 위험을 안고 있다. 함의와 자유연상의 언어가 떨치는 서정시에서 논리적 맥락

212

이나 산문적 접근으로 그 의미를 헤아리는 기도는 헛수고로 끝날 공산이 크다. 그렇기 때문에 우리는 다음 시편들에서 보게 되는 상반되는 시적 진술을 결코 모순이라고 생각하지 않는다.

잠잠히 흘러내리는
개울을 따라
마음 섭도록 추잡한 거리로 가리
날이 갈수록 새로히 닫히는
무거운 문을 밀어제치고
(……)
숱한 꽃씨가 가슴에서 튀어나오는 깊은 밤이면
손뼉 소리 아스랗게 들려오는 손뼉 소리
멀어진 모오든 사람들의 이름을 부르며
호올로 거리로 가리

욕된 나날이 정녕 숨가쁜
곱새는 등곱새는
엎디어 이마를 적실 샘물도 없어

―「해가 솟으면」[2] 중에서

푸르른 새벽인들 내게 없었을라구
나를 에워싸고

---

2) 『리용악 시선집』에는 이 작품의 표제가 '욕된 나날'로 되어 있고 '1940, 깜빵에서' 라는 꼬리말이 달려 있다.

외치며 쓰러지는 수없이 많은 나의 얼골은
파리한 이마는 입설은 잊어바리고저
나의 해바래기는
무거운 머리를 어느 가슴에 떨어트리랴

이제 검은 하늘과 함께
줄기줄기 차거운 비 쏟아져내릴 것을
네거리는 싫여 네거리는 싫여
히 히 몰래 웃으며 뒷길로 가자.

―「뒷길로 가자」 중에서

「해가 솟으면」의 화자는 나날을 욕되다고 생각하며 스스로 곱사등이를 자처하는 처지이다. 그는 멀어진 주위 사람들의 이름을 부르며 혼자서 추잡한 거리로 가겠다고 말한다. 따라서 소외된 고독자가 사람이 그리워 거리로 가련다고 다짐하는 시라고 읽을 수 있다. "날이 갈수록 새로히 닫히는/무거운 문"은 그의 고립과 소외를 두텁게 하는 것의 표상이리라. 그러나 「뒷길로 가자」에서 화자는 아는 이를 만나면 숨어버리고 싶다고 토로한다. 그리하여 "네거리는 싫여 네거리는 싫여/히 히 몰래 웃으며 뒷길로 가자"고 다짐한다. "나를 에워싸고/외치며 쓰러지는 수없이 많은 나의 얼골"은 시시각각으로 변화하는 내면의 상태를 시사하는 것이라고 읽을 수 있다. 인간 내면을 천사와 악마의 싸움터라고 보는 극적인 정의가 아니더라도 인간은 수시로 딴 얼굴을 갖게 마련이다. "우러러 받들 수 없는 하늘"이란 첫 대목에서부터 소외된 고독자의 내면 토로임이 드러난다. 그럼에도 거의 상반되게 거리와 뒷길을 말하는 것을 모순이라고 받아들이는 것은 내면적 심리적 진실에 배치되는 일이다. 그것이 모순이라 하더라도 "수없이 많은 나의 얼골"이 그때 그때 심정을 달리하는 것으로 받아들여야 할 것이다. 장미와는 달리 인간은 불순한 모순이 아닌가? 다만 우리가 미흡감을 느끼는 것은 「해가 솟으면」 「뒷길로 가자」로 대표되는 일련의 내면시편들이 그 성취도에서 「오랑캐꽃」 「전라도 가시내」 「다시 항구에 와서」 「노래 끝나면」 등에 미치지 못한다는 것이다. 생각건대 그것은 사사로운 비의의 언어가 성질상 충분한 소통에 이르지 못한 때문이라 생각된다. 그 점 수수께끼 같은 작품 하나를 검토해보는 것도 재미있을 것이다.

> 모든 것이 잠잠히 끝난
> 다음에도
> 당신의 벗이래야 할 것이
>
> 솟아오르는 빛과 빛과 몸을 부비면
> 한결같이 일어설 푸른 비늘과 같은
> 아름다움
> 가슴마다 피어
>
> 싸움이요
> 우리 당신의 이름을 빌어
> 미움을 물리치는 것이요
>
> ―「불」 전문

 이 작품은 몇 번 되풀이 읽어도 짐작이 잘 안 되는 시다. 그리고 이 작품의 문제점은 되풀이 읽을 흥미가 곧 사라진다는 데 있다. 별다른 매력이 없어 보이기 때문이다. 위에서 읽은 「노래 끝나면」 같은 작품의 경우 짐작이 안 가다가도 빛나는 대목 때문에 되풀이 읽게 되는 것과는 대조적이다. 이해도 안 되고 매력도 없다는 것은 결국 이 작품이 대수롭지 않은 작품이란 뜻이 된다. 선량한 독자들은 이해가 잘 되지 않을 때 자신의 능력 부족 탓이라 생각하기가 쉽다. 그리고 시인 편의 불찰이나 기량 부족으로 말미암은 부실함이란 생각은 감히 하지 못한다. 사실 난해성이란 것은 적어도 우리의 경우 독자의 스노비즘과 시인의 기량 부족 내지는 불성실 사이에서 생겨나는 안개인 경우가 많다. 이 작품은 이용악의 다른 몇 편과 함께 친일시편의 목록에 오른 작품이다.[3] 그러나 아무리 눈을 씻고 보아도 친일적이라고 판단되는 대목은 찾아지지 않는다. 이 작품은 1942년 4월 5일이라는 특정 일자에 조선총독부 기관지인 매일신보에 게재되었다는 죄밖에 없다. 그런데 북에서 간행된 『리용악 시전집』에는 시인이 개작한 것이 수록되어 있어 작품 이해에 빛을 던져주고 있다.

　　모두가 잠잠히 끝난 다음에도
　　불이여 그대만은
　　우리의 벗이래야 할 것이

　　치솟는 빛과 함께 몸부림치면
　　한결같이 일어설 푸른 비늘과 같은
　　아름다움

---

3) '관계 작품 연표'에 이용악의 「길」(『국민문학』 1942년 3월호), 「눈 나리는 거리에서」(『조광』 1942년 3월호), 「불」(매일신보, 1942년 4월 5일자)이 기록되어 있다. 임종국, 『친일문학론』(평화출판사, 1963), 476쪽 참조.

가슴마다 피여

싸움이요
싸움이요
우리 모두 불길되여
미움을 물리치는 것이요

—「불」 전문

　개작된 작품을 읽어보면 한결 뜻이 분명해진다. 끝머리에서 "우리
당신의 이름을 빌어"가 "우리 모두 불길되여"로 개작됨으로써 대의 파
악이 한결 수월해진다. 2연의 모호한 대목도 사실은 불길의 묘사 내지
는 재현이라고 보면 될 것이다. 미움을 물리치는 것은 이러한 마음의
불길을 통해서이고 따라서 불은 우리의 벗이라야 한다고 되어 있어서
개작 이전의 모호성으로부터 벗어나 있다. 잠시 배화교도가 되어본 화
자는 불과 불길에서 자기 정화의 계기를 보는 것이다. 그렇다고 이 작
품이 개작을 통해서 뛰어난 작품으로 변모한 것은 아니다. 이용악 시
에서의 모호성이 사실은 시인 편의 기량 부족이나 불찰과 연관되어 있
음을 시사하는 것이지만 이것은 이용악의 경우에 한정되는 것은 아니
라 모호성 일반의 경우에도 해당된다고 생각한다. 그러면 개작의 배경
은 무엇일까? 이 작품뿐만 아니라 북에서 간행된 『리용악 시전집』에
수록된 해방 이전의 작품 대부분에서 부분적인 변개(變改)가 보인다.
그리고 「풀버렛 소리 가득 차 있었다」의 경우처럼 개작은 분명한 개선
의 효과를 내고 있다. 아마도 성숙한 경지에서 바라보는 젊은 날의 객
기 비슷한 것에 대한 멋쩍음이 작용한 경우도 있겠고 보다 젊은 날의
풋솜씨가 눈에 거슬려 고친 경우도 있을 것이다. 북에서 문학에 요구

하는 대중성 확보를 위해 모호성을 조정한 경우도 있을 것이다. 사실 「항구에서」 같은 작품에 보이는 "갈바리의 산" 같은 대목이 "묵묵한 산"으로 변개된 것은 외래적 맥락을 배제함으로써 대중성 확보를 지향한 결과라고 할 수 있을 것이다. 그러나 위에서 본 「불」에서는 분명 대중성 확보를 위한 조처이기도 하지만 시인 자신이 작품의 부실함을 인정하고 전면적인 수정을 가한 경우라고 해야 할 것이다. 친일 작품이란 혐의를 받고 있는 이 작품은 사실 시사성 있는 작품의 주문 생산에 응답하면서 의도적으로 모호성을 과잉 조성한 것인지도 모른다. 개작 시편이 모호하고 막연한 부분을 명시적으로 해놓았을 뿐 소재 처리는 근본적으로 동일하다는 점은 유의해두어야 할 것이다.

2

위에서 우리는 별로 주목받지 못하는 『오랑캐꽃』 시편을 읽어보면서 초기 시편과의 차이를 검토하고 그 차이가 결코 비평적 상투어로 환원될 수 있는 성질의 것이 아니라는 점을 강조하였다. 언어적 세련과 내면 표출 지향이 때로 내밀한 비의적 모호성을 빚어내는 경우도 있었으나 많은 경우 그 나름의 정감 있는 작품을 낳았던 것이다. 그러나 시집 『오랑캐꽃』 중의 백미 시편은 「오랑캐꽃」「전라도 가시내」「다시 항구에 와서」「노래 끝나면」「항구에서」「뒷길로 가자」「해가 솟으면」 등 일련의 작품이라고 생각된다. 이들 시편은 초기 시편의 현실의식을 견지하면서 성숙한 기량으로 소외된 고독자의 설움을 실감나게 노래하고 있다.

바람 소리도 호개도 인전 무섭지 않다만
어두운 등불 밑 안개처럼 자욱한 시름을 달게 마시련다만
어디서 흉참한 기별이 뛰어들 것만 같애
두터운 벽도 이웃도 못미더운 북간도 술막
　　　　　　　　　　　　　　—「전라도 가시내」중에서

　화자인 함경도 사내는 지금 북간도의 술막에 앉아 있는데 밀고자들
이 사방에 깔려 있는 상황을 몇 마디로 압축해서 기술한다. 발을 얼구
며 무쇠다리를 건너온 그는 전라도에서 올라온 가시내에게 동병상련
의 정을 느낀다. 그것은 고향 상실과 뜨내기됨과 가진 것 없음이 이어
주는 이심전심의 공감이요 연대감이다.

　네 두만강을 건너왔다는 석 달 전이면
　단풍이 물들어 천리 천리 또 천리 산마다 불탔을 겐데
　그래두 외로워서 슬퍼서 초마폭으로 얼굴을 가렸더냐
　두 낮 두 밤을 두루미처럼 울어울어
　불술기 구름 속을 달리는 양 유리창이 흐리더냐
　　　　　　　　　　　　　　—「전라도 가시내」중에서

　그러나 함경도 사내와 전라도 가시내의 만남은 잠시 동안의 일이다.
사내는 얼음길이 밝으면 노래도 자욱도 없이 사라질 것이라고 말한다.
반도의 남쪽 끝 출신의 여성과 북쪽 끝 사내의 북간도 술막에서의 만남
은 식민지 상황과 현실이 축약된 구도 속의 극적인 만남이다. 일회적인
우연한 만남과 헤어짐은 망국민의 부평전봉(浮萍轉蓬)의 구체를 보여
주는데 시인의 의도 여부와 상관없이 뿌리뽑힌 식민지 고향 상실자들

의 삶의 표상이 되어 있다. 카프 계열의 시인들이 꾸준히 시도했으나 이렇다 할 문학적 성취로 이어지지 못했던 모티프가 이용악 시에 와서 성공적으로 구상화되었다고 할 수 있다. 이러한 성취가 위에서 살펴본 바 주목받지 못했던 많은 시편들의 생산과정에서 연마한 기량을 바탕으로 해서 이루어진 것이라고 할 때, 시에서도 삶에서도 요행이나 기적은 기대할 수 없는 것이라고 해야 할 것이다. 이용악 시에는 또 카프 시인들이 의도적으로 강조하고 전경화했던 동지애나 근로자의 연대감정이 극히 친근한 말씨로 자연스럽게 토로되어 있어 호소력을 지닌다.

> 시바우라 같은 데서 혹은 메구로 같은 데서
> 함께 일하고 함께 잠자며
> 퍽도 친하게 지내던 사람들로만 여겨집니다
> 서로 모르게
> 어둠을 타 구름처럼 흩어졌다가
> 똑같이 고향이 그리워서
> 돌아온 이들이 아니겠습니까
>
> 하늘이 너무 푸르러
> 갈매기는 쭉지에 흰 목을 묻고
> 어느 옴쑥한 바위틈 같은 데 숨어버렸나 본데
> 차라리 누구의 아들도 아닌 나는 어찌하여
> 검붉은 흙이 자꾸만 씹고 싶습니까
> ―「다시 항구에 와서」 중에서

전통 지역사회에서 젊은 개인은 뉘집 누구 자식이냐에 따라 정체성이 정의되었다. 나라도 집도 지체도 아비도 없었던 화자, 즉 이용악은 그것을 "누구의 아들도 아닌 나"라고 경제적으로 말한다. 그저 좋아서 혹은 일거리를 찾아 사람들이 붐비는 항구로 와보았으나 그가 진정 가고 싶은 곳은 고향땅일 것이다. 뿌리 찾기와 뿌리 내리기의 간절한 소망은 '검붉은 흙을 씹고 싶다'는 조금은 과장된 듯싶은 말로 토로되어 있다. 경어 대화체는 요즘 와서는 시에서 얼마쯤 손쉬운 양식으로 굳어져 있지만 만해의 선행 사례에도 불구하고 40년대만 하더라도 안이한 매너리즘과는 거리가 멀었다. 이용악의 경어 대화체가 발휘하는 서정적 친근성은 매우 독자적인 것이어서 유례를 찾기 어렵다. 그리하여 위에서 검토한 작품들말고도 「항구에서」 「죽음」 등이 견고한 성취를 가능하게 하고 있다. '상(想)이 앞서거나 개념으로 흐르지 않는다'고 처녀시집 『분수령』에 부쳤던 친구의 긍정적 논평은 『오랑캐꽃』에 와서 한결 엄밀한 의미의 적정성을 얻게 되었다고 할 수 있다. 임화에게서 가장 높은 구현을 보았던 카프 계열의 시는 문학사적 관심을 떠나서 그 자체로 읽을 만한 매력을 상실한 지 오래이다. 전경화된 전언에 정감이 따라주지 않고 시어가 무잡하기 때문이다. 이용악에 와서 비로소 생활과 현실이 서정적 밀도와 강도 속에서 구상화될 수 있게 되었다. 그것은 결코 조그만 일이 아니며 기억해두어야 할 문학사적 사건이다. 물론 이용악의 성취가 가능했던 것은 선행 시인들의 모국어 가능성의 탐구가 의지할 만한 선례가 되어주었기 때문이고 그것은 그와 동년배의 모든 시인들에게 해당되는 얘기이다. 이용악의 강점은 현실주의 지향의 시인들이 자칫 빠지기 쉬운 이른바 '기교' 경시와 소재 결정론에서 자유로웠다는 점이다. 모든 시편에서 어사의 되풀이를 통한 음률성의 확보를 인지하게 되는데 이것은 전언의 전경화에 만족하지 않은 이용악의 시적 노력이 형태를 소홀히 하지 않았다는 것을 보여준다. 현실주의 지향의 시인들은 대체로 시인이기 전에 현실주의자란 자의식에 구애받았다. 이용악은 현실주의 시인이 현실주의자이기 전에 시인이어야 한다는 것을 보여준 20세기 전반의 최초의 사례로 기억될 것이다. 그가 없었다면 당대의 현실주의 시편들은 빈한하기 짝이 없었을 것이다.

이제 우리는 이용악 시편과 친일의 문제를 검토해야 할 계제에 이르렀다. 그는 동시대의 많은 문인들이 범한 것처럼 명시적으로 친일적 언사가 담긴 시편을 발표한 적이 없다. 구설수에 오른 세 편 중 「불」은 이미 위에서 읽어본 바 있지만 모호한 비의적 언어의 내면시편으로서 증오의 정화를 다룬 것이다. 모호성 자체가 일종의 순응 거부의 호도책이라고 볼 수조차 있다. 「길」은 아내의 출산을 기다리는 젊은 아버지의 심정을 토로한 비근한 생활시편이다.

여덟 구멍 피리며 앉으랑 꽃병
동구란 밥상이며 상을 덮은 흰 보재기
안해가 남기고 간 모든 것이 그냥 그대로
한때의 빛을 머금어 차라리 휘휘로운데
새벽마다 뉘우치며 깨는 것이 때론 외로워
술도 아닌 차도 아닌
뜨거운 백탕을 홀홀 마시며 차마 어질게 살아보리

안해가 우리의 첫애길 보듬고
먼길 돌아오면
내사 고운 꿈 따라 횃불 밝힐까
이 조그마한 방에 푸르른 난초랑 옮겨놓고

222

나라에 지극히 복된 기별이 있어 찬란한 밤마다
숱한 별 우러러 어찌야 즐거운 백성이 아니리

꽃잎 헤칠수록 깊어만 지는 거울
호올로 차지하기엔 너무나 큰 거울을
언제나 똑바루 앞으로만 대하는 것은
나의 웃음 속에
우리 애기의 길이 틔어 있기에

—「길」 전문

　상황 증거로 보아 아내가 방을 비워 화자는 조그만 방에서 혼자 지
내는 처지이다. 아내의 생활 용구나 장식품으로 보아 구차한 살림살이
임이 분명하다. "새벽마다 뉘우치며 깨는 것이 때론 외로워"라는 대목
은 생활인의 갈등이나 고민과 연관된 후회의 감정을 토로한 것이겠는
데 이러한 감정으로부터 자유로운 사람은 아무도 없을 것이다. 그는
술을 삼가며 돈 안 드는 백탕이나 마시며 어질게 살아야겠다고 다짐한
다. 2연의 시행을 통해서 우리는 아내가 출산을 위해 출타했으며 아마
도 친정에 간 것일 거라고 추측하게 된다. 곧 첫아기의 아버지가 된다
는 사실에 화자는 적잖이 고무되어 있으며 어질게 살겠다는 다짐도 이
러한 어버이의 책임감에서 비롯된 것임을 짐작할 수 있다. 4연에 나오
는 거울은 일용하는 물리적 거울이면서 동시에 귀감(龜鑑)이란 뜻의
그 거울이기도 하다. 떳떳하고 밝게 살아서 첫아기에게 어버이의 위엄
을 보여주고 어버이 노릇을 제대로 해야겠다는 긍정시편으로 이용악
시편치고는 드물게 슬픔의 정서로부터 자유로운 작품이다.
　문제가 되는 것은 3연의 두 줄이다. "나라에 지극히 복된 기별이 있

어 찬란한 밤마다/숱한 별 우러러 어찌야 즐거운 백성이 아니리." 첫 아기의 아버지가 된다는 기대감에 더하여 나라에 복된 소식이 있으니 겹친 경사로 즐거운 백성이 될 수밖에 없다는 뜻이 된다. "나라에 복된 기별"이란 것은 옛 전통사회에서는 왕자의 탄생에서부터 풍년 소식에 이르기까지 다양한 폭을 가질 수 있는 성질의 것이다. 근대사회에서도 광산의 발견이나 국제 경기에서의 우승 같은 것이 포함될 수 있을 것이다. 그러나 망국의 상황에서 '나라' 가 과연 '조선' 을 가리킬 수 있느냐는 추궁에 선뜻 반론하기가 어려운 것은 사실이다. 게다가 이 작품이 1942년, 『국민문학』이라는 제목 자체가 일본 전시 체제에 순응하는, 문학지에 발표되었고, 2월에 싱가포르 영국 기지의 함락으로 군부 정권이 일본 전역을 축제 분위기로 몰고 가던 시절이어서 시국 영합의 혐의를 받게 된다. 사실 당시의 상황으로 보아 이 대목은 작품 발표를 위해서 치러야 할 불가피한 통행세였다고 할 수 있다. 작품 논리에 충실하게 첫아기를 기다리는 어버이의 어질게 살려는 긍정시편이라 보고, 명백한 증거가 없는 한 피의자에게 유리하게 해석한다는 원칙을 적용해야 할 것이다. 북에서 간행된 『리용악 시전집』에서도 이 작품은 수사상의 약간의 변개는 있으나 그대로 수록되어 있는데 시인 편에서도 마음이 떳떳하였기 때문일 것이다. 다만 같은 무렵에 발표된 「눈 나리는 거리에서」는 시인이 일본의 대동아공영권(大東亞共榮圈)이란 거짓 논리에 세뇌되어 흔들린 흔적이 보이고 그것이 가시적으로 표명되어 있다. 1939년 이후 일본은 중국에서 승승장구했으며 1941년 12월 태평양전쟁을 일으킨 후 처음 육 개월간은 역시 승리의 연속이었다. 정보 유통의 독점으로 일본의 세계 제패가 목전에 와 있다는 기만적 홍보에 노출되었던 상황에서 많은 동족들이 이제는 일본에 협력하여 실익을 도모할 수밖에 없다는 이광수의 논리를 공유했던 것으로 보

224

인다.[4] 이용악 같은 강골의 시인조차 맨정신을 잃을 수밖에 없었던 전체주의적 상황에 대한 투철한 이해 없이 일본 제국주의 강점기를 파악하는 것은 불가능하다. 비난과 공격은 쉽지만 역사적 상상력의 획득과 구사는 그보다 어려운 것이다. 힘 안 드는 일은 직업적인 구호 전문가에게 맡기고 남의 일이랄 수 없는 불찰의 추경험을 위해서 필요한 노력을 하는 것이 문학 독자의 생산적인 태도일 것이다.

3

없었으면 더 좋았을 「눈 나리는 거리에서」를 발표한 지 얼마 안 되어 이용악은 함경도 고향으로 낙향해 간다. 일터가 없어진 서울에 남아 있을 이유도 방도도 없었기 때문이었을 것이다. 해방이 되자 그는 많은 문인들이 그랬듯이 서울로 올라온다.

---

4) 월북 문인이나 카프 계열의 문인들이 친일 혹은 근접 친일 행위에서 자유로웠다는 투의 이해가 널리 퍼져 있는데 이것은 사실과 다르다. 아마도 해방 직후 문학가 동맹을 위시하여 진보 진영에서 친일과 숙청과 친일 잔재 일소를 강력히 주장한 데서 오는 착각일 것이다. 카프 계열의 문인의 경우 일본 마르크스주의자와 진보적 저널리즘의 영향이 컸기 때문에 일본 쪽에서 전향의 바람이 분 후 혼란에 빠져 그 뒤를 이었다고 할 수 있다. 국내 잔류자로서 일제 말기에 깨끗했던 문인 내지 명망가는 극소수였다. 무항산(無恒産)에 무항심(無恒心)이었다. 참고로 『친일문학론』의 저자가 '관계 작품 연표'에서 거명한 월북 문인 및 구 카프 계열 문인의 명단을 옮겨보면 다음과 같다. 김남천, 김오성, 김해강, 박노갑, 박승극, 박세영, 박치우, 안함광, 안회남, 엄흥섭, 여상현, 이기영, 이동규, 이북명, 이용악, 이원조, 이찬, 이태준, 인정식, 임학수, 임화, 조영출, 한설야, 한식, 한효, 박영호, 송영, 함세덕. 이들 가운데 철학자 박치우(朴致祐)는 사살된 빨치산의 인적사항 확인 중에 그의 신원이 밝혀져 1951년 봄에 신문에도 보도되었다. 또 명단 중의 이동규가 이태의 『남부군』에 나오는 이동규와 동일 인물인지는 확실치 않다.

푸르른 바다와 거리 거리를
설움 많은 이민열차의 흐린 창으로
그저 서러이 내다보면 골짝 골짝을
갈 때와 마찬가지로
헐벗은 채 돌아오는 이 사람들과
마찬가지로 헐벗은 나요
나라에 기쁜 일 많아
울지를 못하는 함경도 사내

총을 안고 뺄가의 노래를 부르던
슬라브의 늙은 병정은 잠이 들었나
바람 속을 달리는 화물열차의 지붕 우에
우리 제각기 드러누어
한결같이 쳐다보는 하나씩의 별

—「하나씩의 별」중에서

　해방과 더불어 물밀듯이 돌아오는 귀환동포 혹은 당시의 말투로 하면 전재(戰災)동포 틈에 끼어 겨우 화물열차 지붕에 올라타고 상경하는 정경이 눈에 선하다. 해방 직후 그는 「38도에서」라는 시를 발표하고 있으나 원문은 여태 발견되지 않고 있다. 다만 1945년 말에 김동석이 「시와 정치」란 글에서 호되게 비판하고 있는 것으로 미루어 그는 민족주의적 중간파의 입장을 취하면서 북에서의 소련군의 행태에 대해 얼마쯤 비판적이지 않았나 생각된다.[5] 그러나 이내 그는 문학가동맹에 가입하

　5) 『김동석 평론집』, 서음출판사, 1989, 127~130쪽.

고 명실공히 좌파 시인으로 활동하게 된다. 해방 이전의 시적 역정으로 보아 그것은 아주 자연스러운 일이겠고 갑작스러운 개종(改宗)과는 거리가 먼 것이었다. 해방 이후의 그의 소작들은 제4시집이자 선집의 성격을 띤 『이용악집』에 수록되어 있는데 그 가운데서 가령 「나라에 슬픔 있을 때」는 당대의 빼어난 정치시로 이용악 특유의 어법과 시적 체모를 유지하고 있다. 정치적 격동기인데다가 해방의 감격에 들떠 있던 시기여서 세련된 완벽성의 이상 같은 것이 추구되는 문학적 풍토는 아니었다. 이용악은 그런 분위기 속에서 구호적 격문시나 투박한 상투형을 멀리하면서 개성적인 정치시 혹은 계기(契機)시를 추구하였다.

그리웠던 그리웠던 구름 속 푸른 하늘은 우리 것이라 그리웠던 그리웠던 메에데에의 노래는 우리 것이라

어느 동무들이 희망과 초조와 떨리는 손으로 주워모은 활자들이냐 아무렇게나 쌓아놓은 신문지 우에 독한 약봉지와 한 자루 칼이 놓여 있는 거울 속에 너는 있어라
　　　　　　　　　　　　　　　　　—「오월에의 노래」 중에서

서정적 에너지의 한 원천인 되풀이의 선용을 변함없이 추구하고 있으나 어눌하면서도 유장한 만연체가 정치적 계기시에 어울리는 것인지는 의문이다. 어눌한 만연체는 서사 충동의 전개에 더 어울리는 것 같고 즉시적인 시적 긴장을 요구하는 정치 계기시에서는 예기를 얻지 못하는 듯하기 때문이다. 가쁜 숨결의 간결한 시행을 특장으로 하는 임화의 격문시나 거침없이 활달한 오장환의 근접 즉흥시가 확보한 대중성을 이용악 시는 아무래도 거두지 못한 것으로 생각된다. 그의 본

령은 서정시에 있었고 정치적 계기시로 대중성을 확보하지 못한 것은 특유의 서정적 성향과 연관된 것이라 생각된다. 해방 후의 소작 가운데서도 「그리움」과 같은 순정 서정시가 전날의 가락을 유지하고 있는 것이 눈에 띈다. 오장환, 설정식에 비하면 작품량도 적은 편이었다.

1949년 8월 경찰에 체포되어 십 년 징역 언도를 받고 서대문형무소에 수감되었다가 인민군 치하에서 출옥한 그는 월북한 후 잠시 동안 조선문학동맹 시분과위원장을 지냈다고 한다. 1957년에 북의 조선작가동맹 출판사에서 나온 세로쓰기판 『리용악 시전집』에는 모두 68편의 작품이 수록되어 있다. 휴전 후에 쓴 11편이 '어선 민청호'라는 중간 표제가 달린 1부에 수록되어 있고 해방 전 작품 31편이 '우라지오 가까운 항구에서'라는 중간 표제가 달린 2부에 실려 있다. 3부 '노한 눈들' 엔 해방 이후 서울에서 발표한 7편, 4부 '원쑤의 가슴팍에 땅크를 굴리자'에는 전쟁중의 소작 9편, 그리고 5부 '평남 관개 시초'에는 휴전 후에 쓴 10편이 수록되어 있다. 이중 「평남 관개 시초」는 1956년 『조선문학』 8월호에 발표된 것으로 '조선인민군 창건 5주년 기념 문학예술상 1956년도 시 부문 1등상'을 받았다고 시집 끝자락에 달린 저자 약력에 소개되어 있다. 이 가운데서 2부와 3부의 작품들은 『분수령』『낡은 집』『오랑캐꽃』『이용악집』에 수록된 것이지만 작품에 따라 부분적인 혹은 대폭적인 변개를 가했기 때문에 비교해서 읽으면 진진한 대목이 많다. 대체로 수사적인 변경이고 해방 이전의 작품에 저항적인 요소를 추가한다든가 하는 이념상의 변경은 보이지 않는데 그것은 우리 문학 풍토에서는 소중한 태도라고 생각된다. 그때그때의 상황에 맞게 개작하는 속보이는 역사 왜곡의 사례가 허다하기 때문이다.

십 년 전 여기는
천대받는 사람들이 비분으로 살던 곳
손이 발이 되어 어둠을 더듬어도
기아와 멸시만이 따라 서던 곳

그러나 보라 우리의 정권은
가슴에 덮쳤던 암흑을 몰아냈다
낮이 없던 깊은 땅속

저주로운 침묵이 엎디었던 구석구석까지
밤이 없는 광명으로 차게 하였다

보라 여기는 씩씩한 젊은이들이
청춘의 한길을 다투어 택한 곳
기름이 흐를 듯한 석탄을 가득 싣고
무쇠 탄차가 줄지어 올라오는 갱구에
전체 인민이 보내는 영광을 전하면서
수도에서 오는 북행 렬차가 산굽이를 돌아간다
　　　　　　　　　　　　　　—「탄광 마을의 아침」 중에서

변하고 또 변하자
아름다운 강산이여

전진하는 청춘의 나라

영광스러운 조국의 나날과 더불어
한층 더 아름답기 위해선
강산이여 변하자

천추를 꿰뚫어 광명을 내다보는
지혜와 새로움의 상상봉
불패의 당이
다함 없는 사랑으로 안아 너를 개조하고
보다 밝은 래일에로 깃발을 앞세웠거니

강하는 자기의 청신한 젖물로써
태양은 자기의 불타는 정열로써
대지는 자기의 깊은 자애로써
오곡을 무럭무럭 자라게 하라

　　　　　　　　　　　　—「위대한 사랑」 전문

　1955년이라는 제작 연도가 붙어 있는 「탄광 마을의 아침」은 '어선
민청호'에서 뽑은 것이요, 1956년에 발표되었다는 「위대한 사랑」은
'평남 관개 시초'에서 뽑은 것이다. 전문 인용의 필요 때문에 짤막한
시편을 골라본 「위대한 사랑」은 예외적인 작품으로 대체로 시행이 길
다. 「평양으로 평양으로」라는 전시 작품은 200행에 이르는 장거리 시
편이다. 위에 적은 시편을 읽어보면 북으로 간 뒤의 이용악 시편의 성
향과 전개는 대충 짐작이 갈 것이다. 살아남기 위해서 이론적 비평적
곡예라는 대가를 치러야 했던 루카치는 만년에 스탈린 치하의 이른바
사회주의 리얼리즘을 체체자연주의라고 하면서 그것은 전혀 리얼리

즘이 아니라고 비판하였다.[6] 대중성, 전형성, 이상주의, 당성은 사회주의 리얼리즘의 구성요소였고, 이러한 구성요소는 시의 경우에도 요구된 것이었다. 난해성을 경원하는 대중성을 위시해서 전형성, 이상주의, 당성을 얼추 갖추고 있음을 위의 시편은 보여주고 있다. 그렇지만 그 결과는 일종의 체제 송가 혹은 체제 응원가로 귀결되었다고 볼 수밖에 없다. 찬송가를 듣고 감동받아 기독교로 개종한 사람은 과문한 탓인지 들어본 일이 없다. 그러나 일단 믿음을 가지고 있는 신도들에게 찬송가는 신도 사이의 유대감을 고양하면서 경건한 믿음을 재생산하는 데 누진적으로 기여한다. 그것은 신앙고백의 의식(儀式)이며 신도들의 나날에 소소한 대로 축제성을 부여한다. 믿음을 가지고 있지 않은 국외자가 찬송가에 대해서 왈가왈부하는 것은 어울리지 않는 일이다. 다만 체제 송가나 체제 응원가는 성질상 작품을 평준화시키게 마련이며 따라서 뛰어난 재능에게 남아 있는 가능성의 여백이 별로 없다는 사실은 기억해둘 필요가 있을 것이다. 그것이 꽉 막힌 재능에게는 역으로 축복과 분발의 계기가 될 수 있다는 것은 말할 것도 없다. 『오랑캐꽃』의 몇몇 시편에 보이던 내밀한 개성적 비의적 언어는 이제 알아듣기 쉬운 대중성의 관용어로 변용한다. 『리용악 시전집』이 절정기의 『오랑캐꽃』보다 더 많은 계도된 독자를 가질 수 있었다는 것은 틀림이 없겠고 거기서 시인은 위로를 받아야 할 것인지도 모른다.

---

6) *Conversation with Lukacs*, ed. Theo Pinkus, Cambridge, The MIT Press, 1975, pp. 36~37.

4

　1937년 가을, 불과 일 주일의 말미를 주고 소련 당국은 20만 명의 연해주 거주 고려인을 가축 운송용 화물차에 실어 중앙아시아의 허허벌판에 내려놓았다. 최초의 고려인 처리장의 하나가 카자흐스탄 공화국의 우스토베이다. 원주민 20여 가구가 살고 있을 뿐인 허허벌판으로 강제 이주된 고려인은 땅을 파서 움막을 짓고 새로운 삶을 시작하였다. 이렇게 중앙아시아로 오게 된 고려인은 그후 각지로 흩어져 그 후손 약 40만 명이 지금 독립 연합제국에 살고 있다. 이들의 존재가 소련 안팎에서 널리 알려지게 된 것은 고르바초프의 페레스트로이카 이후의 일이다. 그전까지는 고려인들이 강제이주당했다는 것을 공적인 장소에서 언급하는 것은 금기 사항이었다. 그들은 살아남기 위해 입을 꽉 봉해야 했고 불모지를 개간하여 농사를 짓고 많은 노동 영웅을 배출하였다. 타슈켄트 재래시장에서 배추김치를 팔고 있는 고려인 여성들의 모습이 TV 화면에 보도되면서 우리 사이에서도 파란만장한 그들 삶의 일단이 알려지게 되었다.

　카자흐스탄의 수도였던 알마티에서 우스토베까지는 고르지 못한 아스팔트 길을 버스로 근 다섯 시간을 달려야 한다. 세상 끝으로 가는 듯한 망망하고 황량한 벌판 끝에 나타난 우스토베는 시골이었고 마치 60년대 이전 우리 쪽 후생주택 같은 불안한 가옥들이 초라하게 줄지어서 있었다. 약 2만 명의 고려인이 부근에 살고 있고 지역 행정의 수장도 고려인이었다. 처음 내동댕이쳐진 지점에서 그대로 눌러산 고려인의 자손들이 불어난 것인데 대부분 농업에 종사하여 벼, 사탕무, 양파 등을 재배하고 있었다. 한결같이 찌든 얼굴이었고 밝은 것은 소년 소녀들의 표정뿐이었다. 동행하였던 젊은 여성 국악인은 너무나 가슴 아프다며 돈이라도 있으면 다 내놓고 가고 싶다고 털어놓았다. 500명을 수용하는 극장의 공중 변소가 칸막이 없는 개방식이었다.

타슈켄트가 수도인 우즈베키스탄의 고려인 사이에서는 〈눈물 젖은 두만강〉이 널리 알려져 있다. 고려인의 존재가 알려진 후 이 나라의 시골 구석까지 찾아오는 한국인이 더러 있었다. 선교사도 있고 사업차 방문한 사람도 있었다. 이들이 고려인에게 가르쳐준 노래가 〈눈물 젖은 두만강〉을 위시한 식민지 시절의 흘러간 노래였다. 그러나 그것은 우연만은 아닐 것이다. 연해주로 동포들이 이주해간 것은 19세기 중엽부터라고 한다. 나라 안에서 먹고살 길이 없는 사람들이 두만강을 건너간 것이다. 북간도나 아라사로 가는 이주민의 모습이 「낡은 집」을 위시하여 이용악 시편의 곳곳에 보인다. 이렇게 건너간 이주민과 그 자손들의 일부가 지금 중앙아시아에서 소수민족으로서 가파른 삶을 꾸려가고 있다. 우즈베키스탄에서는 소연방에서 분리 독립한 후 초중등고교에서 우즈베크어를 사용하고 러시아어를 쓰지 않고 있다. 민족주의 바람이 거세게 불고 있어 자녀교육을 위해 다시 원동(遠東), 즉 연해주로 떠나가는 사람들이 늘고 있다고 한다. 키르기스탄의 수도인 비슈케크에서 만난 주름투성이의 백발 고려인은 원동에서 중앙아시아를 거쳐 여러 곳을 전전하였고 1949년에 그루지아에서 넘어와 정주하고 있다고 말하였다. 그들에게 도대체 정의란 무엇인가? 하늘의 정의와 땅의 정의는 과연 있는 것인가? 아프게 노래했던 동포 이주민의 후일담을 목격했다면 이용악의 심정은 어떠했을까? 조상을 노래한 자기의 시는 알지 못하면서 〈눈물 젖은 두만강〉에 눈시울을 붉히는 고려인을 보고 이용악의 감회는 또 어떠했을까? 문학이 할 수 있는 일이 도대체 무엇인가? 이러한 이용악 관련 공상에 곁들여 타슈켄트 고려인 전람회에서 본 안일 화백의 그림 〈눈물 젖은 두만강〉이 뇌리를 떠나지 않는다. 고려인들이 〈눈물 젖은 두만강〉에 가슴 뭉클해하는 것은 너무나 당연하다. 그렇지만 12년에서 20년에 이르는 공교육을 받았으면서도 『오랑캐꽃』에는 무감하고 〈눈물 젖은 두만강〉에나 손뼉을 치는 것은 한심한 일이다. 이런 날라리들이 지금 사회 각 분야를 장악하고 난폭운전과 취중운전을 자행하고 있는 것이 우리 문화의 현주소다. 문학의 위기가 아니라 정히 문화와 사회와 민족의 위기라 하지 않을 수 없다.

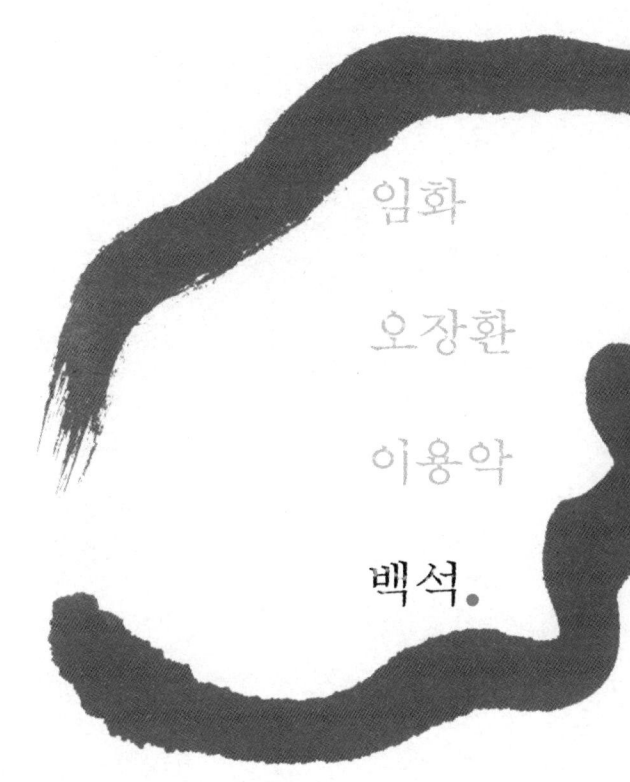

임화

오장환

이용악

백석.

시원 회귀와 회상의 시학
—백석의 시세계 · 1

범과 사슴과 너구리를 배반하고
송어와 메기와 개구리를 속이고 나는 떠났다

나는 그때
자작나무와 이깔나무의 슬퍼하든 것을 기억한다
갈대와 장풍의 붙드든 말도 잊지 않었다
　　　　—「북방에서」 중에서

1

　산재해 있던 백석 시를 모아 발표 연대를 확인하고 연대순으로 엮어 펴낸 이동순 편 『백석 시전집』은 해방 이전 백석 시의 전모에 대하여 일반 독자의 접근을 최초로 가능하게 해주었다.[1] 3부로 나누어져 있는 이 전집에서 시집 『사슴』에 수록된 작품이 제1부를 이루고 있고,

1939년 만주로 이주해 간 이후의 시편이 제3부 '북방(北方)에서'에 수록되어 있으며, 그 사이의 간주곡이라 할 작품이 제2부 '함주시초(咸州詩抄)'를 구성하고 있다. 결론부터 말하면 시집 『사슴』의 첫머리 '얼룩소 새끼의 영각'에 보이는 몇 편이 초기 백석 시의 특징을 가장 잘 드러내고 있는 반면 시적 성취도에서는 '북방에서'를 이루고 있는 북방시편들이 가장 높은 단계에 올라 있다고 생각된다. 성취도로 보아 꼭 대표작이라고 할 수는 없어도 시인의 작품세계에 대해서 대표성이나 상징성을 가지고 있는 작품이 있게 마련인데 백석의 경우 「북방에서」가 바로 그런 작품의 하나가 아닌가 생각된다. 당대의 저명한 삽화가였으며 '조상(彫像)과 같이 아름다운' 백석의 프로필을 남겨놓고 있는 화가 '정현웅(鄭玄雄)에게'라는 부제가 달려 있는 이 작품은 소재에서나 형식에서나 검토에 값하는 매우 독특하고 흥미 있는 시편이다.

　　아득한 넷날에 나는 떠났다
　　부여(扶餘)를 숙신(肅愼)을 발해(渤海)를 여진(女眞)을 요(遼)를 금(金)을
　　흥안령(興安嶺)을 음산(陰山)을 아무우르를 숭가리를
　　범과 사슴과 너구리를 배반하고
　　송어와 메기와 개구리를 속이고 나는 떠났다

　　나는 그때

─────────────

1) 이동순 편, 『백석 시전집』, 창작과비평사, 1987. 백석 시의 인용은 모두 이 판본의 표기를 따랐다.

자작나무와 이깔나무의 슬퍼하든 것을 기억한다
갈대와 장풍의 붙드든 말도 잊지 않었다
오로촌이 멧돌을 잡어 나를 잔치해 보내든 것도
쏠론이 십리길을 따러나와 울든 것도 잊지 않었다

나는 그때
아모 이기지 못할 슬픔도 시름도 없이
다만 게을리 먼 앞대로 떠나 나왔다
그리하여 따사한 햇귀에서 하이얀 옷을 입고 매끄러운 밥을 먹고 단
샘을 마시고 낮잠을 잤다
밤에는 먼 개소리에 놀라나고
아츰에는 지나가는 사람마다에게 절을 하면서도
나는 나의 부끄러움을 알지 못했다

그 동안 돌비는 깨어지고 많은 은금보화는 땅에 묻히고 가마귀도 긴
족보를 이루었는데
이리하야 또 한 아득한 새 녯날이 비롯하는 때
이제는 참으로 이기지 못할 슬픔과 시름에 쫓겨
나는 나의 녯한울로 땅으로 — 나의 태반(胎盤)으로 돌아왔으나

이미 해는 늙고 달은 파리하고 바람은 미치고 보래구름만 혼자 넋없
이 떠도는데

아 나의 조상은 형제는 일가친척은 정다운 이웃은 그리운 것은 사랑
하는 것은 우러르는 것은 나의 자랑은 나의 힘은 없다 바람과 물과 세월

과 같이 지나가고 없다

　　　　　　　　　　　　　　　—「북방에서」 전문

　　백석 시에서 시의 화자와 시인의 일상적 사회적 자아는 대체로 동일
하다. 이 작품에서는 화자 '나'의 의도적 혼용(混用)을 통해서 민족사
와 개인사를 아우르고 있어서 아주 이례적이다. 겨레와 시인의 동일화
를 통해 희한한 의외성을 얻고 있으며 거기서 유례 없는 박력과 참신
성이 나온다. '아득한 옛날에 우리 조상은 떠났다'고 한다면 시의 충
격적인 매력은 맥 빠지게 부서지고 말 것이다. "부여(扶餘)"에서 "금
(金)"까지는 중국 동북부와 한반도 주변에 있던 여러 옛나라를 가리키
고 있는데 옛적 북방에서 반도를 향해 내려온 남진(南進)의 겨레 역사
를 시사한다. "흥안령(興安嶺)"과 "음산(陰山)"은 흔히 만주라고 불렸
던 중국 동북부의 산계와 산맥의 이름이다. "숭가리"는 송화강(松花江)
의 만주어이며 "아무우르"는 흑룡강(黑龍江)의 러시아 이름으로 숭가
리가 합수하는 강이다. "아무우르를 숭가리를"까지의 대목은 첫 행의
"떠났다"에 걸린다고 읽는 것이 순리일 것이다. 겨레 조상들이 옛 터
전을 버리고 떠날 때 자연과의 합일 속에서 짐승들과 친화적 근린(近
隣)관계를 형성하고 있었기 때문에 "범과 사슴과 너구리를 배반하고/
송어와 메기와 개구리를 속이고 나는 떠났다"는 개성적이고 해학적인
대목이 가능해진다. 범 사슴 너구리가 각각 옛 터전에서 부족의 토템
이었을 가능성도 배제할 수 없다.

　　나는 그때
　　자작나무와 이깔나무의 슬퍼하든 것을 기억한다
　　갈대와 장풍의 붙드든 말도 잊지 않았다

제2연의 이러한 대목은 친화적 근린관계가 동물뿐 아니라 식물계 초목과도 형성되어 있었음을 보여준다. 감정이입이라고 하면 그만이지만 옛 사람들의 대자연 태도가 잘 드러나 있고 그것을 표현하는 시인의 예사로워 보이는 솜씨가 사뭇 비범하고 창의적이다. "자작나무"는 한대성 식물이며, "이깔나무"는 낙엽송을 그렇게 부르기도 하나 본래는 같은 전나뭇과이면서 낙엽송보다는 키가 작고 중국 북부나 만주 그리고 백두산 일대에 많이 분포되어 있다. "장풍"은 이동순 교수의 공들인 낱말풀이에서 "멀리서 불어오는 바람인 한자말 장풍(長風)"으로 풀이되어 있으나 창포(菖蒲)를 가리키는 방언이라고 보아야 할 것이다. 자작나무와 이깔나무를 병치한 것으로 보아 갈대 다음에 식물 이름이 오는 것이 당연하겠기 때문이다. 옛날 여성들이 머리 감는데 썼던 창포는 지방에 따라 장포 장푸 장풍 등으로 불린다. 시전집의 낱말풀이에 보이듯이 "오로촌Orochon"은 북퉁구스 계통의 부족 이름이요 "쏠론Solon"은 남방 퉁구스 족의 일파이다. "멧돌"은 멧돝 즉 멧돼지의 오식일 것이다. 이렇게 친화적 근린관계는 동식물뿐만 아니라 타 부족과도 두루 맺어져 있었다. 그럼에도 옛 조상들은 아무런 "이기지 못할 슬픔도 시름도 없이" 한가히 먼 남쪽을 향해 떠나왔다.

　　그리하여 따사한 햇귀에서 하이얀 옷을 입고 매끄러운 밥을 먹고 단 샘을 마시고 낮잠을 잤다
　　밤에는 먼 개소리에 놀라나고
　　아츰에는 지나가는 사람마다에게 절을 하면서도
　　나는 나의 부끄러움을 알지 못했다

우리 조상이 남진하여 정착한 것은 옛 터전과 비교하여 햇살이 따스

한 온대지방이다. 우리 조상들은 또 흰옷을 숭상하여 백의민족을 자처하였고 또 벼농사를 지어 "매끄러운 밥"을 먹게 되었다. 산 높고 물 맑은 고려(高麗)땅의 샘물은 옛 터전의 그것에 비하면 단샘이었을 것이다. "낮잠을 잤다"는 것은 비교적 편안한 생활을 했다는 뜻일 터이나 이곳 생활이 편안하기만 한 것은 아니다. "먼 개소리에 놀라나고"란 대목은 외부로부터의 침략이나 내부 소요의 함의를 가지고 있다. '놀아난다'는 말에 기대어 "놀라나고"라고 함으로써 참신한 생동감을 주고 있음도 주목해야 할 것이다. "지나가는 사람마다에게 절을 하면서도/나는 나의 부끄러움을 알지 못했다"는 대목을 과잉 해석할 필요는 없으나 철 따라 바뀌는 기운 센 타자에게 사대의 번례(煩禮)를 치러야 했던 오욕의 역사를 함의한다는 것을 부정하기는 어려운 일이다. 한반도 정착 이후 겨레의 역사를 대수롭지 않은 몇 소절로 압축하고 있는 솜씨가 놀랍다. 그 다음에 이어지는 시행은 한결 집약적이면서 속도 있게 전개된다. "가마귀도 긴 족보를 이루었"다는 것은 언짢은 일이 많았던 민족사의 검은 이미지일 것이나 많은 세월이 흘렀다는 것의 비유임에는 변함이 없다.

> 이리하야 또 한 아득한 새 녯날이 비롯하는 때
> 이제는 참으로 이기지 못할 슬픔과 시름에 쫓겨
> 나는 나의 녯한울로 — 나의 태반(胎盤)으로 돌아왔으나

이 대목에서부터 민족사의 자아는 개인사의 자아로 바뀐다. "한 아득한 새 녯날이 비롯하는 때"란 시행에서 민족사와 개인사는 교차한다. 그것은 구조상의 시적 장치이지만 어쨌건 겨레의 남방 이동이 시작된 옛날과 비슷한 새 시대가 화자의 태반 회귀를 통해서 시작된다는

뜻이다. 화자는 북행에서 새 시대를 예감하고 있다. 그런데 겨레의 남방 대이동이 별다른 슬픔이나 시름 없이 비교적 한가하게 시작된 반면 개인사 화자의 북행은 "이기지 못할 슬픔과 시름에 쫓겨" 민족의 시원이자 태반인 옛 땅으로 돌아온 것이 다르다.

  이미 해는 늙고 달은 파리하고 바람은 미치고 보래구름만 혼자 넋없이 떠도는데

  아 나의 조상은 형제는 일가친척은 정다운 이웃은 그리운 것은 사랑하는 것은 우러르는 것은 나의 자랑은 나의 힘은 없다 바람과 물과 세월과 같이 지나가고 없다

그러나 돌아온 시원(始原)의 옛 땅에서 그가 발견하는 것은 에누리 없는 절대고독이며 삶을 견디게 할 수 있는 유대, 사랑, 경의, 긍정, 긍지, 정신적 에너지의 완벽한 부재요 실종이다. 모든 것은 바람이나 지난 세월처럼 사라지고 없다고 화자는 말한다. '창백한 달'이나 '광풍'이라는 표현은 비근한 수사법에 속하지만 '늙은 해'는 흔치 않은 생소화다. 민족사와 개인사를 동일화함으로써 시인의 고향 상실과 곤경이 그대로 구차한 시대와 겨레의 곤경으로 중첩되어 있다. 평소 민족시인이란 말의 남용에 공감하지 않는 편이지만 사사로움의 토로가 그대로 부족집단의 파토스로 연결되어 있는 텍스트의 무의식은 백석을 단순한 서정시인으로 간주하는 것을 피상적으로 만들어준다. 1940년이란 시점에서 일제 말기의 절망적인 상황을 이 작품처럼 절실하게 노래한 작품은 많지 않다. 한편 이 작품에 보이는 태반 회귀 혹은 시원 회귀의 모티프는 사실상 백석 시에 보이는 유년 회상의 의미를 보족

적으로 밝혀주기도 한다. 초기 시에 보이는 유년 회상은 태반 회귀 소망의 한 형태이며 그것은 보호받는 태반 시절에 대한 그리움의 표명이다.

이 작품은 형태상으로도 백석의 몇몇 후기 절창과 성질을 공유하고 있다. 곰브리치는 그의 주저에서 르네상스기 이탈리아의 카스틸리오네 B. Castiglione의 생각을 인용하고 있다. 『조신(朝臣, Courtier)』이라는 에티켓과 사회문제와 교양을 다룬 책에서 예사로움 혹은 태연함이라는 개념을 거론하고 있는 카스틸리오네에 따르면 참다운 예술가는 참다운 신사처럼 힘들이지 않은 채 작업하고 처신한다. 가령 너무나 세심하게 다듬고 끝마무리하는 사람은 참다운 예술가가 못 된다. 이에 반해서 예사로움 sprezzatura, nonchalance은 완벽한 조신과 예술가의 특징이다. "힘들이거나 솜씨 자랑하지 않은 채 운필(運筆)하고서도 마치 화가가 의도한 대로 저절로 그 목표에 도달한 듯이 보이게끔 쉽게 그린 하나의 선이나 붓놀림은 그 예술가의 뛰어남을 드러내준다." [2] 『채근담(菜根譚)』에 나오는 대교무교술(大巧無巧術)과 통하는 생각이라 여겨지는데, 「흰 바람벽이 있어」「남신의주 유동 박시봉방」 등에서 절정에 달하는 예사로움의 경지는 이 작품에서도 드러나 있다. 표제가 미당 소작과 같은 '만주(滿洲)에서'가 아니고 '북방에서'인 것도 사소하지만 백석의 비타협적인 현실 인식을 보여준다. 그것은 털도 안 뽑은 돼지고기를 시꺼먼 맨 모밀국수에 얹어서 한입에 꿀컥 삼키는 사람들을 바라보면서 "나는 문득 가슴에 뜨거운 것을 느끼며/소수림왕(小獸林王)을 생각한다 광개토대왕(廣開土大王)을 생각한다"고 적고 있는

---

2) E. H. Gombrich, *Art and Illusion: A Study in the Psychology of Pictorial Representation* (Princeton: Princeton Univ. Press, 1961), pp. 194~195.

그의 민족사적 상상력과 연관되는 것이라 생각된다. 위에서 이 작품이 백석의 시세계 전반에 대해서 대표성 혹은 상징성을 갖는다고 말한 것은 위에 적은 바와 같은 여러 가지 이유에서이다.

2

'유아기 기억상실 childhood amnesia', 즉 생애의 최초의 시기인 유아기 몇 해 동안의 경험에 대한 일반적인 기억상실 현상에 대하여 우리의 주의를 환기시킨 것은 프로이트이다. 유아기는 삶의 도정에서 경험이 가장 풍요한 시기이며 그렇기 때문에 어린이는 지칠 줄 모르는 호기심을 드러내 보이게 마련이다. 그러나 출생에서 4세 혹은 6세까지 걸쳐 있는 이 시기의 경험에 대해서 사람들은 대부분 송두리째 망각하고 있다. 유아기로부터 이월(移越)된 불가해한 몇몇 기억의 단편들을 프로이트는 '은폐성 기억 concealing memories'이라 부른다. 가령 생후 일주일 만에 받은 세례에 대하여 세례받았던 가옥, 층계에 있던 램프, 검정 프록코트를 입은 키 큰 목사, 대야에 머리가 완전히 잠겼던 일을 생생히 기억한다는 젊은 신경증 환자의 경우를 프로이트는 인용하고 있다. 정신분석의 결과, 세례라는 그의 은폐성 기억은 유태교인이라는 세인의 의심에 대한 보상이라는 것이 드러난다. 그는 독실한 기독교도였고 부모 또한 그러하였으나 그의 친조부는 유태인이었다. 그 자신은 유태인이라는 티가 나지 않았으나 조부로부터 물려받은 성(姓)이 문제였다. 독일인 성이었으나 흔히 유태인 성으로 오해받아 문제가 생기곤 했다. 성 때문에 입학을 거부당한 적도 있었고 대학에서는 유태인으로 의심받아 클럽 가입을 거절당했던 일도 있었다. 이렇게 은폐성 기억은 훨씬 뒷날에 일어난 일, 혹은 전에 일어났거나 동시에 일어난 다른 중요한 일을 은폐하고 있다는 것이다.[3] 유아기 기억이 별로 대수롭지 않은 소소한 일을 기억하면서 같은 시기의 비중 있고 정감적인 인상에 대한 기억은 전혀 보존하지 못하고 있는 사실에 주목한 그는 유아기 기억상실이 유아기의 성적(性的) 관심에 대한 점진적인 억압 탓이라고 설명한다. 유아기의 성적 관심은 만 3세에서 4세 사이에 그 징후와 표현이 절정에 달하는데 혐오감, 수치감, 도덕적 미적 이상(理想)의 요구 등의 정신력이 이 억압을 야기한다는 것이다. 이러한 정신력이 사회의 소산이며 사회의 재가를 받고 있는 것임은 말할 것도 없다.

프로이트가 착안하고 설명한 유아기 기억상실에 대해서 샥텔 Schachtel은 몇몇 의문을 제기하면서 자기 나름의 원인 분석을 시도한다.[4] 첫째로 프로이트의 설명에서는 성적 경험의 억압이 어째서 유아기의 모든 경험의 전면적 억압으로 이어지는지가 분명치가 않다고 샥텔은 생각한다. 그렇기 때문에 유아기 경험의 일반적 성질에는 무엇인가 그 경험을 망각으로 이끄는 어떤 요인이 있음에 틀림없다고 상정하는 편이 그럴싸해 보인다고 말한다. 둘째로 유아기 기억상실 현상은 억압, 특히 유아기 자료의 억압의 성질에 관한 문제로 이어진다. 억압이란 용어와 개념은 그 자체로서는 회상될 수 있는 자료가 정신

---

3) Sigmund Freud, Psychopathology of Everyday Life, *Basic Writings*(New York : Random House, 1938), pp. 66~67.

4) Ernest G. Schachtel, *Metamorphosis : On the Development of Affect, Perception, Attention, and Memory*(New York : Basic Books, 1959), pp. 279~322. 프로이트의 유아기 기억상실에 관한 설명 요약을 필두로 해서 이어지는 문장은 이 책의 유아기 기억상실에 관한 논지를 요약한 것이다. 때로는 그대로 번역한 부분도 있고 대충 요약한 부분도 있다. 본문과 유관성이 있다고 생각되는 부분을 중점적으로 언급했기 때문에 균형 잡힌 요약이 아님을 부기해둔다.

외상적(精神外傷的) 성질 때문에 회상에서 배제되어 있다는 것을 시사한다. 만약 그 정신외상적 요인이 밝혀지고 해소된다면 그 자료는 다시 회상될 수 있어야 할 것이다. 그러나 장기간에 걸친 가장 심도 있는 정신분석도 유아기 기억의 회복으로 이어지지는 않는다. 기껏해야 그것은 잊혀진 사건이나 감정을 파헤칠 수 있을 뿐이다. 그렇다면 유아기 기억상실은 오로지 혐오스러운 자료를 억압하는 검열 탓이라기보다는 유아기 경험의 수용을 어렵게 하는 기억기능 혹은 기억작용의 형성과 연관된 것일지도 모른다고 그는 생각한다. 이러한 가설에서 출발하여 그는 프로이트와 프루스트의 저작 그리고 정신분석가로서의 자신의 임상 경험을 기초로 하여 매우 설득력 있는 정치한 설명을 보여준다.

프로이트와 프루스트는 '자전적 기억 autobiographical memory'을 말하고 있는데 유아기 기억상실이란 놀라운 현상이나, 그처럼 뚜렷하지는 않지만 과거 회복의 어려움이 관찰되는 것은 이 자전적 기억에서이다. 배운 낱말이나 인지했던 사물이나 인물에 관한 한 뚜렷한 유아기 기억상실 현상은 없다. 자전적인 과거와는 대조적으로 이러한 유형의 자료는 항상 재경험되고 활용되며 성장하는 어린이가 환경에 대처하고 적응하는 데 필수적이기 때문에 기억에 남아 있게 마련이다. 이러한 자료를 회상함에 있어 우리는 주로 지식과 인지의 즉각적이고 실용적인 활용에 봉사하는 기억을 상대하지 않으면 안 된다. 자전적 기억과 실용적 공리적 기억의 분리는 그러나 인공적 추상이며 기억된 소재의 내용 차이는 뚜렷하지 않고 늘 상호연관되어 있다. 대부분의 사람들의 경우 자전적 기억은 출생에서 만 5세나 6세까지의 유아기에 대해서 기억상실을 보인다.

유아기 말기, 사춘기, 성인기에 걸쳐서 지각과 경험은 사회 관습을 따른 진부하고 규격화된 상투어의 '고무 도장'으로 발전해간다. 있는 것을 그대로 보고 느끼는 능력은 기대하는 것을 보고 느끼는 경향에 의해서 대체된다. 그리고 그 기대는 누구나가 보고 느끼기 때문에 이를 추종하는 것에 지나지 않는다. 경험은 현저하게 진부한 상투어의 형태를 띠어가고 따라서 그러한 상투어의 형태로 회상된다. 상투어가 타인들에 의해서 관습적으로 기억되기 때문이다. 기억과정에서 경험이 관습적으로 수용되는 상투어로 왜곡되고 묻혀지는 것은 여러 가지 실험에 의해서도 증명되고 있다. 바틀릿 Bartlett은 「유령들의 전쟁」이란 아메리칸 인디언의 민담을 한 실험에서 활용하였다. 피실험자에게 이 민담을 두 번씩 읽게 하고 나서 십오 분 후, 스무 시간 혹은 일 개월 후에 그것을 재생하도록 해보았다. 이러한 재생 혹은 재현에서 중요한 역할을 한 것은 바틀릿이 말하는 '합리화'의 요소였다. 그것은 얘기를 수긍할 수 있고, 이해하기 쉽고 편안하게 만들어주면서 의심적은 수수께끼의 요소는 제거하였다. 제목에 대한 각별한 주의 환기에도 불구하고 대다수 피실험자의 첫번째 재생에서 유령의 언급은 아예 사라지고 없었다. 이것은 사회적인 뼈대에 의한 재구성인 셈이었고 이 뼈대 혹은 도식 schema에 따라 원문 내용이 생략되거나 변경되었다. 즉 사리에 맞도록 내용이 합리화된 것이었다.

이와 비슷하게 기억과정은 실제 경험을 관습적인 상투어로 대체해 버린다. 본래의 경험이나 지각은 대체로 판에 박힌 상투어로 결정된다. 또 당사자가 보거나 듣기를 기대하는 것에 의해 결정되는데 이때의 기대감은 사회적 문화적으로 교육된 것이다. 그러나 자신이나 타인의 이러한 지각과정에 대해서 주의를 기울여본 사람들은 누구나 처음에는 경험과 그것을 보존하고 표현하는 생각이나 언어 사이에 어떤 괴리가 있다는 것을 의식하게 된다. 경험은 언제나 그것을 의식하고 회복하려고 하는 명료한 정식(定式, formula)보다는 넘치도록 풍요하고 충실하다. 시간이 지나감에 따라 이 정식은 본래의 경험을 점증적으로 대체하게 되고 게다가 그 자체가 현저하게 단조해지고 상투화된다. 다시 말해서 기억은 지각이나 경험보다도 한결 더 상투화된 뼈대 혹은 도식에 의해서 지배된다. 기억이 어느 모로는 경험이나 지각보다 이러한 상투화에 대해서 취약하게 마련인데 그것은 경험이나 지각이 경험된 상황이나 지각된 대상에 대해서 직접적인 연관을 가지고 있음에 반해서 기억은 시간적으로나 공간적으로 그 대상과 동떨어져 있기 때문이다. 기억은 시각이나 청각과 마찬가지로 원격감각distance sense이며 이는 후각, 미각, 촉각과 같은 근접감각proximity sense과 구별된다.

요컨대 성인 기억의 상투화 때문에 유아기 경험과 성인 기억의 조직 및 범주는 양립할 수 없는 것이 되어버린다. 상투화는 기억의 도식화의 특수 형태인 것이다. 의지적 기억은 대체로 경험 자체보다도 경험의 도식을 회상할 뿐이다. 이러한 도식은 대체로 주어진 문화의 말이나 개념에 따라 형성된다. 또한 시각적 청각적 기억은 인상 자체보다는 시청각 인상의 도식을 재생할 뿐이다. 기억과 경험의 도식은, 모든 경험과 기억에 대한 도식을 제공하는 하나의 세계관을 발전시킨 문화에 의해서 결정된다. 그렇지만 가령 중국이나 서구와 같은 문화는 상당히 분화되어 있어서 매우 진부하고 평범하며 상투적인 도식뿐만 아니라 고도로 분화되고 섬세한 도식 역시 제공한다. 가장 상투적인 도식화에 빠지기 쉽고 따라서 개인 경험을 재생시킬 수 없으며 누구나가 통념에 따라서 경험했을 것이라고 여기는 것만을 재생할 수 있을 뿐인 기억과정이 곧 기억과 경험의 규격화요 상투화이다.

두 경향이 궁극적인 유아기 기억상실 쪽으로 나아간다. 첫째, 명료한 경험과 이러한 경험의 회상을 위한 도식은 비교적 더디고 또 늦게 발전한다. 생애의 가장 초기에는 이러한 도식이 완전히 결여되어 있고 그들이 발전함에 따라 경험은 당초의 참신한 성질을 점차로 잃어버리고 낯익은 성질을 획득한다. 유아가 겪게 되는 엄청난 양의 경험은 그러므로 그 보존을 위한 다양하게 걸맞은 그릇(도식)을 찾지 못한다. 둘째, 초기 유아기 경험의 특성은 경험과 사고와 기억의 발전중인 도식에 걸맞지 않게 마련이다. 왜냐하면 이러한 도식은 갖가지 편견과 강조점과 금기를 지닌 성인문화에 의해서 빚어졌기 때문이다. 이러한 경향들은 어린이의 감각의 발달이라는 연관에서 볼 때 더욱 확연해진다. 계통발생적으로나 개체발생적으로나 원격감각은 근접감각보다 한결 늦게 충분한 발달을 이룬다. 그리고 근접감각은 보다 더 동물적인 감각이요 인간의 동물됨을 상기시키게 마련이기 때문에 금기시되는 경향이 있다. 서구어에서 후각과 미각을 나타내는 어휘는 아주 빈약하다. 이 때문에 후각과 미각을 위한 경험 도식은 비교적 늦게 발달한다.

당초 근접감각이 우세하다가 원격감각이 우세하게 되는데 이 전환은 영아기와 유아 초기에 일어난다. 문화적 생물적 계통발생적 요소의 결과인 이 전환은 세계를 경험하는 방식에서 어린이에게 엄청난 변화를 야기한다. 따라서 감각 혹은 지각의 조직에서의 전환이 ·일어나기 전에 있었던 경험을 상기하는 것은 지극히 어려워진다. 이 변화가 지각과 경험의 양식 전체를 바꾸어놓았기 때문이다. 게다가 자전적 기억과 자기 동일성을 유지하는 자아개념이 늦게 발달하는 것도 유아기 기억상실의 또다른 국면이 된다. 이제 마지막으로 설득력 있고 심도 있게 전개되는 그의 말을 직접 들어보기로 하자.

꿈의 기억상실과 유아 초기 기억상실은 서로 연관된 원인 때문에 생긴다. 문화의 상투적 도식을 초월하는 경험과 생각은 비교적 소수의 사람들에게서만 발견된다. 그러나 이것은 유아 초기나 꿈에서는 보편적이다. 유아 초기에는 어린이의 자연발생적인 본래성이 무디어지지도 문화의 상투적 패턴 쪽으로 돌려지지도 않았기 때문이다. 또 꿈에서는 이러한 상투적 패턴의 지배력, 현실의 지배력이 어느 정도 이완되어 있기 때문이며 그것은 지각과 운동 활동의 정지로 말미암아 꿈꾸는 사람은 외부 현실과의 활발한 교통으로부터 절연되어 있기 때문이다. 기억 도식이 의지에 의해 이러한 경험을 보존하고 회상하는 것을 어렵거나 불가능하게 만드는 것은 꿈과 유아기 경험의 도식 초월적 성질 때문이다. 그러나 진보의 잠재력, 상투적 패턴을 넘어서는 잠재력, 그리고 인간 생활의 범위를 확장하는 잠재력이 항시 존재하고 방출되기를 기다리고 있는 것은 바로 이러한 성질 안에서이다.[5]

3

1936년 백석이 25세 때 낸 시집 『사슴』에는 시 33편이 수록되어 있으며, 각각 표제를 지닌 4부로 나누어져 있다. '얼룩소 새끼의 영각' '돌덜구의 물' '노루' '국수당 넘어' 가 그것인데 모두 이제는 사라지고 없는 옛 시골의 풍물과 정경과 습속을 환기하는 표제들이다. 시인이 가장 애착을 가지고 있었다고 생각되며 시집의 특색을 잘 드러내고 있는 제1부 '얼룩소 새끼의 영각' 에는 상투화된 도식에 의해서 지배되는 성인 기억의 범주가 흔히 놓쳐버리거나 홀대하는 유아기 기억의 세목들이 돋보여 우리의 흥미를 끈다. 그것은 과거 회복의 어려움이 관

---

5) 샥텔, 같은 책, 308쪽.

찰되는 자전적 기억 가운데서 샤텔이 말하는 도식 초월적인 꿈과 유아기 경험의 생생한 재현이라 할 수 있다.

  1) 아배는 타관 가서 오지 않고 山비탈 외따른 집에 엄매와 나와 단둘이서 누가 죽이는 듯이 무서운 밤 집 뒤로는 어늬 山골짜기에서 소를 잡어먹는 노나리꾼들이 도적놈들같이 쿵쿵거리며 다닌다

  2) 날기멍석을 져간다는 닭보는 할미를 차 굴린다는 땅 아래 고래 같은 기와집에는 언제나 니차떡에 청밀에 은금보화가 그득하다는 외발 가진 조마구 뒷山 어늬메도 조마구네 나라가 있어서 오줌 누러 깨는 재밤 머리맡의 문살에 대인 유리창으로 조구마 군병의 새까만 대가리 새까만 눈알이 들여다보는 때 나는 이불 속에 자즈러붙어 숨도 쉬지 못한다

  3) 또 이러한 밤 같은 때 시집갈 처녀 막내고무가 고개 너머 큰집으로 치장감을 가지고 와서 엄매와 둘이 소기름에 쌍심지의 불을 밝히고 밤이 들도록 바느질을 하는 밤 같은 때 나는 아릇목의 삿귀를 들고 쇠든밤을 내여 다람쥐처럼 밝어먹고 은행여름을 인두불에 구어도 먹고 그러다는 이불 우에서 광대넘이를 뒤이고 또 누어 굴면서 엄매에게 웃목에 두른 평풍의 새빨간 천두의 이야기를 듣기도 하고 고무더러는 밝는 날 멀리는 못 난다는 뫼추라기를 잡어달라고 조르기도 하고

  4) 내일같이 명절날인 밤은 부엌에 째듯하니 불이 밝고 솥뚜껑이 놀으며 구수한 내음새 곰국이 무르끓고 방 안에서는 일가집 할머니가 와서 마을의 소문을 펴며 조개송편에 달송편에 쥐두기송편에 떡을 빚는 곁에서 나는 밤소 팥소 설탕 든 콩가루소를 먹으며 설탕 든 콩가루소가

252

가장 맛있다고 생각한다

　나는 얼마나 반죽을 주무르며 흰가루손이 되여 떡을 빚고 싶은지 모른다

　5) 섣달에 냅일날이 들어서 냅일날 밤에 눈이 오면 이 밤엔 쌔하얀 할미구신의 눈귀신도 냅일눈을 받노라 못 난다는 말을 든든히 녀기며 엄매와 나는 앙궁 우에 떡돌 우에 곱새담 우에 함지에 버치며 대냥푼을 놓고 치성이나 드리듯이 정한 마음으로 냅일눈 약눈을 받는다 이 눈세기물을 냅일물이라고 제주병에 진상항아리에 채워두고는 해를 묵여가며 고뿔이 와도 배앓이를 해도 갑피기를 앓어도 먹을 물이다.

—「고야(古夜)」 전문

　유아기의 회상이지만 시제는 현재형으로 시종하고 있다. 누구한테나 회상 자체는 현재형으로 진행되며 그것은 꿈의 경우에도 마찬가지겠는데 거기에 충실하게 회상의 역사적 현재가 채용되고 있는 셈이다. 1)에서 엄마와 단둘이 있었던 외딴집이 나오는데 이 장면에서 허구와 사실은 서로 겹쳐 있다. 소문이나 들은 얘기가 엄마와 단둘이 있었다는 사실과 혼재되어 있다. 대개의 자전적 기억은 이렇게 특정 사실 속에 그 전후한 시기에 있었던 추가적 경험이 삽입되어 있는 것이 보통이다. 2)에서는 들은 것과 보는 것, 꿈과 생시, 현실과 환상이 미분화된 상태로 어우러져 있는데 구두점 없는 장거리 시행은 유아기 원체험의 충실한 재현일 것이다. 이것을 분절화한다는 것은 원체험을 합리화하고 상투화하는 일이 될 것이다. 3)에서는 "처녀 막내고무"의 내방과 관련된 기억이 전개되는데 인간사와 관련된 것이어서 기억의 세목이 한결 명료하다. 4)에는 명절 전날 밤의 기억이 보이는데 후각과 미각

같은 근접감각이 포착한 유년 경험이 이례적으로 제시되어 있다. 우리 말에서는 근접감각과 관련된 어휘가 비교적 풍부한 편이지만 근접감각이 우리 문화에서도 억압되었기 때문에 이런 근접감각의 푸짐한 잔치는 희귀한 것일 터이다. "나는 얼마나 반죽을 주무르며 흰가루손이 되여 떡을 빚고 싶은지 모른다"는 대목은 사내아이에게 금지된 역할에 대한 유년의 선망이 드러나 있다. 5)에는 "넵일날" 약눈을 받던 풍습을 적고 있는데 오늘날에는 생소하게 느껴지는 잃어버린 시간의 탐색이다. 정월 첫번째 묘일(卯日)에 집안 남자가 나가서 솥뚜껑을 엎어놓는다거나, 첫 보름날 아침에 더위를 판다든가 하는 삼재(三災) 방지의 기복적 세시습속은 지방마다 다채롭고 그것은 나날의 생활에서 소소한 대로 의식(儀式)의 구실을 한다. 그렇기 때문에 그러한 세시습속은 세계의 불가사의 속에 내던져진 유년에게는 커다란 사건이 된다. 한편 의식과 미각 충족은 전후관계이든 연상작용이든 유년기 경험 속에서 불가분하게 얽혀 있다. '제사 덕에 이밥'이라는 속담에도 드러나 있듯이 제일과 생일은 유년 경험에서 입맛 잔치의 계기로 등록된다. 백석 시에 유난히 음식 이름이 많이 나오는 것은 성인의 점잖은 공식문화가 억압하고 금기시하는 미각 경험의 탐닉적 재현이 유년기 회상으로 표출되기 때문이다. 그리고 문화적 장치가 단조했기 때문에 미각 경험의 배타적인 중요성이 돋보인다. 다음에 인용하는 작품뿐 아니라 많은 작품에서 백석은 전래적 미각을 기리고 있다.

　　토끼도 살이 오른다는 때 아르대즘퍼리에서 제비꼬리 마타리 쇠조지 가지취 고비 고사리 두릅순 회순 산나물을 하는 가즈랑집 할머니를 따르며
　　나는 벌써 달디단 물구지우림 둥굴우림을 생각하고

254

아직 멀은 도토리묵 도토리범벅까지도 그리워한다

　　　　　　　　　　　　　　　　　—「가즈랑집」 중에서

　도식 초월적인 유년기 자전적 기억의 재현은 『사슴』 이후의 작품에서도 간헐적으로 시도된다. 「외가집」 「넘언집 범 같은 노큰마니」 「동뇨부(童尿賦)」 등을 지목할 수 있다. 북방으로 가서 쓴 「마을은 맨천 구신이 돼서」 「칠월 백중」 등은 성격은 좀 다르나 같은 계통의 잃어버린 시절의 탐구이다.

　봄철날 한종일 내 노곤하니 벌불 장난을 한 날이면 으례히 싸개 동당을 지나는데 잘망하니 누워 싸는 오줌이 넓적다리를 흐르는 따끈따끈한 맛 자리에 펑하니 괴이는 척척한 맛

　첫여름 이른 저녁을 해치우고 인간들이 모두 터 앞에 나와서 물외 포기에 당콩 포기에 오줌을 주는 때 터 앞에 밭마당에 샛길에 떠도는 오줌의 매캐한 재릿한 내음새

　　　　　　　　　　　　　　　　　—「동뇨부」 중에서

　이 작품에서도 사실과 들은 얘기는 명확한 구분 없이 혼재되어 있다. 불장난을 하면 밤에 오줌을 싼다는 어른의 얘기가 오줌을 쌌다는 특정 사실과 인과관계를 이루고 있다. 이것도 사건 이후의 정보 삽입이라고 할 수 있고 유년기 회상에서 흔히 보이는 일이다. 유년의 원체험에 충실하게 근접감각인 촉각과 후각 경험이 전경화되어 있다. 얼마쯤 지루한 열거법도 말을 배우기 시작하던 시절의 유아적 쾌감이 재생된 것이다. 말의 세계로 들어가기 시작했을 때 세계의 풍요가 안겨주

던 무한한 경이감의 재생이라 할 수 있다. 억측을 첨가해본다면 통사(統辭)에 관한 규정을 충분하게 습득하지 못했던 시기의 단어 나열의 잔재적 재현이라고 볼 수도 있을 것이다. 우리가 앞에서 살펴본 동식물과의 친화적 근린관계가 "범과 사슴과 너구리를 배반하고/송어와 메기와 개구리를 속이고"란 시행으로 시사되었을 때 우리는 그것이 동식물과 인간계의 구별이 명백하지 않았던 유아적 세계 파악의 잔재라고 생각하게 된다.

잊어버린, 따라서 잃어버린 경험이 의도적 회상에 의해서 회복되지 않으며 상투적인 기억 도식과도 양립하지 않는다면 잊어버린 경험은 어떠한 조건 아래서 회상될 수 있는가라는 의문이 제기되게 마련이다. 이에 대해서 앞서 우리가 무겁게 의존했던 샤텔은 프루스트가 의미 깊은 기억의 매개체로서 신체감각에 중요성을 부여한다는 사실에 주목한다. 과거에 경험했던 몸의 자세나 감각기관의 지각이 우연히 반복되면 그와 함께 전면적 과거상이 회복되는 때가 있다는 것이다. 그리하여 당시의 자기 자신과 사물을 보던 방식 등이 송두리째 되살아난다는 것이다. 그리하여 프로이트와 라이히 Reich에 기대어서 마음이 잊어버리고 억압한 것을 몸이 기억한다는 결론에 이른다. 즉 몸의 기억 또는 심신 상관체 psychosomatic entity의 기억이 잃어버린 경험의 재생과 회복을 가능하게 한다는 것이다.[6] 생소한 방언과 열거법과 근접감각이 지배적인 백석의 유년 경험의 시편은 샤텔이 말하는 심신 상관체 기억의 근접 재현이라 할 수 있다.

그러면 시 속에서 이러한 근접 재현은 어떠한 의미를 갖는 것일까? 그것은 눈앞의 역사적 현실에서의 잠정적인 도망이며 속절없이 지나

---

6) 샤텔, 같은 책, 315쪽.

가버린 과거에 대한 소득 없고 퇴영적인 뒤돌아보기가 아닌가? 이러한 속류적 반응에 대해서 기억의 이론은 만만치 않은 반론을 제공한다. 유아기는 쾌락원칙에 의해서 지배받는 시절이요, 이때 유아는 쾌감과 만족에 완전히 탐닉할 수 있고 또 탐닉한다. 쾌락원칙에 의해서 지배되어 충족된 쾌감과 만족의 기억은 그대로 행복의 회복 요구로 이어지고 또 인간 잠재력의 해방과 평화에 대한 간구로 이어진다. 백석의 유년기 회상시편은 쾌락원칙에 의해서 지배되던 시기를 부분적으로 회복해놓고 있다. 그것은 행복의 약속의 회상이다. 쾌락원칙에 의해 지배되던 시기이기 때문에 거기에는 문화가 부과하는 각종 억압이나 금기가 상대적으로 소루하다. 따라서 그것이 아무리 가난과 궁핍으로 특징지어져 있다 하더라도 유아기는 잃어버린 낙원이고 유아기를 보장해준 고향 역시 낙원으로 기억된다. 초기 백석의 세계는 쾌락원칙에 의해서 지배되던 유아기와 그 유아기의 소재지인 고향이라는 잃어버린 낙원에 대한 그리움의 토로요 그 복원의 호소이다. 여기에 그의 시원 혹은 태반 회귀 모티프가 기초하고 있으며 아래에서 보게 되는 상고(尙古)주의 역시 그 연장선상에 있다. 그의 작품은 기억만이, 즐거움이 지나가는 것을 걱정시키지 않으면서 즐거움을 준다는 말을 실감나게 한다. 백석의 시가 고향상실의 시대에 고향의 이미지로 호소할 수 있었다는 것은 이효석의 글에 잘 나타나 있다. 그리고 그때 고향은 잃어버린 낙원의 가능성으로 작동한다.

우연히 백석 시집 『사슴』을 읽은 것은 다행이라 생각한다. 잃었던 고향을 찾아낸 듯한 느낌을 불현듯이 느끼기 때문이다. 시집에 나오는 모든 소재와 정서가 그대로 바로 영서의 것이며 물론 동시에 이 땅 전부의 것일 것이다. 나는 고향을 찾은 느낌에 기쁘고 반갑고 마음이 뛰놀았다.

워즈워스가 어릴 때의 자연과의 교섭을 알뜰히 추억해낸 것과도 같이 나는 얼마든지 어린 때의 기억을 드러낼 수 있게 되었다. 고향의 모양은—그것을 옳게 찾지 못했을 뿐이지—늘 굵게 피 속에 맺히고 있었던 것을 느끼게 되었다. 『사슴』은 나의 고향의 그림일 뿐 아니라 참으로 이 땅의 고향의 일면이다. 소재의 나열의 감(憾)쯤은 덮어놓을 수 있는 것이며 그곳에는 귀하고 아름다운 조선의 목가적 표현이 있다. 면목없는 이 시인은 고향의 소재를 더욱 더욱 들춰 아름다운 『사슴』의 노래를 얼마든지 더 계속하고 나아가 발전시켜주었으면 한다. 「가즈랑집」「여우난 곬족」「모닥불」「주막」—모두 명음(名吟)이니 이 노래들의 '바른 방향'과 '진정한 발전' 위에 우리가 말하려는 모든 고향의 이야기는 포함되리라고 생각한다.[7]

4

도식 초월적인 꿈이나 유년 경험을 회복하고 있는 백석의 심신 상관체 기억이 진한 방언으로 재현되는 것은 아주 당연해 보인다. 방언이야말로 누구에게나 모어 중의 모어요 상투어 아닌 시원의 언어이고 사회적 순응주의나 교육에 의해서 강제 소독되지 않은 유년기의 언어이기 때문이다. 방언은 「고야」에서처럼 꼬마 백석이 "엄매에게 웃목에 두른 평풍의 새빨간 천두의 이야기를" 듣는 때의 바로 그 언어이기 때문이다. 백석이 시를 쓰기 시작한 것은 우리 사회에서 표준어의 유용

---

7) 『효석 전집』 5권, 춘조사, 1959, 165쪽. 인용문은 독립된 서평이 아니라 「영서의 기억」이란 수필 속에 들어 있는 것이다. '면목'이 없다는 말은 일탈적으로 쓰이고 있다.

성에 대한 동의가 겨우 성립되고 그것을 제도화하기 위한 초보적 노력이 출발점에 있던 시기였다. 따라서 생활어라는 자원 동원을 위해 가령 작가 이문구가 표준어의 중앙집권적 권력에 저항했듯이 백석이 의식적으로 표준어를 경원한 것이라고 보기는 어렵다. 물론 그의 배타적 방언 조직이 출생의 지역적 우연에 의해서 주어진 개인적 모어에서 자연발생적으로 유래한 것이라고만 볼 수는 없다. 적어도 일가를 이룬 시인이 종사 장르의 매체에 대해서 송두리째 무자각적일 수는 없다. 실상 그는 조이스의 언어에 대한 러시아 비평가의 에세이를 번역함으로써 자신의 언어에 대한 관심을 내비치고 있기도 하다. 이로 미루어 보아 그가 에이레의 극작가 싱 Synge의 방언 구사에서 시사받은 바가 있을 것이라는 심증을 떨쳐버릴 수는 없다.[8]

---

8) 백석은 1934년 미르스키 D. S. Mirsky(1890~1939?)의 「조이스와 애란문학」이란 글을 번역하여 조선일보에 단속적으로 연재하였다. 이동순 교수는 『백석 시전집』에 부친 「민족시인 백석의 주체적 시정신」이란 글에서 이 번역문에 대해 "백석의 창작방법에 관한 일종의 암시를 얻는다"고 적정한 시사를 하고 나서 번역문 중의 네 토막을 옮겨놓고 있다. 그중 세번째 것은 다음과 같이 되어 있다. "애란 농부들의 말 가운데 나오는 모든 영어의 정신과는 빙탄(氷炭)의 관계에 있는 것들을 극력 강조하고 또 이런 것들을 논리적인 조화된 체계 속으로 집어넣어서, 그는 그 독자의 문학적 방언을 창조하였다." 조이스가 에이레를 떠나 유럽으로 향할 즈음의 에이레 지식인과 에이레 문학을 얘기하는 문맥에서 하고 있는 말이다. 여기서 '그' 라고 되어 있는 것은 『바다로 가는 기수』로 널리 알려진 에이레의 극작가 존 밀링튼 싱 John Millington Synge(1871~1909)이다. 백석 번역문에는 신즈로 되어 있다. 파리 생활중 예이츠의 권고로 서부 에이레의 애런 섬을 서너 차례 방문하고 나서 게일어 Gaelic가 뒤섞인 에이레 영어 Anglo-Irish의 방언을 쓰는 농어민들이 등장하는 걸작 희곡들을 발표하였다. 싱은 시인이기도 했는데 '시가 난폭해지기를 배운 뒤에야 비로소 따뜻해질지도 모른다' 는 신조를 적고 있다. 백석이 시사받은 것이 있다면 싱의 진한 방언 사용과 관련된 부분일 것이라 생각된다.

한편 미르스키는 귀족 가문에서 출생한 러시아인으로 혁명 전에는 미르스키 공작으로 통하였다. 러시아혁명 당시 반혁명군측 장교로 복무하였고 반혁명군이 붕괴한 후 처음엔 그리스로, 그후엔 영국으로 건너가서 대학 강사를 하면서 영국과 프랑스 잡지에 많은 그러한 외재적 추정을 제쳐놓고서도 1930년대 중반에 문학적 출발을 한 그의 입장을 고려할 때 그를 배타적 방언 지향으로 몰고 간 것에 대한 공감적 접근은 얼마든지 가능하다. 백석의 방언 지향은 김영랑 정지용 등 시문학파의 등장 이후 하나의 중요한 추세로 떠오른 한자어 경원과 동전의 안팎을 이루고 있다. 어린이가 처음으로 말의 세계로 뛰어들 때 소리로 그 말을 접하게 마련이다. 나중에 한자를 익히고 한자어를 습득함에 따라 소리와 개념의 결합이라는 말의 본질을 오해하게 되는 경우가 많은 것은 한글전용 논쟁과정에 드러난 바 있다. 유년기의 언어를 생활현장에서 살릴 때 그것은 한자어의 한자조차도 모두 괄호 속에 집어넣고 마는 한자어 경원의 결과를 빚어내게 마련이다. 그러니까 유년 회상에서 방언은 다른 말로 대체하는 것이 불가능한 일종의 고유어가 되어버린다. 한편 관서(關西)의 변방 출신인 백석으로

　　문학 관계의 글을 기고했다. 1926년 영어로 된 『러시아 문학사』를 발간했는데 1970년대까지 미국에서 문고판으로 읽혔다. 이 책은 작가와 작품 평가에서 독단적이고 호오가 너무 심하다는 점은 있으나 재기활발한 문체와 기품 있는 기지를 칭송받았고 아이자이어 벌린 Isaiah Berlin도 서평에서 그 매력을 높이 평가하고 있다. 1931년 그는 영국 공산당에 가입하였고 그 이유서를 프랑스 잡지에 발표했다. 이듬해엔 러시아로 돌아갔다. 1934년 극좌파의 입장에서 알렉산드르 파제예프를 비판하는 평론을 발표하였다. 신참 전향자가 감히 공산주 작가를 공격했다 해서 비판을 받고 1935년 체포되었다. 곧 석방되었으나 이번엔 비판받는 파스테르나크를 옹호하고 푸슈킨에 관한 글을 써서 공격을 받았다. 1937년에 다시 체포된 후 무소식인데 강제수용소에서 사망한 것으로 추정된다. 백석이 번역한 글은 체포되기 전 러시아에서 발표한 것을 미국의 좌파지가 번역 소개한 것이다. 속류 마르크스주의의 입장에서 조이스를 비판하면서 묘사의 정확성을 인정했으나 공식미학인 혁명적 리얼리즘과는 거리가 멀다고 평가하고 있다. 주다노프가 사회주의 리얼리즘을 공식적으로 정의하고 소비에트 작가를 "인간 영혼의 기사"라고 말한 스탈린을 자랑스럽게 인용하였던 1934년의 소련 작가회의에서 미르스키는 조이스의 과격한 산문시험의 유해한 영향을 공격하는 데 앞장섰다. 에드먼드 윌슨이 「공작동무」라는 그에 관한 회고문을 발표하고 있다. R. H. Stacy, *Russian Literary Criticism : A Short History*(Syracuse : Syracuse Univ. Press, 1974), pp. 202~207.

서는 경기 토박이들의 주류의식에 대해서 어느 정도의 거부감을 가졌을 공산이 크다. 주류인이건 변방인이건 그 자의식은 주로 그 언어를 통해 형성되고 자각되는 것이 보통이다. 출생지의 방언을 적극적으로 활용하는 것은 고향 사투리를 얼마쯤 멋쩍게 생각하는 주류 귀화 변방인과 사투리를 하대하는 주류인들에 대한 거부감의 표시일 수도 있다. 그러나 문학사의 맥락에서 가장 중요한 것은 백석의 방언 지향이 당시의 모더니즘의 시어에 대한 비판의 측면을 가지고 있다는 점이다. 30년대 모더니스트 시인들이 애용한 것은 서구 쪽의 외래어였고 근대 도회문명을 반영하는 일제 한자어였다. 이에 대해서 백석은 농도 짙은 관서 방언으로 자기의 시적 정체성을 증명하려 하였다. 가령 아래 작품을 이상의 시와 나란히 놓고 볼 때 그 차이와 의미가 뚜렷해진다.

구신과 사람과 넋과 목숨과 있는 것과 없는 것과 한줌 흙과 한점 살과 먼 넷조상과 먼 훗자손의 거룩한 아득한 슬픔을 담는 것

내 손자의 손자와 손자와 니와 할아버지와 할아버지의 할아버지와…… 수원백씨(水原白氏) 정주백촌(定州白村)의 힘세고 꿋꿋하나 어질고 정많은 호랑이 같은 곰 같은 소 같은 피의 비같은 밤 같은 달 같은 슬픔을 담는 거 아 슬픔을 담는 것
　　　　　　　　　　　　　　　　　　　　　—「목구(木具)」 중에서

나의아버지가나의곁에서조을적에나는나의아버지가되고또나는나의아버지의아버지가되고그런데도나의아버지는나의아버지대로나의아버지인데어쩌자고나는자꾸나의아버지의아버지의아버지의……아버지가되느냐나는왜나의아버지를겅충넘어야하는지나는왜드디어나와나의아

버지와나의아버지의아버지와나의아버지의아버지의아버지노릇을한꺼
번에하면서살아야하는것이냐
—「오감도 시 제2호」 전문

　「오감도」의 축자적 해석은 대개 헛수고에 그치고 만다. 「시 제2호」에
서 족보 숭상의 가부장제에 대한 야유를 느낄 수 없는 것은 아니다. 또
"셈이 아르박삿을 낳고 아르박삿은 셀라를 낳고 셀라는 에벨을 낳고 에
벨은 벨렉을 낳고 벨렉은 르우를 낳고 르우는 스룩을 낳고 스룩은 나흘
을 낳고 나흘은 데라를 낳고 데라는 아브람과 나흘과 하란을 낳았다"는
투의 창세기에 대한 야유를 연상할 수 없는 것도 아니다. 그러나 근본
적으로 해석에 값하는 글이 못 되는 글장난이다. 그것은 백석의 「목구」
를 읽어보면 분명해진다. 거기서 '할아버지'의 되풀이는 의미론적 정
당성과 적정성을 얻고 있다. 이상이 지각하면 안 된다는 강박관념 속에
서 새것을 숭상하고 지각공포증후군을 도처에서 보이는 반면 백석은
옛것에 대한 은은한 애착을 보여주고 있다. "녯말이 사는 컴컴한 고방"
"녯날이 가지않은 천희라는 이름" "녯적본의 휘장마차" "녯적본의 장
반시계" "먼 녯적 어늬 나라 신선" "돌능와집에 소달구지에 싸리신에
옛말이 사는 장거리" "아득한 녯날 한가하고 즐겁든 세월" "아모려나
이것은 녯투의 쓸쓸한 마음이다" 등 옛날이나 옛것이 많이 나오는데
항상 긍정적인 안도감과 그리움의 함의를 가지고 있다. 이러한 상고 취
향은 사실 당대에 유행하던 모더니즘에 대한 반명제이다. 그런 의미에
서 작품의 성취도는 어찌 됐건 다음 작품도 매우 증후적이다.

　눈이 오는데
　토방에서 질화로 우에 곱돌탕관에 약이 끓는다

삼에 숙변에 목단에 백봉령에 산약에 택사의 몸을 보한다는 육미탕
(六味湯)이다
　약탕관에서는 김이 오르며 달큼한 구수한 향기로운 내음새가 나고
　약이 끓는 소리는 삐삐 즐거웁기도 하다

　그리고 다 달인 약을 하이얀 약사발에 밭어놓은 것은
　아득하니 깜하야 만년(萬年) 넷적이 들은 듯한데
　나는 두 손으로 고히 약그릇을 들고 이 약을 내인 넷 사람을 생각하노
라면
　내 마음은 끝없이 고요하고 또 맑어진다
　　　　　　　　　　　　　　　　　　　　　　　—「탕약(湯藥)」 전문

　이상은 1934년에 오감도 계열의 「시 제4호」를 발표하고 있다. '患者
의容態에 關한 問題'라는 부제 밑에 꼬여박힌 아라비아 숫자의 수표를
적어놓고 나서 "診斷 0:1 26. 10. 1931 以上 責任醫師 李箱"으로 끝맺고
있는, 언뜻 보아 기이한 그러나 이미 기이할 것도 없는 병원놀이를 독
자들은 기억할 것이다. 뒤죽박죽의 세계를 삐딱한 눈으로 바라보는 깜
찍한 아이가 심심파적으로 작성한 효험 없는 서양 부적(符籍)이다. 주
목할 점은 이상이 의사를 자처하고 있다는 것이다. 의사도 인턴이나
레지던트나 보조의사가 아니고 책임의사이다. 이러한 자부에 자기 희
화적인 가락이 전혀 없는 것은 아니겠으나 어쨌건 세계와 인간을 병원
과 환자로 보고 진단을 내리는 청년다운 객기와 오만이 깔려 있다. 백
석의 「탕약」은 이상 것이 발표된 지 이 년 후인 1936년 3월에 이상이
편집한 구인회 중심의 잡지 『시와 소설』에 발표되었다. 시집 『사슴』이
나온 직후의 일이다. 토목기사 이상이 양의(洋醫)를 자처하고 있을 때

백석은 한약방에서 육미탕을 지어다가 탕약을 끓여 먹으며 그 약을 낸 옛 사람들을 생각하고 몸과 마음을 다스리고 있다. 백석의 상고주의에 깔려 있는 것은 지족자부(知足者富)의 자기 설득이고 맑은 마음의 숭상이다. 그것은 북방시편에서 한결 분명하게 드러나게 되지만 초기 시편에서도 곳곳에 드러난다. 이상과의 대비 속에서 백석의 의미가 분명해지듯이 작품은 문학사의 맥락 속에서 비로소 그 의미의 전모가 드러나게 마련이다.

그의 배타적 방언 지향은 이렇게 소재와 불가피하게 얽혀 있으면서 한편 당대 모더니즘 시에 대한 비판이라는 측면을 가지고 있다. 뿐만 아니라 백석은 퇴조기에 있기는 했으나 당대의 주류의 하나였던 경향파 문학에 대해서도 일정한 거리를 유지하고 있었다. 그의 방언 지향을 표준적이고 주류적인 문학에 대한 반명제로 읽을 때 우리는 백석이 해방 이후 북쪽에서 결코 행복할 수 없었던 사정도 이해할 수 있게 된다. 그는 체제 쪽의 공식 미학이 요구하는 읽을 만한 작품을 쓰기도 하고 「프로이트주의 ― 쉬파리의 행장」과 같은 교조적 전투적 평론을 통해서 공식 미학의 정립에 기여하기도 했다. 그럼에도 끝내 적응하지 못하고 압록강 근처의 최오지인 속담 속 삼수갑산(三水甲山)의 삼수에서 농장원으로 일한 것은 이념에서도 당성에서도 표준어 쓰기보다 방언주의로 나갔기 때문이라고 생각된다.[9] 사실 아동문학 논쟁에서 보

---

9) 백석의 행적을 추적한 작가 송준씨의 노력으로 그의 만년이 세상에 알려지게 되었다. 그는 1945년 북한에서 이윤희씨와 재혼했고 1995년 1월 83세의 나이로 세상을 떴다. 1959년에 '당성 불량' 지목을 받아 삼수로 이전했다 한다. 한편 백석이 해방 후 신의주와 정주에서 거주했다는 사실의 확인은 『학풍』 편집후기에 「남신의주 유동 박시봉방」을 두고 조풍연이 "백석의 해방 후 신작을 얻었다"고 한 말을 뒷받침해준다. 따라서 일부의 추측과는 달리 「남신의주 유동 박시봉방」은 해방 이후의 작품임이 분명하다. 동아일보 2001년 5월 1일자 15면 윤정훈 기자의 기사 참조.

더라도 그는 이념적 표준어에서 결코 편안하지 못하였던 타고난 방언주의자였다. 관제 표준어에서 벗어나는 조그만큼의 일탈도 허용치 않은 체제는 많은 우수한 재능들을 하향 평준화의 황무지로 하방(下放)하여 고사시켰다. 백석도 그러한 희생자의 한 사람이었다.

백석의 방언 지향은 때로 생소한 방언의 과다로 독자를 짜증나게 하는 경우도 있다. 생소한 낱말은 적절히 사용할 때 낯설게 하기의 효과 때문에 그 자체만으로도 시적 에너지를 마련할 수 있으나 도에 넘칠 때 효과는 반감한다. 『사슴』의 많은 시편들은 잡다한 열거법이나 혼란스러운 만연체를 적정선에서 절제하고 있다. 깔끔하게 절제되어 있는 경우도 적지 않다. 「주막」 같은 작품이 각별히 많은 호응을 받은 것은 열거법과 방언 지향의 만연체를 적이 조정하였기 때문이었을 것이다.

　　호박잎에 싸오는 붕어곰은 언제나 맛있었다

　　부엌에는 빨갛게 질들은 八모알상이 그 상 우엔 새파란 싸리를 그린 눈알만한 잔(盞)이 보였다

　　아들아이는 범이라고 장고기를 잘 잡는 앞니가 뻐드러진 나와 동갑이었다

　　울파주 밖에는 장꾼들을 따라와서 엄지의 젖을 빠는 망아지도 있었다
　　　　　　　　　　　　　　　　　　　　　—「주막(酒幕)」 전문

카스틸리오네의 예사로움을 다시 생각나게 하는 작품이다. 그러한 솜씨는 몇몇 소품에서 다시 확인되는데 『사슴』 이후의 작품에서는 지

나친 방언 지향을 제어하면서 질박하면서도 정감 있는 작품을 낳고 있다. 청년기에는 대체로 독자성을 강조하여 자칫 과불급의 결과를 빚게 되는 법인데『사슴』도 그러한 미흡함에서 완전히 자유롭지는 못하다. 그러나 백석은 시인으로서의 독자적인 정체성을 보여주면서 도식 초월적인 유년 기억의 세계를 20세기 우리 시에 기여하였다. 또 이 시기의 언어와 형태 실험은 후기의 몇몇 절창을 낳는 기초가 되어주었다. 산업화되고 도시화된 오늘『사슴』의 세계는 우리에게 낯선 엑조티시즘의 세계로 다가온다. 우리는 그것을 낭만적으로 미화해서도 안 되지만 우리가 잃어버린 소중한 것들을 상고하는 계기로 삼는 일을 회피해서도 안 될 것이다.

넘치는 사랑과 슬픔 속에
―백석의 시세계·2

하눌이 이 세상을 내일 적에 그가 가장 귀해하고 사랑하는 것들은 모두
가난하고 외롭고 높고 쓸쓸하니 그리고 언제나 넘치는 사랑과 슬픔 속에 살
도록 만드신 것이다
초생달과 바구지꽃과 짝새와 당나귀가 그러하듯이
그리고 또 "프랑시쓰 쨈"과 陶淵明과 "라이넬 마리아 릴케"가 그러하듯이
―「흰 바람벽이 있어」 중에서

1

쾌락원칙에 의해서 지배되던 유아기와 그 유아기의 소재지인 고향에
대한 백석의 시적 탐구는 도식초월적인 경험의 회상을 도모하는 한편
으로 쉽게 인지되는 고향의 풍물과 습속과 삶의 재현을 도모한다. 풍물
과 습속을 다룬 백석 시편은 거기 시사되어 있는 삶의 페이소스를 통해
그 의미가 완성된다. 그러한 특징은 간결한 서경(敍景) 흐름의 소품에

서뿐 아니라 백석 시의 특색이 망라된 전형적인 시편이라 할 수 있는 작품에서도 발견된다.

> 넷성(城)의 돌담에 달이 올랐다
> 묵은 초가지붕에 박이
> 또하나 달같이 하이얗게 빛난다
> 언젠가 마을에서 수절과부 하나가 목을 매여 죽은 밤도 이러한 밤이었다
> ―「흰 밤」 전문

하늘의 달과 땅 위의 달이 빚어낸 흰 밤을 배경으로 하여 적막한 여자의 일생이 드리워짐으로써 이 소품은 작품으로 완성된다. 인간 없는 풍경은 그 자체가 미진한 미완의 공간이며 인간이 등장함으로써 비로소 충족된다는 함의를 가지고 있다. 그리고 거기 시사된 삶은 대체로 계몽의 근대와 무연한 한과 인습적인 음지의 삶이다. 한 줄로 시사된 삶이 독자에게 허여하는 상상력의 작동은 폭넓다.

> 여우가 우는 밤이면
> 잠 없는 노친네들은 일어나 팥을 깔며 방뇨를 한다
> 여우가 주둥이를 향하고 우는 집에서는 다음날 의례히 흉사가 있다는
> 것은 얼마나 무서운 말인가
> ―「오금덩이라는 곳」 중에서

오금덩이 마을을 지배하는 질병과 속신의 소묘는 주민들이 살고 있는 전근대의 캄캄한 어둠을 돋보이게 한다. 주민들은 자연현상 곳곳에서 불길한 징후와 조짐을 읽어내며 무지의 공포 속에서 살고 있다. 우

리는 불과 몇 줄을 통해서 오금덩이 마을 전체 주민의 뻔한 삶을 상상하게 된다. 그 여백의 상상 속에서 작품의 의미가 구색을 갖추게 된다.

　새끼오리도 헌신짝도 소똥도 갓신창도 개니빠디도 너울쪽도 짚검불도 가락잎도 머리카락도 헌겊조각도 막대꼬치도 기와장도 닭의 깃도 개터럭도 타는 모닥불

　재당도 초시도 문장(門長) 늙은이도 더부살이 아이도 새사위도 갓사둔도 나그네도 주인도 할아버지도 손자도 붓장사도 땜쟁이도 큰 개도 강아지도 모두 모닥불을 쪼인다

　모닥불은 어려서 우리 할아버지가 어미아비 없는 서러운 아이로 불상하니도 몽둥발이가 된 슬픈 역사가 있다

　　　　　　　　　　　　　　　　　　　　　　　　—「모닥불」전문

옛 시골에서 모닥불과 그 연기는 취락(聚落)과 모임의 기호였다. 오늘 그것은 우리에게 고향의 표상의 하나로 떠오른다. 위의 작품에서 도입부는 모닥불의 원자재가 특유의 열거법으로 줄줄이 나열되어 있다. 언뜻 요즘의 쓰레기 소각을 연상케 하지만 쓰레기 소각이 무용지물의 폐기라는 단일한 소극적 목적을 위해서 이루어지는 데 반해서 모닥불은 잉여물의 소거를 위한 것이 아니다. 그것은 피한이라던가 모기 쫓기와 같이 쾌적 추구라는 일차적 목적을 위한 것이다. 모닥불의 자료를 통해 우리는 다시 한번 전근대 사회사의 일단을 떠올리게 된다. 오리새끼 아닌 새끼오리(새끼오라기)와 갓신창과 소똥과 개터럭과 짚검불 등 촌락생활 세목의 파편들이 평등하게 원자재로 동원되는데 그것은 일변

가난의 열거법이기도 하다. 이어서 모닥불 주위에 모여 불을 쬐는 사람들이 다시 열거법으로 호명된다. 초시나 문장 늙은이로부터 더부살이 아이나 땜장이 그리고 큰 개와 강아지에 이르는 다양한 인물과 동물들이 역시 평등하게 참여한다. 그러나 비근한 이 유사 배화제의(拜火祭儀) 소묘는 원자료와 등장인물이라는 공시성의 축이 모닥불에 얽힌 가족사란 통시성의 축과 교차함으로써 비로소 그 의미가 완성된다. "모닥불은 어려서 우리 할아버지가 어미아비 없는 서러운 아이로 불상하니도 몽둥발이가 된 슬픈 역사가 있다." "몽둥발이"는 딸려 붙었던 것이 다 떨어지고 몸뚱이만 남아 있는 물건을 가리키는 말이요 몽당비란 말도 비슷한 말이다. 따라서 어려서 고아가 된 할아버지의 은유라고 볼 수 없는 것은 아니다. 그럴 경우 모닥불에 얽힌 사연 때문에 증조부모가 모두 세상을 떴다는 뜻이 된다. 따라서 몽둥발이는 '발가락이 못 쓰게 되거나 오그라져서 펴지 못하게 된 발'을 가진 사람이란 뜻으로 읽는 것이 순리일 것이다. 그럴 경우 고아이던 할아버지가 어린 시절 엎친 데 덮친 격으로 모닥불에 화상을 입어 불구가 되었다는 것으로 훨씬 자연스럽게 읽힌다. 어쨌거나 한중간에 나오는 "더부살이 아이"를 떠올리게 하는 할아버지의 불우한 삶이 시사하는 페이소스가 이 작품의 후광이 되어주면서 단조로운 열거법을 보족적으로 마무리해준다.

> 정문(旌門)집 가난이는 열다섯에
> 늙은 말꾼한테 시집을 갔겄다
>
> —「정문촌(旌門村)」 중에서

주홍 칠을 한 정문이 서 있는 마을의 서경은 위와 같이 끝난다. 우리는 이 짤막한 종결부를 통해서 한 가문의 몰락과 함께 늙은 말꾼에게 시집간 열다섯 처녀의 어두운 삶을 떠올리게 된다. 그리고 명시적으로 표명되어 있지 않은, 불우에 대한 시인의 연민에 공감하게 된다. 물론 풍물 서경이 페이소스의 함의로 일관되어 있는 것은 아니다. 가난하면서도 따사로운 행복의 예감으로 채색되어 있는 경우도 없지 않다. "어쩐지 당홍치마 노란 저고리 입은 새악시들이 / 웃고 살 것만 같은 마을이다"로 끝나는 「고성가도(固城街道)」나 "소는 기르매 지고 조은다 // 아무도들 따사로히 가난하니"로 끝나는 「삼천포(三千浦)」 시편에서 우리는 그 사정을 엿볼 수 있다. 인간 없는 곳에서 자연은 불모요 매력이 없다는 윌리엄 블레이크의 「지옥의 격언」을 재확인하게 하는 풍물시편에서 그러나 주조를 이루고 있는 것은 페이소스의 정조이다. 그것은 북방에서 쓴 시편을 포함하여 백석 후기 시편에서 더욱 두드러지게 되는데, 그보다 앞서 백석 시의 또다른 특징인 식욕 성향을 살펴보기로 하자.

한 연구자는 백석 시편에 나타나는 음식물의 종류가 무려 150종에 이르며 그의 소작 총 95편 중에서 음식물이 나타나지 않는 작품은 불과 28편에 지나지 않는다고 집계하고 있다.[1] 끼니 때우기도 어려운 절대빈곤의 수준을 벗어나자 언제부터인가 특징 있는 향토음식이나 솜씨 좋은 전통음식점을 찾아나서는 미식가들이 등장하고 이들이 미각 탐색 기행을 선보이고 있다. 백석은 이러한 미식가의 맛자랑 순례를 일상생활의 테두리에서 보여준 선구자일지도 모른다. 뿐만 아니라 매우 이색적이게도 특정 음식을 두고 상당히 긴 시행의 작품을 보여주고 있기도 하다.

이것은 아득한 녯날 한가하고 즐겁든 세월로부터

---

1) 고형진, 「백석 시 연구」, 『백석』, 새미, 1996, 23쪽.

실 같은 봄비 속을 타는 듯한 녀름볕 속을 지나서 들쿠레한 구시월 갈
바람 속을 지나서

대대로 나며 죽으며 죽으며 나며 하는 이 마을 사람들의 으젓한 마음
을 지나서 텁텁한 꿈을 지나서

지붕에 마당에 우물둔덩에 함박눈이 폭폭 쌓이는 여늬 하로밤

아배 앞에 그 어린 아들 앞에 아배 앞에는 왕사발에 아들 앞에는 새끼
사발에 그득히 사리워오는 것이다.

이것은 그 곰의 잔등에 업혀서 길여낳았다는 먼 넷적 큰마니가

또 그 집둥색이에 서서 자채기를 하면 산넘엣 마을까지 들렸다는

먼 넷적 큰 아바지가 오는 것같이 오는 것이다.

—「국수」 중에서

여기서의 국수는 한겨울에 제맛이 난다며 서도 사람들이 즐겨 먹는
냉면을 가리키는 것이라 생각된다. 마치 오래 기다리던 명절이나 손님
을 다루듯이 겨울철의 냉면이 처리되어 있음을 본다. "눈이 많이 와서 /
산엣새가 벌로 나려 멕이고 / 눈구덩이에 토끼가 더러 빠지기도 하면 /
마을에는 그 무슨 반가운 것이 오는가보다"로 시작되는 도입부에서 독
자들은 처음 시의 화자가 말하는 "반가운 것"이 국수임을 예감하지 못
한다. 시가 진행됨에 따라서 마침내 그 "반가운 것"의 정체를 알고 의표
가 찔렸다는 생각을 하게 되는데 착상이나 스무고개 같은 전개 및 처리
가 아주 이색적이다. 그 점 방언 지향과는 다른 또하나의 낯설게 하기
라 말할 수 있다. 우리는 흔히 단조로운 일상이라고 하면서 나날의 삶
을 은연중 하대하고 소홀히 한다. 단조하다는 관형사가 부착된 명명(命
名) 자체가 일상의 단조화에 누진적으로 기여한다. 그리하여 권태라고
하는 분수 모르게 사치스러운 감정이 확대되고 전염된다. 시인은 일상

생활에 정규적인 리듬을 부여하는 끼니 자체에서 은총과 감사를 느끼는 혹종의 종교인처럼 별날 것 없는 음식을 대하고 정중하게 처리한다. 그것은 일상의 근접 제식화(祭式化)를 통해서 나날의 영위와 그 소소한 세목을 고맙고 희열에 찬 사건의 연쇄로 바꾸어놓는다. 오늘날 풍요의 세대들이 상상도 못 할 소박한 음식 숭배는 백석 고유의 어진 생활관의 산물이고 시인은 어느새 음식숭배의 사제(司祭)를 자임한다. 성인의 공식문화가 억압하는 미각경험에 대한 유아적 선망의 발로라는 국면도 없지 않다. 왕사발과 새끼사발을 놓고 겸상(兼床)한 부자의 모습을 보여주면서, 시인은 그것이 유서 깊은 전통의 소산임을 말하고 아울러 옛 조상들을 생각한다. "곰의 잔등에 업혀서 길여났다는 먼 녯적 큰마니"가 반드시 전설 속의 인물인 것은 아니다. 어린 새끼곰을 집에서 기르고 다 커서 사나워지기 전까지는 디딜방아 디딤꾼으로 부려먹기도 했다는 것은 얼마 전까지 북도지방 특히 관북지방에서 전해진 얘기였다.

아, 이 반가운 것은 무엇인가
이 히수무레하고 부드럽고 수수하고 슴슴한 것은 무엇인가
겨울밤 쩡하니 닉은 동티미국을 좋아하고 얼얼한 댕추가루를 좋아하고 싱싱한 산꿩의 고기를 좋아하고
그리고 담배 내음새 탄수 내음새 또 수육을 삶는 육수국 내음새 자욱한 더북한 삿방 쩔쩔 끓는 아르굳을 좋아하는 이것은 무엇인가
이 조용한 마을과 이 마을의 으젓한 사람들과 살틀하니 친한 것은 무엇인가
이 그지없이 고담(枯淡)하고 소박(素朴)한 것은 무엇인가

—「국수」 중에서

스무고개 끝에 드러난, 겨울날 쩔쩔 끓는 아랫목에서 완상하듯 맛보는 냉면은 그러나 "수수하고 슴슴한" 것이요 "고담하고 소박한" 것이요 흔히 말하는 산해진미와는 거리가 먼 것이다. 우리가 「국수」를 비롯하여 음식을 다룬 백석 시에 대해서 거부감을 갖지 않는 것은 열거되고 거론되는 음식이 산해진미가 아니기 때문이다. 식욕은 아마도 인간이 가지고 있는 욕망 중에서 가장 기본적인 것이요 유아기에는 유일하게 가시적인 욕망이다. 그러기 때문에 식욕에 대한 집념이나 과도한 중시는 흔히 유아적 특성 혹은 유아적 나르시시즘의 징표로 간주된다. 우리의 전통문화에서 유별난 식탐(食貪)을 천격으로 치부하고 새끼를 낳은 뒤의 암퇘지를 뜻하는 걸귀와 연결시키는 것도 그같은 연유에서일 것이다. 문학 속에서 정력적인 식욕이 긍정적인 처리를 얻는 것은 대체로 규모 큰 축제나 잔치의 맥락에서일 것이다. 이 경우에는 먹기 행위의 공동체적 국면이 그 소아적 특성을 가려주기 때문이다. 백석 시편에 나오는 음식은 명절이나 유아기 회상이라는 맥락에서 언급되고 또 곰 발바닥이나 성성이의 입술 같은 팔진미(八珍味)가 아니다. 햇콩두부, 백설기, 송구떡, 감자떡, 신살구, 매감탕, 기장감주, 찰복숭아, 귀이리차, 호박떡 등 줄줄이 외워보아도 대체로 소박한 향토음식이다. 백석은 음식에 대한 유아적 욕망을 기탄 없이 토로하며 그 충족에서 행복의 한 이미지를 찾는다. 백석의 유토피아 1번지는 맛자랑 향토 음식점이 즐비한 예스러운 민속촌일 것이다. 훨씬 뒷날, 저 막막하고 배고프던 1950년대에 남도 사내 박목월(朴木月)이 다음과 같이 적을 때 그것은 백석의 선례에 무겁게 빚진 것이며 다른 점이 있다면 시대의 속도를 반영하여 느긋한 만연체가 단정한 간결체로 바뀐 것일 뿐이다.

　　모밀묵이 먹고 싶다.

그 싱겁고 구수하고
못나고도 소박하게 점잖은
촌 잔칫날 팔모상(床)에 올라
새 사돈을 대접하는 것.
그것은 저문 봄날 해질 무렵에
허전한 마음이
마음을 달래는
쓸쓸한 식욕(食慾)이 꿈꾸는 음식.
　　　　　　　　　　—박목월, 「적막한 식욕」 중에서

　백석 시편의 식욕 지향이 결코 식탐의 표현이 아니라 지족자부(知足
者富)의 정신이나 일상의 제식화 성향과 연관되어 있음은 음식과 사람
이 친구 사이로 설정되어 있는 기발한 착상의 작품에 잘 드러나 있다.
밥상 위의 친구와 나누는 독백 형식으로 되어 있는 이 기이한 작품을 일
정한 수준을 보여준 시편이라고 보기는 어렵다. 다만 백석의 식욕 지향
에 대한 시사를 던져주는 징후적인 작품이요 그의 생활태도가 요약되
어 있는 것만은 확실하다.

　낡은 나조반에 흰밥도 가재미도 나도 나와 앉아서
　쓸쓸한 저녁을 맞는다

　흰밥과 가재미와 나는
　우리들은 그 무슨 이야기라도 다 할 것 같다
　우리들은 서로 미덥고 정답고 그리고 서로 좋구나

(……)

우리들은 가난해도 서럽지 않다
우리들은 외로워할 까닭도 없다
그리고 누구 하나 부럽지도 않다

흰밥과 가재미와 나는
우리들이 같이 있으면
세상 같은 건 밖에 나도 좋을 것 같다

—「선우사(膳友辭)」 중에서

　시인의 조어로 보이는 "선우(膳友)"는 문맥으로 보아 흰밥과 가자미를 가리키는 것으로 보이는데 음식 친구 혹은 밥상머리 친구의 뜻으로 쓴 것 같다. 선(膳)은 본래 조리해서 제공하는 음식을 가리키거나 먹는다는 뜻이 있지만 일인들은 저들 나름으로 밥상의 뜻으로도 썼다. 어느 쪽을 취택했건 결과적으로는 뜻이 같지만 진기한 조어임에 변함은 없다. 이밥에 고깃국은 예전부터 식생활의 이상으로 여겨져왔는데 여기서는 생선인 가자미가 병치되어 있다. 나조반은 나좃대를 받치어놓은 쟁반이라고 사전에도 나와 있다. 마지막 행인 "세상 같은 건 밖에 나도 좋을 것 같다"는 세속의 외곽으로 나와도 좋다는 뜻으로 읽히지만 '세상 눈 밖에 나도 좋다'는 말의 축약형이라고 이해하는 것이 순리일 것이다. 인간 동물 식물이 미분화의 상태에서 친화적 근린관계로 연결되어 있는 사례는 위에서도 본 바 있지만 그것은 유아적 순수의 연장선상에 있는 동화적 상상력의 소산이다. 검소한 생활과 고매한 사색 지향에서 나온 일상의 제식화 성향은 언뜻 보아 단순한 군것질을 다룬 「수박

276

씨, 호박씨」에 한결 의젓하고 심도 있게 표명되어 있다. 이 작품은 "한오천(五千) 말 남기고 함곡관(函谷關) 넘어간 노자(老子), "오두미(五斗米)를 버리고 버드나무 아래로 돌아온" 오류선생(五柳先生) 도연명(陶淵明), 그리고 "어진 사람이 많은 나라" 중국 혹은 만주의 어진 사람들에 대한 경의를 통해서 가난 속의 평심서기(平心舒氣)를 기리고 있다. 불가피하게 자원 고갈과 자연 파괴에 이르는 도구적 이성의 전횡에 대한 우려와 경고는 오늘날 구호의 형태로도 세계에 널리 퍼져 있다. 그와 다른 윗길의 생활방식이 있다는 것을 백석의 고담한 식욕시편은 담담하게 설파하고 있다. 그런 의미에서 동화적 상상력에 기초하여 기발한 소재 처리가 돋보이는 「국수」「수박씨, 호박씨」 등 일련의 시편은 오늘의 우리에게 시사하고 호소하는 바 더욱 각별하다. 무엇을 어떻게 먹느냐 하는 것은 단순한 조리법과 영양 섭취의 문제가 아니고 어떻게 살 것인가라는 윤리와 대의에 연관된다.

2

한곳에 정착하지 못하고 유랑을 생업으로 하는 부족이 있다. 누구나 곧 집시를 연상할 것이다. 그들은 유럽 각지를 유랑하면서 당연히 박해를 받았다. 전시에는 간첩으로 오해받았고 평시에는 검은 마술을 부린다고 흰눈질을 당했다. 신기료 장수나 땜장이 노릇을 할망정 농부가 되어 농경지에 정착하는 것만은 한사코 마다하였다. 집단적 역마살이 긴 집시의 음악은 우수로 차 있다. 악보를 보지 않고 바이올린을 켜는 그들의 음악적 재능은 늘 탄복의 대상이 되어왔다. 이집트에서 왔다고 스스로 떠벌렸으나 인도 북부의 고원지대 힌두스탄에서 왔다는 것이 밝혀졌는데 그것은 19세기 비교언어학이 규명해낸 가외의 성과였다.

　개인적 차원에서도 한곳에 진중히 눌러앉지 못하는 바람 든 사람들이 있다. 전설적인 인물 김삿갓이 그런 사람 중의 하나였다. 김삿갓처럼 철저하지는 못하지만 심정적으로 늘 떠도는 사람들이 있다. 시인들이 대체로 그러한 부류에 속할 것이라는 통념이 형성되어 있다. "구름에 달 가듯이 가는 나그네"가 아마도 시인일 것이라는 환상은 근거가 없지만 설득력은 있다. 백석의 개인사적 구체가 어쨌건 우리는 그가 한곳에 가만히 눌러앉지 못하는 심정적인 떠돌이라는 생각의 매혹을 떨쳐버릴 수 없다. 그가 여행시를 많이 썼다는 사실도 그러한 생각을 방증한다. 직업적 특성에서 나온 출장 여행이라 하더라도 그러한 생각을 변경시키지 않는다. 북방 만주에 가서도 그는 한곳에 눌러 있지 못했던 것 같다. 사람을 길 위로 나서게 하는 기본 충동은 무엇인가? 개인차가 있을 것이나 심층적인 층위에는 에로스 충동이 잠복해 있다고 보아도 좋을 것이다. 야생동물을 움직이게 하는 것이 먹이 찾기와 짝 찾기라는 사실에서 유추한 투박한 동물행동학적 발상이 아니다. 가령 보들레르의 「여행」이나 「여행에의 초대」에서 우리는 명시적이건 타나토스와의 암묵적인 동일시에서건 에로스 충동의 잠재력을 본다. 같은 길을 두 번 밟지 않겠다며 끊임없이 새 길을 추구하는 나그네와 늘 새 꽃을 탐하는 노랑나비 돈 후안 사이에는 골드만의 소설사회학이 상정하는 상동관계 못지않은 친연성이 있다. 백석의 마음에서 떠나지 않는 것이 무엇인가를 잘 드러내주는 평범한 작품의 한 대목이 있다.

　나의 정다운 것들 가지 명태 노루 뫼추리 질동이 노랑나비 바구지꽃
모밀국수 남치마 자개짚세기 그리고 천희(千姬)라는 이름이 한없이 그
리워지는 밤이로구나

278

　모두 백석의 사람됨을 잘 나타내는 열한 개의 낱말이다. 칼 융의 언
어연상 검사와는 성질이 다르지만 김수영의 「가장 아름다운 우리말 열
개」와 비교해보면 흥미 있다. 김수영이 서울 상가(商街)의 일상어를 몇
몇 개 들고 있는 것이 눈에 뜨이는 반면에 백석이 열거한 것은 향토색이
농후한 동식물 관련 단어들이 많다. 그리고 빼놓을 수 없다는 듯이 여
성 이름이 첨가되어 있다. 백석의 작품에는 또 좋아하는 사람이 심심치
않게 언급된다. 「통영(統營)」「내가 이렇게 외면하고」「흰 바람벽이 있
어」가 그 사례들이다. 그러나 사랑을 정공법으로 다룬 사랑의 시는 많
지 않다. 겨우 두 편 정도를 연애시라고 할 수 있겠는데 백석에서의 사
랑의 성격을 이해하는 데 도움이 되는 것만은 사실일 것 같다.

　　북관(北關)에 계집은 튼튼하다
　　북관(北關)에 계집은 아름답다
　　아름답고 튼튼한 계집은 있어서
　　흰 저고리에 붉은 길동을 달아
　　검정치마에 받쳐입은 것은
　　나의 꼭 하나 즐거운 꿈이었드니
　　어늬 아츰 계집은
　　머리에 무거운 동이를 이고
　　손에 어린것의 손을 끌고
　　가파러운 언덕길을
　　숨이 차서 올라갔다
　　나는 한종일 서러웠다

우연히 몇 번 마주친 여인을 멋대로 좋아하여 "나의 꼭 하나 즐거운 꿈"이 되었으나 여인이 이미 가족 있는 처지임을 알고 서러웠다는 취지의 시편이다. 예사로운 어조로 되어 있으나 표제는 '절망'이라고 되어 있어 반어적 대조를 이루고 있다. 이 작품에 대해서는 딴 계제에 얘기한 바 있으므로 되풀이하고 싶지 않으나 성취되지 않는 사랑의 시라는 점에서 백석의 다른 작품과 공통된다.[2] 백석의 가장 정공적이고 성공적인 사랑시편을 읽어보기로 하자.

가난한 내가
아름다운 나타샤를 사랑해서
오늘밤은 푹푹 눈이 나린다.

나타샤를 사랑은 하고
눈은 푹푹 날리고
나는 혼자 쓸쓸히 앉어 소주(燒酒)를 마신다
소주(燒酒)를 마시며 생각한다
나타샤와 나는
눈이 푹푹 쌓이는 밤 흰 당나귀 타고
산골로 가자 출출이 우는 깊은 산골로 가 마가리에 살자

눈은 푹푹 나리고

___

2) 졸저, 『서정적 진실을 찾아서』, 민음사, 2001, 14~23쪽.

나는 나타샤를 생각하고
나타샤가 아니 올 리 없다
언제 벌써 내 속에 고조곤히 와 이야기한다
산골로 가는 것은 세상한테 지는 것이 아니다
세상 같은 건 더러워 버리는 것이다

눈은 푹푹 나리고
아름다운 나타샤는 나를 사랑하고
어데서 흰 당나귀는 오늘밤이 좋아서 응앙응앙 울 것이다
　　　　　　　　　　　　　　　　—「나와 나타샤와 흰 당나귀」 전문

　백석의 수작들이 흔히 그렇듯이 친근하고 예사로운 어조로 시행이 전개된다. 나타샤를 사랑하는 화자가 눈 오는 밤에 소주를 마시며 나타샤 생각을 하고 있다. 흰 당나귀를 타고 둘이서 산골로 가 마가리에 살고 싶다는 공상이 그것이다. 그리고 나타샤가 꼭 나타날 것이며 자기 생각에 동의해주리라고 생각한다. 그러나 "나타샤가 아니 올 리 없다/언제 벌써 내 속에 고조곤히 와 이야기한다"는 대목이 시사하듯이 어디까지나 희망적인 관측이요 눈 오는 밤의 백일몽이다. 사실 "아름다운 나타샤는 나를 사랑하고"로 이어지는 마지막 연으로 보아 과연 나타샤와의 사이에 사랑의 상호주의가 실현되고 있는 것인지도 의심스럽다. 아무래도 '사랑하는 것은 사랑을 받는 것보다 행복하나니라'는 일방적인 퍼주기가 아닌가 걱정된다. 그 점 고독한 화자가 좋아하는 여인을 생각하며 현실과 반드시 일치하지 않는 공상을 즐기는 판타지 시편이다. 그런 맥락에서 표제 자체도 검토해볼 필요가 있다. 화자의 사랑의 대상은 나타샤라는 이름으로 나온다. 『전쟁과 평화』에도 등장하는 나

타샤와 소냐는 러시아 여성의 아주 흔한 이름이다. 아름다운 북국 여성의 이미지를 가진 나타샤는 백석의 뒤를 이어 감광균이나 오장환도 작품 속에 등장시키고 있기는 하다.[3] 그렇지만 동아시아 쪽의 고유명사나 서양 쪽의 시인 이름을 제외하고서는 외래어 특히 서양 쪽 외래어 사용에 대해 일관되게 부정적이었던 백석이 이 작품에서 사랑의 대상에 나타샤란 이름을 붙인 것은 아주 징후적이다. 하얼빈에 가서도 러시아말 공부를 했고 해방 뒤에는 한동안 러시아 문학의 번역에 전념했다는 백석이 나타샤란 이름에 각별한 애착을 가졌으리라는 것은 충분히 수긍할 수 있다. 흰 당나귀만 하더라도 앨바이노albino성 당나귀가 없으란 법은 없고 또 당나귀의 하복부, 입, 눈 둘레, 다리 안쪽만은 대체로 백색이다. 그러나 작자도 무자각인 채로 있는 텍스트의 무의식이 있는 법이다. 밤눈과 흰 당나귀와 나타샤라는 북국 여인의 이름은 환상적인 분위기를 조성하면서 작품이 근본적으로 판타지임을 드러내는 방책이요 이심전심을 촉구하는 눈짓이라고 생각된다.

　토마스 만 초기의 결작 단편인 「토니오 크뢰거」를 읽어본 독자들은 비범한 작가로 성장한 장년기의 토니오 크뢰거가 고향을 찾아간 인상적인 뒷부분을 기억할 것이다. 거기서 그는 소년 시절에 가슴을 두근거렸으나 되돌아오지 않는 호감으로 그쳤던 한스 한젠과 잉게보르크 홈을 다시 보게 된다. "그때 홀연히 어떤 일이 일어났다. 한스 한젠과 잉게보르크 홈이 실내를 걸어갔다." 그런데 위의 대목에서 후반부는 이탤릭체로 되어 있다. 그것은 단순한 강조가 아니라 거기 나오는 두 사람이 실제로 한스와 잉게보르크가 아니라 토니오 크뢰거가 범속한 행복

---

3) 김광균의 「눈 오는 밤의 시」, 오장환의 「고향이 있어서」 등이 그 사례다. 발표 연도는 각각 백석 시편에 뒤져 있다.

의 표상이라고 생각하는 한스와 잉게보르크 같은 유형의 한 쌍임을 시사하는 방책인 것이다.[4] 흰 당나귀와 나타샤는 비현실 혹은 반(反)현실의 기호로서 작품이 어디까지나 판타지임을 시사하면서 「토니오 크뢰거」 속에서의 이탤릭체와 비슷한 구실을 하는 셈이다. 그러한 맥락에서 "가난한 내가／아름다운 나타샤를 사랑해서／오늘밤은 푹푹 눈이 나린다"는 도입부의 구문도 흥미 있다. 나타샤를 사랑하는 것과 눈이 나리는 것 사이에 아무런 인과관계도 없다. 통상적인 산문에서라면 "사랑해서"란 어사는 피할 것이다. 통상적인 구문이나 어사 활용에서의 일탈은 시 언어의 특징이다. 친근한 산문 구어체로 되어 있는 이 작품에 보이는 의사 인과관계의 설정은 텍스트를 잘 검토하라는 또하나의 암묵적인 눈짓이라 할 것이다.

산골로 가는 것은 세상한테 지는 것이 아니다
세상 같은 건 더러워 버리는 것이다

이것은 물론 화자의 상념이다. 그러나 작품 속에서는 나타샤가 "내 속에 고조곤히 와 이야기"하는 것으로 되어 있다. 그것은 "흰 당나귀 타고 산골로 가자"는 화자의 도피성 제의에 대한 적극적인 호응과 옹호의 화답이다. 화자의 백일몽 속에서 나타샤가 이렇게 호응하는 것은 꿈작업 dream work의 결과이다. 산에 오르는 사람은 산이 거기 있기 때문에 오른다고 말할 것이다. 거짓은 아니지만 한편으로는 세상이 더러워 산으로 가는 것이다. 옛 은자처럼 완전히 세상을 버리지 못하는 사람들

---

4) W.H. Auden, *Forewords and Afterwords*(New York : Vintage Books, 1974), pp. 409∼410.

이 산행을 하고 산 속에서 이들은 잠정적 은자가 된다. 위의 대목은 신 포도보다도 훤히 속 들여다보이는 합리화의 강변이지만 자못 호소적이다. 나타샤의 입을 빌렸기 때문에 더욱 그러할 것이다. 여기서 우리는 떠돌이 백석의 심정적 표박(漂泊)의 개인적 사회적 원천을 인지한다. 그의 시원 회귀 성향과 어우러진 표박 충동은 시대나 사회와의 순탄치 못한 관계에서 비롯되는 것이다.

사랑을 주제로 한 「절망」「나와 나타샤와 흰 당나귀」에서 백석 특유의 방언 지향이 괄목할 만큼 절제되어 있는 것이 눈에 뜨인다. 이것은 갑작스러운 새 경향이 아니고 시집 『사슴』 간행 이후 서서히 진행된 방언 탈피과정의 반영이라고 생각된다. 유년기 회상을 고집하거나 유년의 소재지를 탐구할 때 방언 구사는 불가피해 보인다. 그렇지만 사랑과 같은 보편적 주제를 다룰 때 소재 처리상의 필연적인 계기를 갖추지 못한 배타적 방언 구사는 독자들에게 부담스러운 것이 되기 쉽다. 또 사랑과 연애의 풍속적 제도화가 이루어지기 이전이어서 방언을 통한 사랑의 교감과 대화가 현실적으로 성립되기가 어려웠다는 것과도 연관되는 일이었을 것이다. 이것은 사랑과 연애가 설탕이나 관광여행과 마찬가지로 근래에 수입된 성풍속의 일환임을 방증해주기도 한다. 어쨌거나 백석 사랑시편은 몇몇 명사를 제외하고서는 방언이 절제됨으로써 사랑의 보편성을 다시 확인시켜주고 있다. 그리고 그것은 그의 후기시를 위해서 매우 생산적으로 기여하게 된다.

러시아 형식주의가 정식화한 낯설게 하기를 영국 낭만주의 시인들이 앞당겨 주목했다는 것은 이제 문학사적 상식이 되었다. 그러나 수사적 차원에서이기는 하지만 벌써 아리스토텔레스에게서도 비슷한 지견(知見)은 발견된다. "일상의 표현에 변형을 가한 것은 문장을 한결 고매하게 보이게 한다. 사람들은 외국인과 자국인을 대했을 때 서로 다른 느낌을 갖게 되지만 그와 비슷한 차이를 표현에 관해서도 느끼게 되기 때문이다. 그러므로 언표가 낯설게 들리도록 하지 않으면 안 된다. 사람들은 동떨어진 것에 탄복하게 마련이고 탄복의 대상은 즐거움을 주기 때문이다."[5] 카프 계열 사회파 시인들의 생경한 시어와 모더니스트들의 외래어 지향이 대세를 이루고 있을 때 백석은 모어 중의 모어인 고향의 방언에 의지하여 아리스토텔레스가 설파한 낯설게 하기를 실천한 셈이다. 그것이 단순한 수사적 차원의 방책이 아니었음은 위에서 검토한 사례를 통해서도 명백하리라고 생각된다. 그러나 배타적 방언 지향은 곧 일탈 자체의 상투화를 초래함으로써 당초의 매력을 상실하고 자칫 독자를 피곤하게 하는 위험성을 낳았다. 백석은 이내 절제를 통해 일탈의 상투화에서 벗어나 후기의 수작들을 보여주게 된다.

3

　이동순 편 『백석 시전집』의 제3부를 이루고 있는 '북방에서'에는 도합 14편의 시가 수록되어 있다. 1938년 연말에 만주로 건너간 이후의 소작을 모은 것으로 되어 있다. 그중 「산」「적막강산」「마을은 맨천 구신이 돼서」「칠월 백중」은 해방 이후 잡지에 발표된 것으로서 작가 허준(許俊)이 해방 이전부터 소장해온 시를 발표한다는 부기가 달려 있다. 또 소재상으로나 그 처리에 있어서나 국내 체재기에 쓴 작품과의 친연성이 두드러진 향토 풍물시편이다. 따라서 만주로 이주해 가기 이전의 소작이 아닌가 하는 생각이 든다. 전기적 세목에 대한 확증이 없

---

5) Aristotle, *The Art of Rhetoric*(London : Penguin Books, 1991), p. 218.

이 단언할 수는 없지만 적어도 작품 자체만으로 검토할 때 그러한 심증이 드는 것은 사실이다. 또 책의 말미를 장식하고 있는 「남신의주 유동 박시봉방(南新義州 柳洞 朴時逢方)」은 발표지인 『학풍(學風)』 편집후기에 "소설은 상섭(想涉)이 썼고 시는 신석초(申石艸)와 백석(白石)의 해방 후 신작(新作)을 얻었다"고 조풍연이 적어놓고 있다.[6] 또 해방 직후 백석이 한때 신의주에 거주하다가 정주로 갔다는 것은 확인된 만큼 해방 직후의 소작임이 확실하다. 스타일상으로도 여타의 북방시편과의 연속성이나 친연성이 두드러져 보인다. 따라서 해방 이후 체제 순응시편을 생산하기 이전의 소작으로 체제 순응 이전의 백석 시를 마감하는 작품이다. 위의 5편을 빼고 남는 9편이 순수 북방시편이라고 생각된다.

북방시편의 특색은 초기 백석 시의 특징인 서도 방언 지향과 특유의 열거법을 절제하면서 위에서 말한 카스틸리오네의 예사로움 sprezzatura의 독보적인 경지를 보여주고 있다는 점이다. 또 자신의 감정이나 생각을 정공적으로 토로하고 있다는 것도 중요한 새 경향이다. 동양의 철인이나 시인에 대한 사모를 터놓고 술회하는 한편 외국의 시인과 자기를 동일시하면서 시인됨의 의미와 사회로부터의 소외를 적고 있다.

  그 맑고 거룩한 눈물의 나라에서 온 사람이여
  그 따사하고 살틀한 볕살의 나라에서 온 사람이여

  눈물의 또 볕살의 나라에서 당신은
  이 세상에 나들이를 온 것이다

---

6) 1948년 10월에 나온 잡지 『학풍』 창간호 편집후기에 그리 적혀 있다. 편집후기 끝에 적혀 있는 청사(晴史)는 편집인 조풍연(趙豊衍)의 아호이다.

쓸쓸한 나들이를 단기려 온 것이다.

—「허준(許俊)」 중에서

　근자에는 작품 속에 시인이나 친구의 이름이 등장하는 일이 흔하여 유행이 되다시피 한 감이 없지 않다. 해방 전에도 인명이 시 속에 등장하는 일은 종종 있었다. 김영랑의 "빈 포케트에 손 찌르고 폴 베를레느 찾는 날", 정지용의 "하인리히 하이네 적부터/동그란 오오 나의 태양도", 김기림의 "빠이론과 같이 짖을 수도 없고", 신석정의 "난초는/도연명보다도 청담한 풍모를 갖추었다", 서정주의 "샤알·보오드레-르처럼 설스고 괴로운 서울여자""포올·베르레-느의 달밤" 등을 그 사례로 지목할 수 있다. 또 김소월이 조만식의 이니셜로 작품 표제를 삼은 일이 있기는 하다. 그러나 위에서 보듯이 인명을 시의 표제로 삼은 것은 완전히 파격적인 일이었음에 틀림이 없다. 더구나 역사 인물이 아닌 무명에 가까운 소설가 친구를 표제로 삼았다는 점에서 도전적인 일이었을 것이다.

　위의 도입부에서 허준은 볕살의 나라에서 이 세상에 나들이를 온 사람으로 정의된다. 이것은 당연히 중국 전통에서 시인 이백에 부친 정의를 상기시킨다. 하지장(賀知章)이 이백의 인품과 시풍을 평하여 적선인(謫仙人) 즉 천상세계에서 인간세계로 귀양 온 선인이라고 했다 한다. 시인 두보도 「음중팔선가(飮中八仙歌)」에서 "이백은 술 한 말에 시를 백 편/취하면 장안의 술집이 내 집/천자가 불러도 배에 아니 오르고/말하되 '신(臣)은 주선(酒仙)입니다'"라고 적음으로써 적선인이란 정의의 유통과 정착에 기여하였다.[7] 보들레르가 추방이란 말을 쓰면서 시인을

---

7) 이원섭 역해, 『당시(唐詩)』, 현암사, 1982, 134쪽. 또 松浦友久 編譯, 『李白詩選』(岩波書店, 1997), 356~357쪽 참조.

앨버트로스에 비유한 것도 비슷한 맥락에서이다. 폭풍 속을 날면서 사수를 비웃는 이 구름의 왕자도 땅으로 귀양 와서는 고함치는 군중 사이에서 거대한 날개 때문에 걷지도 못한다며 시인이 바로 그와 같다고 노래하고 있다. 소설가 친구인 허준도 바로 이 비슷한 눈물과 볕살의 나라에서 "싸움과 흥정으로 와자지껄"한 이 세상에 나들이 온 사람이다. 그는 아내에게 해진 옷을 입히고 어린것에게 엿 한 가락을 아끼면서도 낯선 사람에게 수백 냥 돈을 거저 주는 온정의 사람이다. 또 "사람은 모든 것을 다 잃어버리고 넋 하나를 얻는다"는 믿음의 사람으로 묘사된다.

> 그 멀은 눈물의 또 볕살의 나라에서
> 이 세상에 나들이를 온 사람이여
> 이 목이 긴 시인(詩人)이 게사니처럼 떠든다고
> 당신은 쓸쓸히 웃으며 바둑판을 당기는구려
>
> ─「허준」 중에서

　여기 보이는 목이 긴 시인은 바로 백석 자신이다. 가난하면서도 어진 허준의 인품을 기리면서 시인은 은연중 허준과 자신을 동일시한다. 그리고 여기 그려진 허준의 초상은 스스로 갖추고 싶었던 미덕을 투사한 다분히 주관적인 것일 수밖에 없다. "도스토이엡흐스키며 조이스며 누구보다도 잘 알고 일등 가는 소설도 쓰"는 허준의 초상은 객관적이라기보다는 우호적 시선으로 포착된 것이다. 사람은 모든 것을 다 버리고 넋 하나를 얻는다는 신조도 백석 자신의 것이라 할 수 있다. 친구 허준에 의탁해서 백석은 자신을 드러내고 자신의 이상 인간을 보여준다. 허준이 '백석'이란 표제를 달고 이 작품을 쓴다고 하더라도 이상할 것은 없다. 두 사람 외국 작가의 이름을 릴케쯤으로 고치고 일등 가는 시를 쓰는 사람으로 고치면 더 어울릴 것이라는 환각마저 든다. 사실 북방시 편에는 백석이 외국 시인과 자신을 동일시해서 생각하는 경향이 많이 보인다.

아, 이 정월(正月)대보름 명절인데
거리에는 오독도기 탕탕 터지고 호궁(胡弓)소리 뻘뻘 높아서
　내 쓸쓸한 마음엔 자꼬 이 나라의 녯 시인(詩人)들이 그들의 쓸쓸한 마음들이 생각난다
　내 쓸쓸한 마음은 아마도 두보(杜甫)나 이백(李白) 같은 사람들의 마음인지도 모를 것이다.
　아모려나 이것은 녯투의 쓸쓸한 마음이다
　　　　　　　　　　　　—「두보(杜甫)나 이백(李白)같이」 중에서

　명절이나 축제일은 가족과 떨어져 있거나 남의 땅에 와 있는 사람에게는 고독감을 곱빼기로 배가시켜준다. 북방에서 맞는 정월 보름날 객고의 소회를 적으면서 시인은 두보나 이백을 생각하면서 애써 자위한다. 때문은 옷에 마른 물고기 한 토막을 놓고 앉아 두보나 이백도 그러했을 것이라고 상상하는 것이다. 그리고 그것이 "녯투의 쓸쓸한 마음"이라고 적는다. 백석에게 옛날이나 옛것은 어떤 안도감과 그리움의 함의를 가지고 있으며 항시 긍정적인 것으로 수용된다. 경망한 당대 모더니즘 성향에 대한 유보감에 의해서 그리된 국면도 없지 않을 것이나 그의 시원 회귀 소망과 유년 애착 성향을 생각할 때 당연한 일이다. 어쨌건 당시(唐詩)에 보이는 고전적 고독감이나 적요감(寂寥感)이 바로 자신의 것이라며 쓸쓸함의 유구함을 떠올리고 자기 위안을 하는 것이다. 두보나 이백과 자기를 동일시한다고 해서 그가 자신의 그릇 큼에 대해

과대망상을 가지고 있는 것은 아니다. 백석은 서정주나 오장환처럼 저주받은 시인이라는 자의식으로부터 자유로웠다. 다만 시인이란 가난하고 쓸쓸한 슬픈 천명이란 생각만은 일관되게 가지고 있었던 것 같다. 중국 대시인들과의 동일시가 결코 시인으로서의 크기와는 무관하다는 것은 다음과 같은 시행을 보더라도 분명하다.

> 그런데 저기 나무판장에 반쯤 나가 누어서
> 나주볕을 한없이 바라보며 혼자 무엇을 즐기는 듯한 목이 긴 사람은
> 도연명(陶淵明)은 저러한 사람이었을 것이고
> 또 여기 더운 물에 뛰어들며
> 무슨 물새처럼 악악 소리를 지르는 삐삐 파리한 사람은
> 양자(陽子)라는 사람은 아모래도 이와 같었을 것만 같다
> 나는 시방 녯날 진(晋)이라는 나라나 위(衛)라는 나라에 와서
> 내가 좋아하는 사람들을 만나는 것만 같다
> ―「조당(澡塘)에서」[8] 중에서

목욕탕에 가서 중국인 틈에 끼어 목욕을 하며 보고 느낀 것을 역시 예사로운 필치로 적은 것이다. 평범한 중국인을 신체 특징에 따라서 도연명이나 양자 같은 역사 속의 큰 시인이나 사상가와 견주면서 상상 속에서 그것을 즐기고 있다. 백석이 두보나 이백과 자기를 동일시하는 것은 그러한 종류의 것임을 알 수 있다. 아주 희귀한 소재를 처리한 이 작품에서 시인은 유머 감각을 가진 예리한 관찰자로 드러난다. "더운 물에

---

8) 조실(澡室)은 욕실이나 목욕탕을 뜻하는 말인데 여기서의 "조당"도 유관한 것인지 모르겠다.

몸을 불키거나 때를 밀거나 하는 것도 잊어버리고/제 배꼽을 들여다보거나 남의 낯을 쳐다보거나 하는"욕객들의 모습이 여실하다. 그리고 다음과 같은 대목에서 백석의 겸손한 인생태도를 다시 확인하게 된다. 세 사람이 행동할 때 그중에 틀림없이 나의 스승이 있는 법이라고 한 옛 가르침을 따르고 있다는 느낌을 준다. 이른바 중국인의 만만디에 대해서 시인은 이렇게 적는다.

나는 이렇게 한가하고 게으르고 그러면서 목숨이라든가 인생(人生)이라든가 하는 것을 정말 사랑할 줄 아는
　그 오래고 깊은 마음들이 참으로 좋고 우러러진다
　　　　　　　　　　　　　　　　　　　—「조당에서」 중에서

북방시편에는 시인의 개인사를 알려주는 대목이 많다. 측량도 문서도 싫증이 나고 낮잠도 자고 싶어서 "아전 노릇을 그만두고 밭을 노왕(老王)한테 얻"어 농사짓는 얘기도 나온다. 그러나 농사짓기의 어려움을 직시하지 못하고 얼마쯤 전원 생활을 미화하는 태도가 그를 성공적인 귀농자(歸農者)로 만들었을 성싶지는 않다.

수박이 열면 수박을 먹으며 팔며
감자가 앉으면 감자를 먹으며 팔며
까막까치나 두더지 돝벌기가 와서 먹으면 먹는 대로 두어두고
도적이 조금 걷어가도 걷어가는 대로 두어두고
아, 노왕(老王), 나는 이렇게 생각하노라
나는 노왕을 보고 웃어 말한다
　　　　　　　　　　　　　　　　　　　—「귀농(歸農)」 중에서

귀농생활의 실패를 예감케 하기는 하지만 위의 대목은 백석이 구상하는 이상적 생활이 어떠한 것인가를 엿보게 한다. 앞서 우리는 그의 시행에서 노자와 양자(楊子)가 등장하는 것을 보았는데 백석이 노장 사상에 끌렸으리라는 것은 수긍이 된다. 또 오두미를 버리고 「귀거래사」를 읊은 도연명의 삶도 그가 숭상한 생활 방식이라고 추정하게 된다. 무엇인가 분해서 우는 촌에서 온 아이를 두고 백석은 "너는 분명 하늘이 사랑하는 시인이나 농사꾼이 될 것이로다"고 적기도 한다. 북방시편 곳곳에 토로되어 있는 것은 요컨대 맑은 마음을 가지고 쓸쓸하게 살면서 모든 것을 다 잃어버려도 넋 하나를 건지는 어진 삶을 산다는 것이다. 콩 심은 데서 콩을 거두는 농부와 넘치는 사랑과 슬픔 속에 사는 시인이야말로 하늘이 가장 사랑하는 부류라고 그는 믿는다. 백석의 두 절창 중의 하나이며 20세기 한국시가 거둔 최상의 시편의 하나인 「흰 바람벽이 있어」는 그의 삶과 생활관을 집약적으로 보여준다. 느슨한 구성에 예사로움이 돋보이지만 그러면 그럴수록 강렬한 호소력으로 독자에게 다가오는 명편이다. 실수로 반짝하는 영감이나 말재주에 의존해서는 도저히 씌어질 수 없는 경지이다.

오늘 저녁 이 좁다란 방의 흰 바람벽에
어쩐지 쓸쓸한 것만이 오고간다
이 흰 바람벽에
희미한 십오촉(十五燭) 전등이 지치운 불빛을 내어던지고
때글은 다 낡은 무명샤쓰가 어두운 그림자를 쉬이고
그리고 또 달디단 따끈한 감주나 한잔 먹고 싶다고 생각하는 내 가지가지 외로운 생각이 헤매인다(1~6행)

북방시편이 많이 그렇듯이 산문시다운 성격이 강한 우리 현대시 가운데서도 두드러지게 산문적이다. 줄줄이 이어 쓴 그야말로 말의 엄밀한 의미에서 '줄글'이라 해도 과언이 아니다. 간결한 시행에 따라붙게 마련인 의미의 비약이나 어사의 생략이 보이지 않는다. '바람벽'은 도회의 아파트 단지 같은 데서는 쓰지 않아 폐어가 되어가고 있지만 그냥 '벽'이라고 이해하면 될 것이다. '십오촉'은 요즘 같으면 십오 와트라고 할 것이다. 화자가 흰 바람벽을 바라보며 앉아 있는 좁은 방이 소묘된다. 백석 시편에 많이 나오는 음식이 여기서는 감주인데 식혜라 해도 좋고 단술이라 해도 좋을 것이다.

> 그런데 이것은 또 어인 일인가
> 이 흰 바람벽에
> 내 가난한 늙은 어머니가 있다
> 내 가난한 늙은 어머니가
> 이렇게 시퍼러둥둥하니 추운 날인데 차디찬 물에 손을 담그고 무이며 배추를 씻고 있다
> 또 내 사랑하는 사람이 있다
> 내 사랑하는 어여쁜 사람이
> 어늬 먼 앞대 조용한 개포가의 나즈막한 집에서
> 그의 지아비와 마조앉어 대구국을 끓여놓고 저녁을 먹는다
> 벌써 어린것도 생겨서 옆에 끼고 저녁을 먹는다(7~16행)

늙은 어머니를 생각한다고 말하지 않고 '흰 바람벽에 어머니가 있다'고 함으로써 의외로움을 안겨준다. 화자의 상념이 그림이 되고 글자

가 되어 흰 바람벽을 지나가는 것이다. 흰 바람벽이 화자의 의식의 스크린 구실을 하고 있는데 예사로워 보이지만 절묘한 착상이요 전개다. 아마도 김장을 담는 어머니에 이어서 "사랑하는 어여쁜 사람"이 보인다. 앞서 백석 사랑시편에서 그랬듯이 사랑하는 사람은 충족이 허여되지 않는 건너편의 여인이다. "앞대"는 이렇게 말하는 사람의 위치에서 남쪽을 가리킨다. 따라서 그의 어여쁜 사람은 반도 쪽에 있는 것 같다.

> 그런데 또 이즈막하야 어느 사이엔가
> 이 흰 바람벽엔
> 내 쓸쓸한 얼골을 쳐다보며
> 이러한 글자들이 지나간다
> ─나는 이 세상에서 가난하고 외롭고 높고 쓸쓸하니 살어가도록 태어
> 났다
> 　그리고 이 세상을 살어가는데
> 　내 가슴은 너무도 많이 뜨거운 것으로 호젓한 것으로 사랑으로 슬
> 픔으로 가득 찬다
> 그리고 이번에는 나를 위로하는 듯이 나를 울력하는 듯이
> 눈질을 하며 주먹질을 하며 이런 글자들이 지나간다
> ── 하눌이 이 세상을 내일 적에 그가 가장 귀해하고 사랑하는 것들은
> 모두
> 　가난하고 외롭고 높고 쓸쓸하니 그리고 언제나 넘치는 사랑과 슬픔
> 속에 살도록 만드신 것이다
> 　초생달과 바구지꽃과 짝새와 당나귀가 그렇듯이
> 　그리고 또 "프랑시 쨈"과 陶淵明과 "라이넬 마리아 릴케"가 그러하
> 듯이(17~29행)

자기 속내를 직접 토로하지 않고 지나가는 글자들로 말하게 한 데서 박력과 호소력이 생긴다. 그 점 발명에 가까운 창의적 수법이다. "눈질"과 "주먹질"이 나오는 대목에서 우리는 어떤 섬뜩한 귀기(鬼氣)마저 느끼게 된다. '울력하다'는 사전적인 의미에서 얼마쯤 떨어져 있는 것으로 보인다. 한자말 '위력(威力)'이 변한 말인데 여기서는 '위협하다' '위압하다' 정도의 뜻으로 읽는 것이 순리라 생각된다. 박꽃을 가리키는 "바구지꽃"은 문맥에서 기막히게 어울린다. 프랜시스 잠은 「나는 당나귀를 좋아한다」 「당나귀와 함께 천국에 가기 위한 기도」와 같은 나귀 시편이 많은 프랑스의 시인이다. 백석과 마찬가지로 가난한 시인임을 자처하는 시편도 많이 있다. 시인의 슬픈 천명을 받아들이라는 자기 설득의 시요 높은 뜻을 가진 가난한 영혼들에게 보내는 전언의 시다. 그들이야말로 하늘이 선택한 축복받은 사람이라고 그 전언은 말한다. 이 작품이 청년시인 윤동주에게 준 감동과 충격을 우리는 「별 헤는 밤」에서 측량할 수 있다. 해방 이후 백석은 또하나의 절창을 쓰게 되는데 남신의주에 사는 목수 박시봉네 집 헌 삿을 깐 방에 기숙하면서 쓴 「남신의주 유동 박시봉방」이 그것이다.

이때 나는 내 뜻이며 힘으로, 나를 이끌어가는 것이 힘든 일인 것을 생각하고,
이것들보다 더 크고, 높은 것이 있어서, 나를 마음대로 굴려가는 것을 생각하는 것인데,

(……)
나는 이런 저녁에는 화로를 더욱 다가 끼며, 무릎을 꿇어보며,

어니 먼 산 뒷 옆에 바우섶에 따로 외로이 서서,

어두워오는데 하이야니 눈을 맞을, 그 마른 잎새에는,

쌀랑쌀랑 소리도 나며 눈을 맞을,

그 드물다는 굳고 정한 갈매나무라는 나무를 생각하는 것이었다.

어떤 초월적 불가항력에 번롱(飜弄)당하고 있다는 무력감에 빠져 있던 화자는 여러 날에 걸친 생각의 반추를 통해서 어지러운 마음을 정화하고, 먼 산 '바우섶'에 외로이 서서 눈을 맞을 "그 드물다는 굳고 정한 갈매나무"를 생각하며 생에의 의욕을 다진다. 우리는 당연히 갈매나무라는 표상에 주목하게 되는데 외따로 서서 눈을 맞을 갈매나무는 드물고 "굳고 정한" 나무이다. "굳"다는 관형사가 빠져 있다면 이왕의 백석 시와 다를 바가 전혀 없을 것이다. 그러나 '굳음'이란 새 요소가 갈매나무라는 표상에 첨가되어 있어 모든 것에도 불구하고 정하게 또 '굳게' 살련다는 결곡한 의지가 엿보인다. 백석의 작품에서는 유일하게 꼬박꼬박 구두점이 찍혀 있다는 점도 세심하게 주목해야 마땅하다. 그만큼 구성에서나 구문에서나 꽉 짜여 있어 「흰 바람벽이 있어」와도 구별된다. 두 작품이 다같이 원숙한 예사로움의 경지를 공유하고 있지만 해방 후의 작품에서는 상대적으로 견고한 구성과 조탁에의 의지가 감지된다. 정상에 오른 사람은 또 산을 내려가게 마련이라고 한다. 「흰 바람벽이 있어」「남신의주 유동 박시봉방」에서 시작의 절정에 오른 백석은 그후 내리막길로 들어서게 된다. 이제 체제의 융통성 없는 요구에 순응할 수밖에 없었던 백석의 반강요된 하산(下山)과 슬픈 천명의 후일담을 검토해볼 차례이다.

고독에서 축복으로

―백석의 시세계 · 3

이 아침, 감자국수를 누르고, 콩나물 데워

이웃 사람들을 대접하는 이 집 주인들의 마음에

이 아침 콩나물을 놓은 감자국수를 마주하여

이 집 주인들의 대접을 받는 이웃 사람들의 마음에

가득히 차오르는 것은 어린아이에 대한 간절한 축복

그리고 당과 조국의 은혜에 대한 한량없는 감사.

　　　　　　　　　　　　　　―「축복」 중에서

1

　김재용 엮음의 『백석 전집』에는 백석이 해방 후 북에서 발표한 시 열세 편도 수록되어 있다.[1] 발표순으로 수록되어 있는데 책의 작품 연보

---

1) 김재용 엮음, 『백석 전집』, 실천문학사, 2002. 이하 백석의 북한시편 및 평론의 본문 인용은 모두 이 판본에 의존했다.

에 따르면 1958년 5월에 발표한 「제3인공위성」이 가장 먼저 것이요 1961년 12월에 발표한 「탑이 서는 거리」 등 세 편이 가장 나중 것이다. 그러니까 시작(詩作)에 관한 한 이 4년 동안에 열세 편을 보여준 것이 전부인 셈이다. 지금껏 나온 백석 관련 전기적 정보 중에서 가장 신뢰할 수 있는 것으로 판단되는 이 책의 연보에 따르면 백석은 1947년 문학예술동맹 제4차 중앙위원회의 개편된 조직에서 외국문학 분과원으로 올라 있으며 이 해에 러시아 작가 시모노프의 『낮과 밤』을 번역 출판하였다. 1949년엔 이사고프스키의 시집을 번역 출판하고 1956년에 일련의 아동문학 관련 소견을 발표하기 시작했고, 10월에 열린 제2차 작가대회에서 문학신문 편집위원이 되어 이때부터 이 신문을 무대로 다양한 활동을 하게 된다. 1957년 4월 동화시집 『집게네 네 형제』를 출판하였고 아동문학 논쟁을 불러일으키고 논쟁에 가담하였다. 1959년엔 삼수군 관평리에 있는 국영협동조합으로 내려가 양치기 일을 하였고 1962년 10월 문화계 전반에 내려진 복고주의 비판과 연관되어 창작 활동을 중단하였다. 지금까지 알려진 자료에 따르면 1995년 83세로 작고한 백석은 만 50세 되던 해에 사실상 절필한 셈이 된다.

50년대 말 북에서 보여준 백석의 시는 기념시와 행사시를 포함하여 계기시 occasional verses라고 총괄할 수 있는 체제 찬가시편이다. 가령 「제3인공위성」은 소련의 성공적인 인공위성 발사, 「탑이 서는 거리」는 인민 영웅의 탑 건립, 「돌아온 사람」은 쉰다섯번째 북송선을 타고 돌아온 재일 동포 귀환의 계기에 그것을 기념하고 기리기 위해서 쓰어진 것이다. 「공무여인숙」은 조선조의 역원(驛院)과 같은, 공무를 위해 여행하는 이를 위한 숙박시설을 기리고 있고 「동식당」은 마을의 공동식당에 대한 송가이다. 「하늘 아래 첫 종축 기지에서」는 함경남도 풍산군(豊山郡) 웅이면(熊耳面) 소재의 2천 미터가 넘는 북수백산(北水白山)에 위치한 종축장(種畜場)을 기리고 있으며「돈사의 불」은 깊은 산골 야영 돈사(豚舍)에서 밤일을 하는 번식돈 관리공을 기리고 있다.「축복」은 고아 출신 부부가 아기 돌을 맞아 이웃에게 베푸는 음식 대접을 받은 화자가 아기에게 바치는 축복의 시편이고「전별」은 외지로 시집가는 이웃 처자를 전별하는 계제에 적은 결혼 축가이다. 이들 북한시편들은 한결같이 체제 긍정과 노동 긍정을 특징으로 하고 있으며 당과 조국과 공산주의에 대한 신임과 충성을 일관되게 명시적으로 천명하고 있다.

> 나는 공산주의의 천재
> 이 땅을 경이로 휩싸고
> 이 땅을 희망으로 호뭇케 하고
> 이 땅을 신념으로 가득 채우고
> 이 땅을 영광으로 빛내이며
> 이 땅의 모든 설계를 비약시키는 나
> 나는 공산주의의 자랑이며 시위
> —「제3인공위성」중에서

> 제각기 찾아가는 곳 다르고,
> 제각기 서두르는 일 다르나
> 그러나 그들이 이 집에 이르는 길,
> 이 집에서 떠나가는 길
> 그것은 오직 한 갈래 길 — 사회주의 건설의 길.
> —「공무여인숙」중에서

> 밭 갈던 아바이, 감자 심던 어버이

최뚝에 송아지와 놀던 어린것들,
그리고 탁아소에서 돌아온 갓난것들도
둘레둘레 둘러놓인 공동 식탁 위에,
한없이 아름다운 공산주의의 노을이 비긴다.

—「동식당」중에서

풀을 고기로의 당의 어진 뜻
온 밭과 곳간과 사람들의 마음에 차고 넘쳐.
하늘 아래 첫 종축 기지로 오니
내 마음 참으로 미쁘기도 하구나.
흐뭇하고 미쁜 마음 가슴에 설레인다.
이 풀밭에 먹고 노는 큰 돼지, 작은 돼지
백만이요, 천만으로 개마고원에 살찔 일 생각하매,
당의 웅대하고 현명한 또하나 설계가
조국의 북쪽 땅을 복지로 만드는 일 생각하매.

—「하늘 아래 첫 종축 기지에서」중에서

인용된 시행은 작품 중에서 가장 맥 빠지는 대목이지만 한편으로는
시편의 존재 이유가 걸려 있는 핵심적 전언 부분이기도 하다. 초기 시
편이나 북방시편의 독자성이나 깊은 슬픔의 정취는 간 곳 없고 행방이
사뭇 묘연하다. 인민성과 당성의 고려 그리고 노출된 의도가 너무나 명
백히 드러난 자기 검열의 소산이요 수줍음을 모르는 체제 충성가이다.
혹독한 전쟁을 겪고 난 후 생산 계획을 세우고 증산에 노력하는 사회의
대목적에 시인 자신이 무관심했을 리 없고 따라서 작품에 표명된 정감
의 진정성을 과소평가하는 것은 공정한 처사가 아닐 것이다. 그렇지만

시적 범용 앞에서의 대책 없는 평등을 접하고 우리는 일말의 슬픔을 금할 수 없다. 인용된 부분에 국한해서 한정적으로 말해본다면 백석이 아니더라도 누구나 쉬 찍어낼 수 있는 규격화된 시행임이 분명하다. 한편 이 무렵 백석의 북한시편은 작품 발생의 맥락이 된 사회 상황에 대하여 많은 것을 드러내주어 문학사회학적 흥미를 충족시켜주는 일면이 있다. 구소련 사회주의 체제의 실천을 모형으로 한 것이겠지만 우선 생산 활동이 전쟁이나 전투로 파악되고 생활이나 생산 현장이 싸움터나 진지로 상정되어 있으며 그러한 관행은 그대로 시 속에서 발견된다.

동쪽 집 처자는 산길을 굽이굽이
뒤를 돌아보며, 돌아보며 발길 무거이 간다.
가지가지 산천의 정이, 사람들의 사랑이
벌리의 쓴 눈물 삼키게 하매
그 작은 붉은 마음 바쳐온 싸움의 터 —
저 골짜기 발전소가, 이 비탈의 작잠장이
다하지 못한 충성을 붙들어놓지 않으매,
동쪽 집 처자는 고개를 넘어 사라진다.
그러나 그 흘린 땀냄새 따위에 풍기누나.
어제는 남쪽 집 처자를 산 위에
오늘은 동쪽 집 처자를 산 아래
말하자면 이 어린 전우들을 딴 진지로 보내는 것은
마음 얼마큼 서운한 일이니
그러나 얼마나 즐겁고 미쁜 일인가
그러나 얼마나 거룩하고, 숭엄한 일인가!

—「전별」 중에서

뒷재 위에서 백두산이 보인다는 보천땅으로 시집가는 동쪽 집 처자를 전별하는 시편이다. 이 처자는 마을 사람들의 "전우"로 그려져 있고 여태껏 살아온 고향 마을은 "싸움의 터"로 파악되어 있다. 보천땅으로 시집가는 것을 "딴 진지"로 보내는 것으로 그리고 있다. 나날의 삶의 과정과 생산 활동이 전쟁과 전투의 이미지로 포착되어 있음을 본다. 신파 냄새가 나는 '이별'을 피하여 굳이 "별리"라 쓰고 있는 세심한 시인도 도리 없이 당과 조국이 원하는대로 말하고 생각하고 표현하고 있다.

> 이 여인의 마음에도 눈이 내린다
> 잔잔하고 고로운 그 마음에,
> 때로는 거센 물결치는 그 마음에
> 슬프고 즐거운 지난날의 추억들 위에,
> 타오르는 원수에의 증오 위에,
> 또 하루 당의 뜻대로 산 떳떳한 마음 위에,
> 눈이 내린다. 눈이 쌓인다.
> (……)
> 여인의 발자국을 그리며 지우며,
> 뜨거운 뜨거운 이 여인의 가슴속
> 가지가지 생각의 자국을 그리며 지우며
> 푹푹 나리여 쌓인다, 그 어느 크나큰 은총도
> 홀아비를 불러 낮에도 즐겁게
> 홀어미를 불러 이 밤도 즐겁게
> 더욱 큰 행복으로 가자고, 어서 가자고
> 뒤에서 밀고 앞에서 당기는 당의 은총이.

중세 기독교인에게 있어서는 해가 뜨고 달이 지는 것과 같은 삼라만
상과 자연의 운행도 신의 섭리의 일환이었고 언제라도 신의 뜻에 따라
철회될 수 있는 항상적인 기적이었다. 이 항상적인 기적 한복판에서 사
람들은 모든 것을 은총이라 여기면서 감사하는 마음으로 일용할 양식
을 구하고 나날의 삶을 경건하게 꾸려갔다. 이 작품에서 사실상 당은
종교적 층위에 올라 있음을 본다. '모범 농민, 군 대의원, 그리고 어엿
한 당원'인 박순옥 할머니 위에 내리는 눈은 "당의 은총"이다. 정치가
세속화된 종교의 위상을 갖추고 있음을 보게 된다. 위에서 인용한「전
별」「눈」과 함께 백석 북한시편 중에서 가장 빼어난 것이라 생각되는
작품의 전문을 읽어보기로 하자.

이 먼 타관에서 온 낯설은 손을
이른 새벽부터 집으로 청하는 이웃 있도다.

어린것의 첫생일이니
어린것 위해 축복 베풀려는 이웃 있도다.

이깔나무 대들보 굵기도 한 집엔
정주에, 큰방에, 아이어른 ― 이웃들이 그득히들 모였는데,
주인은 감자국수 눌러, 토장국에 말고
콩나물 갓김치를 얹어 대접을 한다.

내 들으니 이 집 주인은 고아로 자라난 사람.

이 집 안주인 또한 고아로 자라난 사람.
오직 당과 조국의 품안에서
당과 조국을 어버이로 하고 자라난 사람들.

그들의 목숨도 사랑도 그리고 생활도
당과 조국에서 받은 것이어라.
그리고 그들의 귀한 한 점 혈육도
당과 조국에서 받은 것이어라.

이 아침, 감자국수를 누르고, 콩나물 데워
이웃 사람들을 대접하는 이 집 주인들의 마음에
이 아침 콩나물을 놓은 감자국수를 마주하여
이 집 주인들의 대접을 받는 이웃 사람들의 마음에
가득히 차오르는 것은 어린아이에 대한 간절한 축복
그리고 당과 조국의 은혜에 대한 한량없는 감사.

나도 이 아침 축복받는 어린것을 바라보며,
당과 조국의 은혜 속에 태어난 이 어린 생명이
당과 조국의 은혜 속에 길고 탈 없는 한평생을 누리기와,
그 한평생이 당과 조국을 기쁘게 하는 한평생이 되기를 비노라.

—「축복」 전문

『백석 전집』의 연보에 따르면 백석이 압록강 근방의 삼수(三水)로 옮겨간 것은 1959년 1월의 일이요 이 작품이 발표된 것은 같은 해 6월이다. 첫머리의 두 줄로 미루어 보아 이 작품은 삼수 이주 직후에 이주지

경험을 적은 것으로 보인다. 가족적 유대가 전혀 없는 고아의 당과 조국에 대한 배타적 충성심을 감안하여 고아 출신에 대한 각별한 신임을 북한 당국이 정책적으로 표명하고 있다는 것은 널리 알려진 사실이다.[2] "당과 조국을 어버이로 하고 자라난 사람들"이 아기의 첫돌을 맞아 이웃을 청하여 자축하는 정경이 백석의 붓끝에서 정감 있게 처리되어 있다. 전후의 일차적 복구를 끝내고 나서 새로이 정비되어가고 있는 사회의 새 통념이 예스러운 말투로 전개되어 있어 작품은 의외로운 효과를 내고 있다. "그리고 그들의 귀한 한 점 혈육도 / 당과 조국에서 받은 것이어라" 같은 대목의 새 통념과 옛 투의 예사로운 대조에서 우리는 저간의 사정을 엿볼 수 있다. 비록 넉넉한 처지는 아니라 하더라도 이웃을 청하여 감자국수를 대접하는 정경이, 있어야 할 공동체의 한 모습을 보여주는 것 같고 그것은 백석에게 극히 어울리는 소재요 처리이다. 규격화된 어사와 구호에도 불구하고 큰 거부감 없이 읽히는 것은 "주인은 감자국수 눌러, 토장국에 말고 / 콩나물 갓김치를 얹어 대접을 한다"는 초기 작품에서 낯익은 소박한 예사로움 때문이다. 그리고 구호적 표현이 보인다 하더라도 적어도 아기에 대한 축복의 진정성만은 믿을 수 있는 것이라 생각되기 때문이다. 그것은 「흰 바람벽이 있어」 「남

---

2) 한 연구자는 이렇게 적고 있다. "이렇게 '육아원' '애육원' 및 '유자녀학원'을 거쳐서 양육된 사생아들은 북한 정권 당국자들에 의하여 '가장 믿을 만한 계급이며 특수한 종류의 공산주의자'로 간주되고 있다고 한다. 그들은 사실 보지도 알지도 못하는 생부모에 대한 생물학적인 애착이나 정분을 전혀 결여한 채 유년기를 보낸 셈이니 자신들을 키워주고 교육시켜준 것은 생부모가 아니라 당이요 국가며 또한 수령이라고 믿게 된다. 이렇게 해서 성장한 사생아(사실 '사생아' 출신이란 점은 감추어지고 단지 고아였다고만 알려주며 그들도 그렇게 믿고 있다고 한다) 및 고아들은 당과 국가와 수령에 충성을 다할 것이라는 점은 이해하기 그리 힘들지 않다."(이문웅, 「북한의 사회와 가족형태」, 한국사회과학연구소 편, 『한국사회론』, 민음사, 1980, 247~248쪽.)

신의주 유동 박시봉방」과는 동떨어진 세계이지만 그러한 경지를 통과해왔기 때문에 더욱 실감 있게 다가오기도 한다.

여러 한계점에도 불구하고 전체적으로 보아 백석 북한시편은 당대의 북한시 일반을 배경으로 할 때 문학적 성취도가 높은 편이라고 생각된다. 일차적으로는 백석의 소홀치 않은 시적 기량이 일종의 시적 통행세로 지불해야 했던 규격화된 구호적 요소를 어느 정도 가려주었기 때문일 것이다. 시편 곳곳에서 시인의 옛 솜씨를 상기시키는 음률적 고려와 서정적 처리가 돋보인다. 해방 후에 「남신의주 유동 박시봉방」에서 처음으로 시도했듯이 공들여 구두점을 찍어놓고 있는 것도 눈에 뜨인다.

삼수 삼십 리, 혜산 칠십 리
신파 후창이 삼백열 리,
북두가 산머리에 내려앉는 곳

—「공무여인숙」 중에서

다정한 이야기같이, 살뜰한 쓰다듬같이
눈이 내린다.
위안같이, 동정같이, 고무같이
눈이 내린다.
호젓한 밤길에 눈이 내린다.

—「눈」 중에서

그러나 중요한 것은 유대감에 기초한 이웃과 인간에 대한 애정과 정의(情誼)이다. 비록 체제 송가의 외양을 지니고 있지만 북한시편에는 인간에게 보내는 '동정과 같고 살뜰한 쓰다듬 같은' 정의가 시적 자장의 울림이자 에너지로 작동하고 있다. 체제의 공식 미학이 요구하는 건강하고 긍정적인 공적 감정의 포용이 인간애라는 넉넉한 기층 정감의 층위에서 이루어져 범용한 상투성이 어지간히 소독되어 있음을 본다. 그것은 '넘치는 슬픔과 사랑'이 공적 감정으로 확산되는 것이며 동시에 면면히 지속되는 것이기도 하다. 초기의 시원 회귀와 회상시편, 중기의 북방시편, 그리고 후기의 북한시편 어느 시편에서도 백석이 천박한 통속 취향을 보여준 적은 없다. 문제는 현저한 공식 미학의 수용에도 불구하고 그의 북한시편이 계속되지 못했다는 사실이다. 삼수 이주를 계기로 해서 그는 읽을 만한 친체제 시편을 써냈지만 그 시기는 짤막하게 끝나고 만다. 친체제 시편의 발표가 그의 문학적 재능 발휘의 새로운 계기가 되지는 못하였던 것 같다. 실증적인 전기적 사항의 확인이 이루어지지 않은 상황에서 국외자의 추정과 상상은 아무런 도움이 되지 않는다. 그래도 읽을 만한 작품을 써냈던 백석은 30년 넘게 절필 생활을 하였고 그것이 만년의 인간적 행운이었는지는 모르지만 시를 쓰지 않는 시인의 삶이 과연 무던한 삶이었을까 하는 의혹은 계속해서 우리의 마음을 무겁게 한다.

2

위에서 언급했듯이 해방 직후 백석은 소련문학의 번역에 힘을 쏟았고 그러한 사실은 6·25 전 남한 쪽에도 알려져 단편적으로 신문 등에 보도된 바 있다. 뒤이어 6·25전쟁 후에는 아동문학 쪽으로 관심을 돌려 동화시집도 내고 아동문학 관련 비평문을 발표하고 있다. 해방 직후 그가 시를 쓰지 않은 사정은 실증적인 조사가 이루어질 수 없는 상황에서 단정적으로 거론할 수는 없다. 다만 조심스러운 추정만이 우리 몫으로 남아 있는데 그러한 전제 아래 하나의 가설이 가능하다고 생각한다. 해방 직후의 감격 시대에 사람들은 새로운 사태를 반기는 한편으로 식민지 시대의 행적에 대해서 상호 비판적이고 혐의 가득한 눈길을 번득이는 것이 상례였을 것이다. 이때 문인들 사이에서는 저항적인 작품을 보여주었는가 혹은 일제 말기에 친일적 작문을 써냈는가 하는 것 등이 중요한 판단 기준이 되었을 것이다. 그리하여 문학적 성취도와 관계없이 반일적(反日的) 저항적인 요소가 명시적으로 드러나 있는 작품의 작자들이 어깨와 지기(志氣)를 폈을 것이라 생각된다. 특히 북한에서는 과거 카프 계열의 시인들이 그러했을 공산이 크다.

카프 계열의 테제문학과 거리가 먼 지점에 서 있었고 비판적 사회적 발언을 토로한 바도 없었던 백석은 이렇다 할 저항적 과거의 신임장을 보여줄 수 없었을 것이다. 사회적 풍토 또한 민족어의 존속과 세련에 기여했다는 시인의 정당한 자부심을 호의적 적극적으로 수용할 정도로 넉넉하지는 않았다. 백석은 문학 쪽의 음달을 택함으로써 자기 현시와 동떨어진 지점에서 글쓰기를 계속하며 자기 동일성을 유지하려 했고 그것이 소련문학 번역의 형태로 나타났다고 생각한다. 이때 그가 번역한 작품이 스탈린그라드에서의 소련군과 인민의 영웅적인 방어작전을 다룬 시모노프의 『낮과 밤』, 젊은 날에는 고리키의 찬사를 받았고 뒷날 레닌 훈장을 받은 시인 이사고프스키의 작품이라는 것은 시사하는 바가 많다.[3] 해방과 더불어 갑작스러운 시적 변모를 보여주는 것의 쑥스러움을 피해서 그는 사회주의의 조국인 소련의 공식문학을 대변하는

---

3) 시모노프 Konstantin Simonov는 소련의 극작가이자 소설가이다. 제2차 세계대전중 전선 특파원으로 활동하면서 전쟁 르포르타주로 명성을 얻었고 1947년에 상연되고 이듬해 영화화된 『러시아 문제』로 스탈린 상을 수상했다. 스탈린그라드 방위전을 그린 그의 소

작품을 번역함으로써 친체제적 방위 설정을 우회적으로 보여주었다고 할 수 있다. 전쟁 후의 아동문학 전념도 그 연장선상에서 설명이 가능할 것이다. 이념적 요소가 비교적 희박한 아동문학을 택함으로써 급속한 시세계 변모를 꾀함이 없이 자연스레 창작 활동으로 복귀한 것이다. 시와 동시(童詩)의 친연성, 백석 초기 시에 보이는 시원 회귀와 회상의 시학, 동화적 동심적 세계 이해라는 근친성과 함께 이러한 현실적 고려가 동화시 창작의 계기가 되어주었다고 생각된다. 이러한 맥락에서 해방 직후 이렇다 할 시작 활동을 보여주지 않았고 데모크라시의 시인 휘트먼을 간간히 번역했으며 문학가동맹에서도 아동문학 분과위원장의 직함을 얻었던 남쪽의 정지용의 경우와 대비해보는 것은 적이 흥미 있으리라 생각된다.

『백석 전집』에는 동화시 『집게네 네 형제』 부분에 동화시 열두 편이 수록되어 있다. 동화시란 말 혹은 장르는 우리 쪽에서는 생소한 편인데 운문이나 시로 된 동화, 혹은 어린이를 위한 이야기시로 파악하면 쉬 이해가 갈 것이다. 현재 남아 있는 것으로 가장 오래된 저쪽의 우화집이 패드루스Phaedrus가 라틴말 운문으로 적어놓은 것이며, 저자가 알려진 최초의 그리스말 우화집으로 현존하는 것은 바브리우스Babrius

---

설은 해방 직후 우리 쪽에서도 『낮이나 밤이나』란 제목으로 출간된 바 있다. 아마 중역이 었을 것이다.

이사고프스키 Mikhail V. Isakovskii는 시인이자 번역가로 1921년부터 시집을 내기 시작했는데 1927년에 출간된 시집 『지푸라기로 된 전선』은 고리키의 찬사를 받았다. 시골의 사회주의 동향, 농민 계층에서 싹트기 시작한 문화와 사회주의 의식이 주제로 된 『시골』(1930), 『대지의 거장들』(1936), 『네 가지 소망』(1936) 등의 시집이 있다. 또 혁명과 집단농장화에 따른 농촌의 급변을 다룬 장편서사시 「떠남의 서사시」가 있다. 제2차 세계대전을 다룬 애국시도 많이 있으며 많은 시가 가곡으로 작곡되기도 하였다. 정치적인 내용을 서정적 음악적으로 표현했다는 평가를 얻었으며 레닌 훈장을 받았다. 이상 러시아 시인 작가에 관해서는 연세대 노어노문학과 김진영 교수의 교시를 받았다.

가 운문으로 적은 것이다. 또 17세기 라퐁텐의 우화가 운문으로 되어 있다는 사실에서 엿볼 수 있듯이 옛날에는 우화가 운문으로 되어 있는 경우가 많았다. 따라서 우화시에 대비되는 동화시를 생각하면 이 말의 자연스러움은 이내 납득이 될 것이다. 백석이 "고리키는 일찍이 이 연령층을 위한 문학을 말하면서 장난과 셈 세기를 문학작품의 주요한 제재로 할 것과 산문보다도 시를 이 문학의 장르로 삼을 것을 주장하였다"[4]고 적고 있는 것으로 보아 고리키에 공감하여 동화시를 시도한 것으로 보인다. 이솝우화의 70퍼센트는 동물이 등장하는 것인데 백석 동화시에도 동물이 가장 많이 등장하며 사람과 식물도 등장한다. 여기서 백석 자신의 동화관을 살펴보는 것이 그의 작품 이해에 도움이 될 것이다. 1956년에 발표된 「동화문학의 발전을 위하여」란 글에는 다음과 같은 대목이 보인다.

여기서 말하는 동화는 문학으로서의 동화인바, 즉 시정(詩情)과 철학적 일반화를 동반한 동화이다. 시정으로 충일되지 못한 동화는 감동을 주지 못하며, 철학의 일반화가 결여된 동화는 심각한 인상을 남기지 못한다. 이러한 동화는 벌써 문학이 아니다. 동화에 있어서 시정이라 함은, 인간과 세계에 대한 감동적 태도이며 철학의 일반화라 함은 곧 심각한 사상의 집약을 말하는 것이다. 동화의 생명과도 같은 시와 철학은 동화의 여러 가지 특질 속에 나타난다. 이런 특질들은 곧 과장과 환상의 두 요소로 요약된다. 동화가 동화로서의 경지에 이르자면 이 두 요소를 무시할 수는 없다. 이 두 요소가 없이는 그 어떤 공상도, 지향도, 미래에의 투시도 성립될 수 없다. (……) 동화에서 이 두 요소가 없을 때 그 동화

---

4) 김재용 엮음, 『백석 전집』, 436쪽.

는 이야기와 오체르크와 펠레톤으로 떨어진다. 우리의 적지 않은 동화 작품들이 이야기이며 오체르크며 펠레톤인 까닭이 여기 있다.[5]

그가 말하는, 과장과 환상을 모태로 하고 쉬우면서도 정갈한 말씨로 이야기를 꾸려가면서 적정 수준의 되풀이의 활용을 통해 말놀이의 즐거움을 안겨주고 궁극적으로는 건강한 교훈을 전해주는 것이 백석 동화시의 특징이다. 동식물을 포함하여 자연 관찰을 유도하는 자연친화적인 태도 형성, 이를 통한 과학정신의 배양, 평화로운 심성과 상호부조의 정신 배양 등의 잠복된 의도를 볼 수 있으나 어디까지나 그것은 암묵적인 것이다. 말의 묘미에 대한 감각을 일깨우고 어휘 공부를 고무하는 측면이 강하다. 우리는 동화시의 구체를 몇몇 사례를 통해 검토해보기로 하자.

표제작인 「집게네 네 형제」는 단순 환상에 기초한 작품이다. 바닷가 물웅덩이에 집게 네 형제가 살고 있었는데 막내만 빼고는 모두 집게로 태어난 것을 부끄럽게 여겼다. 그래서 맏이는 강달소라 행세를 했고 둘째는 배꼽조개 행세를 했고 셋째는 우렁이 행세를 하였다.

그래서
맏형은
굳고 굳은
강달소라 껍질 쓰고
강달소라 꼴을 하고

---

5) 김재용 엮음, 같은 책, 381∼382쪽. 한편 인용문에 나오는 '오체르크'는 스케치의 뜻이요 '펠레톤'은 유머와 풍자적 요소를 담고 있는 신문 게재용의 짧은 이야기다.

강달소라 짓을 했네

막내는 집게로 태어난 것을 부끄러워하지 않고 자기를 잃지 않았다. 어느 날 밀물이 많이 밀려와 물웅덩이는 밀물에 잠겨버리고 말았다. 이때 강달소라를 먹고 사는 이빨 센 오뎅이가 밀물을 따라와 맏이는 죽고 만다. 또 낚시꾼이 찾아와 망둥이 미끼로 쓰는 배꼽조개를 보고 돌로 쳐서 둘째도 죽고 만다. 이어 부리 군은 황새가 찾아와 셋째도 죽게 되었으나 막내는 무사하였다. 해학도 있고 리듬감도 있어서 재미있게 읽힌다. 요즘 말로 하면 허영에서 유래한 주체성 상실의 불행한 결말을 다룬 것인데 이로써 백석이 얘기하는 과장과 환상이 어떤 것인지가 분명해진다.

다음으로 이어지는 「쫓기달래」는 민간어원론folk etymology에 의존해서 붉은빛이 나는 쫓기달래의 유래를 들려준다. 종의 딸인 오월이가 주인집 부엌 부뚜막에 놓인 쉬찰밥(찰수수밥) 한 양푼을 보고 한 덩이를 입에 물었다가 주인마님에게 들켜 매 맞고 쫓겨나 앞터 밭고랑에서 얼어죽고 말았다. 원통하고 슬픈 오월이가 그 이듬해 봄에 달래 되어 나왔는데 쉬찰밥빛 붉은 달래를 사람들은 쫓기달래라 불렀고 가엾어서 이 달래를 차마 먹지 못했다 한다. 탐욕스럽고 몰인정한 부자와 대책 없이 불쌍한 하층 가난뱅이란 상투적인 이분법의 인물 구성으로 되어 있는데 이것은 민간 전승의 원형을 그대로 따른 것과 연관된다고 생각한다.

모든 신화가 현실세계에 있는 어떤 현상의 원인이나 설명을 제공하는 것이라고 주장하는 이들이 있다. 이러한 인과론적 신화 해석이 적용될 수 있는 신화는 그렇게 많지는 못하다. 「오징어와 검복」은 이를테면 자연현상의 인과론적 설명에 해당하는 이야기를 다루고 있다. 오징어가 왜 뼈가 하나뿐인 외뼈이며 검복(검은 복)이 왜 얼룩덜룩한가 하는 유래를 이야기해주는 유사 과학동화인데 백석이 강조하는 과장과 환상이란 미덕을 다시 생각하게 한다. 오징어는 뼈가 없어 힘을 쓰지 못하고 일을 못 하여 헐벗고 굶주렸다. 왜 자기에게만 뼈가 없을까 생각하다가 이곳 저곳 찾아가 물어보았다. 농어와 도미는 본래 그렇다는 둥 있는 뼈를 빼앗겼다는 둥 하며 그대로 살아가라고 이른다. 그러나 장대는 욕심쟁이 검복이 속여서 빼앗아간 것이니 도로 찾으라고 일러준다. 몇 번의 도전 끝에 오징어는 먹물을 토하여 검복의 갈비뼈 하나를 빼앗았다. 그래서 오징어는 외뼈이고 먹물을 맞은 검복은 몸이 얼룩덜룩한데, 오징어는 여전히 빼앗긴 뼈 전부를 찾으려고 노력하고 있다는 것이다. 비겁은 악덕이며 빼앗긴 자기 몫은 제 힘으로 찾아야 한다는 권리 회복의 전언이 내포되어 있는 셈이다.

친화적 자연 관찰에 기초한 「개구리네 한솥밥」은 곤충과 하급동물을 통해 상호부조의 필요성과 아름다움을 들려주고 있으며 우의적 성격이 강한 「귀머거리 너구리」는 오해에 기초한 인물 숭배의 맹점을 지적하면서 웃음을 선사한다. 「산골 총각」은 민담적인 영웅담으로서 끈질긴 투쟁을 미화하고 있으며 「어리석은 메기」는 공연한 자기 비하와 분수 모르는 허영의 불행한 결말을 들려준다. 「가재미와 넙치」와 「준치가시」는 각각 인과론적 설명으로 바다 밑에 사는 가재미와 넙치 그리고 꼬리에 가시가 많은 준치의 내력을 들려준다. 「나무 동무 일곱 동무」는 이깔나무, 잣나무, 봇나무, 참나무, 박달나무, 분비나무, 보습나무 등의 각기 다른 용도와 쓰임새를 들려주며 유용한 구성원으로서 사회에 봉사하는 것의 미덕과 애국심을 강조하고 있다. 드물게 6·25전쟁이 배경으로 되어 있어 외세 침략자에 대한 적의도 보여준다. 「말똥굴이」는 맷과에 속하는 텃새이자 표준말로는 말똥가리라 하는 새를 다루고 있다.

말똥굴이라는 조금은 이색적인 새 이름에 착안하여 민간어원론적으로 이야기를 끌어가고 있다. "재주 없고 게을러 / 말똥만 쫓는 / 네 이름 다름아닌 / 말똥굴이"라고 다른 새들이 놀리는데 그것은 날쌔지도 억세지도 못한 나태에 대한 징벌이다. 동화시에서 백석의 언어는 간결하고 단순하고 투명한데 그것은 그의 지론을 실천한 것이다.

가난한 사람네
쌀을 빼앗고
힘없는 사람네
옷을 빼앗아
땅 속에 고래 같은
기와집 짓고,
잘 입고 잘 먹던
백 년 묵은 오소리,
이렇게 하여
죽고 말았네

—「산골 총각」중에서

불을 받아준
개똥벌레,
짐을 져다준
하늘소,
길을 치워준
소똥굴이,
방아 찧어준

방아다리,
밥을 지어준
소시랑게,
모두모두 둘러앉아
한솥밥을 먹었네.

—「개구리네 한솥밥」 중에서

백석의 동화시는 북의 체제가 요구하는 교양과 가치관을 들려주고 시사하고 있다는 점에서 그의 북한시편과 마찬가지로 반듯하게 친체제적이다. 자신의 지론인 "어떤 결론을 얻으려고 하며, 그 무엇을 가르치려고 하며, 그 무엇을 모범으로 보이려고 하며, 그 무엇을 논박하며 웃어버리려고 하는"[6] 동화이다. 그 기초가 되는 것은 역시 그가 선언한 대로 선과 악의 투쟁이다. 다만 동화의 문학성을 유연하게 책정하고 극히 당연하게도 언어적 국면에 대해서 남달리 세심하다는 것이 특징이다. 생소한 동식물의 이름과 친숙하게 함으로써 자연에 대한 관심을 불러일으키려는 의도도 감지된다. 그의 동화시에 대한 당대의 현지 평가가 어떤 것인지에 대해 필자는 소상히 알지 못한다. 그의 아동문학 평론의 이모저모로 보아 우호적이기보다도 비판적이지 않았나 추정될 뿐이다. 다만 그의 평론의 논조나 어조가 단호하고 당당한 것으로 미루어 보아 백석 자신은 상당한 긍지와 자부심을 가지고 있지 않았나 생각된다. 그러나 동화시에서 백석이 보여준 친체제적 방위 설정과 순응 노력에도 불구하고 그는 북한의 아동문학계에서 명예 시민증을 얻지는 못했던 것 같다. 그는 이념이 좀더 명시적으로 드러나는 성인문학의 시

---

6) 김재용 엮음, 같은 책, 393쪽.

분야에서 보다 명확하게 친체제적 충실을 표명하게 되지만 위에서 보았듯이 그 또한 그의 문학적 생존을 보증해주지는 못하였다.

3

　김재용 엮음의『백석 전집』에는 또 아동문학 관련 글 네 편과 일반론 세 편 등 평론류의 글 일곱 편이 수록되어 있다. 해방 전에 비평적인 글을 쓴 바 없기 때문에 백석의 또다른 일면을 보여주면서 한편으로 해방 이후 북한에서의 친체제적 적응 노력과 그 한계를 직설적으로 보여주고 있어 백석 이해를 위해 매우 흥미 있는 자료가 되어주고 있다. 그의 일반론에는 체제의 공식 미학의 이데올로그로서 손색없는 이론적 좌표를 보여주고 있으며 아동문학 관련 평론은 그럼에도 불구하고 체제와의 밀월관계를 어렵게 했을 공산이 크다고 추정되는 어떤 '편향'을 보여주고 있다. 그가 삼수로 이주해 가고 종내에는 절필하게 된 저간의 사정을 엿볼 수 있는 것이 아닌가 생각된다.

　아시아작가대회에 부친 시론(時論) 및「아시아 아프리카는 하나다」는 구호적인 글이고 단문이어서 필자의 입장을 확인시켜주는 것 이상의 흥미는 없어 보인다. 그러나「프로이드주의―쉬파리의 행장」은 그 입장의 극단적 과격성이나 격렬한 용어 선택이 돋보여 백석이 북한 문화정치의 공식 대변인을 자임하고 있는 것이 아닌가 하는 생각을 갖게 한다. 프로이트주의의 공격에 있어 그는 소련의 교조적 마르크스주의자들의 입장을 그대로 채용하고 반복한다. 몇 대목의 인용과 대조를 통해서 그것은 극명하게 드러난다.

프로이드주의에 의하면 객관적 진리라는 것은 존재하지 않는다. 진리는 어디까지나 주관주의적이라고 한다. 그리고 인간의 고민과 갈등은 오로지 잠재의식인 희망과 이성과의 충돌로 하여 생긴다고 한다. (……) 이러한 반동미학의 태반으로 되는 프로이드주의가 오늘 제국주의를 위하여 복무하는 사실은 프로이드 유파들이 제2차 대전 당시 히틀러의 파시즘에 만감의 동정을 표하였으며 현재 미제의 침략전쟁에 발광적 함성을 울리고 있는 데서도 알 수 있다.[7]

프로이드주의는 세계의 객관적 성격과 현상의 상호연관성을 부정한다. 경제적 요인이 인간관계에서 아무런 역할을 하지 않으며 오직 무의식만이 인간관계를 전제적으로 결정한다고 주장한다. 프로이드파들은 정신분석으로 모든 계급적 민족적 종교적 적대관계를 '제거'하려 하고 있다. 이러한 망상적인 생각은 전쟁 도발자들에게는 더할 나위 없이 편리하다. 그러기 때문에 프로이드의 당대 추종자들은 전쟁 도발자들을 열광적으로 받아들인 것이다.[8]

마르크스주의의 프로이트 비판은 널리 알려진 일이다. 그럼에도 굳이 「부르조아 반동에 복무하는 프로이트주의」란 50년대 초의 글을 인용해보는 것은 백석의 글이 얼마나 스탈린 시대의 프로이트 공격 문서와 닮아 있는가를 보여주기 위해서이다. 위의 글에 관한 한 백석의 입장이 북한의 공식적 입장을 대변하고 있음은 의심할 여지가 없다. 그의

---

7) 김재용 엮음, 같은 책, 463∼467쪽.

8) Banshchikov & Portonov, "Freudianism in the Service of Bourgeois Reaction", *An Age of Controversy*, ed. Gordon White & Arthur Mejia Jr., Dodd, (New York : Mead & Company, 1963), p. 412.

프로이트 공격은 사태를 근본적으로 단순화하는 폭력의 생리와 함께 격조 있는 시인의 내부에 잠복해 있는 욕설적 공격성을 보여주어 프로이트 이론의 부분적 정당성을 방증해주고 있다는 소회를 안겨준다. 그런 의미에서 매우 흥미 있는 자료라 할 수 있다.

아동문학 관련 네 편의 평문은 백석의 아동문학관이 소홀치 않은 검토와 사색의 소산이며, 실천 속에서 심화된 것임을 확인시켜준다. 우리는 그것을 통해 문학 일반에 대한 백석의 소견을 엿볼 수 있는데 우리의 흥미를 끄는 것은 바로 이 국면이다. 19세기 러시아의 급진주의 평론가인 벨린스키, 도브롤류보프를 위시하여 고리키, 마르샤크 등을 원용하고 있는 데서 알 수 있듯이 그의 아동문학관은 러시아 문학을 전범으로 하여 구상된 것이다. 그러나 기본적인 뼈대는 사회주의 리얼리즘의 구성요소인 대중성, 전형성, 이상주의, 당성에 대한 고려를 도식적인 형태로나마 배제하지 않는 것은 물론이다.

사회주의 건설의 영웅정신을 고취하며 용감한 인도주의 사상으로 관철되어 모든 착한 일과 명예와 우의를 보여주는 작품, 인민민주주의 사회의 새로운 생활의 화폭과 유희의 낭만정신이 서로 결부되는 그런 작품이며 집단이 개인의 도덕적 면모에 끼치는 영향과 학교 및 소년단 생활의 활동적이며 즐거움에 찬 면모들을 재현하는 그런 작품도 써야 할 것이다. (……) 또 조국해방전쟁 승리의 요인과 자본주의의 불구적 성격을 그리는 것도, 조국의 평화적 통일의 이상을 산 형상 속에서 구현하며 미제 강점자들을 반대하는 인민의 투쟁을 사실적으로 보여주는 것도 우리 아동문학의 창조적 과업이 될 수 있다.[9]

---

9) 김재용 엮음, 같은 책, 424~425쪽.

이러한 입장에 서 있는 그도 당대의 북한 아동문학에 대해서 상당히 비판적인 견해를 피력한다. 북한 아동문학 분야에서 일인자로 평가되었던 것으로 보이는 이원우의 「도끼장군」에 대하여 "인민들의 아름답고 용감한 정신적 자질들에 형상적인 표현을 부여하였고, 인민들의 지혜와 총명성을, 인민들의 의롭고 선량한 숙망과 사고들을 시적 형상 속에 빛내인 한 산문시"라고 격찬하면서도 "구성의 다기성과 이야기의 산만성이 작품의 부정적 요소"[10]라고 지적한다. 작품의 후반부가 짙은 동화성을 띤 데 비하여 전반부는 그렇지 않아서 일관성이란 각도에서 결함이 있다는 것이다. 이어서 동화작품 일반에 대해서 비판을 계속한다. 소설에 특유한 수법을 동화에 그대로 적용하는 것이 '동화문학의 자연주의'로 빠지는 것도 공통적인 결함이라는 것이다. 또 도식주의적 현상을 비판하는데 그쪽으로 빠진 작품들이 "천편일률적으로, 약자들의 단결, 협력에 의한 강자에의 승리이거나 권선징악을 내용으로 한 것"이라며 구체적인 사례를 지적하고 있다. 이어서 가장 강조하고 있는 것은 언어이다.

동화가 창작되며 구성되는 기본적 요소는 무엇인가? 그것은 언어이다. 그것도 높은 시적 언어이다. 언어의 고의성에로의 지향은 언어를 인공적인 것으로 만들며 생명이 없는 것으로 만드는 것인바, 이것은 동화에서 심히 배격해야 할 현상이다. 시적 언어의 모범은 무엇일까? 그것은 인민의 언어이다.[11]

---

10) 김재용 엮음, 같은 책, 495쪽.
11) 위의 책, 399쪽.

우리 동화작가들은, 동화 언어는 높은 시적 언어여야 한다는 것을 명기하며 높은 시적 언어는 인민의 언어라는 것과 인민의 언어는 투명하고 소박하다는 것을 알아야 할 것이다.[12]

동화문학에 대한 비판은 동시에 대한 백석의 제안에서 더 야무지게 전개된다. 1956년에 발표된 평문은 아동문학 분과에서 진행된 당해연도 '1/4분기작품 총화회의의 보고'에서 유해로운 실패작이라고 규정된 작품에 대한 거론으로 시작된다. '벅찬 현실'이 없다고 정의된 '장미꽃'에 관해서 벅찬 현실은 기중기나 건설장에도 있고 장미꽃에도 교실에도 있다고 맞서고 있다.

현실의 벅찬 한 면만을 구호로 외치며 흥분하여 낯을 붉히는 사람들의 시 이전인 상식을 아동시는 배격한다. 인간과 인간, 인간과 자연과의 관계에서 보는 인간 감정의 복잡성을 무시하려는 무지한 기도를 아동시는 타기한다. 시는 깊어야 하며, 특이하여야 하며, 뜨거워야 하며 진실하여야 한다. 기중기적 시도 진실할진대 좋을 것이며, 장미꽃의 시도 진실할진대 또한 좋을 것이다.[13]

이렇게 역설하면서 그는 구체적으로 지적한다.

온실의 화분을
두 손으로 안아드니

12) 김재용 엮음, 같은 책, 402쪽.
13) 위의 책, 411쪽.

흠뻑 향기롭다
빨간 장미꽃.

눈보라 휘몰아치는
오동지 섣달에도
한난계 자주 살폈다
우리들 번갈아 가꾸며 (……)

'흠뻑 향기롭다'는 얼마나 우리의 코를 찌르는 향기 높은 말이며 '한난계 자주 살폈다'는 얼마나 제 놓일 자리에 도고히 놓인 야무진 구절인가![14]

이러한 평문을 통해서 백석이 통렬히 비판한 것은 우선 '벅찬 현실'을 다룬 작품에 보이는 도식화 경향이다. "시의 내용의 도식화란 곧 인간의 감정과 인간의 상념과 인간의 심리의 도식화"[15]라고 그는 말한다. 우리가 교조적 공식문학에서 곧잘 발견하게 되는 상투화의 비판이다. 이어 그는 '기교 무시' 성향을 비판한다. 백석 자신의 말로 하면 "교양성 노출, 상식적인 정치성 노출만을 편중하는 데서 오는 기교 무시"[16]를 비판하는 것이다. 기교란 말은 우리 문학에선 흔히 말초적이란 관형사와 함께 쓰이곤 했는데 백석이 말하는 기교는 시를 시로 올려주는 기본적인 국면을 말하는 것에 지나지 않는다. "시는 다른 어떤 문학 장르보다도 언어에 대하여 민감하여야 하며 결벽을 가져야 한다"[17]고 말하

---

14) 김재용 엮음, 같은 책, 415~416쪽.
15) 위의 책, 410쪽.
16) 위의 책, 417쪽.
17) 위의 책, 419쪽.

고 있는 것에서도 사정을 엿볼 수 있다. 사회주의 리얼리즘이나 이에 준하는 공식미학이 "형식주의적 편향"이라고 매도하는 바로 그러한 요소를 백석은 옹호하고 있는 셈인데 중요한 것은 그의 비타협적인 단호한 어조이다. 그의 체제 순응 노력을 무위로 돌리고 만 것의 핵심을 가장 잘 드러내주고 있는 것이 그의 아동문학 평론이다. 공식미학의 이데올로그라는 자임에도 불구하고 그는 공식문학 취약성의 급소를 공격한 셈이다. 아동문학에서 풍자문학, 향토문학, 구전문학의 분야를 개척하고 낭만적인 분야를 개척하자는 그의 타당한 제의도 그의 "형식주의 편향"의 위험성을 보호해주지는 못하였던 것으로 생각된다. 백석은 러시아 문학의 전거에 의존하고 무장한 자신의 관점의 정당성을 과신하고 도처에서 흰 눈을 번뜩이는 주다노프주의자들을 과소평가한 것인지도 모른다.

4

시집 『사슴』에 대한 비평적 반응 중에서 가장 호의적인 것은 김기림의 반응이었다. 시집 간행 직후에 나온 서평에서 김기림은 그 유니크함과 비타협성을 상찬한다. 비타협성이란 말로 김기림이 지칭한 것은 백석의 완강한 방언 지향이나 시편들이 가지고 있는 소재상의 일관성이라고 생각된다. 정지용에 대한 높은 평가, 이상에 대한 과대평가에서 보이듯이 김기림 비평은 대체로 긍정적 친화적이기는 하지만 백석의 경우에 "감격"이란 말조차 쓰고 있는데 핵심적인 부분에서는 다음과 같이 말하고 있다.

백석은 우리를 충분히 애상적이게 만들 수 있는 세계를 주무르면서도 그것 속에 빠져서 어쩔 줄 모르는 것이 얼마나 추태라는 것을 가장 절실하게 깨달은 시인이다. 차라리 거의 철석(鐵石)의 냉담에 필적하는 불발한 정신을 가지고 대상과 마주친다. 그 점에 『사슴』은 그 외관의 철저한 향토 취미에도 불구하고 주착 없는 일련의 향토주의와는 명료하게 구별되는 모더니티를 품고 있는 것이다.[18]

해방 전의 김기림은 시론에서 일관되게 이른바 센티멘털 로맨티시즘을 배격하였다. 그것은 "까닭 모르는 울음소리, 과거에의 구원할 수 없는 애착과 정돈(停頓), 그것들 음침한 밤의 미혹과 현훈(眩暈)에 너는 아직도 피로하지 않았느냐"는 『태양의 풍속』 서문의 한 대목에 가장 잘 요약되어 있다고 할 수 있다. 김소월의 슬픔도 임화의 비분도 그에게는 센티멘털 로맨티시즘의 발로에 지나지 않았다. 그런 김기림이 백석에게 감격한 것은 향토 취미에 대한 타성적 감상적 탐닉이 보이지 않았기 때문인 것으로 생각된다. 그리하여 그로서는 최고의 찬사인 "모더니티를 품고 있다"는 말로 백석을 고평하고 있다. 백석을 모더니스트로 보려는 일부의 관점이 부분적으로는 이에서 유래했다고 볼 수 있다. "아카시아들이 언제 흰 두레방석을 깔았나／어데서 물쿤 갭린내가 온다"와 같은 시각적 명징성을 두고 모더니즘의 세례를 받은 것으로 파악하는 경우도 있어 보인다. 그러나 수법상의 몇몇 친연성을 두고 큰 말을 사용하는 것은 적절한 일은 못 된다고 생각한다. 김기림과 이상과 백석의 시를 동시에 포용하는 총괄 어사는 의미가 없다. 김기림은 막연하게 "모더니티를 품고 있다"고 했을 뿐이지만 여러모로 백석은 반(反)모더

18) 『김기림 전집 2』, 심설당, 1998, 372~373쪽.

니즘의 시인이었다. 다만 김기림이 말한 '비타협성'은 해방 후 백석의 문학적 사회적 불행을 예고해주는 국면을 간파한 탁견이라고 생각된다.

『사슴』에 대한 신랄한 비평은 거의 동시에 작품을 보여주었으나 몇 해 연하인 오장환에게서 나온다. 의례적인 서평이 아니라 시인론의 형식을 취한 글에서 오장환은 백석 시집이 "민족성과 지방색"을 잃어버린 주위의 습관과 분위기에 무자각인 채로 모방과 유행에 빠져 있는, 문청들과 한국시단에 경종을 울려준다고 그 의미를 평가한다. 그러나 곧 가혹하리만큼 혹독한 비판을 가한다.

> 나 보기에 백석은 시인이 아니라 시를 장난(즉 향락)하는 한 모던 청년에 그쳐버린다. (……) 그는 아무리 선의로 해석하려 해도 앞에 지은 그의 작품만으로는 스타일만을 찾는 모더니스트라고밖에 볼 수 없다. (……) 그는 시에서 소년기를 회상한다. 아무런 쎈치도 나타내지는 않고 동화의 세계로 배회한다. 그러면 그는 만족이다. 그의 작품은 그 이상의 무엇을 우리에게 주지 않는다. 그는 앞날을 이야기한 적이 없다. 자기의 감정이나 의견을 이야기하지 않는다.[19]

인용문의 전반은 백석보다는 이상에게 걸맞은 발언이 아닌가 생각된다. 김기림의 평언과 함께 "모더니스트 백석"이란 후속 세평에 결정적인 영향을 미친 발언이라 생각한다. 김기림에게서와는 달리 모더니스트란 말이 부정적 함의를 갖고 있음을 보게 되는데 수법상의 일면을 두고 한 말이라 생각된다. 후반부는 현실에 대한 자각이 보이지 않으며 아무런 미래 전망도 없고 단지 사진만 찍어 보인다는 뜻인 것으로 보인

---

19) 최두석 엮음, 『오장환 전집 2』, 창작과비평사, 1989, 15쪽.

다. 개념어를 피해서 그렇지 취지만 가지고 보면 임화가 토로했음직한 평언이다. 뒷날 임화가 오장환의 '헌사'에 대해서 가한 평언을 뒤집어 놓은 것 같은 감을 주는데 특히 이 시기의 오장환은 임화와 카프파의 문학적 추종자였음을 강력히 시사하는 글을 남겨놓고 있다. 한편 형식면에서도 오장환은 백석과 대척적인 위치에 서 있다. 오장환은 20세기 한국시인 가운데서 남달리 시의 음률성에 착목한 시인의 한 사람이었다. 음률성이 그의 몇몇 절창들의 견고한 기반이 되어준 한편으로 공소하고 감상적인 시편을 낳게 하기도 하였다. 해방 후의 오장환이 산문을 통해 김소월에 대한 경의와 애정을 표현하고 있는 것은 김소월의 음률성에 매혹되었기 때문이기도 할 것이다. 그런 오장환에게 백석의 방언 지향과 열거법은 "이상한 사투리와 뻣뻣한 어휘"로 된 음률 장애물로 비쳤을 것이다. 오장환의 산문은 지적 규율의 결여를 현저하게 보여주고 있으나 해방 이후 백석이 아마도 북한에서 받게 될 비판을 앞당겨 보여주고 있다는 점에서 매우 상징적이다. 오늘날 뒷지혜의 관점에서 말할 수 있는 것은 당대의 반응과 무관한 방식으로 작품은 새 모습을 보여준다는 것이다. 우리는 백석의 북방시편에서 그의 만년의 예고를 보는 것 같은 감회를 금할 수 없다. 우리에게 일어나는 모든 일이 실은 우리가 만들어내는 일이란 말에는, 거역할 길 없는 진실이 담겨 있다고 생각된다.

초기의 시원 회귀와 회상시편, 그후의 북방시편을 통틀어 백석은 독자적인 사사로운 시인이기를 계속하였다. 해방 이후의 북한시편에서 그는 개인의 고독에서 친화적 인간관계에 기초한 축복의 시인으로 변모하기를 시도하게 된다. 그것을 간단히 존명(存命)을 위한 친체제적 순응주의로 단순화하는 것은 사려 깊은 처사가 못 될 것이다. 새로운 사회체제의 정비와 함께 그에게도 새 사회에 위탁한 꿈과 희망이 있었다고 생각해볼 충분한 이유를 우리는 가지고 있다. 새로운 이성적 질서, 물질적 결핍과 불평등의 전면적 철폐, 개인의 완전한 해방과 같은 계몽적 근대의 중심적 열망을 사회주의 혁명이 종말론적으로 충족시켜 주리라는 희망적 관측이 많은 지식인들을 동반자로 만들었던 시기가 있었다. 모더니티의 축복과 그 값비싼 대가의 청산을 양수겸장으로 약속하는 사회주의 속에서 백석이 사회적 소외와 개인적 고독의 극복을 기대했다고 해서 이상할 것은 하나도 없다. 또 사회주의의 조국이 "대륙간 미사일을 비축한 중세"로 그쳐버린 세계에서 그의 꿈과 기대가 온전할 리 없었으리라는 것도 너무나 당연하다. 체제는 그의 친화적 문학 행위를 수용하지 못했고 한 뛰어난 문학적 재능은 나이 오십에 사실상의 만년을 맞는다. "산골로 가는 것은 세상한테 지는 것이 아니다. 세상 같은 건 더러워 버리는 것이다"라고 젊은 날의 백석은 적었다. 속담 속의 전설적인 변방 산골로 들어갔을 당시의 그의 소회를 상상해보는 것은 비정하고 잔혹한 일일지도 모른다. 백석 애호가 송준씨가 어렵사리 입수해서 공개한 백석 만년의 사진이 찌들지 않은 모습을 보여주고 있다는 것은 그나마 다행한 일이라고 하지 않을 수 없다.

326

유종호

서울대 문리대 영문과 졸업. 뉴욕주립대학원(버팔로) 수학. 현재 연세대 명예교수. 저서로 『유종호 전집』(전5권), 『시란 무엇인가』『서정적 진실을 찾아서』『내 마음의 망명지』『시와 말과 사회사』『과거라는 이름의 외국』 등이 있다.

다시 읽는 한국시인
ⓒ 유종호 2002

1판 1쇄 │ 2002년 6월 10일
1판 5쇄 │ 2011년 9월 26일

지은이 유종호
펴낸이 강병선
책임편집 김현정 조연주 장한맘 손미선
마케팅 신정민 서유경 정소영 강병주 │ 온라인 마케팅 이상혁 한민아 장선아
제작 안정숙 서동관 김애진 │ 제작처 상지사P&B

펴낸곳 (주)문학동네
출판등록 1993년 10월 22일 제406-2003-000045호
주소 413-756 경기도 파주시 문발동 파주출판도시 513-8
전자우편 editor@munhak.com │ 대표전화 031)955-8888 │ 팩스 031)955-8855
문의전화 031)955-8890(마케팅) 031)955-8864(편집)
문학동네카페 http://cafe.naver.com/mhdn

ISBN 89-8281-530-9 03810

www.munhak.com